UNE SAISON DE FEUILLES

Madeleine Chapsal mène, depuis toujours, une double carrière de journaliste et d'écrivain. Elle a collaboré aux Echos, *a fait partie de l'équipe fondatrice de* L'Express, *à la rédaction duquel elle a appartenu quinze ans durant, donne régulièrement des articles à* Femme, Paris-Match, Elle, *etc.*
Parallèlement, Madeleine Chapsal poursuit une carrière littéraire. Elle a, notamment, publié aux Editions Grasset : Une femme en exil, Un homme infidèle, Passion, Envoyez la petite musique, La Maison de jade, Adieu l'amour *(Fayard)*, La Chair de la robe *(Fayard)*.
Madeleine Chapsal est membre du jury Femina depuis 1981 et Chevalier de l'Ordre du Mérite.

Hedwina est une grande star du cinéma et du théâtre. Au faîte de sa gloire, le drame s'insinue, puis éclate : d'abord une défaillance de mémoire en scène, puis des « absences » plus fréquentes, et le tragique constat — la maladie du cerveau, inguérissable, va entraîner cette femme superbe et encore jeune vers une régression totale qui la rendra de plus en plus dépendante de son entourage.
Violaine, sa fille, qui lui porte un amour éperdu, voit sa propre vie inexorablement enchaînée à cette mère à la dérive qui réclame tous ses soins, de jour comme de nuit, dans une inconscience béate. Son mariage tourne court, les problèmes d'argent pleuvent. Pourtant, rien ne peut la détourner d'accepter avec tendresse les chaînes de plus en plus pesantes qui l'unissent à cette femme sans mémoire, déjà d'un autre monde.
Mais cette relation unique aura également tenu lieu, pour Violaine, d' « éducation sentimentale » : une fois Hedwina rendue à la gloire des grands disparus, le jour viendra où sa fille découvrira peu à peu que le bonheur ne lui est pas interdit.

DU MÊME AUTEUR

Paru dans Le Livre de Poche :

UN HOMME INFIDÈLE.
ENVOYEZ LA PETITE MUSIQUE.
LA MAISON DE JADE.
ADIEU L'AMOUR.

UN ÉTÉ SANS HISTOIRE, Mercure de France (1973).
JE M'AMUSE ET JE T'AIME, Gallimard (1974).
GRANDS CRIS DANS LA NUIT DU COUPLE, Gallimard (1976).
LA JALOUSIE, Fayard (1977).
UNE FEMME EN EXIL, Grasset (1979).
DIVINE PASSION, Grasset (1981).
ENVOYEZ LA PETITE MUSIQUE..., Grasset (1984).
LA MAISON DE JADE, Grasset (1986).
ADIEU L'AMOUR, Fayard (1987).

MADELEINE CHAPSAL

Une saison de feuilles

ROMAN

FAYARD

© Librairie Arthème Fayard, 1988.

« *C'est quoi, la vie? Une saison de feuilles...* »

Françoise Dolto

CHAPITRE I

« *Qu'est- ce que ça fait de mourir, quand on a consumé son être et épuisé sa vie!...* »

La voix féminine, un peu rauque, s'amplifiait tout en chuchotant, comme lorsqu'on arrive au bout d'une très longue confidence.

Quand elle se tut, le silence dans la salle était impressionnant. L'éclairage baissa jusqu'au noir complet, puis ce fut le retour subit à la lumière.

La pièce était finie.

Les applaudissements se déchaînèrent.

Hedwina se releva rapidement de sa position couchée pour montrer qu'elle n'était pas vraiment « morte », que ça n'était que de la comédie, du théâtre, et elle s'étonna de ressentir plus fort qu'à l'ordinaire l'intensité maximale des projecteurs. Elle ferma les yeux.

Puis elle les rouvrit aussitôt, pour faire face.

Depuis qu'elle était toute petite, Hedwina Vallas (ça n'était pas son vrai nom) surmontait continûment sa peur du public. Et des autres.

C'était devenu chez elle un réflexe, au point qu'elle ne pouvait avoir un mouvement de recul, dans la vie courante, sans réagir aussitôt en se jetant en avant.

Vers l'autre, vers la souffrance.

« Une bête de scène », avait tout de suite dit

d'elle son professeur d'art dramatique. Elle n'avait que seize ans. l'épithète, reprise par des metteurs en scène, lui était restée.

On la surnommait « la Bête ». Le public et la plupart des journalistes s'imaginaient que c'était en raison de sa crinière fauve et de ses mouvements sensuels. En fait, c'était pour son courage. Celui de la bête traquée, qui attaque.

Hedwina sourit de toutes ses belles dents, secoua ses boucles coupées court depuis qu'elle avait cinquante ans (ce jour-là, elle avait solennellement convoqué Tonio, son coiffeur, plus quelques photographes pour assister au « sacrifice » de la crinière – devant l'âge aussi, elle avait fait face), et elle s'inclina.

Très bas. A toucher le sol de la tête. Comme elle avait vu faire aux artistes du *Vic Theater*, en Angleterre, coutume héritée de l'époque où les troupes de comédiens appartenaient à des princes et jouaient devant des majestés.

Hedwina aimait ce geste d'humilité et d'effacement face au public en délire, qui signifiait pour elle : « Sans vous, je ne suis rien; sans vous, le spectacle n'aurait pas lieu... »

C'était si vrai.

Les spectateurs des premiers rangs lui tiraient littéralement les mots de la bouche.

Ensuite, ceux du milieu et du fond reprenaient comme un chœur, une vague chaude et frémissante qui portait la moindre de ses syllabes, le plus imperceptible de ses gestes jusqu'au premier, puis au deuxième balcon. Où c'était l'éclatement.

Oui, le public, sans bien s'en rendre compte, devenait chaque soir l'auteur de la pièce (quand ça marchait), créant lui-même le spectacle, chaque cœur, chaque corps devenu la vraie « scène », celle où avait lieu le drame. Ou la comédie.

Il y avait même des soirs bénis, comme celui-ci,

où les rôles s'inversaient : Hedwina avait le sentiment d'avoir assisté à une représentation donnée par la salle.

C'est pourquoi elle s'inclina si bas : pour remercier les « artistes » !

Sans le savoir, ces gens debout s'applaudissaient eux-mêmes, achevant ainsi de se délivrer d'une tension qui, par moments, avait frôlé l'insoutenable.

C'était beau.

Elle eut son premier vertige en rejoignant les coulisses, et elle s'appuya un instant à un portant.

– Magnifique, Hedwina ! lui cria Jean-Jean, le chef machiniste. Je te refais un rideau...

Il n'avait pas vu sa pâleur, dissimulée sous le maquillage, et il avait dû prendre son vacillement pour celui d'une femme en robe longue qui s'est pris le pied dans sa traîne.

« Non, Jean-Jean, s'il te plaît, je n'en peux plus... », voulut-elle lui dire.

Mais les mots ne franchirent pas ses lèvres. Toujours le fameux « courage ». Elle sourit, au contraire, avant de retourner sur ses pas, tandis que le rideau se relevait, et elle s'avança de nouveau sur la scène éclairée à blanc.

Cette fois, elle ferma les yeux et les spectateurs y virent comme un signe d'extase, de communion. Ils en applaudirent de plus belle. Hedwina ne s'inclina pas, craignant la chute en avant.

Au contraire, elle se courba en arrière, comme un arc, ce qui lui donna l'air d'une martyre crucifiée sur la lumière.

C'était superbe.

Le taureau aussi est beau quand il meurt debout sur ses quatre pattes, frissonnant de tout son pauvre corps d'herbivore, sa souffrance saluée par les applaudissements, moitié pour lui, moitié pour l'homme en habit de lumière qui vient de lui percer le cœur.

Le plus grand, le plus beau des spectacles, mimé ou non, c'est celui de la mort.

Hedwina ne le savait pas, mais elle venait de commencer sa dernière pièce – faut-il l'appeler tragédie ? Celui où elle allait « jouer » sa propre mort, comme le taureau. Et ça allait durer longtemps.

Un « drame » en pas mal d'actes. Un nô japonais. De quoi user tout le monde autour d'elle, même cette curiosité pourtant si aiguë quand il s'agit de la mort d'autrui.

Mais c'était l'élégance d'Hedwina, sans doute, d'avoir pris le moyen biologique de s'éteindre comme une bougie qui se consume jusqu'au bout, plutôt que de recevoir publiquement, en plein cœur, la lame de l'archange.

CHAPITRE II

— MAMAN, que tu es belle!
La jeune fille, tout juste descendue de l'avion, tenait sa mère à bout de bras, comme pour profiter encore un peu d'elle, intacte, avant de la froisser par ses baisers. (Ou comme si elle avait l'intuition de l'éphémère de ce qu'elle contemplait...)
— Ma chérie, dit Hedwina sans coquetterie, avec seulement le sourire généreux de qui sait accueillir les compliments (c'est un art), c'est toi qui es belle! Plus que je ne m'en souvenais! Plus encore que tu n'étais la dernière fois que je t'ai vue... Où était-ce, déjà?
Elle fronça imperceptiblement les sourcils dans l'effort de mémoire.
— A l'aéroport de Genève!
— Ah! oui, c'est vrai...
En fait, Hedwina ne s'en souvenait pas. Et même quand Violaine lui en eut rappelé le « cadre », la scène ne lui revint pas. Lui en restait seulement l'image de sa fille, droite et fraîche dans son trench-coat, la regardant partir sans aucune tristesse apparente, avec seulement de la gravité.
La séparation faisait tellement partie de leur vie qu'elles avaient dû très vite s'armer contre elle. En fait, elles avaient ensemble édicté des règles, une sorte de code moral pour supporter l'absence l'une

de l'autre, et cela dès celle qui avait suivi le divorce.

Quand Léonard les avait quittées, happé par une autre vie, d'autres amours, c'est Hedwina qui avait « annoncé les choses » à Violaine, alors âgée de dix ans, et elle avait ajouté :

– Désormais, nous vivrons l'une pour l'autre, et nous ne nous quitterons jamais.

– Tu promets, Maman, tu ne me quitteras jamais!

– Je te le jure!

Deux mois après, Hedwina se découvrit forcée de partir en tournée.

Le divorce avait coûté cher, il avait fallu donner beaucoup d'argent à Léonard. N'étaient-ils pas mariés – folie! – sous le régime de la communauté?

L'homme avait été relativement « élégant », puisqu'il leur avait laissé l'appartement, le duplex avec terrasse sur le Champ-de-Mars. Mais il avait pris les fonds... « Sa » part, comme il disait. Les tribunaux ne sont jamais très tendres avec les artistes, comme s'ils s'imaginaient que ceux-ci, tels des faussaires, fabriquent des tonnes d'argent en s'amusant, et non pas avec leur chair et leur sang.

C'était ce pauvre Léonard, avait fait valoir son avocat, qui n'était pas un artiste, mais seulement un représentant en belles voitures, la vraie « victime » du divorce!... En quittant Hedwina Vallas, donc son entourage, il allait perdre une partie de sa brillante clientèle. (Qu'elle lui avait bien sûr procurée.)

Le juge s'était attendri sur le sort de l'« homme ordinaire » et Hedwina s'était retrouvée devant un choix : ou elle versait à son ex-mari une grosse somme forfaitaire tout de suite, ou elle acceptait de lui faire une pension à vie.

Elle avait préféré « acheter » la possibilité d'oublier Léonard, ne fût-ce que pour Violaine. Ç'aurait pu nuire à son développement, c'est-à-dire à l'image qu'elle risquait de se faire des hommes, d'apprendre plus tard que sa mère « pensionnait » son père.

(En fait, Hedwina avait eu tort, car, devant son état, le tribunal aurait certainement révisé le montant de la pension alimentaire de l'ex-mari... Mais allez savoir de quoi l'avenir sera fait !)

Il fallait donc « travailler » pour maintenir le train de vie, et Hedwina, pressée par son agent comme par la nécessité, avait dû accepter la rentable tournée.

Violaine était dans son lit, couchée entre Ninouche – l'ours en peluche – et Bilbao, le petit épagneul nain, quand Hedwina lui annonça son départ.

La petite fille fut prise d'une crise de larmes qui faillit dégénérer en convulsions.

– Toi aussi tu m'abandonnes... Pourtant, tu m'avais juré qu'on ne se quitterait jamais !

Violaine avait raison : Hedwina trahissait sa parole.

Elle pleura à son tour, faillit renoncer à la tournée, mais, dans l'intérêt même de Violaine, elle ne pouvait pas se le permettre.

Elle envisagea aussi de céder à la supplication de sa fille : « Emmène-moi... »

– Mais que feras-tu, le soir, pendant que je jouerai ? Tu auras peur, toute seule dans des hôtels inconnus.

– Bilbao sera avec moi... Je t'attendrai...

– Et tes études ?

Hedwina avait trop souffert de son manque de diplômes – Léonard non plus n'en possédait pas – pour ne pas leur accorder une valeur qu'ils n'ont peut-être pas tout à fait... Elle eut un sursaut :

Violaine devait faire de hautes, de très hautes études.

Alors, elle passa la nuit, étendue près de sa fille, à la raisonner, c'est-à-dire à la mettre dans le coup. Elle lui raconta sa propre vie, celle de Léonard – ce qu'elle savait de son enfance à lui et de son adolescence de « paumé sympathique ». Puis elle eut l'habileté de solliciter l'avis de l'enfant : n'était-il pas temps que quelqu'un, dans la famille, montrât qu'on n'était pas seulement capable d'être des saltimbanques ?

Et ce « quelqu'un » ne pouvait être qu'elle, Violaine, leur fille unique.

Hedwina se souvint longtemps du moment de silence qui avait suivi ses derniers arguments, le mot « saltimbanque ». Silence si long qu'elle avait cru Violaine endormie. En fait, la petite fille réfléchissait, et elle accepta le « pacte » qu'elle aida aussitôt sa mère à formuler.

Ensemble, elles décidèrent qu'elles se quitteraient sans se séparer jamais. Même quand Violaine serait pensionnaire en Suisse ou en Angleterre, la mère et l'enfant resteraient réunies par le cœur et aussi par l'écriture, le téléphone, tous les moyens de communication possibles, télépathie y compris.

C'est cette nuit-là qu'Hedwina se sentit devenir l'intime de sa fille. Jusque-là existaient entre elles les liens du sang; désormais, il y eut ceux de l'âme.

A l'aube, Hedwina retourna dans sa chambre, émue mais un peu sceptique. Que resterait-il de cette longue conversation au matin ?

C'était un dimanche, et quand on lui apporta son petit déjeuner au lit, l'enfant aux yeux verts, vêtue de sa tenue de jogging, apparut derrière le plateau, très digne, Ninouche sous un bras et Bilbao sous l'autre.

– Bonjour, Maman, je voudrais rajouter quelque chose à ce qu'on a dit hier, enfin, cette nuit...
– Quoi, mon amour ?
– Quand on se quittera, il ne faudra jamais qu'on pleure !

Hedwina sentit les larmes lui monter aux yeux et elle serra très fort la petite fille contre elle, pour lui cacher qu'elle ne pouvait pas les retenir... En fait, elle aurait pu les lui montrer, l'enfant aurait compris : c'étaient des larmes de joie.

Et d'admiration.

Ainsi fut fait.

Violaine fut élevée à l'écart de la scène et de l'écran, dans des pensions très chères et très select. Si select qu'Hedwina recommandait chaque fois à Violaine, qui portait le nom de son père, d'éviter de dire qu'elle était sa fille. Une actrice, dans certains milieux, fût-elle archi-célèbre, cela fait un peu « moche »...

C'est le seul point sur lequel Violaine lui avait toujours désobéi.

– Oui, Maman, disait-elle.

Et la première chose qu'elle faisait, c'était de punaiser les photos de sa mère au-dessus de son lit, ou, si c'était interdit, dans son placard. Et à toutes les filles elle disait : « C'est Maman ! »

Cela lui ferma quelques portes, il y eut des milieux où elle ne fut pas reçue, des réceptions où elle ne fut pas conviée. Mais cela s'arrêta là. Violaine, excellente sportive, était capable de porter des coups, on le savait, et, devant elle, les langues restaient muettes.

Ce qui fait qu'elle devint une adolescente, puis une jeune fille fière et brave. Instruite, aussi. Accumulant les diplômes.

Plusieurs fois, sa mère assista à la remise d'un prix ou d'un parchemin. Pas toujours. Il lui arriva de s'abstenir, par respect, pour ne pas gêner sa fille à cause de la meute de photographes qu'elle traînait généralement après elle.

Et elle ne voulut pas que sa fille assistât à la remise de ses deux Oscars.

– Tu as honte de moi? C'est ça? plaisanta Violaine.

– Oui, ma chérie, c'est ça...

– Je sais pourquoi: c'est parce que je n'ai pas eu les meilleures notes en électronique! Je te jure que la prochaine fois, je suis première...

Elle le fut, mais Hedwina ne la convia pas pour autant à la remise du second Oscar.

Toutefois, dans l'appartement du Champ-de-Mars, le dessus d'une commode était réservé aux « trophées » gagnés par les deux femmes et mélangés, cette fois, sans hiérarchie aucune... Dans la réunion de l'amour, de la tendresse et de la totale confiance.

L'harmonie: ce qu'il y a de plus rare au monde, surtout en famille.

C'est peut-être pour ça que le ciel décida de s'en occuper... En gâchant tout.

En sortant de l'aéroport, les deux femmes, qui venaient de se retrouver, marchaient de front et plusieurs personnes se retournèrent. Certains avaient reconnu Hedwina Vallas, mais d'autres, des étrangers, étaient simplement subjugués par le tandem.

Cette belle femme épanouie, en fourrure claire, le visage nu, comme délavé, sans aucun maquillage, et dont la peau semblait de la même nuance que les yeux et les cheveux, c'était somptueux!

A ses côtés, cette longue fille blonde aux yeux verts étirés et si pâles qu'on l'eût dite scandinave, en tailleur prince-de-galles, avec une blouse de soie nouée, un petit clip or et brillants au revers, des gants de daim gris, son imper sur le bras.

Hedwina portait des talons un peu plus hauts

que ceux de Violaine, qui les rendaient de même taille, ce qu'elles n'étaient pas. Violaine était plus grande, plus athlétique, championne, entre autres, d'équitation, excellente patineuse sur glace. Mais ce qu'elles avaient d'extraordinaire, c'était le sourire.

Exactement le même.

Des traits différents et le même sourire.

Un sourire d'enfant qui apparaissait à l'improviste, comme une fleur qui s'ouvre et rend le monde exquis. Une seconde.

Là, comme elles étaient heureuses de se revoir, elles souriaient ensemble, mais sans se regarder, se contentant de marcher du même pas, deux belles frégates toutes voiles dehors, avançant de conserve sur une mer d'huile.

Le premier « accroc » – en était-ce un ? – eut lieu dans la voiture.

Serge, le chauffeur, était ravi de revoir Mademoiselle et de sentir Hedwina si joyeuse. Comme tous ceux qui vivent dans l'intimité d'un personnage public, Serge savait ce qu'Hedwina avait à charrier : les efforts, les fatigues, les tensions, l'exigence perpétuelle de sa patronne envers elle-même, et, parce que c'était un homme digne et bon, au lieu de « s'en foutre », il les partageait.

Ce qui aidait un peu Hedwina. Il lui arrivait de faire à Serge des confidences qu'elle n'aurait faites à personne d'autre. Mais elle ne lui avait rien dit de son vertige, l'autre soir, au théâtre, à la fin de la représentation.

Bilbao bis, fils de Bilba, elle-même fille de Bilbao Ier, roi des épagneuls nains, était sur le siège avant.

Il sauta sur les genoux de Violaine et entreprit de la débarbouiller. Violaine se mit à rire.

– Du calme, petit monstre !

Puis elle se tut.

D'habitude, dès qu'elle avait retrouvé sa mère, Violaine bavardait comme une pie, lui confiant pêle-mêle les incidents qui avaient eu lieu depuis leur dernier coup de téléphone.

Hedwina se tourna vers elle :

– Alors?
– Alors quoi?
– Que se passe-t-il?
– Rien. Si. Ecoute, Maman, comment fais-tu pour me connaître à ce point?
– Et toi, pour me sous-estimer à ce point?... Il est beau?
– Je l'épouse... Enfin, non, il m'épouse... Enfin, nous sommes fiancés!
– Lucas et toi?
– Qui te parle de Lucas?... Edouard et moi!
– Edouard! Qui est-ce?
– Edouard de Winquaire.
– Winquaire?
– Oui, il est de la famille... C'est même le fils aîné. Je l'ai rencontré au jumping. J'ai gagné...

Hedwina ne réagit pas.

– Tu entends, Maman, j'ai eu la coupe! Edouard aussi... Enfin, lui, celle des hommes... Il m'a dit qu'il fallait fêter ça. Il m'a invitée à son hôtel et nous avons bu du Dom Pérignon, moi dans sa coupe, lui dans la mienne... La sienne était plus grande, ce qui fait que... Maman, tu ne m'écoutes pas!

– Si, ma chérie. Je pensais aux Winquaire. Ils savent?

– Quoi?
– Que leur fils veut t'épouser?
– Edouard le leur apprend aujourd'hui.
– Ah!
– Et alors...? Maman, réveille-toi... Nous ne sommes plus au XIXe siècle!
– Non, Violaine, c'est beaucoup plus subtil...

– Tu sais, à notre époque, on n'a pas besoin de l'accord de ses parents pour se marier, c'est juste pour la politesse. Et peux-tu m'expliquer pourquoi les Winquaire ne voudraient pas de moi ? A cause de Papa, qui s'est remarié en Angleterre ?

– Non, Violaine, à cause de moi.

– Suis-je bête, bien sûr, à cause de toi ! Ma mère est une scandaleuse, j'oublie toujours... Quel âge a ton dernier amant ?

– Violaine, ne plaisante pas... J'ai tellement envie que tu n'aies pas de déception !

– Il m'aime, je l'aime, le reste est poussière ! Sauf une chose, qui me préoccupe infiniment : et s'il allait ne pas te plaire ?

– A moi ?

– Oui, à toi, ma divine. Ma « Bête »...

De temps à autre, par tendresse, Violaine appelait sa mère par son surnom.

Hedwina haussa les épaules.

– J'aime tous ceux qui t'aiment.

– Quand tu dis ça, d'habitude, ça m'agace, je préfère que tu gardes ton jugement sur les hommes que je te présente... Mais, cette fois, tu vois, ça me plaît... J'ai envie que tu l'aimes, parce qu'il m'adore ! On va s'adorer, quoi, tous les trois...

Bilbao se mit à aboyer comme un fou.

On était arrivé au Champ-de-Mars et il réclamait une promenade.

– Tout à l'heure, Bibi, lui dit Violaine, j'ai d'abord besoin d'un bain !

Mais ce ne fut pas de bain qu'elle parla à Marie-Louise en posant le pied dans l'appartement :

– Marilou, est-ce qu'on a téléphoné pour moi ?

– Non, ma grande. Que tu es devenue belle ! Presque autant que ta mère..., dit Marilou en l'embrassant trois fois, à l'auvergnate.

– Alors, télégraphié ?

21

— Rien de tout ça, ma petiote...

Devant son air déçu, et même catastrophé, Marilou n'y tint plus.

— Va voir dans ta chambre!

Une immense corbeille blanche et rose occupait l'espace. Tubéreuses, roses, tulipes, branches de pommier en bourgeons : une merveille. En fait, à l'arrivée, il y avait aussi quelques œillets. En femme superstitieuse qui n'aime pas défier le destin, Marilou s'était empressée de les arracher et les avait jetés à la poubelle. Sauf un, celui sur lequel était épinglé la lettre et qui avait échappé à sa vue.

Violaine ne vit pas l'œillet (mauvais œil?), elle vit la lettre. C'était une lettre d'amour. Elles sont toutes merveilleuses et toujours tellement trop courtes!

Mais comme on ne lit, dans l'ensemble, que le début et la fin, le « milieu » est un peu superflu, et on a raison de l'écourter... Le début disait : « Mon adorable amour... » et la fin : « A tout de suite et à toujours... »

— Elle est fiancée! dit Hedwina en tendant sa fourrure à Marilou.

— Fallait bien que ça arrive. Tant mieux! Comme ça, on aura des petits... Sinon, avec leur sacrée pilule...

— En attendant, on va commencer par avoir un grand! Pourvu que ça se passe bien, elle est tellement amoureuse... Ça me fait peur!

— Vous ne l'avez jamais été, vous? Le meilleur moment de l'amour, c'est toujours avant... C'est vous qui m'avez dit ça! Et pas qu'une fois!

— C'est vrai, Marilou, mais avant quoi?

— Avant que ça se termine, tiens!

Violaine revint en coup de vent, sa lettre bien serrée dans sa main, comme un talisman.

— Maman, je voudrais une grande fête!

– Si tu veux, ma chérie, une fête pour quoi?
– Enfin, voyons, pour mes fiançailles! C'est la famille de la fille qui offre la fête des fiançailles, et celle du garçon celle du mariage...
– Où diable as-tu appris ça?
– En Suisse! Tu as voulu que j'aille dans une pension chic, voilà le résultat! Tu n'as qu'à t'en prendre à toi-même!

Hedwina se laissa tomber sur son divan.
Légèrement euphorique.
Elle se sentait du brouillard dans le cerveau.
Pourtant, elle n'avait pas bu!
L'étonnement, sans doute, le changement. « Un jour, tu te marieras... » Si souvent elle avait dit la phrase à Violaine, soi-disant pour la préparer, en fait pour se préparer elle-même à la séparation. La vraie. Celle qu'institue l'homme, l'époux, entre les mères et les filles.

Tu quitteras tes père et mère...
Violaine allait la quitter, cette fois, pour de bon.
Les autres, ses « jules », comme elle disait, n'avaient été que de grandes poupées avec lesquelles elle apprenait à aimer.
Maintenant, ça y est, c'était fait. Elle entrait dans le réel. C'était devenu vrai.

– Maman, comme s'appelle ton traiteur, tu sais, celui qui fait de si bons gâteaux à la crème?... C'est à lui qu'il faut demander le lunch...

Hedwina fronça les sourcils, fit un effort de mémoire...
– Je ne m'en souviens pas...
– Tu n'avais que son nom à la bouche!
– Regarde dans mon répertoire, il doit y être.
– Si tu ne me donnes pas son nom, je ne saurai pas où chercher.
– Attends un peu...

Rien à faire, ça ne revenait pas.

— Je vois ce que c'est, dit Violaine en riant, Madame ne veut pas marier sa fille ! Oubli significatif...

— Ça doit être ça, dit Hedwina, riant aussi.

Elle oubliait de plus en plus de choses, ces temps-ci. L'âge, sans doute. Il faudra qu'elle en parle à Charles Kramer, son médecin généraliste et son ami. Elle avait lu un article, dans *Le Monde*, sur de nouveaux médicaments pour la mémoire, de la vitamine E, en particulier. Il paraît que ça fait merveille. En attendant, du moment qu'elle n'oubliait pas le texte de ses rôles, ça n'était pas bien grave !

— Je l'ai trouvé à *Traiteur* ! s'exclama triomphalement Violaine. Je les appellerai demain.

— Mais tu n'as pas la date !

— Si, elle est choisie ! Je ne te l'avais pas encore dit, mais Edouard et moi, on a prévu nos fiançailles pour dans quinze jours juste, le 29 octobre, ça te va ? J'ai calculé, c'est ton jour de relâche...

— Ça me va, dit Hedwina. Mais je crois que je vais aller me reposer, je me sens un peu lasse...

En s'allongeant sur son lit, elle se sentit divinement bien. Elle ne pensait plus à rien, soudain. C'est tellement fatigant, un cerveau qui n'arrête pas de fonctionner, et le sien venait de lui faire cette grâce, il s'était « débranché ».

Tout seul.

CHAPITRE III

– MAMAN, Maman, dépêche-toi, ils viennent juste d'arriver!
– Qui ça?
– Les Winquaire père et mère, ils sont en train d'embrasser Édouard, viens vite!
« Elle est divine! » se dit Hedwina.
Il n'y a rien de plus exquis dans l'espèce humaine qu'une jeune fille blonde aux yeux verts, vêtue d'une robe à volants de mousseline rose et blanche, des liliums dans les cheveux, les joues empourprées par l'excitation et criant : « Maman, Maman! »
Hedwina eut envie de ralentir le pas pour savourer le spectacle. Elle ne reverrait plus jamais ce ravissant tableau de toute sa vie. Elle le savait. Ça n'était pas un pressentiment, mais une évidence. C'était aujourd'hui la fête de fiançailles de Violaine; après, ce serait fini, à tout jamais.
Il y aurait encore quelques déjeuners et dîners avec des amis, des gens du spectacle, la petite remettrait sa robe de mousseline, avec cette haute ceinture moirée, comme un ruban, puis il y aurait le mariage, l'écrin de satin blanc auréolé d'une montagne de tulle, ensuite les gracieuses robes larges de femme enceinte, puis la liseuse de la jeune accouchée, les premières tétées, toutes sortes

de spectacles émouvants, adorables... Mais plus jamais Hedwina ne reverrait sa fille comme elle était en cet instant magique : éblouissante de jeunesse, de certitude, de bonheur.

Avec ce gros diamant blanc-bleu au doigt.

– La bague de fiançailles de ma mère, elle nous la donne, avait dit Edouard en la remettant à Violaine devant Hedwina, le jour où il lui avait été présenté, retour de Belgique.

Et ç'avait été là aussi un grand, un beau moment.

Violaine avait à peine eu le temps de regarder la bague qu'Edouard venait de lui passer au doigt qu'elle l'avait arrachée pour la tendre à sa mère : « Regarde, Maman ! »

Cela voulait dire : « Tu vois, ils m'acceptent ! La preuve, ils me donnent leur diamant, et puisqu'ils m'ouvrent grand leur porte, c'est qu'ils t'acceptent aussi ! Tu n'es pas la femme maudite que tu crois... »

Violaine avait dans les yeux une telle lueur de tendresse et d'amour, en tendant le diamant à Hedwina, qu'on eût dit qu'elle l'incluait dans ses propres fiançailles – c'était bien le cas –, dans son bonheur d'être « admise » et pas seulement aimée. Les yeux d'Hedwina se remplirent de larmes.

Elles brillaient plus encore que le diamant qu'elle avait aussitôt rendu à sa fille, sans vouloir l'essayer.

– Ne fais essayer ta bague à personne jusqu'à ton mariage, chérie, cela porte malheur !

– Je parie que c'est encore Marilou qui t'a appris ça, la vieille sorcière ! avait dit Violaine en remettant la bague à son annulaire gauche, avant de prendre la main droite d'Edouard entre les deux siennes.

Edouard...

Hedwina avait à peine eu le temps de l'apercevoir de dos, en train de remettre son pardessus clair entre les mains de Marilou, qu'elle l'avait déjà jugé.

De l'allure. Celle de sa classe. Du goût. Celui de son clan. Le sens de l'argent, du luxe, du raffinement. Enseigné par sa mère. De la solidité. Celle d'une famille dont les avoirs sont diversifiés, les comptes dispersés dans plusieurs grandes banques internationales, sans oublier la leur, la franco-belge...

Elle n'avait pas eu besoin de son notaire, Me Pinchon, son vieil et cher ami qui, si souvent, était venu à sa rescousse quand les paiements tardaient, pour savoir que Violaine épousait l'argent.

Même si sa fille s'était fiancée avec l'amour.

Et c'est avec Pinchon, et à l'insu de Violaine, qu'elle avait préparé un contrat de mariage que le notaire avait soumis lui-même au notaire des Winquaire.

Au sortir de l'étude de son célèbre confrère, Pinchon s'était rendu droit chez Hedwina, qui l'attendait avec anxiété. Son sourire valait un discours : toutes leurs conditions avaient été acceptées sans la moindre discussion.

– J'ai eu peur ! dit Pinchon.
– Moi aussi, avoua Hedwina.
– On aurait eu l'air de quoi !
– Je n'en sais rien, mais Violaine nous en aurait voulu d'avoir été aussi exigeants. Alors, c'est bien sûr ?
– Absolument. A l'heure qu'il est, ils ont signé.
– Ouf ! Il peut m'arriver n'importe quoi, maintenant, Violaine s'en sortira haut la main !
– Une fois mariée...
– Henri, vous savez bien que c'est comme si c'était fait ! Edouard est follement amoureux, je l'ai vu...
– Je sais, mais tant que ça n'est pas ratifié...

– Evidemment, tout le monde peut passer sous un autobus! Moi aussi!

– Non, pas vous...

– Pourquoi pas moi?

– Vous ne sortez jamais à pied!

Ils avaient ri. Ils avaient pris du champagne. Ils étaient soulagés.

C'était curieux, d'ailleurs, ce soulagement.

C'est Hedwina qui en prit conscience la première :

– Je ne sais pas pourquoi je m'en faisais tellement... Après tout, Violaine est tout à fait capable de gagner sa vie. Avec les diplômes qu'elle a, elle est autrement mieux armée que moi à son âge!

– On peut toujours être empêchée, malade, tandis qu'avec la rente qu'elle aurait – en admettant qu'il y ait veuvage, séparation, divorce, n'importe quoi –, elle peut passer le reste de son existence dans une petite voiture en or, poussée par des infirmières avec des diamants à tous les doigts...

– On n'en demande pas tant!

– Non. Mais pas moins non plus...

Il n'y avait rien à faire, ils étaient angoissés.

Ils avaient raison de l'être.

Mais ils ne regardaient pas dans la bonne direction. Une grâce d'état...

... Et puis, Edouard s'était retourné et Hedwina avait été frappée par la beauté des yeux. Ils avaient juste le bon écartement, c'est très rare. Elle était d'autant mieux à même d'en juger, qu'elle avait eu, en face d'elle, et parfois bouche contre bouche, les plus beaux hommes du monde, quand elle tournait encore des films. Et c'était là, toujours, que se situait le problème : dans l'écartement des yeux! Trop éloignés, trop rapprochés... Elle en louchait, parfois, jusqu'au jour où un cameraman, son ami Camille, était venu lui chuchoter à l'oreille :

– Attention, ma grande, tu bigles...
– Mais c'est lui, je ne sais pas où le regarder ! T'as vu ses yeux ?
– Je sais. Regarde le troisième...
– Le troisième quoi ?
– Le troisième œil, tu sais bien, celui qui est là.

Camille avait frappé le milieu de son front avec son index, et, depuis, chaque fois qu'elle avait un problème avec le visage de son partenaire mâle, Camille, si c'était lui qui filmait, n'avait qu'à se frapper le front pour qu'Hedwina se retrouvât en plein fou rire... Mais ça marchait.

Edouard, lui, avait des yeux parfaits.

Le nez aussi, de bonne taille, pas grand, juste un peu hautain.

Une bouche généreuse qui, loin de se déformer dans le sourire, prenait, au contraire, une expression plus belle, ainsi qu'elle l'avait souvent remarqué chez les Juifs. Il ne l'était pourtant pas (à moins que quelqu'une de ses aïeules ait eu des faiblesses pour son banquier de l'époque, ce qu'on peut comprendre !).

Restait le menton.

Hedwina n'aima pas le menton. Tout de suite, d'instinct. Alors elle le raya, ou plutôt le redessina, d'un coup d'œil rageur, car elle le trouvait mou, un peu complaisant, pas « sûr ». Et comme elle s'était donné le mal, en pensée, de le rectifier, elle l'oublia.

– Comment le trouves-tu ?
– Sublime.
– Maman, tu dis ça pour me faire plaisir !
– Je te le jure, je t'assure... On dirait Newman mâtiné de Delon !
– Tu te fous de moi !
– Moi ? Tu sais bien qu'ils ont été mes petits camarades de jeu, l'un et l'autre. Pourquoi te

mentirais-je? Je parie qu'on lui a demandé de faire du cinéma, je me trompe?

– C'était pas des films, c'était de la pub pour une marque de costume, il avait dix-sept ans...

– Tu vois!

– Son père lui a dit que s'il faisait ça, il lui coupait les vivres!

– On gagne bien sa vie dans la pub!

– Mais les vivres, chez les Winquaire, imagine-toi que c'est encore mieux que la pub! Alors, Edouard a renoncé à la carrière de l'image... Enfin, c'est ce qu'il m'a dit!

– J'en aurais fait autant, à sa place...

– Toi, la « Bête »? Tu m'étonnes. Tu aurais plutôt payé pour jouer! Tu avais ça dans le sang, toi, sous la peau, partout, c'est pas vrai?

– Si.

Et Edouard avait été adopté. Ou plutôt, c'est lui qui avait « adopté » Hedwina. Rien ne le rendait plus fier que d'entrer dans un établissement ultra-chic, le restaurant des Ambassadeurs, celui du Jockey-Club, une réception chez Gallimard ou à l'Académie, en tenant chacune des deux femmes par un bras.

On aurait dit une comédie américaine, tant le trio rayonnait de joie, d'élégance, d'allure et de beauté.

Ils étaient si étincelants qu'on en oubliait de les envier. (On avait raison.) Et Hedwina se demandait si ça n'était pas un péché de se sentir si heureuse entre sa fille et son futur gendre. Une forme larvée de l'inceste...

Elle s'en ouvrit à eux, un soir, chez Maxim's. Ils avaient tous trois un peu bu et ils rirent tellement de ses scrupules qu'elle renonça à se sentir plus longtemps coupable!

– Belle-Maman, finit par lui dire Edouard entre deux hoquets...

– Bête-Maman! le reprit Violaine au bord de l'étouffement.

– Bon, eh bien, Bête-Maman, jouissez de vos restes!

– Mes restes?! fit Hedwina, n'en croyant pas ses oreilles.

– Oui, vos restes, car dans un mois j'épouse Violaine, et nous partons pour un long voyage... Vu?

– Oui, dit Hedwina, vu. A vos amours, mes bien-aimés!

Elle leva la plus transparente coupe de sa vie, s'y mira un instant – ses restes! non mais, jeune homme! – ne trouva rien à redire à son image, siffla le champagne d'un coup.

Il était une heure du matin, après la représentation. Quelles acclamations, ce soir-là! Pourtant, lorsqu'elle était sortie de scène, il lui avait semblé que son partenaire, Maxence Duroy, lui avait lancé un drôle de coup d'œil. Comme si elle lui avait « manqué », quelque part! Hedwina n'avait pas bien compris : elle qui mettait son point d'honneur à être « bonne camarade » et à ne pas prendre le devant de la scène, ni à couper les tirades des autres, fût-ce par des mimiques... Que lui avait-elle fait, à ce bon Maxence?

Elle tirerait la chose au clair le lendemain, avant d'entrer en scène.

Elle oublia.

Elle en oubliait des choses, ces temps-ci.

Est-ce pour cela que son visage était lisse comme une rose quand, entraînée par sa fille, elle se rendit au-devant des Winquaire?

Eux aussi furent éblouis.

La mère avait été une sacrée « traînée », d'après les on-dit, pensa Elyane de Winquaire, mais les gènes étaient sains. Superbes, même. Cela ferait de beaux petits-enfants!

Elle avait eu raison quand elle avait répété à Gaston, dans la voiture, que les êtres humains ne sont pas des chevaux et que ça n'est pas la pureté de la race qui compte, dans les mariages.

Violaine n'était pas fille de, elle-même fille de, jusqu'à la dixième génération, et ça n'en était que mieux! Après tout, se disait-elle, les Winquaire avaient bien – mais *chut!* – un peu de sang juif dans les veines, ce qui expliquait probablement leur habileté à conserver la fortune dans la famille au lieu qu'elle s'évapore comme celle de leurs malheureux cousins, les filateurs du Nord de la France...

Elyane ouvrit ses bras à Violaine. L'accolade fut un peu sèche, d'autant que Violaine sentit quelque chose qui la piquait à la poitrine, à travers la mousseline. C'était l'énorme broche diamant et émeraude dont Edouard lui avait parlé en lui disant : « Tu l'auras un jour! »

Violaine se jura qu'elle ne porterait jamais un bijou dont le contact risquait de faire mal à ses enfants, petits ou grands. Toutefois, elle aima bien le regard de Gaston : il avait les yeux d'Edouard. En moins beaux, bien sûr... Mais Violaine y lisait une admiration étonnée – il n'y avait donc pas que le pedigree pour réussir les pouliches! – qui frisait la tendresse.

Tout était donc bien.

Ce jour-là...

CHAPITRE IV

– Enfin, Marilou, où est Maman ? Je n'arrive pas à la joindre au téléphone... Elle n'était pas au théâtre, elle n'est pas rentrée, qu'est-ce qu'elle fait : la fête ?

– Je ne sais pas, mon biquet. Et toi, ça va bien ? Je devrais dire : et vous, ton fiancé et toi ?

– Très bien, Marilou. Mais je m'inquiète pour Maman. Que se passe-t-il ?

– C'est pas bien grave.

– Il est donc arrivé quelque chose ?

– Ecoute, elle m'a dit de ne rien te dire, mais je suis incapable d'inventer des menteries, moi, surtout quand on me cuisine... Elle est en clinique !

– Quoi ? Qu'est-ce qu'elle a ?

– La fatigue. Un étourdissement au théâtre... Elle va déjà mieux, elle sort demain. Si tu n'avais téléphoné que demain, tu n'aurais rien su !

– Quelle clinique ?

– Elle m'a juré de ne pas te le dire, je vais me faire attraper, moi ! D'ailleurs, je ne sais pas !

– Bon, eh bien, j'arrive. Je prends l'avion.

Trois heures après, elle était là.

Et quand Serge ramena Hedwina de la clinique, Violaine, assise sur le canapé de cuir crème, devant un feu de cheminée, l'attendait.

A l'arrivée de sa mère, un grand sourire illumina

son visage bruni par le soleil de l'altitude – elle rentrait des Alpes où elle était allée faire du ski avec Edouard –, mais ses yeux étaient graves. Inquisiteurs.

Avec une femme de cinquante ans, la première chose qui vient à l'esprit, de nos jours, c'est : cancer.

– Bonjour, Maman.
– Ma chérie, je ne m'attendais pas à te voir là... Serge ne m'a rien dit.
– Je suis revenue brusquement.
– Vous avez interrompu votre séjour ?
– Oui, Edouard a dû regagner Bruxelles, un problème au bureau. Et comme nous ne sommes pas encore mariés, il a préféré que je ne l'accompagne pas... Tu sais, son milieu est terrible... Deux fiancés qui vivent ensemble, ça ne se fait pas...
– J'imagine.
– C'est pour ça que je suis venue ici, je suis rentrée chez ma Maman. Et toi, ma Maman, comment vas-tu ?
– Très bien.
– Ne mens pas, Marilou m'a dit.
– T'a dit quoi ?
– Que tu revenais de clinique...
– Ah ! la clinique ! J'avais déjà oublié... Un petit check-up de rien du tout, ils ont préféré me garder pour la nuit, c'était plus facile. Tu sais, de nos jours, ils vous font trente-six mille examens... Cela doit coûter une fortune à la Sécurité sociale, et...
– Et les résultats ?
– Quels résultats ?
– Eh bien, de ton check-up...
– Tout va bien...
– Tu les as ? Montre...
– Ils ont gardé mon dossier, ils l'enverront à Kramer. Tu sais, j'ai l'habitude, c'est annuel... Les

assurances l'exigent, maintenant, avant chaque engagement...

— Mais on ne t'hospitalise pas, d'habitude.
— C'était plus commode comme ça...
— Maman, ne mens pas, que s'est-il passé?

Hedwina avait ôté son manteau, elle paraissait un peu lasse, mais son visage était coloré, pas inquiétant.

— Mais rien, ma chérie... J'ai eu comme une petite défaillance au théâtre, un petit « trou », tu vois ce que je veux dire, une sorte d'étourdissement... Alors, comme c'était juste le moment de me faire un check-up, on en a profité...

Le mot *profiter* sert parfois dans des circonstances où on se demande ce qu'il fait là. C'en était une.

Violaine ne se sentit pas rassurée : quelque chose de trop « détaché » dans le ton de sa mère. Si les choses avaient été aussi banales qu'elle tentait de le faire croire, elle aurait ri, plaisanté, fait preuve de son humour et de son sarcasme habituels.

Là, elle minimisait, c'était évident.

Violaine se dit qu'elle téléphonerait le lendemain à Kramer, et elle prit le parti de paraître se contenter des explications maternelles.

Elle raconta le séjour de quelques jours en Haute-Savoie, son plaisir à découvrir, chez Edouard, une aptitude au ski comparable à la sienne. Ils avaient été pleinement heureux à dévaler les pentes côte à côte, comme s'ils étaient déjà sur celles de la vie.

— Je parie que tu étais devant...
— Pas du tout, Maman, j'étais derrière...
— Alors, tu le faisais exprès.

Violaine eut un rire de gorge.

— C'est mieux comme ça, non...? Comme chez les Arabes, l'homme va devant, la femme derrière...

– Mais, en douce, c'est elle qui commande!
– C'est exactement ce que je me suis dit!
Elles rirent.

Hedwina passa chez elle pour se déshabiller. Violaine regagna sa chambre de jeune fille, défit son sac de voyage, prit une douche. Elle enfila son vieux peignoir de laine écossaise, qu'elle avait l'intention de laisser là, il était trop usé aux coudes et dans le dos, à l'emplacement des fesses (elle le mettait pour travailler ses examens quand elle était à la maison), et elle voulut rejoindre sa mère dans sa chambre.

Comme la porte était fermée, elle frappa.

– Entrez, dit la voix d'Hedwina, un peu rauque.

Violaine entra.

Hedwina était debout devant sa glace, en train de se coiffer, pensa Violaine, mais elle remarqua sans se le formuler que sa mère n'avait pas de peigne à la main. Hedwina la regardait dans la glace, d'un drôle de regard. Un regard que Violaine ne lui connaissait pas, puisqu'elle ne l'avait jamais vu posé sur elle. C'était comme si elle regardait une étrangère, une inconnue.

Hedwina se retourna.

– Qui êtes-vous? dit-elle.

Violaine reçut un coup au cœur.

– Vous demandez qui? insista Hedwina qui paraissait très calme, quoique surprise de l'intrusion.

– Maman, dit Violaine... Maman, c'est moi, Violaine!

– Ma fille est en voyage, dit Hedwina. Elle n'est pas là. Que faites-vous dans son peignoir?

Violaine se sentit prise entre deux impulsions. L'une consistait à hurler « Marilou! » et à s'enfuir dans la cuisine pour aller chercher du secours, loin de l'épouvante. L'autre – et ce fut à celle-ci qu'elle obéit – lui enjoignait de penser d'abord à sa mère, à ce qu'elle devait ressentir, pour ne pas la choquer davantage, mais l'aider, au contraire.

– Il faut t'asseoir, lui dit-elle.

C'était se donner un motif pour l'approcher.

– Pourquoi m'asseoir? Je ne suis pas fatiguée.

Hedwina la dévisageait toujours.

– J'ai une fille qui vous ressemble, dit-elle, elle va rentrer. Il faudra lui rendre sa robe de chambre.

C'était dit sans violence.

Violaine la prit par le bras et Hedwina se laissa faire. Elle s'assit dans le grand fauteuil, elle avait toujours le regard levé vers Violaine, avec une interrogation dans les yeux. Le reste de son visage était immobile. Sans souffrance. Ailleurs.

Puis la femme regarda à travers la chambre.

– Où suis-je?

– Chez toi, Maman! cria presque Violaine.

– Ah!

Elle se tut.

Faire quelque chose!

– Je vais te donner un verre d'eau...

– Je veux bien, avec un peu de sucre.

– C'est ça! Je vais en chercher.

Violaine se précipita vers la cuisine. Elle avait les yeux hors de la tête, l'air horrifié.

– Elle ne me reconnaît plus!

– Toi aussi! dit Marilou. Elle m'a fait ça, la semaine dernière, puis ça s'est arrangé... Mais toi, sa propre fille... Je croyais que c'était la fatigue, parce que je suis une étrangère... mais toi, mon petit!...

– Elle veut de l'eau! Viens avec moi.

Les deux femmes entrèrent l'une derrière l'autre. Violaine portait le verre d'eau sur un petit plateau en métal argenté.

Hedwina regardait du côté de la fenêtre.

— Venez voir, leur dit-elle, il y a un chat dans l'arbre. Regarde, Violaine, un chat roux, là, juste à l'embranchement du tilleul... Il va sauter sur la terrasse.

C'était vrai.

— Heureusement que Bilbao ne l'a pas vu! Il a horreur des chats, il l'aurait coursé... A propos, Marilou, où est-il?

— Dans la cuisine, Madame.

— Bon. Si Violaine est d'accord, je prendrais bien un petit potage aux légumes frais, ce soir. Cela te va, Violaine?

— Parfaitement, Maman.

— Que fais-tu avec ce verre d'eau?

— C'est pour toi.

— Je préférerais un petit doigt de porto, si tu tiens vraiment à me donner à boire.

Elle était redevenue elle-même.

Pas les deux autres, transies face à la tragédie.

Car c'était bien la tragédie qui venait de se révéler par ce calme après-midi de printemps, dans le décor habituel. Avec un gros chat roux qui épiait les humains par la fenêtre, sans rien voir d'inhabituel dans ce trio de femmes serrées les unes contre les autres.

Comme pour faire face au malheur.

Mais de quel ordre? Et qui frappait qui, exactement?

CHAPITRE V

– Ma chérie, je ne peux donc pas vous laisser seule huit jours sans que vous vous racontiez des histoires folles!... Vous allez me donner le sentiment délicieux, pour un futur mari, que je vous suis indispensable!

Edouard et Violaine se promenaient bras dessus, bras dessous dans le parc de Bagatelle, si beau au printemps. Les bulbes, tulipes, narcisses, jonquilles, enterrés depuis l'automne, donnaient soudain de toutes leurs forces et leurs variétés, et il y avait, dans ce jardin qui alliait les belles perspectives des terrasses à la française aux massifs touffus et secrets chers aux Anglais, un charme qui rendait toute conversation – autre qu'amoureuse – sans objet.

Pourtant, c'était le lieu qu'avait choisi Violaine pour parler à son fiancé des *troubles* de sa mère. Elle ne disait pas encore « maladie ».

Lorsqu'il avait débarqué du T.E.E., deux jours auparavant, la joie de se retrouver l'emportait sur l'angoisse. Et puis Hedwina les attendait pour déjeuner... Après le café, elle leur avait tendrement déclaré : « Mes chéris, je ne veux plus vous revoir! Oubliez-moi! »

D'ailleurs, les fiancés avaient retenu une chambre à l'hôtel Château-Frontenac, pour mieux protéger leur intimité. Hedwina, en apparence, se portait bien, et Violaine avait vécu ces deux nuits comme deux nuits de noces.

Les jeunes gens s'étaient d'ailleurs inscrits sous le nom de M. et Mme Clairvain, et ils avaient l'air si amoureux que le personnel les prenait effectivement pour de jeunes mariés.

Il y avait toujours un bouquet de boutons de roses sur le plateau du petit déjeuner.

Le second jour, tandis qu'Edouard prenait sa douche dans la salle de bains jaune et noire, Violaine avait téléphoné à Marilou.

A ces heures-là, quand sa mère avait joué la veille, elle reposait encore et seul l'appareil de la cuisine était branché.

– Comment va-t-elle?
– Elle va...
Le ton n'était pas enthousiaste.
– Ça veut dire quoi?
– Rien.
– La représentation s'est bien passée?
– Je n'y étais pas... Mais je sais qu'elle a téléphoné au Dr Kramer. Il vient tout à l'heure.
– Qu'est-ce qu'elle lui a dit?
– J'ai bien essayé d'entendre, mais elle s'était enfermée dans sa chambre...
– A quelle heure Kramer vient-il?
– A onze heures et demie.
– J'y serai.

Violaine avait prétexté une « course » de femme. Trois semaines avant un mariage, c'est la moindre des choses. D'ailleurs, Edouard, quant à lui, avait l'intention de passer au bureau.

Quand ils se quittèrent sur le trottoir, Violaine pour prendre un taxi, Edouard pour monter dans la petite Renault 5 de sa fiancée qu'elle lui abandonnait volontiers, elle eut le sentiment qu'ils étaient déjà mariés. Ce serait « comme ça », leur vie conjugale, à Paris ou à Bruxelles, puisqu'ils comptaient faire la navette entre les deux capitales où, en chaque lieu, ils auraient un foyer.

Ce lui fut doux.

Il n'y a rien de plus délicieux que de voir partir d'un pas décidé, par un beau matin de printemps, un très bel homme dont on sait qu'il est lié à vous par la corde du mariage sur laquelle il n'est même pas besoin d'exercer une traction pour qu'il se retrouve à nouveau dans votre lit, le soir même, tel un amant passionné.

Cette sécurité dure ce que dure la lune de miel – parfois toujours – et tout ce temps-là, c'est divin!

On se demande avec superbe comment font les autres pour ne pas jouir d'un tel bonheur. Faut-il qu'ils soient bornés, empruntés, maladroits...

Violaine était encore pleine de cette arrogance des privilégiés de l'existence quand elle sonna à la porte de sa mère, qu'elle ouvrit en même temps avec sa clé. Elle voulait s'annoncer pour ne pas la surprendre.

Marilou vint à sa rencontre.

– Le docteur est là, il est arrivé en avance...

– Elle était comment, ce matin?

– Comme lorsqu'elle se réveille, toujours un peu embrumée... En fait, elle implore un moment supplémentaire de grâce avant que j'apporte son plateau... On dirait qu'elle n'en a jamais assez de dormir... Tu sais...

– Quoi?

– Elle ne souffre pas.

Les deux femmes se regardèrent. Du moment qu'Hedwina ne souffrait pas, ça ne pouvait pas être vraiment grave.

– Violaine, c'est toi?

Hedwina avait entrouvert la porte de sa chambre.

– Oui, Maman, j'avais une course à faire dans le quartier...

– Entre, Charles est là!

Cela faisait deux décennies que Charles Kramer soignait la famille, c'est-à-dire la mère et la fille. En fait, depuis la naissance de Violaine.

C'était un bel homme aux cheveux gris coupés en brosse, avec cet air martial qu'ont certains médecins, habitués à avancer entre les symptômes morbides, et, parfois, à trancher à la serpette entre la vie et la mort, comme des combattants dans la jungle.

Rien que de le voir, on était rassuré. Et puis, quelque temps plus tard, on sautait sur une mine! Ça ne fait rien, on était mort avec le « moral »...

« Gardez le moral » était en effet l'une des formules favorites de Kramer, surtout lorsqu'on avait perdu tout le reste. Parfois, cela faisait effet. En tout cas, cela lui rendait, à lui, sa vie quotidienne et professionnelle plus facile...

– Qui est cette belle jeune femme? Il me semble la reconnaître... Serait-ce, mais non, mais ça n'est pas possible... Ça n'est pas l'affreuse petite Violaine qui était trop maigre, n'avait pas de poitrine et portait une pépinière de boutons sur la figure quand elle est venue me voir la dernière fois?

Ils s'embrassèrent en riant.

Violaine n'avait jamais été « affreuse », mais la puberté existe et il faut bien que ça se traverse!

La conversation s'égailla sur plusieurs terrains à la fois, pour converger bien évidemment sur le brûlant problème du mariage de Violaine avec Edouard de Winquaire.

– Mazette! dit Charles qui n'était pas exactement de cette génération. Tu vas être riche!

– Et heureuse! dit Violaine.

– Riche et heureuse. Ça n'est pas si mal... Il ne te manquera rien!

– Surtout avec vous pour vous occuper de l'essentiel, cher Charles.
– C'est quoi, l'essentiel? dit Charles qui n'était pas sur ses gardes.
– La santé.
– Mais toi et la santé, vous faites depuis longtemps excellent ménage...
– J'ai de qui tenir, dit Violaine, bravant décidément tous les dangers et désignant sa mère.
– Mon Dieu, mes consultations! s'exclama Charles, regardant brusquement sa montre.

C'est sur le pas de la porte qu'il lâcha le morceau :
– Il faut la surveiller.
– Qu'est-ce qu'elle a?
– Des troubles de la mémoire...
– Ça, je sais, mais qu'est-ce que ça signifie?
– Je ne sais pas encore. Je vais lui faire passer quelques examens.
– De quel ordre?
– Scanner..., pour commencer.
– Vous ne croyez tout de même pas à une tumeur du cerveau?
– Elle n'a aucun trouble de la vue, pas de migraines, mais il faut tout éliminer. Je ne crois rien avant les examens. D'ici là, je lui ai fait une grande et longue et belle ordonnance.
– De quoi?
– De vitamines! Allez, ne t'en fais pas, ma grande... Sois heureuse.

Quand on dit impérativement à quelqu'un : « sois heureux », ou « sois heureuse », c'est qu'il existe un vrai danger qu'il ou elle ne le soit bientôt plus.

Et quand Violaine retrouva Edouard pour dîner, une ombre mélancolique planait sur elle.
– Madame est nostalgique? Lui aurais-je manqué?

– Oui, mon chéri, dit Violaine en s'appuyant tendrement contre lui.

Ils avaient l'habitude, chez Lipp, de s'asseoir l'un à côté de l'autre sur la même banquette, pour se faire du pied, de la main, de la joue, de l'épaule, en somme de tout ce qu'ils pouvaient se faire, ou presque...

Le lendemain matin, qui était un samedi, Violaine, à peine levée, invita son fiancé à venir marcher avec elle à Bagatelle.

Edouard le prit comme un caprice de jeune femme, enfila une tenue « sport », pantalon de velours côtelé, cachemire rose fané sur chemise vert cru, mit des baskets et conduisit la Renault d'un pas de sénateur jusqu'au parc.

Violaine était en jean serré, une tenue qui mettait en évidence sa superbe silhouette de sportive. Elle éclatait de santé, comme on dit, et Edouard éprouvait les ondes magnétiques qu'elle dégageait comme un bienfait. Passer toutes ses nuits auprès d'une fille pareille lui donnait un tonus qu'il n'avait pas connu jusqu'ici. Il avait bien fait de braver les doutes et les réticences de ses parents. Car il y en avait eu !

Sa contre-attaque avait été foudroyante : « Ou vous acceptez mon mariage, ou bien je lâche la boîte... (Il entendait par là la multinationale...) Avec mes diplômes et ceux de Violaine, nous pouvons très bien nous débrouiller sans vous. Mais vous sans moi, alors ça, j'en doute ! »

Chantage familial d'une imparable efficacité. Le lendemain, M. et Mme de Winquaire, après avoir consulté leurs conseils, se déclaraient « ravis » du choix d'Edouard, tout en remontrant à leur fils leur largeur de vues et leur libéralisme.

Eux aussi savaient avancer leurs pions !

– Je venais jouer ici quand j'étais enfant, dit

Violaine en désignant le parc et ses pelouses. Avec Hedwina.

— Et tes amoureux? dit Edouard qui, histoire de rire, avait envie de faire le jaloux. Je parie que tu en as embrassé plus d'un sous les rameaux, là-bas...

C'était une sombre et ravissante allée de buis, comme on en plante parfois en souvenir du bon vieux temps où cet arbre était sacré.

— En ce moment, c'est à Hedwina que je pense... Rien qu'à elle! Ecoute, Edouard, il faut que je te dise quelque chose...

— Je t'écoute, ma chérie...

« Nous y voilà, se dit-il, elle va me demander de prendre sa mère à la maison... Elles sont toutes les mêmes, les filles uniques... Il va falloir que je me gendarme, car j'adore Hedwina, mais une belle-mère en tiers, c'est la fin d'un ménage! »

— Maman est malade.

— Malade, Hedwina! Tu plaisantes?

— Non.

— Qu'est-ce qu'elle a?

— On ne sait pas. On le saura mieux dans dix jours. Elle doit passer un scanner. Son médecin est venu hier.

— Qu'est-ce qu'il craint?

— Impossible d'avoir un diagnostic.

— Mais de quoi souffre-t-elle?

— De rien, de troubles de mémoire...

— Tu sais, à partir d'un certain âge... Mon grand-père est mort comme ça, sans mémoire aucune, je l'adorais, il était charmant mais à moitié gâteux. Ça n'est pas bien grave...

— Edouard, tu oublies qu'Hedwina est jeune. C'est très jeune, aujourd'hui, cinquante-deux ans. Et elle est en pleine gloire, en pleine action! C'est affreux! Imagine-toi que l'autre jour, pendant quelques instants, elle ne m'a pas reconnue...

45

- Moi, elle me reconnaît toujours! dit Edouard, croyant être drôle.
- Il paraît qu'elle a des problèmes en scène... Ce soir, si tu veux bien, nous assisterons à la représentation.

Ce devait être la dernière.

CHAPITRE VI

IL était encore le seul à en avoir conscience. Mais, dans une seconde ou deux, si Hedwina ne se reprenait pas, toute la salle s'en apercevrait, et ce serait le drame. Le désastre.

Maxence Duroy sentit une sueur glacée lui couler le long des omoplates. Il eut le temps de se dire : « Tiens, ça n'est pas une image, ça existe bien, la sueur froide! », et il relança la réplique. Pour la troisième fois.

« *Mon amour, épouse-moi!* »

Heureusement, c'était une demande, et il était concevable que la femme à laquelle elle s'adressait prît le temps de la réflexion. Dans le texte, la réplique d'Hedwina était : « *Je ne peux pas!* »

« *Pourquoi ne peux-tu pas?* » devait alors demander Maxence Duroy, qui jouait le rôle de l'amant, tout en se rapprochant d'elle.

Caroline, incarnée par Hedwina, qui était assise sur un canapé au centre de la scène, levait alors les yeux vers lui et disait : « *Parce que je suis mariée avec la mort...* »

Après tout, se dit Maxence dans cette partie de sa tête qui, sous la décharge d'adrénaline provoquée par la peur, fonctionnait à une vitesse phénoménale, c'était assez beau qu'il eût à répéter deux fois la question à cet instant clef de la pièce. Et qu'Hedwina fît d'abord comme si elle ne l'entendait pas.

Comme s'il fallait du temps pour que ces paroles humaines, trop humaines – une demande en mariage – parvinssent jusqu'à cet être qui était déjà, en quelque sorte, « passé » de l'autre côté (la pièce s'intitulait *Le Passage*).

Duroy se dit même – pour tenter de se rassurer – qu'au moment de la mise en scène, ils auraient dû y penser, les uns ou les autres, à ménager cette sorte de « surdité temporaire » de Caroline, jouée par Hedwina.

La salle retenait d'ailleurs son souffle.

On devait se dire, ici et là : « Quelle actrice! »

Car il fallait un certain toupet et même l'assurance de maîtriser parfaitement son public, pour se permettre ce long, très long, trop long silence. Pour infliger ce suspens au spectateur comme l'une de ces douleurs exquises qu'au cours de la volupté représente parfois l'attente.

Celle d'une caresse.

Mais la caresse ne venait pas. Pas plus que la voix, la voix chaude et rauque, si aimée du public.

Duroy se trompait en se croyant le seul à transpirer d'angoisse... Une autre personne que lui était consciente du drame, les ongles enfoncés dans sa paume.

C'était Violaine.

Elle connaissait la pièce et savait ce que sa mère aurait dû répondre à ce moment-là, accompagné de quel jeu de scène.

Bien sûr, elle pouvait s'imaginer qu'au cours des nombreuses représentations qui avaient eu lieu depuis la première, le réalisateur et les acteurs eussent introduit quelques changements. En particulier, modifié le rythme, par plaisir d'innover et pour casser les habitudes dans lesquelles risquent de s'endormir les acteurs.

Mais c'était la pâleur de Duroy qui l'avait alertée.

Alors que le visage de sa mère demeurait parfaitement placide, celui de Duroy se décomposait littéralement. Face à son partenaire en transe, Hedwina était là, sereine, jouant avec son écharpe de soie marine dont, sur son genou, elle aplatissait l'ourlet de l'ongle, un petit roulotté fait main.

Comme si de rien n'était.

C'était sublime, évidemment, et ça le serait demeuré aux yeux de la salle entière qui suivait, en retenant son souffle, le lent mouvement de l'ongle du pouce sur le tout petit bout de tissu – si ç'avait été voulu.

Si la voix rauque s'était subitement élevée, en attaquant avec force, au sommet de sa force, la réplique fatale : « *Je ne peux pas, je suis mariée avec la mort!* »

Mais rien ne venait.

Alors Duroy, héroïque à sa façon, reprit pour la quatrième fois : « *Je te le demande, Caroline, épouse-moi...* »

Puis il attendit. Des centaines de personnes, subjuguées, attendirent elles aussi, pendant que les secondes s'écoulaient, de plus en plus lourdes, de plus en plus lentes, jusqu'à ce qu'une voix rompît enfin l'insoutenable silence.

Une voix qui était un cri : « Maman! »

C'était Violaine, au premier rang, n'y tenant plus. Elle s'était dressée d'un bond hors de son fauteuil, tandis qu'Edouard, craignant le scandale public, comme la plupart des hommes, tentait inutilement de la retenir par le bras.

Au son suraigu de la voix de sa fille, Hedwina arrêta le mouvement de son pouce et regarda dans la direction d'où avait jailli le cri, en clignant des yeux parce que la lumière de la rampe l'empêchait de distinguer quoi que ce fût dans la salle.

« Maman », répéta Violaine.

Hedwina avait-elle conscience que l'appel s'adressait à elle ? Ou bien ces deux syllabes étaient-elles justement celles qu'elle aurait eu envie de prononcer pour se tirer de l'effroyable situation où quelque chose en elle d'encore conscient devait bien s'apercevoir qu'elle se trouvait ?

« Maman », sans doute est-ce ce qu'Hedwina aurait crié si le centre du langage, situé dans l'hémisphère gauche de son cerveau, n'avait pas été momentanément bloqué par on ne sait quoi. Quelque manque d'influx nerveux.

Provisoire, puisqu'elle retrouva la parole, une fois dans sa loge, pour demander à son entourage éperdu : « Mais que se passe-t-il ? La représentation est terminée ? Je ne me souviens de rien... »

Jean-Jean avait baissé le rideau. Des larmes coulaient sur ses joues. Et Maxence Duroy avait utilisé ses dernières forces pour se présenter sur l'avant-scène et s'adresser à la salle : « Mme Vallas a été prise d'un malaise. Nous sommes obligés d'interrompre la représentation, j'espère que vous voudrez bien nous en excuser. »

Un bruissement étonné et attristé s'était alors élevé du public qui avait commencé lentement à se diriger vers la sortie. Les commentaires allaient bon train : Buvait-elle ? La drogue ? Ces acteurs, vous savez... Et chacun de se rappeler une anecdote touchant l'interruption d'un spectacle à la suite de la défaillance ou du caprice d'une star de la scène... En attendant, la soirée était gâchée.

Une soirée de perdue...

Dans la loge d'Hedwina, c'était la consternation.

D'autant plus vive que l'actrice avait retrouvé sa lucidité et qu'on ne pouvait la traiter comme une malade, appeler le Samu, l'emporter sur une civière pour la remettre entre des mains spécialisées. S'en décharger, en quelque sorte.

Il fallait faire face.

Elle allait bien, maintenant, et elle posait des questions : que s'était-il passé ? Il fallut répondre. Elle avait eu un « trou », lui dit Violaine, agenouillée près d'elle, lui tenant la main.

Maxence Duroy, allant et venant et reprenant des couleurs sous son maquillage, se soulageait de son énorme tension en parlant très vite, riant même, trouvant le moyen de plaisanter. Il avait vu, disait-il, le moment où, à sa question pressante : « *Epouse-moi!* », Hedwina allait répondre : « *Oui...* »

C'est ça qui l'aurait vraiment embarrassé ! Que seraient-ils devenus, tous les deux, en scène ? Il n'aurait plus eu qu'une chose à faire : refuser ! Car le mariage des deux protagonistes n'était pas prévu... Ou alors la dramatique aurait tourné au vaudeville et ils auraient dû tout improviser, une *commedia dell'arte*, en quelque sorte...

Edouard, lui, se tenait appuyé contre la porte de la loge, comme s'il était déjà à moitié parti. Il détestait cette situation : un acteur perdant la face devant le public. Que faire ? Comme si rien ne s'était passé ? Pas facile, quand il y a eu tant de témoins ! Si encore Hedwina était *vraiment* malade, il aurait pu s'activer, chercher une ambulance, trouver un médecin... Mais là !

Il fut heureux quand Violaine lui demanda d'aller prendre la voiture pour « ramener Maman chez elle ».

Violaine s'installa sur la banquette arrière de la Renault 5, auprès de sa mère dont elle tenait la main souple. Après l'agitation dans la loge, brusquement, c'était le silence.

Tout le monde méditait, envisageant les conséquences de l'incident. Tout le monde, sauf une personne : Hedwina.

« Dieu, que ces lumières sont belles! » s'exclama-t-elle gaiement lorsqu'ils franchirent la place de la Concorde.

En fait, elle avait déjà oublié ce qui venait de se passer.

C'est à ce moment que Violaine mesura vraiment l'ampleur de la catastrophe, si sournoise et en même temps si douce.

Car sa mère souriait.

Avec vivacité, elle se tourna vers sa fille pour lui faire partager son enchantement : « Tu ne trouves pas que c'est beau, Violaine? »

On aurait dit qu'elle goûtait encore plus fort la splendeur des choses, d'avoir oublié le reste.

CHAPITRE VII

– Viens t'asseoir pour regarder la télévision avec moi.
– Oui, Maman, j'arrive...

Tous les soirs, c'était la même scène – la même « comédie », si le mot avait convenu.

Hedwina, dans sa chaude robe de chambre de peluche beige, confortablement installée dans le grand fauteuil club poussé en permanence devant l'écran de télévision, un châle sur les genoux, conviait Violaine à la rejoindre.

Quand Violaine n'arrivait pas assez vite au gré d'Hedwina, celle-ci tirait un autre siège tout près du sien et lançait à la cantonade : « Ton fauteuil t'attend! »

Ou alors, si la manœuvre ne suffisait pas, elle usait d'arguments plus subtils : « Le film commence! » Ou même : « Qui donc est cette artiste, je l'aime beaucoup, comment s'appelle-t-elle déjà? »

Après avoir rapporté à la cuisine le plateau du dîner, passé les assiettes sous l'eau, remisé dans le frigidaire les aliments entamés, retapé le lit, rangé la chambre de sa mère et disposé ce dont elle pouvait avoir besoin pour la nuit, Violaine s'asseyait enfin auprès d'elle.

Hedwina tournait alors la tête de son côté en lui lançant tous les soirs la même phrase, sur un ton de sollicitude et de tendresse infinies : « Repose-toi un peu ! »

Violaine, tout en lui rendant son sourire, encaissait la phrase avec une crispation du plexus – comment aurait-elle pu se *reposer*, en ce moment ? (D'ailleurs, elle n'était pas fatiguée, du moins physiquement.) Puis elle faisait mine de fixer elle aussi l'écran et de suivre attentivement l'émission en cours.

En fait, c'était un autre « film » qui se déroulait encore et encore devant ses yeux, celui des événements effarants de ces dernières semaines. Ç'avait été si brutal, si incohérent surtout, qu'elle ne s'y était pas habituée... Elle n'y comprenait rien.

Les médecins non plus.

Après le « trou » qui avait suivi la dernière représentation du *Passage*, Kramer, mis au courant le soir même et venu en visite tôt le lendemain, avait rédigé un certificat d'arrêt de travail immédiat.

Bien entendu, Hedwina, qui se sentait très bien, avait protesté. Elle ne pouvait pas faire ça au directeur de salle, à son public, encore moins à ses partenaires qui avaient besoin de gagner leur vie. Elle ne se sentait pas du tout fatiguée, et ça n'était tout de même pas parce qu'elle avait eu un léger étourdissement en scène qu'il fallait interrompre. Elle en avait vu d'autres, au cours de sa carrière, tiens, le jour où elle avait joué avec 40º de fièvre, pour s'évanouir en coulisses aussitôt après le dernier acte. Eh bien, le public ne s'était rendu compte de rien ! C'est ça le métier, le grand métier d'amuseur public...

Ce fut Maxence Duroy qui emporta le morceau.

Cet homme fin, délicat, qui, s'il n'avait pas été déplumé, n'aurait jamais paru sa quarantaine, et qui poursuivait depuis des années une solide carrière de second rôle, vint voir Hedwina pour lui parler en tête-à-tête.

Il était de la « famille », celle des acteurs, et Hedwina lui faisait confiance.

Maxence eut un coup de génie : il ne lui parla pas d'elle, mais de lui. Il lui confia ses tracas, ses angoisses. Cela faisait plusieurs semaines qu'elle avait des « trous », oh! imperceptibles, sauf pour lui, et peut-être aussi pour les machinistes et les gens des coulisses, lesquels avaient eu jusqu'ici le tact de se taire.

Mais l'incident de la dernière représentation n'était pas le premier, loin de là. Depuis lors, Maxence, déjà sujet au trac – ce qui faisait bien rire Hedwina sur laquelle, avant d'entrer en scène, il avait l'habitude de déverser son angoisse – était désormais la proie d'une véritable terreur... C'était lui qui ne pouvait pas continuer à jouer *Le Passage*!

Du moins tant qu'il pouvait redouter ce genre de « blancs » de la part d'Hedwina...

– Tu te rends compte, lui dit Maxence, si chaque fois que je te file une réplique, je me mets à trembler dans ma culotte à l'idée que tu ne vas pas me répondre! Je me connais, je finirai par savoir ton rôle par cœur, ce qui est déjà presque le cas, et je ferai les demandes et les réponses. On aura bonne mine! Ma maîtresse sera muette et moi, je bavarderai comme une pie! Cela expliquera, remarque, qu'elle ne veuille pas m'épouser... C'est odieux, les gens qui vous clouent le bec en vous volant les mots de la bouche...

Et comme il était acteur avant tout, il ne put résister à la tentation de mimer la première scène de la pièce – car il connaissait effectivement par cœur le rôle d'Hedwina –, changeant de place à chaque réplique selon qu'il était la femme ou l'homme (avec ce talent pour l'ambiguïté que lui conférait son homosexualité!).

Ce furent des éclats de rire irrépressibles qui firent sursauter Violaine et Kramer, lesquels, assis gravement dans la pièce à côté, attendaient le résultat de l'entrevue.

Hedwina devenait-elle folle?

Ils se ruèrent dans sa chambre.

C'était Maxence qui avait l'air d'un fou! Furieusement excité, il mettait et ôtait à toute allure, pour changer de personnage, un chapeau à voilette emprunté à Hedwina.

Quel acteur doublé d'un excellent mime!

Soulagés, Charles et Violaine finirent par rire eux aussi...

L'affaire était gagnée, Hedwina accepta sans plus protester, puisque tout le monde était d'accord, même les assurances, d'attendre les résultats de ses examens avant de prendre une décision sur la reprise du *Passage*.

– C'est plutôt un examen de passage que vous m'infligez là! plaisanta-t-elle en se rendant à ses rendez-vous médicaux, dont celui, nouveau, long, bizarre, qu'on appelait une scintigraphie.

Comme elle avait totalement recouvré son équilibre et sa mémoire – sauf celle de la « scène », ce qui avait motivé l'interruption des représentations –, Violaine accepta l'invitation d'Edouard à l'accompagner aux Etats-Unis. Ce déplacement pour affaires était en fait le prétexte qu'avait trouvé son fiancé pour la « changer d'air ». Et lui avec elle.

Se retrouver dans l'ambiance électrique de New York, reçue avec les égards dus au rang de la fortune des Winquaire, était extrêmement agréable, et Violaine en aurait joui si elle n'avait senti perpétuellement au fond d'elle, tenace, lancinante, l'angoisse que lui inspirait le sort de sa mère.

D'autant qu'on parlait beaucoup de la star en

Amérique. Certains de ses films étaient devenus des classiques et quand Edouard, somme toute très fier de la gloire de sa future belle-mère – aux Etats-Unis, elle n'était pas entachée de ces préjugés qui éloignent encore certains milieux français de leurs artistes –, révélait que Violaine était sa fille, c'était l'enthousiasme.

– Mais où est-elle ? Que fait-elle ? Quand revient-elle ici pour faire un film ?

Tous les soirs, Violaine lui téléphonait, à peu près à la même heure, avant le dîner. Sa mère était déjà couchée et lui racontait sa journée, passée dans l'ensemble à recevoir les nombreux amis et connaissances qui, prévenus par le téléphone arabe, se pressaient, soi-disant pour lui tenir compagnie, en fait dans l'idée de juger par eux-mêmes ce qu'il en était de son étrange maladie.

Conclusion des plus mal intentionnés : sous prétexte qu'elle marie sa fille à l'héritier Winquaire, Madame la Star se prélasse... Après tout, pourquoi pas ! Depuis le temps qu'elle trime... quel âge a-t-elle, exactement ? Avec les liftings, on ne peut plus savoir, elle n'a aucune ride, son chirurgien a dû exagérer... A propos, vous n'auriez pas son adresse ?

Hélas ! pour les amateurs, elle était impossible à obtenir, car Hedwina n'avait subi aucun lifting. Ce n'avait pas été nécessaire... A plus de cinquante ans, elle était naturellement fraîche et lisse. Bon équilibre hormonal, probablement, ou gènes de qualité.

Et puis, le quatrième jour, en rentrant à l'hôtel, Violaine trouva un télex à son nom signé Kramer : « Rappeler à mon cabinet. »

L'angoisse, perpétuellement près de son cœur, lui noua la gorge. Une minute plus tard, elle parlait avec Kramer.

Hedwina était à l'hôpital Fernand-Vidal, lui apprit-il. En réanimation.

– Mais pourquoi, que s'est-il passé?
– On n'en sait rien. Coma. Marilou l'a trouvée inanimée dans sa salle de bains. Pourtant, le scanner était bon. On lui en refait un demain.
– Je rentre.

Edouard fut parfait. Deux heures plus tard, ils étaient dans le Concorde. Parfois, le comble du luxe convient à la nécessité.

De Roissy à l'hôpital, Violaine, dont Edouard tenait la main, était en train de « s'habituer » à la disparition de sa mère. De commencer une sorte de travail du deuil... Hedwina allait mourir, c'était sûr; ces médecins, qui l'avaient faussement rassurée, étaient des ânes.

Devant l'hôpital, elle pria Edouard de ne pas l'accompagner. Une sorte de pudeur faisait qu'elle ne voulait pas que le jeune homme vît Hedwina défaite. Autant qu'il gardât d'elle l'image rayonnante des derniers temps, particulièrement celle du jour de leurs fiançailles.

Ce jour-là, Hedwina était somptueuse dans cette robe en faille volantée, couleur ambre, à peine plus foncée que sa peau, une énorme pivoine en tissu rouge à l'épaule. Et elle avait ses perles, ses trois rangs de perles thé qui faisaient encore mieux ressortir les tons fauves de ses yeux et de son teint.

« Maman... », le mot suivait Violaine depuis New York, scandé comme une rengaine, une berceuse.

On lui indiqua l'étage, la chambre, avec discrétion, mais, apparemment, tout l'hôpital savait qu'Hedwina Vallas était dans l'établissement, car, Violaine passée, on la suivait des yeux.

Belle, elle aussi, mais sans le sex-appeal de sa mère... Une jeune fille bien élevée... Les grandes stars ont rarement l'air bien élevé, c'est autre chose! Une magie...

Le spectacle était bien celui auquel Violaine s'attendait. La forme immobile allongée sur le lit étroit – pourquoi les lits d'hôpital donnent-ils toujours ce même sentiment d'inconfort? – parmi des appareils et des « tuyaux » pour les perfusions. En somme, rien que de banal et même d'anonyme, n'eût été la chevelure : les boucles fauves en désordre... Et puis la main aux ongles d'un beau rouge ambré qui allait un peu en s'écaillant.

– Maman.

Violaine saisit la main abandonnée entre les deux siennes et fut heureuse de la trouver tiède, puis elle se pencha pour déposer un baiser sur le front encore plus lisse que d'habitude. Le front qui n'abritait plus, en quelque sorte, aucun souci.

C'est à ce moment que la femme ouvrit les yeux.

« Ça y est, elle revient à elle, elle se réveille, ce doit être parce qu'elle a reconnu ma voix! » eut le temps de penser Violaine.

Elle répéta : « Maman, c'est moi! »

Mais le regard était vide, pire que vide : abominable. Noir. Creux. Les lèvres se gonflèrent, s'ouvrirent et un premier cri, informe, sortit de la bouche. Un cri de bête qui déchira l'atmosphère tranquille de la chambre médicale. Puis ce furent les convulsions. En même temps, les cris n'arrêtaient pas, trahissant une souffrance inhumaine.

Violaine se releva et s'enfuit dans le couloir en hurlant : « Vite, elle meurt! » Une infirmière, une autre, puis un médecin de garde accoururent.

Ils étaient penchés autour du lit où les soubresauts, peu à peu, se calmaient en même temps que les cris.

Violaine, paralysée, dos au mur, se disait : « Ça y

est, Maman meurt. Heureusement, je suis là... J'étais là... »

Le médecin se releva le premier :

– Voilà, c'est fini...

– Elle est morte!

– Non, pourquoi? Elle a eu une crise d'épilepsie, ça n'est pas la première, elle nous en a fait plusieurs depuis qu'elle est là. Mais avec la dose de gardénal que nous lui donnons, elles sont déjà moins fortes... Vous verrez, cela va s'atténuer peu à peu...

– Epilepsie, mais pourquoi?

– Vous savez, l'épilepsie...

– Quoi?

– On n'en connaît pas bien les mécanismes. C'est une réaction du cerveau, parfois à quelque chose d'infime, une lésion, une petite cicatrice... Le nouveau scanner va nous renseigner. Il a lieu cet après-midi.

– Voilà, voilà, c'est fini, on va mieux, maintenant on va se reposer, disait l'infirmière, employant le « on » anonyme, comme il est d'usage quand les gardes ont le sentiment qu'elles-mêmes et le malade qui leur est confié, entièrement dépendant, ne font plus qu'un.

Le temps d'un soin. D'un mauvais moment.

La forte femme se retourna vers Violaine et le médecin :

– Elle s'est un peu mordu la langue, mais ça ne sera rien.

– La langue? dit Violaine stupéfaite. Pourquoi la langue?

– Une crise d'épilepsie entraîne une tétanie au cours de laquelle le malade se mord la langue, parfois jusqu'à en emporter un morceau, dit le médecin qui trouvait décidément cette jeune personne ravissante, avec ses yeux vert clair étirés jusqu'aux tempes.

Il reviendrait soigner la maman, quand la fille serait là. Mais qu'elle avait l'air pâle...

– Vous voulez un café?

– Moi?

– Oui, vous. A moins que vous ne préfériez quelque chose de plus fort...

Il lui saisit le poignet gauche pour prendre son pouls. Oh! là, le beau diamant! Si gros, ce devait être un faux, un bijou de spectacle...

– Ça va, un peu rapide, mais il y a de quoi... Cela surprend, la première fois!

– Elle va mourir? redemanda Violaine d'une voix blanche.

– Mourir? Non, je ne crois pas... Elle fait quelques petites crises comitiales. Après le scanner, on saura mieux en réaction à quoi. Peut-être faudra-t-il l'opérer. Ne vous inquiétez pas, elle est en de bonnes mains, le meilleur service de neurochirurgie de Paris...

– Est-ce que je peux voir le chef de service?

– Bien sûr, après sa visite, tout à l'heure, vers midi. Le Professeur vous recevra certainement. Vous ne voulez pas de café? Le distributeur est dans le couloir.

Violaine était restée seule, près de sa mère, laquelle, à un certain gonflement du visage près, avait recouvré son aspect normal.

Mais c'était fini : aux yeux de Violaine, elle ne serait plus jamais « normale ».

Désormais, sa mère – et c'était peut-être le plus terrible – lui faisait peur.

Comme une bête.

Oui, Violaine avait vu, de ses yeux vu, sa mère se transformer en « bête » comme certains hommes se métamorphosent en loups-garous – et on croit que c'est une légende!

Elle s'obligea à se rapprocher, mais sans la quitter du regard. Si cela allait recommencer... Les paupières d'Hedwina battirent et Violaine fit un saut en arrière.

Puis se raisonna. Ils avaient dit qu'avec le gardénal, ils contrôlaient les crises.

C'est plus tard qu'elle pensa à toute l'ironie qu'il y avait eu, pendant tant d'années, à surnommer sa mère la « Bête ».

On devrait se méfier de la force des mots.

CHAPITRE VIII

Le scanner ne révéla rien de bien méchant. Hedwina avait probablement fait une petite hémorragie, tellement infime que le Professeur, un homme affable à très grosses lunettes de myope qui la reçut dans son bureau de l'hôpital, refusa d'emblée l'idée d'une opération. Il possédait, dit-il à Violaine, un arsenal médicamenteux suffisant pour faire régresser le mal.

– Mais qu'est-ce qui a pu provoquer ça? lui demanda Violaine qui, en ce qui concernait le présent, c'est-à-dire la vie immédiate de sa mère, respirait un peu mieux.

Mais elle aurait voulu également, et dans la même minute, être rassurée sur l'avenir. Et, pour cela, comprendre.

– C'est de l'artérite?
– Ecoutez, dit le Professeur, on appelle artérite toute maladie qui concerne l'état des artères. Mais il existe des formes infinies d'artérite... Depuis celle des gros fumeurs jusqu'à une fragilité congénitale des vaisseaux qui provient d'un gène, d'une conformation, et encore, tous les vaisseaux ne sont pas atteints dans la même proportion.

– Vous voulez dire que, chez Maman, ce sont les vaisseaux du cerveau qui sont fragiles?

– Il se peut aussi que cela tienne au stress. Ou à la ménopause.

– Mais elle n'a jamais eu aucun trouble de ce côté-là, aucune bouffée de chaleur...

– Justement, cela peut se traduire par une hypertension méconnue, avec pour conséquence un petit vaisseau qui éclate dans sa tête...

– Du jour au lendemain?

– Oui.

– On ne vous a pas parlé de ses troubles de la mémoire? Elle était en arrêt de travail.

– La mémoire, encore un pot au noir! Il se peut qu'elle ait eu de minuscules hémorragies du système capillaire cérébral... Invisibles même à la scintigraphie... Les os du crâne font quand même obstacle à l'inquisition poussée... En fait, ça n'est pas bien grave. Les fonctions vitales ne sont pas touchées. D'ailleurs, un cerveau...

– Oui?

– Ça a de la ressource. Ça compense tout seul, comme on peut le voir dans les récupérations spectaculaires de certaines hémiplégies. D'autres zones prennent le relais... Du côté de la moelle épinière, en particulier.

– Elle sera comme avant?

– Personne n'est comme avant... Etes-vous comme avant?

– Ça, non! répondit Violaine, soupirant et souriant tout à la fois.

Elle se sentait, depuis quelques jours, radicalement différente.

– Ne vous en faites pas trop, dit le Professeur qui se leva pour clore l'entretien et dont la poignée de main servit en fait à la tracter jusqu'à la porte qu'il referma sur elle.

Dans le couloir, d'autres « proches » et aussi des malades attendaient de voir le Professeur en levant des yeux humbles et inquiets sur tous ceux qui sortaient de son bureau. Plus grave, moins grave que *leur* cas?

On aurait pu faire une « Bourse », dans les couloirs de l'hôpital, sur ce que valaient la vie et la mort selon les numéros de chambre et de lit...

Violaine avait, dans la démarche, l'assurance de quelqu'un dont l'action « Vie » a nettement remonté. D'ailleurs, quand elle pénétra dans la chambre de sa mère, celle-ci, les yeux ouverts, l'accueillit d'un bon et chaud sourire. Elle avait tout à fait recouvré sa conscience grâce au cocktail médicamenteux du Professeur, elle ne souffrait de rien, elle avait même faim.

Violaine assista à son déjeuner, pris de bon appétit. Puis Hedwina se rallongea et ferma les yeux pour faire, comme elle dit, « une petite sieste ».

Ce qui étonna sa fille, ce fut son manque complet de curiosité pour son état et la durée de son séjour à l'hôpital. Violaine s'était attendue à être assaillie de questions, elle avait même préparé des réponses dilatoires, elle n'en eut pas besoin. Hedwina ne s'intéressa qu'à l'aspect et au goût des plats proposés par l'établissement.

– C'est bon, dit-elle en attaquant un petit pot de crème renversée, et elle tendit la cuillère à sa fille : Goûte!

Violaine refusa de la tête, alléguant qu'Edouard l'attendait pour déjeuner.

Ce fut le jeune homme, dès qu'elle l'eut rejoint au restaurant, qui la bombarda des questions que n'avait pas posées Hedwina : Qu'avait dit le Professeur? De quoi s'agissait-il? Quels étaient les pronostics, le traitement?

Violaine n'avait rien de précis à répondre, et elle finit par s'apercevoir, au regard d'Edouard, qu'il se demandait si elle avait été suffisamment inquisitrice auprès du Professeur. Et même si elle l'avait bien écouté.

Elle sentit une vague de colère l'envahir.

Elle s'en étonna. C'était la première fois, depuis qu'elle le connaissait, qu'Edouard déclenchait chez elle un tel sentiment. Sans doute était-elle fatiguée, et il y avait de quoi. Elle avait pris bien peu de repos depuis leur retour en Concorde.

Elle se raisonna : il s'agissait de sa mère, pas de celle d'Edouard, il était normal que son fiancé ne pût tout à fait partager ses inquiétudes et ses sentiments, aussi refréna-t-elle ses réactions.

Subitement, elle découvrit qu'elle était si angoissée pour l'avenir de sa mère qu'elle n'avait pas encore osé interroger sur ce qui, justement, était au cœur de cet avenir : Hedwina pourrait-elle remonter un jour sur scène, sur un plateau de cinéma ?

Elle n'en avait parlé directement à aucun des médecins : ni à Kramer, ni à l'interne, ni au Professeur, mais, maintenant qu'elle y pensait, aucun d'eux n'avait été spontanément rassurant à cet égard.

Ils s'étaient contentés de lui dire qu'à leur sens – toujours prudents, ces messieurs ! – la vie d'Hedwina n'était pas en danger.

La vie, oui, mais la carrière ?

– Bon, dit Edouard. S'ils ne t'ont rien dit de plus, c'est que ça n'est pas vraiment grave. Il n'y a donc aucune raison de retarder la cérémonie.

– Quelle cérémonie ?

Elle vit les yeux d'Edouard la scruter avec inquiétude, puis son visage se ferma.

C'est d'une voix neutre et froide qu'il ajouta :

– Celle de notre mariage. Excuse-moi, je croyais que ça avait autant d'importance pour toi que pour moi !

Violaine posa la main sur la sienne, à travers la

verrerie et les beaux couverts de la salle à manger de l'hôtel Château-Frontenac où ils avaient repris une chambre.

– Pardonne-moi, mon chéri, je suis hantée par des images macabres, au point que lorsqu'on me dit cérémonie, je pense enterrement...

– Charmant!

Elle sentit qu'il n'était pas remis du choc qu'elle venait de lui causer. Cela n'allait pas faciliter la suite. Mais Violaine avait hérité les habitudes de courage de sa mère : foncer droit sur l'obstacle ou le danger.

– Ne pourrait-on pas la reculer un peu?

– En quel honneur? Puisque ta mère ne risque rien...

– Parce que j'aurais tant aimé qu'elle y assiste!

– Violaine, je comprends ton sentiment. Mais plus de deux mille faire-part ont été envoyés, l'église est retenue, les préparatifs matériels sont achevés. Ça a été un travail dont tu n'as pas idée...

– Oui, dit Violaine, je vois...

En fait, elle ne voyait pas du tout. Elle était habituée au cinéma, aux changements considérables qui pouvaient se produire d'un jour sur l'autre au cours du tournage d'un film, si le temps ne convenait pas ou, au contraire, pour se mobiliser à toute allure afin de profiter d'une éclaircie.

Ce qui fait que, pour Violaine, l'« intendance », comme on dit, était par définition ce qui devait suivre.

– Tout cela coûte extrêmement cher..., dit Edouard.

Tiens, l'argent, maintenant!

Jusqu'ici, pas une seconde Violaine n'avait pensé que le rapport d'Edouard avec l'argent pût être différent du sien. Ou plutôt si, elle avait dû inconsciemment demeurer en alerte. Attendant l'événement à l'occasion duquel elle pourrait juger, jauger Edouard face à l'argent.

Et voilà, c'était arrivé !

Ils y étaient.

Une femme magnifique, un être humain d'une classe exceptionnelle, une star de tout premier plan se trouvait en péril, avec des médecins incapables de se prononcer sur son cas et son avenir, et tout ce que trouvait à dire l'homme qui l'aimait, c'était : « Tout ça coûte cher ! »

Alors qu'il était richissime.

Violaine, en fait, était injuste. C'était dû à la tension nerveuse, à la fatigue.

Cela l'empêchait de se rendre compte qu'en souhaitant que leur mariage eût lieu comme prévu, Edouard ne faisait que lui prouver son amour. Peut-être aussi sa jalousie. Après tout, depuis quelques jours, ça n'était plus lui, le centre absolu des préoccupations de Violaine, mais Hedwina, sa mère !

Ça va un moment, ce genre de situation. Edouard avait même apprécié, au début, de voir à quel point Violaine se révélait une fille admirable : sans doute serait-elle une épouse du même ordre, tout aussi dévouée. Mais enfin, maintenant qu'elle avait fait son « devoir filial » – qu'il ne contestait pas, bien au contraire –, il était temps qu'elle passe au devoir conjugal, c'est-à-dire, en ce qui les concernait, au plaisir conjugal...

Et, en faisant sa proposition de se tourner vers l'avenir en revenant à eux-mêmes et à leurs projets, il s'attendait à un élan, un cri de joie, un regard illuminé de bonheur.

Violaine retira sa main de la sienne.

– Non.

– Quoi, non ?

– C'est trop tôt... Je suis incapable de me marier tant que Maman n'est pas réinstallée chez elle... Si elle est encore trop lasse pour assister au mariage, bon, elle ne viendra pas. Mais, au moins, qu'elle soit chez elle! Hors d'affaire, tu comprends, Edouard, hors d'affaire!

Elle perçut son air profondément offensé.

– Pardon, mon amour, mais ça n'est pas ma faute! Comprends-moi...

Edouard ne pouvait pas la comprendre.

C'était normal.

Tu quitteras tes père et mère...

Violaine ne voulait pas quitter sa mère.

Tant pis pour elle.

L'après-midi même, Edouard eut une longue conversation téléphonique avec ses parents, lesquels se trouvaient à Bruxelles, et le mariage fut remis. *Sine die.* Le lendemain, le jeune homme annonça à Violaine qu'il allait entreprendre le voyage au Japon qu'il remettait depuis déjà plusieurs mois, pour aller inspecter de nouvelles installations de leur firme. Au retour, il ferait probablement un détour par Sydney.

– Sydney..., dit rêveusement Violaine, c'est bien beau... J'y suis allée une fois, en vacances. Les plages australiennes, quelle merveille... Ah! j'aurais aimé t'accompagner!

– Viens! dit Edouard, encore plein d'espoir.

– Peut-être... Maman rentre chez elle dans quinze jours, je vais voir comment elle se réadapte. Si tout va bien, je te rejoins à Sydney, mon amour...

Leur dernière nuit fut somptueuse.

Violaine se sentait nerveusement soulagée à l'idée qu'elle n'aurait plus à ménager la chèvre et le chou et qu'elle allait pouvoir, le temps d'y voir clair, se consacrer entièrement à sa mère.

Quant à Edouard... Eh bien, pour un homme de vingt-six ans, se marier marque toujours la « fin » de quelque chose... De sa prime jeunesse, en tout cas... Et voilà que le terme était remis. Il allait bénéficier d'un sursis. Sans qu'il y fût pour rien...

Quelque chose qui ressemblait à un appétit de liberté reprit vie au fond de son cœur. La preuve : à peine dans le Paris-Tokyo, il se mit à faire un brin de cour à l'hôtesse des premières classes, une charmante personne qui ne demandait que ça. Un si bel homme, et un Winquaire, par-dessus le marché... Quelle aubaine!

Quant à Violaine, elle regagna le soir même son ancienne chambre, dans l'appartement du Champ-de-Mars. Elle était décidée à se mettre dès le lendemain au travail, avec Marilou, pour organiser le retour de sa mère.

Le plus étonnant – après tout, cela facilitait la vie –, c'est que sa mère ne posait jamais aucune question, ni sur sa maladie ni sur la date de son retour à la maison, moins encore sur la cérémonie du mariage.

Tout paraissait lui être égal. Sauf ses repas, et la présence de Violaine, qu'elle aurait voulu constante.

Pour l'instant, Violaine ne souffrait pas de son exigence, au contraire : quand elle avait sa mère sous les yeux, elle se sentait un peu moins tenaillée par l'angoisse.

Une angoisse qui dépassait leur mutuel amour, une angoisse existentielle. Qu'y a-t-il donc de si menaçant et de si fragile à la fois, tout au fond de nous, qui fait qu'en un rien de temps, nous pouvons cesser d'être nous-mêmes?

CHAPITRE IX

HEDWINA reposait sur sa chaise longue installée le long du balcon-terrasse qui prolongeait sa chambre, et elle n'en finissait pas de déguster la vue, à petites lampées. La tour Eiffel, en particulier, dont elle apercevait le tiers supérieur, lui paraissait une merveille, dans sa dentelle de fer – mais pouvait-on encore appeler fer cette matière délicate ? Cela tenait plutôt du nuage, de la résille aérienne...

Elle aurait eu envie de le dire à quelqu'un... mais où donc était passée Violaine ? Et Marilou ? Ces deux-là ne cessaient pas d'apparaître et de disparaître, s'activant sans arrêt à ce qui était probablement des inutilités.

C'était si bon de rester là, en plein air, par ce doux temps d'automne, à profiter de la vue, de la vie... A ce propos, elle avait quelque chose à dire à Violaine... Quoi ? Cela ne lui revenait pas pour l'instant.

Son esprit était perpétuellement baigné, lavé par de grandes vagues successives. Comme si elle renaissait à chaque instant. Sans doute était-ce pour cela que ce qu'elle voyait lui semblait si beau, si frais, si net. Hedwina avait recouvré son regard d'enfant. Une grâce... Ce qu'elle aurait voulu, c'était communiquer son enchantement aux autres.

Mais impossible!

Ils s'en faisaient trop. Pour des riens.

Elle le voyait à leur visage tiré, froncé, abattu parfois. Sans qu'elle arrivât à bien percevoir le motif d'autant de tension, d'inquiétude. Quand elle demandait à Violaine : « Ça va? », celle-ci lui répondait invariablement : « Très bien, Maman. »

Mais Hedwina sentait que ça n'était pas la vérité.

De temps à autre, Violaine téléphonait devant elle, ici ou là, et c'étaient des mots pressés, dans un enchaînement si continu que cela finissait par ressembler à du charabia...

Marilou, elle, était plus simple et s'en faisait moins, si ce n'était pour des choses matérielles qui n'avaient au fond pas grande importance.

Ainsi, elle demandait beaucoup trop souvent à Hedwina : « Avez-vous soif? Faut-il que je vous change vos draps? » Et même elle insistait, au cours de la journée, pour lui redonner des coups de peigne qui lui faisaient mal au crâne – Hedwina avait le crâne extraordinairement sensible, ces temps-ci –, alors que c'était parfaitement superflu... Qu'importe qu'on soit un peu mieux ou un peu plus mal coiffée, quand tout se passe non pas en vous, mais hors de vous!

Dans le spectacle.

Par moments, Violaine et Marilou lui semblaient deux fourmis surexcitées. Elle les plaignait de tant s'agiter. Mais elle sentait bien qu'elle ne pouvait rien pour elles, sauf les remercier, unique façon de leur témoigner son affection. Car elle était encore trop fatiguée pour sortir de sa chaise longue et les aider en quoi que ce fût. « Merci », leur disait-elle chaque fois que l'une ou l'autre lui apportait un objet utile ou inutile.

Il y avait quand même des moments où les deux femmes l'exaspéraient : quand elles voulaient à toute force la faire sortir de son lit, alors qu'elle s'y sentait si bien, dans un doux nirvâna, et qu'elle ne voyait aucune urgence à interrompre cet état divin.

– Maman, il faut que tu prennes ton bain...

Il faut, il faut, il faut... Elles avaient un peu trop souvent ce mot à la bouche! Elles la secouaient, l'obligeant à ouvrir les yeux, et c'était justement la lumière qui lui faisait mal. Comment le leur expliquer?

Ou plutôt, Hedwina avait beau le leur répéter, elle avait le sentiment qu'elles ne la croyaient pas.

Heureusement, il y avait Kramer. Quand Charles venait la voir, il s'annonçait très doucement, par la voix d'abord, puis, quand elle avait ouvert les yeux, il lui souriait sans la toucher. Ça n'est qu'après avoir échangé quelques mots qu'il portait la main sur elle, pour l'ausculter. Et il finissait toujours par dire : « Tout va bien, je suis content de vous. »

Elle aussi, elle était contente de lui.

Mon Dieu, cette dernière rose, sur le rosier grimpant au treillis de la terrasse, elle ne l'avait pas encore remarquée, elle avait dû s'ouvrir pendant la nuit... Quelle splendeur!

Hedwina sourit toute seule... Elle eut envie de penser quelque chose de profond, sur la contemplation, la méditation, mais c'était trop dur. Elle était encore trop fatiguée pour poursuivre une réflexion d'un ordre aussi abstrait. Elle ferma les yeux, elle allait faire un petit somme. Comme Bilbao.

Le petit chien était couché près d'elle, sous la couverture. Et il passait une très grande partie de la journée, en plus de la nuit, à dormir ou à somnoler. Les animaux sont des sages. Dormir, c'était si bon, bon, bon...

Une fois de plus, Hedwina se vida de toute pensée.

A la cuisine, Violaine et Marilou épluchaient ensemble des légumes frais.

— Je la trouve un peu mieux; pas toi?
— Nettement, dit Marilou. Hier, elle est restée éveillée presque toute la matinée, et elle est allée jusqu'à sa chaise longue sans s'appuyer sur moi... Toute seule, comme une grande.
— Elle récupère, c'est certain. D'ailleurs, Kramer est content.
— Mais qu'est-ce qu'elle a eu?
— On n'en sait rien... Un spasme... une attaque... une sorte de dépression nerveuse foudroyante, due à un excès de fatigue...
— Ce que je trouve bizarre, c'est qu'elle n'a pas l'air de se rendre compte de son état...
— De quoi veux-tu qu'elle se rende compte?
— Ben, elle ne parle jamais du théâtre...
— Je sais. Tant mieux. Puisqu'elle ne peut rien faire pour l'instant...
— Ni de ton mariage...
— Tu sais quoi, Marilou? Je me demande si elle n'a pas oublié que je suis fiancée et que je dois me marier... C'est possible! Quand on a eu un grand choc, on oublie la période qui précède, paraît-il. Une sorte d'amnésie...
— Une amnésie sur plusieurs mois? Cela faisait longtemps que votre mariage était prévu et qu'elle avait fait la connaissance de ton Edouard...
— Kramer m'a dit que lorsque le cerveau est très fatigué, il se débarrasse automatiquement de tout ce qui le gêne ou l'embête... Et Maman préfère sans doute que je ne me marie pas... Elle disait qu'elle en était heureuse, mais, tout au fond d'elle-même, elle savait très bien qu'elle me perdait...
— C'est normal! Tous les parents doivent en

passer par là... Leurs enfants ne leur appartiennent pas...

– Je sais, Marilou, mais ne t'inquiète pas, c'est momentané...

– Quand rentre-t-il, M. de Winquaire?

– Dans quinze jours. J'espère que Maman aura encore beaucoup progressé d'ici là...

– Ouais, il faut quand même que vous preniez une décision.

– J'ai écrit au gérant.

– Quel gérant?

– Celui d'ici. Pour savoir si, par hasard, il n'aurait pas un appartement libre, pour Edouard et moi, dans l'immeuble. Comme ça, même mariée, je pourrais rester près d'elle...

– Cela ne me paraît pas une bonne idée!

– Enfin, Marilou, je ne peux pas l'abandonner dans cet état! Tant qu'elle n'a pas entièrement récupéré...

– Ecoute, petiote, les hommes amoureux n'aiment pas que leur épousée traîne un boulet derrière elle...

– Marilou, comment oses-tu comparer Maman à un boulet?

– Toute personne qui n'a pas son indépendance est un boulet. C'est ce que disaient mes parents quand j'étais encore à la ferme, en Auvergne... Ils savaient de quoi ils causaient, on gardait mon grand-père paralysé à la maison... On l'aimait bien, mais quand même, quel boulot supplémentaire! Après les vaches, les poules, les cochons, fallait encore s'occuper du vieux... Il faisait ses besoins sous lui...

– Marilou, c'est indigne de comparer Maman à un vieux gâteux sénile!

– En attendant, qu'est-ce que tu fais, toi? Tu épluches les légumes! D'ailleurs, j'en ai assez de te voir dans ma cuisine, va-t'en te promener ou t'occuper de tes affaires ?

— Quelles affaires ?

— Tu devrais te trouver un métier, savante comme tu es ! Voilà, c'est mon avis à moi...

— Pour l'instant, je n'ai qu'une occupation : guérir Maman. Tiens, je vais aller voir ce qu'elle devient...

Violaine, en tenue de jogging, la coiffure un peu négligée, de légers cernes sous les yeux, dus à ses nuits entrecoupées, courut sur la terrasse.

Hedwina dormait, et elle la recouvrit tendrement jusqu'au menton. Il ne fallait pas qu'elle attrape froid... Comme elle était belle avec ce visage si parfaitement détendu !

Elle dormait beaucoup dans la journée. Moins la nuit. Il lui arrivait de se lever et de tourner dans sa chambre. Violaine, qui laissait toutes les portes ouvertes, l'entendait aussitôt et se levait à son tour. Hedwina, debout, rangeait un objet ou un autre, ou bien alors essayait de faire fonctionner la télévision, muette à ces heures-là.

— Maman, recouche-toi, il est trois heures du matin !

Mais Hedwina ne semblait pas l'entendre. On eût dit que l'heure n'avait plus aucun sens pour elle. En fait, comme il est fréquent chez les malades du cerveau, elle avait commencé à inverser le jour et la nuit.

Violaine déposa un baiser sur sa tempe.

Elle avait eu si peur de la perdre !

Mais sa mère était là, bien vivante, et, dans son cœur, elle rendit grâces à Dieu.

CHAPITRE X

– EDOUARD, mon amour, enfin c'est toi, quel bonheur, mais où es-tu?
– Je viens de rentrer...
– D'où m'appelles-tu?
Réveillée par la sonnerie du téléphone, Violaine essayait de remettre ses esprits en place. Elle s'était dressée sur son lit, tâtonnait pour ramasser son oreiller qui traînait par terre – elle dormait à plat dos –, se demandant une fois de plus pourquoi le cerveau fonctionne mieux quand on est assis que couché. (Quant à la position debout, avait-elle remarqué, elle favorise les discours, les conférences, les débats, l'« attaque », en somme, tandis que la vraie réflexion se fait assis...)
– J'ai atterri cette nuit, on avait du retard et j'ai pensé que ça n'était pas une heure pour t'appeler...
– Mais tu aurais dû! Je serais venue te chercher à Roissy. J'aurais été si heureuse de t'accueillir à ta descente d'avion...
– Je suis à Bruxelles.
– Ah!
Violaine fit en sorte de ne pas encaisser le « coup » tout de suite, c'est-à-dire qu'elle inventa une série de prétextes, de justifications pour s'expliquer à elle-même qu'il était normal que son

fiancé, retour d'Australie, ne se fût pas arrangé pour se précipiter d'abord et avant toutes choses dans ses bras.

Sans doute n'existait-il aucune ligne directe Sydney-Paris. Ou alors il y avait eu un détournement en vol à cause du temps. Ou bien Edouard était en possession de quelque rapport ultra-secret qu'il devait remettre au bureau avant de la rejoindre... Ou bien...

– Tu arrives quand à Paris?

– Ecoute, ma chérie, je n'ai pas encore eu le temps d'y penser, je n'ai même pas défait ma valise... Comment va Hedwina?

– Beaucoup mieux.

Hedwina allait mieux, c'était vrai, mais pas le cœur de Violaine qui se glaçait et se rétrécissait au fur et à mesure que passaient les secondes. Qu'attendait donc Edouard pour lui dire : « J'arrive, je saute dans un avion... », ou « dans le T.E.E. », ou encore : « Toi, viens vite me retrouver, je t'attends ! » ?

Après tout, pour un ou deux jours, elle pouvait bien laisser Hedwina sous la garde de Marilou.

– Tu es content de ton voyage ? dit-elle pour lui donner le temps de se prononcer.

– Très. J'ai vu des choses formidables, je te raconterai...

Il souhaitait lui raconter. Donc la voir. Donc, il se souciait toujours d'elle.

– Ça t'intéressera, ils ont fait un bond stupéfiant dans l'informatique. Surtout les Australiens...

Il s'agissait bien d'informatique !

Et l'amour, alors, et la passion ?

Malgré elle, Violaine eut à l'esprit ce qui se passait quand sa mère rentrait d'une grande tournée ou d'un tournage à travers le monde. A la seconde où la production n'avait plus besoin d'elle, Hedwina sautait dans un avion, parfois avant le reste de la troupe, à ses propres frais s'il le fallait, pour retrouver plus vite sa fille... Elle avait même intrigué à plusieurs reprises pour se mettre « bien » avec le commandant de bord et lui faire parvenir un message téléphonique afin de la prévenir de la seconde exacte de l'atterrissage. A Paris, si Violaine s'y trouvait, à Genève si elle était en Suisse, à Londres lorsqu'elle y poursuivait des études. Et à Pittsburgh à l'époque où elle terminait son diplôme d'informatique.

Violaine, lâchant tout, selon la formule de l'auteur de *L'Amour fou* – « Lâchez tout, lâchez vos femmes, lâchez vos enfants... » –, galopait jusqu'à l'aéroport pour se jeter dans les bras de sa mère, laquelle avait franchi la police et la douane la première, utilisant sa notoriété pour demander à doubler les autres passagers, ce qu'on lui accordait volontiers.

C'était alors une longue et muette étreinte au cours de laquelle les deux femmes se rechargeaient, comme si chacune était pour l'autre la source secrète où puiser à nouveau ses forces.

Oui, lorsqu'elles interrompaient enfin ce corps à corps pour se dévisager et échanger leurs premiers mots de retrouvailles, un témoin attentif aurait pu constater que le visage de l'une comme de l'autre paraissait beaucoup plus frais et reposé qu'une minute auparavant. Elles avaient à nouveau fait le « plein » de ces énergies subtiles sur lesquelles la science ne sait pas grand-chose, qu'elle les nomme magnétisme ou électricité biologique...

L'âme.

Là, sous le coup de la déception, Violaine, au contraire, avait commencé à se décomposer. Une ombre grise envahissait son visage et elle avait ramené ses genoux contre son estomac, dans la position que prend instinctivement le corps sous la menace.

Quand donc Edouard allait-il lui dire : « J'accours » ?

Mais Violaine était maternelle par nature, comme le sont la plupart des femmes qui regagnent des forces en faisant don d'elles-mêmes (ce sur quoi s'appuient ceux qui taxent l'élan maternel d'égoïsme, et, vu ainsi, c'est tout à fait exact). Elle décréta que c'était elle la coupable. Elle l'avait blessé, ce pauvre garçon, en exigeant le report de leur mariage. Il était offensé, il boudait un peu; en fait, il avait peur d'avoir à nouveau « mal », et c'était normal.

Rassurée d'avoir trouvé une explication au comportement d'Edouard, Violaine lui tendit la perche :

– Quand arrives-tu, mon amour, je t'attends...

Silence hésitant dans l'écouteur.

– Si tu préfères, ajouta Violaine qui se sentait de nouveau sur le fil acéré du rasoir, je peux venir, moi...

– Ecoute, Violaine, tu ne te sentirais pas à ta place...

Près de son fiancé?

– ... Tu comprends, je ne peux pas te recevoir à la maison dans les conditions actuelles (quelles conditions?), et si tu vas à l'hôtel, il me sera malaisé de t'y rejoindre, tout le monde me connaît ici (et alors?), ce qui fait qu'il vaut mieux que ce soit moi qui te retrouve à Paris.

– Quand?

Elle répéta « quand? » – comme une enfant à qui ses parents viennent de dire au téléphone : « Papa et maman sont en voyage, ils rentrent bientôt... » Et elle attendit une réponse, une date, une heure, dans ce désespoir qui n'a pas encore dit son nom mais qui envahit tout l'être tant qu'il n'y a pas été mis un terme.

Ce désespoir qui est encore de l'espoir...

– Eh bien, il faut que je passe au bureau et que je voie mes parents, je suis rentré tard dans la nuit et ils étaient couchés, dit Edouard en riant légèrement, car il était convaincu qu'au mot « parents », il se justifiait entièrement auprès de Violaine, jusqu'à en faire sa complice, puisqu'elle-même faisait un tel cas de sa propre mère.

Mais il se « planta ». Car lorsque Violaine ou sa mère rentraient de voyage, même en pleine nuit, celle qui attendait était debout pour accueillir l'autre, fût-elle par ailleurs morte de fatigue. Et Violaine se sentit profondément choquée qu'Edouard pût une seconde comparer ce qu'il éprouvait pour ses « vieux », comme il lui arrivait de dire, à l'amour sans réserve qui la liait à Hedwina.

Il l'aimait et il n'avait rien compris à ce qui était l'essentiel pour elle. A ce qui lui avait permis de survivre et de devenir la femme qu'elle était. Pourtant, elle lui avait raconté toute son existence. Blottie dans ses bras, après l'amour, elle lui avait expliqué le divorce, l'atrocité des séparations, le courage d'Hedwina pour courir le monde, y gagner leur vie, et aussi le « pacte » conclu par la fille et la mère pour demeurer ensemble, malgré la distance et les fuseaux horaires différents. Hedwina avait offert à Violaine une montre indiquant l'heure qu'il est en deux points du globe à la fois.

Elle avait même confié à Edouard qu'elles étaient parvenues à une sorte de télépathie, ce qui fait qu'une certaine fois, Hedwina avait été avertie avant les médecins, alors qu'elle se trouvait à dix mille kilomètres de là, que Violaine, qui souffrait de ce qu'on avait pris pour une indigestion, faisait en réalité une péritonite aiguë... La Star avait télexé à Europe-Assistance pour convoquer un chirurgien au chevet de sa fille et, en quelque sorte, l'avait ainsi sauvée à distance.

Après avoir écouté ce qui demeurait, pour Violaine, l'illustration de la mystérieuse grandeur d'Hedwina et de la profondeur de leur intimité entre mère et fille, Edouard avait chuchoté : « Mon amour, quand je pense que j'aurais pu te perdre et que je n'en aurais jamais rien su... » Et, après avoir baisé la petite cicatrice qui subsistait de son opération à chaud, il lui avait aussitôt refait l'amour.

Quel soulagement ! Le bonheur total, si une telle chose existe.

Comme dans une course de relais, Violaine avait le sentiment d'être arrivée à faire passer l'amour qu'elle portait à sa mère, l'unique amour de sa vie avant de rencontrer Edouard, dans celui qu'elle éprouvait désormais pour lui. Avec son approbation, son accord... Communion entière où le sexe n'était là que pour renforcer l'union, comme une promesse de fécondité, donc de survie pour eux tous.

Et, au cours de l'étreinte de cette nuit-là, s'était ajouté à son amour un dernier fleuron, celui de la gratitude ! De l'admiration ! Edouard était un homme dans toute l'acception idéale que Violaine, fille sans père, donnait à ce mot.

Un homme grand et vrai, capable de l'aimer pour ce qu'elle aimait. Donc pour ce qu'elle était, car on n'est que ce qu'on aime... Quelle joie, quelle volupté !

Désillusion : elle découvrait maintenant qu'Edouard n'avait rien compris.

Savait-il seulement ce que c'était que l'amour (hors le désir) ? Aimer !

Quand ils eurent raccroché, Edouard appela gaiement l'office pour ordonner qu'on lui monte un premier café ; il prendrait le reste de son petit déjeuner dans la grande salle à manger, avec ses parents. Il entra sous sa douche en sifflotant.

En fait, l'idée du coup de téléphone à donner à Violaine lui pesait depuis la veille, et maintenant que c'était fait, il se sentait infiniment mieux.

Violaine, de son côté, passa rapidement un peignoir pour se rendre dans la chambre de sa mère, qui sommeillait. Elle écouta un instant sa respiration tranquille, peut-être un peu trop lente, s'assit près d'elle et se pencha pour l'embrasser à la racine des cheveux. Hedwina sentait bon l'eau de toilette. Elle entrouvrit les yeux.

– Mon amour, dit-elle en se retournant vers le mur pour bien manifester qu'elle voulait continuer à dormir.

– Mon amour, murmura Violaine comme pour elle-même.

Et elle se mit à pleurer.

CHAPITRE XI

Deux hommes, séparés par une génération, marchaient ensemble dans une allée boisée des environs de Bruxelles et leurs silhouettes étaient si différentes que rien n'aurait pu laisser deviner qu'ils étaient père et fils, hormis une certaine similitude dans la démarche. Une façon courte, en même temps qu'archirapide, d'avancer les jambes, tout en conservant le buste raide et les mains dans les poches.

Edouard dominait son père d'une bonne tête et le sport lui avait donné des épaules que Gaston de Winquaire, dans sa jeunesse, n'avait pas eu le loisir ni même le goût d'acquérir. Il avait bien pratiqué un petit tennis qui, aujourd'hui, vu sur film d'amateur, faisait rire son fils et sa femme, puis il s'était mis au golf. Il était inscrit à plusieurs clubs, dont l'un, magnifique, s'étendait non loin de la propriété de campagne que les Winquaire possédaient depuis deux générations, un manoir avec chasse.

Celle-ci n'était pas ouverte et il s'agissait plutôt d'un footing destiné à parler affaires. Gaston s'était déclaré ravi du rapport qu'avait rédigé son fils à son retour du Japon. Son vice-président ainsi que son directeur commercial l'avaient également apprécié, ce qui était très important, car on ne fait rien de bon contre ses principaux collaborateurs –

règle d'or parmi quelques autres également transmises par son propre père et que Gaston, à son tour, tentait, tout en marchant, d'inculquer à son fils.

Il profitait de l'occasion, car Edouard, depuis qu'il n'était plus un enfant, se défilait systématiquement quand son père l'invitait à l'accompagner dans son tour du dimanche.

Il était même rare, depuis quelques années, que le jeune homme passât un week-end entier avec ses parents. Arrivé dans un vrombissement de voiture rapide, il faisait acte de présence quelques heures, généralement le samedi après-midi, avant de filer rejoindre des amis dont ses parents ne connaissaient pas toujours l'identité.

Son père protestait pour la forme, sa mère prenait la défense du jeune homme. Une fois marié, et surtout dès le premier enfant, on reverrait Edouard aux Sagasses, elle était prête à le parier... D'ici là, qu'il profite de sa liberté pour voir du monde, tous les mondes, même!

Edouard n'était pas marié, et pourtant cela faisait déjà deux week-ends qu'il passait en compagnie de ses parents. Comme s'il recherchait leur appui, ou fuyait quelque chose.

La mort.

Car il avait bien fallu, après son retour de voyage, qu'il aille à Paris voir Violaine. C'est dans le T.E.E. que le jeune homme avait pris conscience de ce qui l'avait retenu de se précipiter auprès de sa fiancée : la terreur que lui inspirait l'état d'Hedwina.

Il avait beau se raisonner, l'idée que cette femme pouvait à tout moment faire une crise d'épilepsie, comme le lui avait raconté Violaine, et risquait à tout instant de ne plus vous reconnaître, lui nouait le ventre.

Il avait le sentiment que, si cela se passait devant

lui, il ne pourrait se retenir de hurler... Et Violaine parlait de ça comme si sa mère avait contracté une mauvaise grippe et était en train de s'en remettre !

Quelle inconscience !

Oui, pour Violaine, sa mère était une convalescente qui récupérait peu à peu ses forces, mais c'était toujours, à l'entendre, « la même personne ».

Eh bien, pas pour Edouard ! Pour lui, l'Hedwina Vallas qu'il avait connue, admirée, un peu désirée, comme si souvent un futur gendre sa future belle-mère, n'existait plus. Toutefois, il lui était impossible de le dire à Violaine. Le jeune homme sentait qu'elle se choquerait, se fâcherait, voire le mépriserait.

En fait, d'une certaine façon, Violaine aussi était folle... Cela s'hérite peut-être, les maladies du cerveau ?

Edouard lui avait donné rendez-vous dans ce qu'ils appelaient entre eux « l'hôtel », comme s'il n'y en avait pas eu d'autres à Paris, le Château-Frontenac.

Violaine avait bien proposé d'aller le chercher à la gare du Nord, mais, étant donné les encombrements, Edouard lui avait assuré qu'un taxi, commandé au départ de Bruxelles, serait plus commode pour lui comme pour elle. Ne tenait-elle pas à passer le plus de temps possible auprès de sa mère ?

L'argument avait paru convaincre Violaine. En fait, la jeune femme craignait elle aussi de se retrouver en face d'Edouard, et il valait probablement mieux que cela ait lieu en un endroit protégé plutôt que sur un quai de gare.

Violaine avait pris le temps – puisqu'Edouard le lui avait laissé – de se faire très belle. Une habitude que lui avait inculquée sa mère : se parer lorsqu'on se rend à une convocation ou à un rendez-vous qu'on prévoit difficile. En se maquillant, elle se remémorait l'anecdote qu'Hedwina lui avait maintes fois narrée, quand elle était petite : s'étant aperçue qu'on venait de lui voler sa voiture, elle s'était rendue au commissariat habillée comme elle l'était lors du constat de disparition du véhicule, en négligé, et on l'avait reçue tout juste poliment. Le lendemain, elle avait dû revenir, car il lui manquait des papiers, et, cette fois, elle avait déployé le grand jeu : renard, diamants, chapeau... Rien qu'à sa vue et sans la reconnaître – elle n'était pas encore célèbre –, le planton l'avait directement introduite dans le bureau du commissaire, lequel lui avait proposé un fauteuil : « Que puis-je pour vous, chère madame ? » Elle était pourtant la même que la veille, mais autrement mise...

Edouard ne lui avança pas de fauteuil lorsqu'elle vint le retrouver dans le hall, devant un café et des brioches, mais il se leva précipitamment en voyant entrer cette ravissante femme maquillée, en tailleur de tweed vert et mauve de la boutique Chanel, porté sur un T-shirt blanc, avec quelques ors signés Cartier au cou et aux oreilles, le superbe diamant blanc-bleu à la main gauche, des gants de daim violine, des escarpins de serpent gris et un sac Rykiel. (Chaque article était griffé, mais rien n'était assorti, car cela risque de faire « plouc », comme le savent les femmes qui ont l'habitude de s'habiller, c'est-à-dire d'utiliser les couturiers comme des fournisseurs et non comme des oracles. Ce sont d'ailleurs ces femmes-là que les couturiers considèrent comme leurs vraies clientes, et qu'ils respectent et saluent avant leurs « inconditionnelles ».)

Il la prit dans ses bras, l'embrassa dans le cou, huma son parfum et, aussitôt, la désira violemment.

Quelques instants plus tard, ils étaient dans sa

chambre, les belles « pelures » arrachées et jetées à terre, sauf la combinaison de satin gris perle signée Madonna, et l'amour recommença. L'amour fou.

— Je ne peux pas me passer de toi, dit Edouard lorsqu'il eut recouvré la parole.

— Moi non plus, dit Violaine.

— En fait, je t'aime.

— Moi aussi. Tu sais, j'ai même ressorti la montre que m'avait offerte Hedwina, lorsqu'elle voyageait, celle qui donne l'heure à l'autre bout du monde. Ce qui fait que je savais où tu en étais de ta journée chaque fois que je la consultais... Je vivais sur deux temps...

Il avait fallu qu'elle ramène sa mère entre eux deux !

Edouard, le corps de Violaine tellement incrusté dans le sien qu'à ce moment-là, véritablement, les amants ne « faisaient plus qu'un », se lança :

— Que vas-tu faire de ta mère?

— Mais je n'ai pas à disposer d'elle!

Elle s'était raidie. Imperceptiblement.

— C'est toi qui m'as dit qu'elle avait besoin de soins constants...

— Pour l'instant, oui.

— Violaine, je ne peux plus vivre sans toi, je veux t'épouser le plus vite possible...

— Moi aussi, et alors?

— Et Hedwina?

— Quoi, Hedwina?

— Il faut bien en faire quelque chose...

— Qu'entends-tu par là?

— Je ne sais pas, moi, je ne suis pas médecin... Trouver une solution en rapport avec son état, à moins que tu ne considères que Marilou puisse suffire, avec une garde, des gardes, toutes les gardes nécessaires... L'argent n'est pas un problème.

Cette fois, Violaine fit plus que reculer, elle se

redressa dans le lit, s'assit, tendit la main vers un paquet de cigarettes qui se trouvait heureusement là, en prit une, l'alluma.

Elle avait horreur de fumer au lit, et même de fumer tout court, mais, là, elle en avait besoin.

– J'espère que Maman va bientôt pouvoir reprendre une vie normale.

– Tu veux dire qu'elle va pouvoir rejouer?

– Nous attendons, demain, la visite d'un réalisateur de cinéma qui l'a demandée pour un film. C'est son agent qui lui a trouvé ce contrat...

– Eh bien, alors, tout va bien!

– Oui et non.

– Pourquoi?

– Il faudra que je l'assiste.

– Toi?

– Oui, moi, sur le plateau! Tu comprends, au début, elle risque d'être perdue. Il y a longtemps qu'elle n'a plus fait de cinéma, et sa mémoire est encore très défaillante. Quand elle ne sait plus où elle en est, à la maison, ou devant quelqu'un qui est venu lui rendre visite, elle se tourne vers moi, et je la rassure. Si je l'abandonne au moment où elle prend la décision de se réinsérer dans une existence normale, c'est fichu d'avance... Tu comprends? Je ne peux pas lui faire ça...

– Ça va durer combien de temps, ce tournage?

– Je ne sais pas, deux mois et demi. Mais il y a d'abord tous les préparatifs...

– Autrement dit, tu ne seras pas disponible avant un an?

– Cela dépend de ce que tu appelles *disponible*. Je peux te voir quand tu veux, passer avec toi certaines nuits, celles où je sais qu'elle dort paisiblement, avec Marilou à portée. Mais, quand elle sera en tournage en extérieurs, je serai avec elle... C'est mon « job ». Après tout, toi aussi tu es bien parti au Japon et en Australie pour ton job...

— Si nous avions été mariés, tu m'aurais accompagné... Là où je suis, il y a toujours place pour ma femme.

— Toi aussi, tu peux venir sur le tournage... même si tu n'es pas encore mon mari!

— Violaine, tu me vois faisant l'assistant de l'assistante d'Hedwina Vallas? Le sous-assistant de la Star en panne de cerveau!

— Edouard, tu es dur.

— C'est ce que tu me demandes qui est dur, ma chérie.

— Oui, tu as raison... Pardonne-moi, mon amour, mais je ne peux pas faire autrement... Ecoute, viens la voir, tu comprendras, elle est tellement... touchante!

Il y alla.

C'est vrai qu'elle était belle, et même plus belle que dans son souvenir. Elle se leva pour l'accueillir. Elle portait un déshabillé de mousseline brodé de strass, dans ces tons bruns doré qui mettaient en valeur la beauté de ses cheveux. Ils avaient poussé et elle les portait comme autrefois, un peu en arrière et coulant librement sur ses épaules.

Elle lui sourit d'un sourire d'enfant – « son » sourire, tendre, généreux, bienveillant, joyeux aussi – comme s'il était le Père Noël.

C'est peut-être pour le Père Noël qu'elle le prit en effet, car, lorsqu'il tendit les deux mains pour prendre les siennes, elle le regarda avec une interrogation dans les yeux.

— Vous êtes...?

— C'est Edouard, Maman, dit la voix nette et claire de Violaine.

— Ah! oui, Edouard! dit Hedwina. Comme vous êtes beau et élégant, j'adore votre costume...

Et elle lâcha ses mains pour tâter la belle laine peignée de son trois-pièces de chez Creed.

Manifestement, elle ne l'avait pas du tout

reconnu. Son nom non plus ne lui disait rien. Mais elle était bien, heureuse. La plus heureuse d'eux trois.

C'était atroce.

Le plus étrange était que Violaine n'avait pas du tout l'air affectée. Elle alla chercher une bouteille de champagne qui était au frais et la donna à déboucher à Edouard. Un grand cru.

Une fois les coupes servies, elle en offrit une à sa mère, qui n'avait pas quitté des yeux Edouard tout le temps qu'il ouvrait la bouteille et remplissait les verres, et elle saisit la sienne en même temps qu'elle tendait la troisième à Edouard.

– Attends, Maman, dit-elle à Hedwina qui se précipitait pour tremper ses lèvres dans le liquide mousseux, nous allons porter un toast...

– C'est ça! dit Hedwina, ravie.

C'était la fête, elle adorait les fêtes, toutes les fêtes!

D'ailleurs la vie, si on voulait bien y prêter attention, était une succession de fêtes. Chaque petit instant était une fête... Souvent, elle se demandait comment il se faisait qu'elle fût la seule à le savoir. Quelle fête d'embrasser ce bel homme, quelle fête de le voir ouvrir une bouteille de champagne, quelle fête de le boire en sa compagnie et en celle de Violaine! Et rien que la présence de Violaine était une fête de toutes les secondes, il n'y avait pas à chercher mieux!

– Nous allons boire au retour d'Edouard parmi nous et au retour de Maman au cinéma!

– Au cinéma? dit Hedwina.

Il y avait une nuance d'interrogation dans sa voix.

– Mais oui, ma chérie, tu recommences à tourner dans quinze jours, tu le sais bien, Eric te l'a confirmé cet après-midi...

Hedwina avait déjà oublié Eric, et le cinéma, et tout. Sauf le champagne. Elle but à longs traits.

Edouard, figé par l'étonnement, la regardait faire.

L'élégance du geste était magnifique et quand elle lui tendit son verre vide, il fut ébloui par son sourire.

Epouvanté aussi.

C'était encore pire que tout ce qu'il avait imaginé. Comme si la mort avait mis le masque de la beauté.

Marilou était de sortie, ce soir-là, et Violaine devait aider Hedwina à se coucher. Elle conseilla à Edouard de l'attendre tout en regardant la télévision. Ce qu'il fit avec un grand soulagement. Les gens s'étripaient, s'assassinaient, s'injuriaient, mentaient, mais, au moins, ils n'étaient pas fous... en tout cas, celui qui présentait les nouvelles, le bel homme aux cheveux bouclés et au regard net, avait le talent ou la politesse de donner un « sens » à tout et d'enchaîner logiquement ses idées et les épisodes du journal. Celui-là, au moins, ne perdait pas la mémoire d'une minute à l'autre! (On aurait fait remarquer à Edouard que, d'un jour sur l'autre, d'une semaine ou d'un mois sur l'autre, il y avait peut-être certaine « discordance » dans la présentation des mêmes faits, ou de leurs suites, que le jeune homme n'en aurait pas convenu... Il avait trop besoin, pour lutter contre son angoisse, de se raccrocher à l'idée qu'il y avait quelque part un univers solide.)

Violaine revint. Elle avait enfilé un déshabillé un peu « sexy », et ils ne parlèrent de rien. Ils firent l'amour sur le canapé, devant la télévision dont ils avaient baissé le son, puis Violaine l'entraîna dans sa chambre : « Reste avec moi. »

Etait-ce dû à son angoisse? Edouard avait besoin

de la présence de ce corps de femme qui lui était devenu si intime.

Il céda.

Violaine, pour une fois, ferma la porte de sa chambre ouvrant sur le couloir où donnait aussi la chambre d'Hedwina. Mais elle ne ferma pas à clef. Elle demeurait en alerte.

Edouard encore plus qu'elle, et il fut le premier, au milieu de la nuit, à entendre un bruit bizarre, un frôlement, puis, lorsqu'il sentit une main qui ouvrait le drap et un corps qui tentait de se glisser contre le sien, il poussa un hurlement.

Violaine, réveillée en sursaut, alluma aussitôt.

– Que se passe-t-il?

C'était Hedwina, souriante, qui tentait de s'introduire dans le lit, du côté d'Edouard puisqu'il était le plus près de la porte.

– Maman, dit Violaine, que fais-tu ici?

– Mais je me recouche, dit Hedwina d'un ton un peu penaud et égaré.

– Maman, ça n'est pas ta chambre, ici, c'est la mienne!

– Tu crois? dit Hedwina tout en se faufilant sous les draps, tandis qu'Edouard tirait sur eux pour y dissimuler sa nudité.

Après avoir enfilé un peignoir – elle aussi était nue –, Violaine prit sa mère par la main.

– Allez, viens, je vais t'aider à te recoucher, dit-elle fermement.

– Ah! merci, tu es bonne!

Hedwina se laissa reconduire, border.

– Laisse la lumière...

– Oui, Maman chérie, ne t'en fais pas, je suis à côté.

Quand Violaine rejoignit Edouard, il avait passé ses sous-vêtements et allumait fébrilement une cigarette. Il avait l'air mort de peur. Violaine le considéra un instant avant de prendre la parole :

– Ça n'est pas la première fois qu'il lui arrive de se tromper de chambre... Elle se lève pour aller aux toilettes, et puis, une fois dans le couloir, elle ne retrouve plus son chemin... La première fois que je l'ai sentie tâtonnant pour entrer dans mon lit, en pleine nuit, je dormais et j'ai fait un bond au plafond. Maintenant, je suis habituée...

– Tu ne crois pas qu'elle le fait exprès ?

– Je crois qu'elle a peur... Ce doit être terrible de se réveiller dans la nuit et de ne pas savoir où l'on est... Elle cherche de la compagnie. Je pense qu'effectivement, elle aimerait bien coucher avec moi dans mon lit. C'est moi qui ne veux pas.

Edouard se tut. Non seulement c'était pire que ce qu'il avait imaginé, mais c'était parfaitement intolérable.

Il se jura que c'était la dernière fois qu'il dormait sous le même toit qu'Hedwina. Les fous, ça n'était pas sa vocation. Il était fait pour être un homme d'affaires, lui, un décideur, un entrepreneur, pas un médecin, ni un soignant.

Et Violaine, était-ce sa vocation ? La vie, parfois, ne demande pas, elle impose.

CHAPITRE XII

— Alors, là, tu me regardes de côté, oui, comme ça, parfait, avec un demi-sourire... Ou de face, si tu préfères, c'est bien... Et tu attends une petite seconde... Oui, c'est ça, casse ton poignet, c'est parfait... Après, tu dis le texte... A ce moment, Walter passe derrière toi, attends, je vais te montrer. Il s'incline par-dessus le canapé... Et toi, tu mets la tête en arrière pour le regarder... C'est très bien, très voluptueux... Ah! Camille, tu veilleras à ne pas me faire un plongeon dans le décolleté...

— Question d'éclairage, Eric.

— Tu as raison!... Jean-Marc... Oh là, Jean-Marc, tu m'écoutes? Au second plan, tu te débrouilles pour m'ôter des « kilos » sur le décolleté d'Hedwina... Je veux seulement son visage, tu m'entends, et les deux mains de Walter qui saisissent et entourent ce visage, comme ça, vous voyez, Walter?... Puis on s'arrête là... En avant, les enfants... Walter, vous prenez ma place!

La scène se tournait en studio.

Quand sa mère était sur le plateau, Violaine occupait le siège pliant au nom d'Hedwina Vallas, à côté de celui d'Eric, le réalisateur. Dès le départ, il avait été convenu qu'elle serait présente, mais elle n'avait accepté aucune fonction dans l'équipe et avait refusé toute rétribution.

En fait, elle était là pour son « confort personnel », avait-elle déclaré à Eric Restoff le jour où ils avaient pris ensemble la décision de faire tourner Hedwina. Et elle lui savait gré de bien vouloir l'accepter sur son plateau.

Restoff avait insisté pour réaliser le film. En partie parce qu'il aimait Hedwina, avec laquelle il avait tourné de grands succès, comme *La Femme sans image*, un classique chez les cinéphiles, mais aussi parce qu'avec le flair d'un homme qui a passé sa vie à chercher la communication avec le grand public, il avait senti qu'on attendait le retour d'Hedwina.

Son « accident », l'interruption subite du *Passage*, avaient défrayé la chronique et fait jaser les gazettes. La grande star victime d'un malaise en scène !... Que s'était-il passé dans la tête d'Hedwina : stress ou cancer ?... Toutes les rumeurs, toutes les suppositions avaient couru, mais, à lire la presse qui, plusieurs mois après, continuait à se préoccuper de sa star favorite, ce qui surnageait, c'était l'inquiétude, la bienveillance, en somme : l'amour.

Un seul journal, d'ailleurs à petit tirage, avait tenté d'insinuer que le « coup » avait été monté pour interrompre en beauté un spectacle qui commençait à fléchir... Ce que démentait le box-office, mais tout est bon à certains pour tenter de se faire lire. Surtout lorsqu'ils ne se donnent pas la peine de se renseigner. Or la vie, toujours, dépasse la fiction !

Restoff était accouru voir Hedwina, juste après sa première crise, puis à l'hôpital, enfin chez elle lorsque, lentement, elle s'était mise à récupérer de son coma.

Hedwina était ravie de voir Eric, sans qu'on sût toujours si elle le reconnaissait bien. Elle l'appelait « mon cher ami », lui proposait un verre de champagne, une goutte de porto et l'écoutait bien attentivement bavarder, lui raconter les potins du milieu.

En fait, tout en parlant, il observait la sensible amélioration de son état d'une semaine sur l'autre, mais rêvait aussi à ce qu'il allait pouvoir tirer de ce formidable « animal humain ».

Que sont d'autre les acteurs pour les metteurs en scène?

Ce qui lui plaisait, en ce moment, chez Hedwina, c'était sa douceur, et même une docilité qu'elle n'avait jamais eue!

La Star, en effet, encore un peu « ailleurs », embrumée, comptait sur son entourage pour ce qu'on peut nommer, en bref, sa « survie ». Plus le danger est grand, plus la mort devient possible, plus l'être vivant, humain ou animal, développe une perception suraiguë de qui va l'aider à s'en sortir, ou au contraire l'achever.

Sentant à quel point elle avait besoin des autres, Hedwina se conduisait avec encore plus d'affabilité, de tendresse et de prévenance qu'à l'accoutumée. Elle avait toujours été une femme « bonne », mais avec ses idées, son obstination, en somme, sa liberté. Là, elle faisait « ce qu'on lui disait ». Sauf lorsque cela lui déplaisait souverainement. Et, cela aussi, Eric le constata. Par exemple, Hedwina craignait la chaleur, et pour rien au monde elle ne se serait assise devant un feu de cheminée, au soleil ou tout près d'un radiateur.

Pour le reste, elle était consentante. Surtout, et c'était étrange, pour ce qui concernait les baisers, les caresses, le corps à corps... Elle tentait toujours de s'asseoir le plus près possible de son interlocuteur, très vite elle lui saisissait la main et, si elle devinait qu'il voulait la retirer, la portait tendrement à ses lèvres.

En même temps, son visage avait perdu l'expression tendue qui est celle de nos contemporains, surtout des citadins obligés de rester perpétuellement sur leurs gardes, ne serait-ce que pour ne pas se faire écraser dans la rue, voler leur portefeuille dans le métro ou coller une contravention pour excès de vitesse, parking sauvage, dans un moment – cher payé – d'inattention...

Hedwina, elle, n'avait plus à se préoccuper de ces broutilles, pas même de ses impôts. Violaine, qui avait engagé une secrétaire quelques heures par semaine, réglait tout pour elle et à sa place. Hedwina n'avait plus qu'à signer.

Sa fille lui lisait même son courrier. Lire fatiguait vite la Star. Il lui arrivait bien d'ouvrir un roman, un magazine, mais, après en avoir tourné quelques pages, elle s'endormait.

Bien sûr, elle n'avait pas retrouvé pour autant un visage de jeune fille. Son ovale un peu relâché, le ciselage des traits, les ridules au coin des yeux restaient ceux d'une femme mûre. Au sommet de sa maturité.

Et c'était bien là le paradoxe : alors qu'Hedwina ne dominait plus rien du tout, elle avait l'air, au contraire, d'incarner le prototype de la femme forte et souveraine, telle qu'on la rêve ou la désire alors qu'elle n'existe probablement pas...

Mais elle allait exister, s'incarner : grâce au film d'Eric Restoff.

Avec Lucien Vidal, son scénariste préféré, Restoff avait concocté la très belle histoire d'une femme « chef de famille », qui possède encore un cœur. Et un corps. Lesquels vont lui faire faire des bêtises pour un homme plus jeune qu'elle, et pas de son rang. Une sorte d'*Amant de Lady Chatterley* moderne.

Pour créer leur personnage, les deux hommes s'étaient inspirés de quelques-unes de nos contemporaines les plus « réussies » parmi les grandes figures aimées du public : Françoise Giroud, Christine Ockrent, Simone Veil, et même Francine Gomez, et c'est en mélangeant les traits des unes et des autres, en étudiant leurs gestes, leurs comportements, leurs réactions – et après avoir lu la plupart de leurs interviews, surtout celles accordées aux journaux féminins, mines inépuisables de « clichés » chers à l'époque –, qu'ils avaient composé une figure dont, un beau jour, les deux hommes s'étaient déclarés entièrement satisfaits : celle de Margot Béranger.

Et ils avaient donné pour titre au film : *Le Dernier Amour de Margot Béranger*.

(« Il n'y a que le dernier amour d'une femme qui puisse satisfaire le cœur d'un jeune homme », écrit Balzac, et Restoff comptait bien placer la phrase en épigraphe.)

Un beau jour, le metteur en scène avait donc débarqué dans l'appartement du Champ-de-Mars, son script richement imprimé et relié sous le bras, et il en avait déposé un exemplaire sur les genoux d'Hedwina.

Et un autre entre les mains de Violaine.

Deux jours plus tard, la jeune femme le rappelait :

– Eric, c'est fort, c'est magnifique! Mais croyez-vous que Maman soit capable de le jouer...? Il y a des jours où elle est tout à fait normale, mais d'autres... Et puis, il y a longtemps qu'elle n'a plus tourné. Elle ne faisait plus que du théâtre...

– Violaine, si vous consentez à m'aider, c'est-à-dire à faire en sorte qu'Hedwina soit présente sur le plateau, pour le reste, ne vous en faites pas, je m'en charge... Afin qu'elle ne se sente pas trop dépaysée, j'ai pressenti Camille : c'est lui qui sera le chef opérateur. Elle connaît aussi le reste de l'équipe. Son partenaire principal sera Walter Allaine, un garçon d'une extrême sensibilité, et, bien entendu, il y a un rôle pour Maxence.

— Et les assurances ?

— Nous nous débrouillerons du côté du producteur... Sa vie n'est pas en danger, n'est-ce pas ?

— Pas plus que la mienne, Eric...

— Bon. Vous savez, c'est un très grand rôle, mais qui ne demande aucune performance physique extraordinaire... Beaucoup de changements de toilette, mais j'ai remarqué qu'Hedwina est toujours d'une grande coquetterie...

— Cela s'est même accentué ! Elle ne supporte sur elle aucune tache, ni aucun faux pli... Je la change jusqu'à trois fois par jour... Elle n'aime pas trop qu'on touche à ses cheveux, c'est tout.

— Nous prendrons Minnie, un ange de douceur...

— En revanche, elle adore qu'on la maquille, qu'on la tripote. Il me semble que si l'on pouvait avoir un masseur sur le plateau...

— Bonne idée, je vais en retenir un !

Sans se l'être formulé, c'est une « poupée vivante » que venait d'engager Restoff, et pour un prix considérable.

Violaine, conseillée par Me Pinchon, avait été « dure » sur le contrat. Mais ce n'était pas l'argent qui lui paraissait l'essentiel dans cette affaire, c'était de remettre sa mère en activité.

Elle en attendait des miracles, une sorte de résurrection. Ne disait-on pas que l'entretien permanent des cellules cérébrales est ce qui les conserve quasi immortelles ? Preuve *a contrario* : l'effondrement de ceux qui se retrouvent d'un jour à l'autre à la retraite. Non seulement ils se plaignent de s'ennuyer, mais, bientôt, leurs activités journalières se rétrécissent au point qu'aller dans une grande surface les terrorise! Quant à affronter les autres, comme ils le faisaient quotidiennement sur le plan professionnel, s'ils ne s'y contraignent pas dans quelque association bénévole d'un genre ou d'un autre, ils finissent par n'y plus parvenir.

Au jour J du tournage, Hedwina, catéchisée depuis la veille, se laissa réveiller et habiller sans résistance. Incapable d'une initiative, elle aimait bien qu'il se « passe quelque chose » et il avait suffi que Violaine lui répète : « Maman, on va sortir », pour qu'elle se laisse faire.

Une limousine noire, louée par la production, les attendait au bas de la maison et Hedwina arbora un sourire de satisfaction jusqu'aux studios en regardant défiler les rues de Paris.

A l'arrivée – il était onze heures, car il avait été convenu avec Eric que les journées de travail pour Hedwina commenceraient tard, quitte à se terminer à minuit –, toute l'équipe, qui attendait la « revenante », se précipita vers elle pour la saluer, l'embrasser, la congratuler sur sa bonne mine, et Hedwina devint de plus en plus rayonnante.

Elle adora la séance de maquillage, supporta la mise en plis rapide et, dès qu'elle fut assise sur le canapé près de Walter, elle lui prit la main.

Jusque-là, tout était conforme à ce qu'avait prévu Eric. Restait à obtenir d'elle qu'elle voulût bien apprendre et répéter son texte, quelques mots courts.

Bien sûr, des répétitions avaient eu lieu à la maison et Hedwina avait paru prendre plaisir à redire les paroles qu'on lui inculquait, comme une gamine sa récitation.

Sur le plateau aussi, elle se montra d'une stupéfiante obéissance, et, ce premier jour, tout se passa bien.

Très bien, même.

Camille était ravi de ses prises et, le lendemain, en voyant les *rushes*, tout le monde pouvait se féliciter. Sur la pellicule, le visage d'Hedwina avait bien la beauté et la force qu'Eric lui avait imaginées. Ce qu'on nomme la « présence ».

(Nul ne s'interrogea sur ce paradoxe que c'était justement une femme en partie absente à elle-même qui rayonnait de présence à l'écran... On était trop absorbé par la tâche en cours pour réfléchir à ce genre de questions.)

Plusieurs jours se passèrent sans gros problèmes.

Parfois, il fallait recommencer la prise, parce qu'Hedwina, rêveuse, ne démarrait pas au moment où Eric disait « maintenant on y va ».

Ce fut Camille qui découvrit qu'elle était surtout sensible au mot « moteur », qu'elle avait probablement entendu toute sa vie. Alors Eric se mit à crier « moteur », et Hedwina s'illuminait de l'intérieur... Un réflexe.

Après le déjeuner, qu'elle prenait de bon appétit à la cantine au milieu des autres, elle faisait la sieste dans sa loge.

Le réveil était plus difficile, car Hedwina aurait voulu prolonger son somme et il fallait toute la tendresse de Violaine, toute la patience des maquilleurs et de son habilleuse pour que l'actrice consentît à revêtir le costume qui convenait à la séquence.

Puis il y eut un accroc.

Tout le monde l'attendait tellement, depuis le début, qu'au fond, ce fut presque un soulagement : ç'avait eu lieu et on s'en était sorti...

Tout à coup, tandis que la caméra fonctionnait, Hedwina tourna le visage vers Eric et lui déclara sur un ton on ne peut plus normal :

– Qu'est-ce que je dois dire? Je me le demande...

Camille coupa net.

– On recommence? demanda-t-il.

– Mais non, répondit Eric, pas la peine... Je garde! Je vais incorporer la réplique dans le scénario, je vois très bien comment... Après tout, il est plausible qu'Hedwina interroge à ce moment-là Maxence sur ce qu'elle va répondre à Walter...

– Mais Maxence n'est pas présent dans cette scène-là!

– Eh bien, il y sera...

Deux jours plus tard, on en était aux deux tiers du film, il y eut encore autre chose. Hedwina se leva au plein milieu d'une scène pour se diriger vers les coulisses. Violaine lui courut après :

– Maman, où vas-tu?

– A la maison.

– Mais tu n'as pas fini ton travail! Tu rentreras tout à l'heure...

– J'en ai assez!

Violaine lui demanda si elle ne voulait pas se rendre aux toilettes. Hedwina acquiesça. Sans doute voyait-elle là une façon de s'esquiver. Elle y resta si longtemps que Violaine commença à s'inquiéter et entrouvrit la porte qui n'était pas fermée.

Hedwina dormait sur le siège!

Alors Violaine la ramena à sa loge, l'étendit, la borda et retourna voir Eric.

– Elle dort!

– Elle dort?

– Oui.

– Bon, dit Eric, imperturbable. Alors on va tourner autre chose.

C'est le lendemain qu'eut lieu l'« incident ». Celui qui bouleversa Violaine plus encore que les membres de l'équipe. Ils en avaient vu, avec les alcoolos, les drogués, tous ceux qu'il fallait « faire tourner à tout prix », une fois le film commencé et les millions en train de courir... Ils ne se « bilaient » plus, comme disaient les machinistes. Et leur tolérance, parfois, était un modèle du genre.

Ça n'est pas commode de « jouer à faire l'acteur », pensaient-ils, et des petits dérapages – voire des grands – sont inévitables. Tant qu'il n'y a pas suicide en plein tournage, on peut s'estimer heureux et parer au mal!

Là, quand Hedwina se leva du fauteuil de velours rouge, installé devant la fausse fenêtre par laquelle elle était censée surveiller l'aléatoire retour de Walter, Violaine s'aperçut immédiatement que sa robe claire était souillée par une grande auréole rouge.

Le fauteuil avait donc déteint?

Il lui fallut quelques secondes pour comprendre : Hedwina s'était « oubliée ».

C'était la première fois.

Elle ramena vivement sa mère dans sa loge, et, avec l'aide d'Anna, l'habilleuse, la changea de pied en cap. Hedwina avait l'œil vide et indifférent, comme si toute cette histoire ne la concernait pas.

Le soir, Violaine téléphona à Charles Kramer :

– Maman devient incontinente, c'est épouvantable...

– Je vous avais bien dit qu'il était trop tôt pour qu'elle se remette à travailler.

– Mais le travail se passe fort bien, elle est très contente! Elle a presque fini... Seulement, il y a ça! Qu'est-ce que cela signifie? C'est nouveau! Que se passe-t-il?...

– Je n'en sais rien, dit Kramer, mais ça ne me dit rien de bon. Il faudrait qu'on refasse des examens, qu'on consulte.

– Mais quels examens ? On n'a rien trouvé au scanner. C'est seulement dans sa tête...
– Bien sûr que c'est dans sa tête, dit Kramer.
– Je veux dire : dans son esprit. Si on consultait un psychiatre...
– Cela me paraît bien inutile.
– Oh ! vous, vous n'avez jamais cru à la psychologie ! Pas même au psychosomatique... Cela existe, vous savez, l'action de l'esprit sur le corps...
– Je sais bien, mais l'inverse aussi ! Et moi, je m'occupe de l'inverse. A chacun son métier.
– Vous appelez ça un métier !... En fait, vous ne savez rien... Les gens qui ont un métier, ils le connaissent !

Ils faillirent se disputer. Redevinrent raisonnables.

Il fallait parvenir au bout de la « traversée ».

Kramer déclara qu'il rendrait visite à Hedwina le lendemain matin, avant son départ pour le studio. Il avait quelques prescriptions à faire.

Son ordonnance fut simple et courte : ne pas lui donner trop à boire et l'« appareiller ».

– Qu'est-ce que c'est que ça ?
– Vous lui mettrez des couches...
– Comme pour les bébés ?
– Comme pour les adultes, ça existe. Il y a plusieurs marques. Voyez celles qu'elle supporte le mieux.

Ce fut en effet toute une histoire que d'obliger Hedwina à se laisser « encombrer » d'une couche-culotte. En tout cas le temps du tournage.

Le fauteuil avait été nettoyé sans que personne n'eût rien dit, comme si nul n'avait rien remarqué.

La pudeur.

Et le choc.

Même Eric Restoff, pourtant prêt à tout, n'avait

pas envisagé pareille éventualité. Heureusement qu'il avait banni tous les journalistes de son plateau.

Et il n'avait à craindre aucune « fuite » – si l'on osait désormais utiliser le mot – du côté de son équipe. En cas de gros pépins, la « famille », qui autrement adorait se disputer, se serrait les coudes.

Hedwina fut toute la journée d'une humeur d'ange.

Et quand elle inclina la tête en arrière pour offrir ses lèvres à Walter, le mouvement fut si voluptueux que les hommes qui l'encerclaient, chacun à son poste, retinrent leur souffle.

La Vallas était bien une star.

Une vraie.

C'est en rentrant, le soir, que Violaine vit, à la tête de Marilou, qu'il s'était passé quelque chose. Tout le temps que les deux femmes s'occupèrent d'Hedwina – la faire manger, la coucher –, Marilou demeura bouche close. C'est lorsque Violaine, qui en avait eu assez pour sa journée, fut couchée, qu'elle vint frapper discrètement à sa porte.

– Entre, Marilou, que se passe-t-il?
– Tu ne sais pas?
– Ben non, quoi?
– Lis...

Elle lui tendit un journal dont elle tapotait furieusement un passage.

Violaine n'eut pas à chercher longtemps, le nom de Winquaire lui sauta tout de suite aux yeux. Edouard se mariait. Avec des diamantaires. Enfin, leur fille...

Violaine se tassa, se recroquevilla dans son lit.

– Tous des salauds, ces hommes, dit Marilou.

Violaine se mit à pleurer à petits coups.

Marilou s'assit près d'elle et l'entoura de ses bras :

– Allez, ma belle, ma petiote, je vais te dire : t'étais trop bien pour lui, la preuve... Abandonner un bijou pareil ! C'est toi, le diamant ! Crois-moi, il s'en mordra vite les doigts...

– Le diamant ! lâcha Violaine.

Elle se leva précipitamment pour aller chercher sa bague de fiançailles au fond d'un tiroir.

– Faut que je la lui rende !

– Il te l'a réclamée ?

– Non, pas encore, mais je ne peux pas la garder ! D'ailleurs, je ne veux pas, je n'en ai aucune envie... Je vais lui téléphoner pour le lui dire.

– A cette heure-ci ?

– Il doit être chez lui.

En fait, il était peut-être avec l'autre... Mais, justement, Violaine voulait savoir, constater... La jalousie avait commencé à la torturer, et puis aussi, l'envie de lui parler, le besoin d'entendre sa voix.

Elle l'aimait toujours.

Lui aussi l'aimait. Mais on ne résiste pas à toute une famille réunie. En plus, depuis la nuit fatale, Edouard avait peur. Peur d'Hedwina, peur de sa maladie. D'autant que Gaston avait déniché un « spécialiste du cerveau » qui, invité à un dîner familial, avait trouvé le moyen de glisser, l'air de rien, tout un exposé sur l'hérédité de certains troubles. Le mécanisme en était encore inconnu, mais les résultats indéniables... Il en avait plein ses services. Ah ! ces pauvres enfants nés quasiment sans cervelle ! Quelle pitié, on ne peut pas s'imaginer l'horreur que cela représente. Surtout pour les parents...

– Garde la bague, lui dit Edouard, je te le demande comme une faveur, une grâce ! Ça me

fait plaisir de savoir que tu la portes. Et puis, tu peux en avoir besoin...
– Moi ?
– Oui, pour Hedwina...
– Mais Hedwina travaille ! Elle vient de gagner une fortune...

Hélas, c'était la dernière fois.

CHAPITRE XIII

Violaine n'avait pas voulu que sa mère assistât à la première et, la veille, elles avaient pris un train de nuit, plus discret qu'un avion, pour se réfugier en Suisse, à Lausanne, dans l'un de ces palaces feutrés où le personnel a l'habitude de faire barrage.

Hedwina dormait toujours, très fatiguée par les dernières semaines de tournage (au point qu'elle avait dû s'aliter; sinon, elles seraient parties plus tôt). Dans la chambre voisine, Violaine feuilletait les journaux français. La jeune femme avait demandé qu'on les lui apporte tous en même temps que le petit déjeuner.

Les critiques de cinéma sur *Le Dernier Amour de Margot Béranger* se révélaient incroyablement louangeuses. Et les photos d'Hedwina, prises à la maison par une grande photographe, d'une indicible beauté. Pour la promotion, Eric Restoff avait systématiquement refusé les instantanés de tournage, de crainte qu'on ne lise de l'égarement et parfois même de la souffrance sur le visage d'Hedwina. Là, personne ne pouvait soupçonner que la Star n'était pas en possession de tous ses moyens. S'y ajoutait même cette sérénité qu'on associe d'ordinaire à l'idée de maturité.

Après avoir parcouru plusieurs articles importants, elle décrocha le téléphone et appela Eric, à Paris :

– Je viens de lire la presse, ça a l'air de marcher !

– Formidable, ma chérie ! Hier, à quatorze heures, le nombre des entrées dépassait mes estimations les plus optimistes !

– Eric, c'est grâce à toi ! Merci.

Ils avaient fini par se tutoyer.

– Grâce à Hedwina, tu veux dire ! Toutes les deux, vous avez été splendides...

– Comme j'aimerais que Maman puisse en profiter !

– Comment va-t-elle ?

– Par moments, très bien... Elle a faim, elle mange, elle digère, elle dort – comme maintenant – et puis elle a de nouveau faim !

– Et qu'est-ce qu'elle dit ?

– Parfois elle est tout à fait normale, parfois elle ne me reconnaît pas... Il y a trois jours, je l'ai trouvée levée et habillée en pleine nuit, et, dès qu'elle m'a vue, elle m'a dit : « Il faut qu'on parte travailler, Eric m'attend ! » J'ai dû la convaincre qu'il était trop tôt, l'aider à se recoucher et, le lendemain, elle n'y pensait plus...

– Ecoute, Violaine, tu devrais profiter de ce que vous êtes en Suisse pour voir un spécialiste. Ils ont des gens formidables, là-bas, pour ce qui est de ce genre de maladie...

– Oui, je sais. Ils ont même un mot terrible pour désigner ça : le *ramollissement* du cerveau...

– Ne t'en fais pas pour les mots ! Avec l'âge, nous sommes tous un peu ramollis ! Et ce que vient d'accomplir Hedwina, je ne connais personne, même équipé d'un cerveau « dur », qui l'aurait réussi !

– Eric, tu es bon.

– Mais non, ma chérie, je suis juste. Hedwina

n'est peut-être pas parfaitement « au fait », mais elle a une âme, tu comprends ? C'est ce qui se voit sur son visage, et c'est ça qui émeut les gens. Le film va bientôt être programmé à Genève, vas-y...

– Tu sais bien que chaque fois que je suis allée à une projection, je me suis mise à pleurer !

– Mais là, tu ne seras pas seule à pleurer : tout le monde en fait autant dans la salle... Essaie, ça te réconfortera ! Et puis, appelle-moi si tu as besoin de la moindre chose.

– Oui, Eric, merci.

Que pouvait-il désormais pour elle ? Ils étaient tous deux convenus, sans se le dire, que c'était le « dernier essai », l'ultime performance professionnelle d'Hedwina. Maintenant, Eric allait passer à un autre film, les contrats étaient déjà signés, tandis que Violaine, elle, continuerait à s'enfoncer... Dans quoi, au juste ?

Il était onze heures quand elle entrouvrit la porte de communication de la chambre de sa mère, les journaux en main, pour voir si elle dormait toujours.

Malgré la semi-obscurité, elle s'aperçoit tout de suite qu'Hedwina n'était pas dans son lit.

– Maman ! Où es-tu ?

Elle n'était pas non plus dans la salle de bain, ni dans les toilettes.

En revanche, la porte donnant sur le couloir était restée entrouverte. Une femme de chambre qui passait l'assura avoir vu Mme Vallas prendre l'ascenseur, il y avait à peu près une demi-heure.

Au rez-de-chaussée, le concierge ne l'avait pas aperçue, mais un jeune groom avait remarqué une dame correspondant à la description qu'en faisait Violaine, et qui, après avoir franchi la porte principale de l'hôtel, s'était dirigée vers le jardin public. Ce qui avait frappé le jeune homme, c'est que la personne était en robe de chambre et non pas, comme certains clients – et comme Violaine elle-même –, en tenue de jogging...

Mais il y a des excentriques, avait dû se dire le jeune portier, et il n'était pas là pour s'en offusquer, bien au contraire.

Affolée, Violaine se précipita dans le parc. Il était en pente et assez vaste, si bien qu'il lui fallut un moment pour en faire le tour, même à petites foulées.

Et si sa mère s'était fait écraser? A moins qu'elle ne se fût jetée dans le lac?... Toutes sortes d'images tragiques lui venaient à l'esprit quand elle l'aperçut soudain, sur un banc, derrière un massif d'arbustes, en grande conversation avec quelqu'un.

D'un bond, Violaine fut près d'elle et, pour ne point trop la surprendre, elle s'assit d'abord à ses côtés avant de lui parler... D'autant qu'elle était essoufflée, mais par l'angoisse plus que par sa course.

– Maman, que fais-tu là? lui dit-elle aussi uniment qu'elle le put.

Hedwina se tourna vers elle et lui prit la main.
– Ah, c'est toi, ma chérie! Tant mieux!
Elle paraissait tout à fait normale.
L'homme prit la parole :
– Madame était en train de me dire qu'elle voulait rentrer chez elle. Mais quand je lui ai demandé où cela se trouvait, elle m'a dit qu'elle l'avait oublié...

– Bien sûr, dit Violaine, tentant de rattraper le coup, nous ne sommes là que depuis hier et Maman ne connaît pas encore le nom de l'hôtel. C'est le grand, là-bas, juste derrière nous. Maman, tu aurais dû m'attendre, pour te promener...

– Je veux aller à la maison! Viens, rentrons.
Le ton était monocorde et manifestait à l'évi-

dence qu'il y avait un « problème ». Violaine sentit le regard de l'homme s'appesantir sur elles deux.

– Bon, Maman, nous y allons... Lève-toi.

Hedwina se dressa majestueusement dans sa robe de chambre, appuya son bras sur celui de Violaine mais ne fit pas un pas.

– Je suis fatiguée...

– Bien sûr, tu as fait une longue marche, mais nous allons remonter lentement jusqu'à la maison.

– Je ne veux pas marcher, appelle la voiture.

Violaine regarda autour d'elle, cherchant instinctivement un véhicule. Il y avait bien une route, non loin – Hedwina avait descendu le parc presque jusqu'au lac –, mais aucune automobile en vue. Violaine songea à remonter à l'hôtel pour appeler un taxi, mais que ferait Hedwina pendant ce temps-là ?

C'est à ce moment que l'homme vint à son secours, comme si c'était la chose la plus naturelle du monde. En fait, comme s'il était « au courant » et vivait lui aussi avec les deux femmes dans ce monde étrange où errait désormais Hedwina.

En somme, comme s'il était leur complice.

– Eh bien, je vais chercher la mienne. Attendez-moi ici, ce ne sera pas long.

Violaine le dévisagea pour la première fois. C'était un homme d'une quarantaine d'années, grand et assez fort, un « costaud », comme on dit. Sans doute avait-il dû faire de la lutte dans sa jeunesse, ou du catch. Ou alors de l'athlétisme. Mais le poids qu'il semblait porter sur ses épaules n'était pas celui des haltères.

Etait-il malade pour se promener à Lausanne dans un jardin public, à onze heures du matin ? Ou avait-il un autre genre de difficultés ? Financières, peut-être ? A moins que ce ne fût un agent secret ? L'imagination de Violaine était fertile...

Mais si le visage de l'homme trahissait un souci, et même l'accablement, son regard, lui, était vif, révélant une extrême attention, comme si rien ne lui échappait, pas même ce qui est douloureux et que les gens fuient, d'habitude.

On eût dit qu'il était particulièrement présent au « mal », à la souffrance d'autrui, et qu'au lieu de les nier ou de les minimiser, il tentait d'en faire l'analyse. D'en mesurer l'ampleur. Et d'en partager le poids.

Peut-être, après tout, était-il médecin ?

Avant que Violaine eût répondu, l'homme ajouta :

– Je suis client de l'hôtel, j'ai du temps et cela ne me dérange pas. Attendez-moi et n'attrapez pas froid, vous êtes en sueur. Je reviens tout de suite.

Il s'éloigna d'un bon pas.

Tout en forçant sa mère à aller et venir, Violaine eut brusquement à l'esprit une phrase qu'elle avait lue, autrefois, dans un livre concernant les contes de fées : « Pour ceux qui continuent d'y croire comme lorsqu'ils étaient enfants, quand tout semble perdu, il y a toujours quelqu'un pour vous venir en aide et vous tendre une main secourable... »

Et c'est vrai qu'elle avait parfois le sentiment de se trouver dans un conte de fées à l'instant où la petite princesse est la proie d'un mauvais sort. N'était-elle pas une sorte de « princesse malheureuse », confrontée à une telle horreur, alors qu'elle avait été élevée pour le luxe et le bonheur ?

Tout ce qui l'entourait paraissait si beau ; et pourtant, s'écroulait par en dessous, comme miné par quelque sorcellerie.

Face au lac argenté, elle se représentait toute de blanc vêtue dans ce jardin que commençait à fleurir un printemps précoce, logée dans un palace où un monceau de journaux l'attendaient, tous pleins de la gloire de sa mère! Sa mère, la Star, suspendue à son bras comme un tout petit enfant et qui levait les yeux vers elle dans une imploration à laquelle elle ne pouvait répondre que par des baisers et des paroles rassurantes.

— J'ai un peu froid. Tu ne veux pas que nous rentrions chez nous?

— Mais oui, Maman, on va y aller! Ne t'inquiète pas. Attends que je ferme mieux ta robe de chambre.

Après s'être garé le plus près possible, l'homme descendit prestement de sa voiture. En rejoignant les deux femmes, il arborait un grand sourire qui avait l'air de dire : « Ne vous en faites pas, je suis là. »

— Viens, Maman, on rentre! dit Violaine pour décider Hedwina à la suivre jusqu'à l'automobile.

Mais Hedwina, depuis qu'elle était malade, adorait rouler et elle se précipita vers la voiture pour s'installer à l'avant avec un visible contentement.

Dès que le conducteur se fut rassis, elle posa la main sur son bras :

— Comme c'est gentil d'être venu nous chercher!

— C'est un plaisir pour moi, madame.

— Si on faisait un petit tour? ajouta-t-elle aussitôt.

Elle avait vu qu'il prenait la direction de l'hôtel. Or, maintenant qu'elle était en voiture, elle avait envie d'en profiter.

Le conducteur se retourna vers Violaine :

— Je me présente : je m'appelle Justin Savigneur.

— Et moi Hedwina! lança joyeusement l'actrice, se rappelant pour une fois son identité.

— Je le savais, madame. Vous êtes Hedwina

Vallas, dit tranquillement Justin Savigneur. Eh bien, si votre fille est d'accord, nous allons le faire, ce petit tour!

— Et on mangera une glace!

Hedwina agissait comme les enfants; dès qu'on avait accédé à l'un de ses désirs, elle se dépêchait d'en formuler un autre pour profiter de la bonne volonté de son entourage.

— Bonne idée! Il y a un excellent glacier à l'entrée de Lausanne, au bord du lac.

— Mais, Maman, tu es en robe de chambre! s'exclama Violaine.

— Qu'est-ce que cela peut faire? dit Justin. A Lausanne, les trois quarts des gens sont des excentriques... Bien plus que vous ne pouvez l'imaginer!

C'est vrai : il y a, à Lausanne, beaucoup de maisons dites « de repos », en plus des palaces. S'ils n'ont pas toujours toute leur tête, la plupart des gens qui y résident possèdent beaucoup d'argent. Ce qui fait que tout le monde, commerçants et restaurateurs en premier lieu, sont d'accord pour laisser faire. Du moment qu'on n'est pas dangereux et qu'on paie bien! (Les accompagnateurs des « excentriques » ont l'habitude de donner d'énormes pourboires comme pour s'excuser d'on ne sait quoi...)

Et Hedwina, la pauvre chérie, n'était un péril pour personne.

C'est du moins ce que se dit Violaine en s'abandonnant, les paupières closes, contre le dossier de la banquette arrière. C'était la première fois, depuis des semaines et même des mois, que la jeune femme s'autorisait à fermer les yeux en plein jour.

CHAPITRE XIV

En quittant le cinéma, cernée par les gigantesques gros plans de sa mère affichés à l'entrée, sans compter la silhouette d'Hedwina allongée sur toute la largeur du fronton, Violaine eut le sentiment qu'elle sortait de son ventre.

L'impression était saisissante, mais pas vraiment gênante : l'une de ces sensations que vous procure la vie moderne, tellement vouée à l'image. Et puis, tous ces gens qui avançaient du même pas un peu lent, comme un cortège, c'est vrai que ça l'avait réconfortée. Eric Restoff avait eu raison de lui conseiller d'aller voir le film en salle. C'était bon de pleurer avec tous les autres, face à l'image de sa mère.

Personne, maintenant, ne pleurait plus, car la fin du film était apaisante. Eric l'avait voulue ainsi. Bien sûr, le jeune homme était mort, mais Margot n'était pas désespérée. Elle continuerait à vivre avec cet homme qui n'existerait plus, désormais, qu'en elle. Sans avoir à se soucier de leur différence d'âge ni de son propre vieillissement.

Le bizarre, lorsqu'une femme aime un homme plus jeune qu'elle, c'est qu'on oublie totalement qu'il existe une chance qu'il meure le premier. On s'indigne, puis on s'inquiète : « Et que se passera-t-il lorsque tu auras soixante-cinq ans, et lui seulement quarante ? Il te quittera pour une femme plus jeune, c'est sûr... Et tu te trouveras toute seule ! »

Oui, Margot était restée seule. Oui, le jeune homme, si merveilleusement incarné par Walter Allaine, l'avait quittée. Mais ça n'était pas pour une autre, c'était parce qu'il était mort. Une de ces « choses de la vie » – un accident de voiture – qui n'arrivent pas qu'au cinéma... Du coup, Walter avait bien été, comme l'annonçait le titre du film, son « dernier amour ».

Mais Margot aussi avait été le sien. Heureusement qu'il avait aimé une femme comme elle, au sommet de sa maturité, de sa capacité à se donner sans réserve, grâce à quoi le jeune mort avait possédé, en une seule fois, tout l'amour possible.

Alors, était-il cruel de se dire : « Quand on a connu une telle passion, on peut bien mourir, ça n'a plus d'importance... » ?

La pensée rôdait dans la salle et dans l'esprit des spectateurs. En particulier au moment où la caméra insiste sur le beau visage de Walter, couché sur le bas-côté de la route, si pâle, mais intact. Avec juste ce petit peu de sang à la commissure des lèvres, pour signaler que son corps est définitivement brisé. Il ouvre les yeux et, dans le flou de la mort qui approche, confond alors la secourable conductrice qui s'est arrêtée et se penche sur lui avec Margot. Dans un soupir émerveillé, il dit à la jeune femme : « Mon amour, ne me quitte jamais !... »

Et c'est fini.

Parfois, la vie est courte.

Mais la passion est hors du temps.

Edouard aussi lui avait dit, au cours de leurs nuits les plus folles : « Ne me quitte jamais... » Et puis il en avait épousé une autre.

La phrase, elle, ne la quittait jamais.

– C'est très chouette, dit Justin dès qu'ils furent un peu sortis de la foule.

Il marchait à côté d'elle, les deux mains dans les poches de son pardessus, sans la toucher.

Au cinéma non plus, il n'avait pas tenté de profiter de l'obscurité, ou de ses pleurs, pour lui prendre la main. Il ne s'était même pas « appuyé » contre elle, comme il arrive lorsqu'on partage le même accoudoir.

A croire que Justin Savigneur n'aimait pas les femmes. Ou pas elle. Ou qu'il savait ce qu'était l'amitié : avant toutes choses, respecter un chagrin. Un désespoir.

Tout en étant présent...

Car il était là.

Lorsqu'il avait découvert, un matin, dans le journal, que *Le Dernier Amour de Margot Béranger* se projetait à Genève, il avait déclaré à Violaine qu'il avait l'intention d'aller le voir. Voulait-elle venir avec lui, cela lui ferait-il plaisir ?

C'était présenté avec tact. En acceptant d'accompagner Justin, Violaine avait l'air de lui faire une grâce, alors que c'était elle qui avait « besoin » de voir le film. Et que Justin, probablement, le savait.

Ils ne s'étaient pas beaucoup parlé, depuis le jour de leur rencontre dans le parc. Justin se contentait de saluer les deux femmes lorsqu'il les apercevait à la terrasse de l'hôtel, les jours de soleil, ou dans la salle à manger, près des baies vitrées.

Très vite, ce fut Hedwina qui lui fit de grands signes, car elle avait gardé une vision perçante. Violaine avait même le sentiment que sa vue et son ouïe s'aiguisaient au fur et à mesure qu'elle perdait... mais quoi ? Que perdait-elle au juste ?

Violaine n'aurait su le formuler. En fait, c'était

comme si elle perdait le « sens » des choses..., mais pas n'importe lequel.

Le sens d'une certaine réalité.

La réalité ordinaire.

En revanche, Hedwina distinguait des détails, un insecte en train d'escalader un brin d'herbe, par exemple, qui échappaient aux autres.

Il lui arrivait de faire d'une voix neutre des remarques stupéfiantes sur ce qu'elle voyait ou entendait. Parfois aussi – c'était rare – de porter un jugement sur autrui, toujours percutant.

– Elle ne devrait pas mettre du clair, dit-elle une fois.

De qui parlait-elle? Violaine finit par découvrir, tout au fond de la salle, une femme d'un âge certain, aux cheveux blancs, d'ordinaire superbe en noir, et qui, ce jour-là, dans une robe à grosses fleurs roses, avait perdu beaucoup de son allure.

Disant cela, Hedwina ne regardait même pas dans sa direction. On eût dit qu'elle percevait les choses « en elle-même », sans avoir besoin de les observer.

Un sixième sens.

En particulier, elle était devenue d'une extrême sensibilité tactile. Un rien la grattait, la piquait, ou, au contraire, lui faisait un plaisir fou. Elle caressait certains objets avec une volupté intime, en repoussait violemment d'autres. Et les odeurs! Elle en jouissait ou en souffrait avec une intensité qui étonnait Violaine.

En revanche, elle était devenue incapable de lire « pour de bon », car il lui arrivait de faire semblant, non pour tromper son entourage – à cela elle ne songea jamais –, mais parce qu'elle avait conservé l'habitude, ou le réflexe, de feuilleter des pages imprimées. Et qu'elle continuait.

Elle demeurait fascinée par la télévision, mais quand Violaine lui demandait ce qu'elle venait de voir, Hedwina levait vers elle un regard perplexe, un peu égaré, et lui répondait invariablement : « Le film ! »

– Tu l'as trouvé bien ? insistait Violaine, au début, pour se rendre compte de ce qu'il lui restait d'esprit.

– Très bien..., disait Hedwina.

Puis elle fermait les yeux comme chaque fois qu'elle voulait montrer que l'entretien, du moins sur ce sujet-là, était clos.

En fait, Hedwina était incapable de « suivre une histoire », encore moins un raisonnement. Puisqu'elle n'avait plus de mémoire immédiate, elle ne pouvait assimiler une suite d'épisodes ou d'arguments.

Mais il lui arrivait brusquement d'avoir des retours du passé extrêmement vifs. Et totalement déplacés.

– Quand arrive Léonard ? lui demanda-t-elle une fois.

Violaine demeura sans voix.

– Qui est Léonard ? finit-elle par demander pour voir où sa mère en était avec le souvenir de son ex-mari.

– Enfin, voyons, mon mari ! dit Hedwina. Tu ne le connais pas ?

Il était resté son mari, mais pas pour autant le père de Violaine !

En fait, Hedwina vivait parmi des ombres.

Et les vivants, étaient-ils aussi des ombres ?

– Vous devriez prendre du poulet, dit-elle à Justin, quelques jours après qu'il les eut raccompagnées, lorsqu'il se fut approché de leur table pour répondre à ses saluts. Il est excellent. Tenez, goûtez !

Elle lui tendait son assiette.

– Mais où est votre fourchette ? Violaine, demande une fourchette pour lui, il n'en a pas...

Justin était « il ». Toutefois, un intime. Au point qu'Hedwina ne songea même pas à l'inviter à s'asseoir à leur table, mais n'eût pas compris qu'il se mît à une autre! N'étaient-ils pas « ensemble », puisqu'ils se connaissaient?

Il y avait quelque chose de très émouvant et même de poignant dans cette simplification des rapports. Plus de code. Plus de « social ».

On s'aimait, quoi.

Et on n'avait que de bons sentiments les uns pour les autres. Comme si les « mauvais » n'existaient plus. Rayés de la carte.

Ce jour-là, Justin consulta Violaine du regard, puis s'installa à la table des deux femmes. Il ne prit pas de poulet, mais déjeuna de bon appétit. Il parlait avec Hedwina comme s'il n'avait aucun problème pour s'adapter à son « univers ».

A cet instantané de l'existence.

Violaine, qui les écoutait sans rien dire, eut même le sentiment qu'il y prenait un certain plaisir. Que cela lui convenait. Cet homme avait-il quelque chose à oublier pour jouir ainsi du contact et de la présence d'un être sans mémoire?

C'est quelques jours plus tard qu'il lui proposa d'aller voir le film, à Genève.

– Croyez-vous qu'Hedwina serait heureuse de venir avec nous?

– Elle adore la voiture, et aussi le spectacle, mais là, on risque de la reconnaître... On l'emmènera au cinéma une autre fois...

Violaine faisait des projets d'avenir!

Même s'ils étaient de peu de conséquence, c'était la première fois depuis longtemps...

– J'ai pensé qu'il serait mieux d'y aller à la première séance, dit Justin, puisque Hedwina ne vient pas. N'est-ce pas l'heure où elle fait sa sieste?

– Vous avez raison. Le soir, elle est tellement

éveillée que je n'oserais pas la quitter, mais entre une heure et cinq heures de l'après-midi, on peut être tranquille...

– Demandez tout de même à la femme de chambre de jeter un coup d'œil, pour qu'on ne la retrouve pas au fond du parc..., dit Justin en riant au souvenir de l'incongruité de leur première rencontre.

– C'est bien mon intention. Je vais l'enfermer à clef dans sa chambre et demander à Mme Marthe, qui a un passe, de la surveiller.

A leur retour de Genève, ils trouvèrent Mme Marthe, dont le service était terminé depuis une heure, assise au chevet d'Hedwina. Toute souriante, elle feuilletait des magazines.

– On a été bien sage, on a bu son lait et on s'est rendormie!

Une fois de plus, Violaine découvrit à quel point Hedwina savait se faire aimer, même dans son état.

Bientôt, elle ne s'étonna plus du phénomène et pensa que sa surprise des premiers temps était une forme de « racisme ». Quel que soit leur état, les êtres demeurent eux-mêmes, fût-ce dans l'inconscience ou aux approches de la mort.

Les uns sont aimables, d'autres pas.

Hedwina était éminemment aimable.

La preuve : ces foules de spectateurs qui, en ce moment même, ressortaient des salles où l'on projetait son film, le cœur gonflé de tendresse pour la Star. En dépit de son « état », dont ils ne se souciaient pas, Hedwina leur avait communiqué son propre amour de la vie. Son amour. Qui avait réveillé, réconforté le leur, parfois si menacé qu'ils avaient fini par l'enfouir sous des défenses, une sorte de carapace, par peur des « coups ». De la souffrance.

Hedwina ouvrit les yeux, elle murmura quelque chose. Violaine se pencha vers elle :

– Que dis-tu ?

– C'est toi, ma chérie ? Oh ! que je suis contente...

Ainsi était Hedwina. Jamais un reproche. Un fleuve d'amour et d'affection... Comment ne pas l'aimer ?

Violaine se retourna vers Justin qui l'avait suivie pour voir lui aussi si tout allait bien.

Et c'était la question qu'exprimait le visage anxieux de la jeune femme : « N'est-elle pas magnifique ? Comment ne pas l'aimer ? »

Justin approuva de la tête, et Violaine se détendit.

Cet homme était là pour en témoigner : sa mère demeurait merveilleuse. Elle se sentit un peu moins coupable d'avoir sacrifié Edouard à « ça » !

CHAPITRE XV

Un matin, quand Violaine entrouvrit la porte de la chambre d'Hedwina pour voir si elle était réveillée, elle sentit immédiatement que l'atmosphère avait changé : Charline était là! Si comiquement – ou tragiquement – semblable à elle-même!

Toute l'apparence de Charline, sœur cadette de la Star, concourait en effet au même but : confirmer son état civil! Celui d'une vieille fille, provinciale et sans enfants. Et même, à mesure qu'avançait l'âge, jusqu'à la caricature... Ses cheveux gris permanentés en boucles trop serrées, son tailleur marron, éclairé par la petite broche de diamant qu'à l'héritage de leur mère Hedwina lui avait volontiers laissée – « Elle a si peu de bijoux! » –, le sourcil froncé, elle était exactement la femme sèche et décidée, au verbe haut, que Violaine avait toujours connue.

L'œil, seul, semblait avoir évolué : il était encore plus pointu. Un œil qui fouillait, fouaillait, épluchait tout.

Ensuite, elle jugeait.

Les jugements de Charline! Autant de sentences, de couperets. Quand Violaine était petite, elle demeurait foudroyée d'entendre sa tante Charline condamner sans appel les uns ou les autres, jusqu'à ce qu'Hedwina partît d'un grand rire :

« Ma pauvre Charline, on ne peut pas se tromper plus ! »

Charline rentrait le menton, son nez s'allongeait encore et elle ajoutait d'un ton sec : « Bon, très bien, on verra qui de nous deux a raison ! »

Généralement, c'était Hedwina. Car la vie, heureusement, se révèle plus riche, plus généreuse, plus renouvelée que l'idée que s'en font les personnes qui ont peur d'elle.

– Tante Charline, tu es déjà là ! Pourquoi ne m'as-tu pas prévenue ? Je serais allée te chercher à la gare...

Charline ne voyageait qu'en train, car les avions, pour elle, étaient quelque chose de « vulgaire », réservé aux stars et aux hommes d'affaires. Ou alors aux flopées de touristes.

Les gens « bien » prennent le train. Sinon, ils restent chez eux.

– Je n'aime pas déranger, *moi* ! J'ai pris le bus.

Violaine sentit tout de suite qu'il y avait des intentions sous le « moi », mais décida de n'en pas tenir compte. Après tout, Charline s'était elle-même proposée pour venir passer quelques jours auprès d'Hedwina, afin de « soulager » Violaine, avait-elle dit. Cela partait d'un bon sentiment, d'autant que le voyage Châteauroux-Genève, en train puis en autobus, n'avait pas dû être commode.

Charline avait annoncé :

– Bien entendu, ce sera à mes frais.

– Mais l'hôtel est très cher, ma tante, nous sommes dans un palace.

– Alors, retiens-moi une chambre dans un établissement approprié à mes moyens, cela ne m'empêchera pas de demeurer auprès de ta pauvre mère, la nuit s'il le faut...

C'était la première fois que Charline voyait Hedwina depuis son « accident ». Elle la savait malade, mais Violaine, par pudeur, par incapacité aussi, ne lui avait pas révélé grand-chose de ce qu'il en était précisément.

– Qu'est-ce qu'elle a? dit Charline, pointant du menton vers sa sœur étendue sur sa chaise longue. Elle ne m'a pas dit bonjour! Elle n'est pas contente que je sois là? Elle me boude?

– Mais non, tante Charline, elle ne t'a pas reconnue...

– Moi! Je n'ai pas tant changé, tout de même!

– Maman ne reconnaît plus personne, tante Charline.

– Qu'est-ce que c'est que cette histoire? Elle vient de tourner un film, j'ai vu des affiches partout et des articles dans le journal.

Pour Charline, il n'y avait qu'un journal, le sien, *Le Populaire du Centre*. Et, le mercredi, son magazine *Bonnes Soirées*. Elle ne regardait *Elle* et *Paris-Match* que chez son coiffeur ou chez le dentiste.

Mais c'était une fervente de la télévision. Une mordue, une enragée. Elle n'aurait pas abandonné son poste – c'était le cas de le dire – avant le dernier bonsoir de la dernière speakerine. Autrement, elle aurait cru commettre une incongruité. Se montrer malpolie, comme lorsqu'on quitte une cérémonie avant la fin.

D'un pas décidé, elle s'approcha de la chaise longue où Hedwina, comme souvent après le déjeuner, faisait une sorte de sieste entrecoupée de réveils au cours desquels elle considérait ce qui l'entourait d'un œil lointain.

– Hedwina, c'est moi, ta sœur... Si tu ne veux pas me dire bonjour, tant pis. Mais tu as tort de me jouer la comédie. Avec moi, ça ne prend pas!

Hedwina la regarda, sans doute parce que Charline parlait haut, criait même, et elle fronça les sourcils comme si elle faisait un grand effort cérébral, puis ses lèvres s'ouvrirent et elle murmura en détachant les syllabes :

– Char-line.

Un petit sourire de contentement – probablement d'y être parvenue – parut sur ses lèvres.

– Tu vois, dit Charline en se retournant triomphalement vers sa nièce et en posant avec assurance ses gants et son sac sur un guéridon – façon de signifier qu'elle s'installait –, il n'y a qu'à insister! Je la connais, tu penses!

Charline ne connaissait pas vraiment sa sœur. Encore moins sa maladie. Seulement, elle était de cette race de gens, beaucoup plus fragiles que ne le laisse supposer leur comportement autoritaire, qui ne supportent pas de se trouver confrontés à l'inconnu. Aussi ramènent-ils toujours tout à du déjà vu. Ce qui leur donne le sentiment rassurant qu'ils vont pouvoir le maîtriser. Ça n'est qu'étape par étape, pas après pas, qu'ils arrivent – mais jamais tout à fait – à admettre que la réalité est nouvelle et les dépasse.

– Je vois ce que c'est, dit-elle en tirant une chaise près d'Hedwina. La grand-tante Elise a eu la même chose. Elle est restée couchée six mois, un beau jour elle s'est relevée et ç'a été fini, on n'en a plus jamais entendu parler. Elle est morte à cent deux ans, en buvant son anisette.

– Qu'est-ce qu'elle a eu? dit Violaine qui, tout en connaissant sa tante, était prête à s'accrocher au plus faible espoir de voir sa mère se remettre.

– On n'a jamais su... Hystérie, probablement... Son amant, le patron du café, l'avait quittée, et comme elle ne voulait rien avouer à son mari et qu'elle s'imaginait que personne n'était au courant, elle est « tombée ».

– Comment ça, tombée?

– Oui, d'un coup, dans la cuisine!

– Maman, c'était dans sa salle de bain !
– Tu vois... On l'a ramassée, on a appelé le docteur, on lui a mis des sangsues, rien à faire. Elle est restée comme ça pendant plus de six mois, avec la langue liée...
– Liée ?
– Oui, on l'aurait cru muette. Il n'y avait qu'à son chat qu'elle parlait, quand elle croyait que personne ne l'entendait... Mais alors, pour l'appétit, formidable !
– Maman aussi !
– Tu vois bien ! Elle a dû avoir une histoire, elle aussi... Qui c'était ?
– Qui ?
– Eh bien, son amoureux ! Celui qui l'a lâchée !

N'ayant jamais eu d'« aventures », du moins dignes de ce nom, Charline en prêtait généreusement – ou jalousement – aux uns et aux autres. En particulier à sa sœur, enviée, adulée, inaccessible...

– Mais Maman n'avait pas d'amoureux !
– Elle devait te le cacher... N'empêche que c'est sûrement pour ça qu'elle est malade ! Une affaire de cœur.
– Mais je t'assure que non, tante Charline.
– Enfin, que veux-tu, on va attendre. Evidemment, ça n'est pas très drôle, mais j'ai ma tapisserie.

Une fois installée à l'hôtel du Lac, situé non loin du palace, Charline passa une robe plus légère, prit son grand sac de feutrine dans lequel elle transportait son éternel point de croix – un tapis ou un couvre-lit terminé, elle en commençait tout de suite un autre – et elle vint s'asseoir au chevet d'Hedwina jusqu'au dîner.

Elle lui parlait. Lui donnant des nouvelles de la maison héritée de leur mère, qu'elle conservait, des voisins, des amis, des chats, des chiens, des arbres.

Elle parlait toute seule, Hedwina n'avait pas l'air de l'entendre, mais Charline ne semblait pas s'en affecter. Au contraire, elle éprouvait sûrement une jouissance à pouvoir, pour une fois, aller jusqu'au bout de ses jugements sans être perpétuellement interrompue par les éclats de rire ou les protestations de sa trop brillante aînée.

– Cette Marie-Blanche est une gourgandine. Je l'avais toujours dit, et, tu vois, j'avais bien raison!

Hedwina tourna soudain la tête vers elle, serrant et desserrant sans bruit les lèvres.

– Qu'est-ce que tu dis? cria Charline comme lorsqu'on s'adresse à un sourd.

– Elle veut boire, expliqua Violaine qui passait par là.

– Je ne pouvais pas le deviner! grommela Charline.

Sous-entendu : elle n'avait qu'à le dire!

Charline se leva pour verser de l'eau d'Evian dans un verre et le tendit à Hedwina, laquelle but avec avidité.

– Le vieux Léon, quand il avait soif, il tapait un coup de sa canne. Deux coups quand il voulait manger... Je venais lui tenir compagnie, comme à ta mère. Il avait eu une attaque. Quand il a commencé à recouvrer la parole, imagine-toi que ç'a été pour se mettre en colère!

– Contre quoi?

– Contre moi! Tout le temps que je l'avais veillé, je lui avais dit mon sentiment, comme je fais avec ta mère. Il ne pouvait pas me répondre, mais il entendait tout... Et quand il a retrouvé ses mots, je peux te dire que j'en ai entendu, que ça n'est pas répétable!

Charline prit un air rêveur en considérant sa

sœur. Hedwina avait détourné le visage vers la fenêtre : le jour tombait, des reflets verts et violets illuminaient le lac.

– Je me demande ce qu'elle me dira quand elle pourra reparler...

Hedwina avait-elle entendu ? Son regard revint vers sa fille et sa sœur et elle murmura : « Comme c'est gentil ! »

– Elle est devenue bien brave, dit Charline, un peu interloquée d'être, à ce qu'elle croyait, approuvée.

Mais Violaine savait qu'il n'en était pas ainsi. Depuis plusieurs semaines, quand sa mère voulait dire quelque chose et n'y parvenait pas, c'étaient ces mots-là qui lui venaient aux lèvres, comme machinalement.

Alors Violaine ne pouvait s'empêcher de penser à la phrase qu'avait répétée pendant vingt ans l'écrivain Valery Larbaud, atteint lui aussi d'un trouble du langage : « *Adieu les choses d'ici-bas...* »

Certains aphasiques n'ont plus à la bouche, eux, que des insultes ordurières.

Par chance, ce qui allait devenir le dernier refrain de sa mère, sa salutation ou son adieu au monde terrestre, était une phrase de remerciement et d'amour : « Comme c'est gentil ! »

CHAPITRE XVI

A PEINE entrée dans le bureau du Professeur, Hedwina se dirigea vers lui comme s'il était une vieille connaissance, et lui toucha la joue.

Sous le chapeau, cette toque de renard qui lui allait si bien, un sourire radieux illuminait son beau visage. Le Professeur Dessage, qui avait l'habitude de ce genre de malades, ne se déroba pas à l'élan d'Hedwina, comme l'avait craint un instant Violaine.

Bien au contraire, il lui prit la main et lui rendit son sourire, faisant lui aussi comme s'ils se connaissaient depuis longtemps. Ce qui était vrai, d'une certaine façon. Puisque le médecin connaissait son « mal », ses symptômes, il se trouvait d'emblée dans l'intimité d'Hedwina. Tel un dentiste que l'on vient consulter pour une rage de dents généralisée et qui, un dixième de seconde après que vous avez ouvert la bouche, appuie sur un seul petit point de votre gencive : « C'est là que vous avez mal, n'est-ce pas ? » Privé de parole, vous hochez vigoureusement la tête et fermez enfin les yeux : quelqu'un sait. Quel soulagement !

C'est Violaine, en fait, qui se sentait soulagée. Non qu'elle pût croire que le Professeur allait guérir sa mère : elle ne se posait même plus la question ; mais quelqu'un comprenait de quoi elle souffrait, au point de se comporter immédiatement avec elle comme il le fallait.

C'est-à-dire comme Violaine, pour son propre compte, en avait fait lentement l'apprentissage.

Dessage prit Hedwina par la main, la rassurant et riant avec elle. Rien n'aidait autant Hedwina à se supporter et à supporter la vie que le rire d'autrui. Du moment qu'on riait, sans doute avait-elle le sentiment que les choses n'étaient pas aussi angoissantes qu'elles lui apparaissaient, surtout quand il lui fallait changer de cadre, fût-ce pour passer de sa chambre à la salle de bain.

Peut-être, dans quelque au-delà, riait-elle également de sa propre condition, c'est-à-dire de l'état où elle se voyait. Comme quelqu'un rit, avant de se relever, quand il a trébuché à l'improviste sous les yeux affolés d'autrui. Et c'est le rire du « tombé » qui rassure alors les spectateurs. Il a perdu l'équilibre, mais il ne s'est pas fait mal.

Hedwina n'avait pas mal. Elle avait seulement peur.

– Comment allez-vous, madame Vallas?

Le Professeur avait conduit Hedwina jusqu'à un grand et confortable fauteuil et il s'était assis près d'elle, lui tenant toujours la main et lui parlant comme s'ils étaient tous les deux seuls au monde.

– Bien, très bien! répondit Hedwina, ravie d'accaparer toute son attention.

Décidément, le praticien savait y faire.

Et, pour montrer sa joie, elle caressa doucement l'un des sourcils hirsutes de l'homme. Violaine avait déjà observé à quel point sa mère était sensible aux petits détails corporels ou d'habillement chez quelqu'un qui s'approchait très près d'elle.

Sans s'insurger, sans le moindre mouvement de recul, le Professeur lui sourit en retour.

– Voulez-vous me dire, chère madame, où nous sommes ?

Hedwina ne répondit pas. Elle ne le savait pas. Mais elle n'aimait pas laisser voir ses « manques », du moins tant qu'elle en fut encore un peu consciente, comme une coquette qui tente de dissimuler, autant que faire se peut, les plis de son cou, ou une brèche dans ses dents. Pour détourner l'attention, elle pointa du doigt dans la direction d'un tableau accroché au mur.

– C'est joli !
– Très, dit le Professeur. C'est le portrait de ma mère...
– Ah ! dit Hedwina, l'air concentré.
– Où est votre fille, madame Vallas ?

Hedwina fronça très fort les sourcils, elle cherchait. En même temps, toujours de son index pointé, elle caressait une à une, comme si elle les comptait, les têtes rondes des punaises qui servaient à tendre le cuir du fauteuil dans lequel elle était assise.

Soudain, son visage s'éclaira, elle avait trouvé :

– Violaine ! dit-elle.
– C'est ça, c'est bien Violaine, et où est-elle ?
– Elle va revenir, dit Hedwina d'un ton détaché.
– Vous serez contente ?
– Oh oui, très contente...
– Bon, dit le Professeur. Au fond, vous êtes une femme heureuse ?
– Oui, dit Hedwina, ravie qu'il ne lui pose plus de questions embarrassantes.
– Vous avez faim ?
– Qu'est-ce qu'on va manger ? répliqua aussitôt Hedwina.
– Plein de bonnes choses.
– Il y aura du café glacé ?
– Bien sûr.

– Alors on y va ?

Elle se leva, tentant d'entraîner le Professeur par la main, vers les agapes promises.

Il rit encore.

– J'ai un petit travail à faire, juste avant. Venez, vous allez m'attendre avec Mme Roselyne, là, dans l'entrée. Elle va bien s'occuper de vous.

Gardant la main d'Hedwina dans la sienne, il ouvrit la porte de son cabinet et confia l'actrice à son assistante dont le bureau se trouvait dans l'entrée.

– Madame Roselyne, voulez-vous prendre soin de Mme Vallas pendant que je parle avec sa fille ?

– Bien sûr, dit Roselyne. Désirez-vous un chocolat, madame Vallas ?

– Peut-être..., dit Hedwina, jetant un regard vers le Professeur qui détachait doucement sa main de la sienne. Elle regrettait manifestement leur séparation.

Mais Roselyne avait déjà ouvert la boîte de chocolats – suisses ! – et, dès qu'elle les aperçut, Hedwina s'avança dans leur direction.

Dessage revint s'asseoir près de Violaine, qui n'avait pas bougé et l'interrogea du regard.

– Alzheimer, dit Dessage.

– Quoi ?

– C'est la maladie d'Alzheimer, à ses premiers stades.

– Qu'est-ce que ça veut dire ?

– Que nous connaissons bien cette maladie, mais que nous n'avons aucun traitement...

– Mon Dieu !

– Rassurez-vous, l'issue fatale n'est pas immédiate. Au contraire, les gens atteints vivent souvent très vieux, et même enterrent leur entourage... C'est étrange.

– Etrange ?

— On dirait que le fait d'être déconnecté protège l'organisme contre le stress, l'usure... Les malades meurent rarement d'attaques cardiaques, ils développent peu de cancers, ils s'éteignent comme une bougie qu'on souffle, en somme ils meurent de vieillesse, à condition qu'on s'occupe d'eux...

— Qu'y a-t-il à faire?

— Tout. Les nourrir, les vêtir, les changer... Enfin, ce que vous m'avez dit que vous faites déjà pour votre Maman.

— C'est terrible...

— Oui, et cela peut encore empirer. Elle peut devenir complètement incapable d'action volontaire, elle va même oublier le sens des opérations à accomplir... Celui des rapports sociaux, le langage aussi...

— Elle ne parlera plus du tout?

— C'est possible...

— Mon Dieu!

— Mais vous la comprendrez quand même... Si c'est vous qui vous en occupez.

— Oui, c'est moi.

— Puis elle oubliera aussi les actes de la vie quotidienne... Elle ne saura plus se coiffer, se laver. Si vous lui donnez un bonbon, elle ne saura pas en ôter le papier pour le manger...

— Comme un bébé?

— Voilà. Elle perdra une à une toutes les acquisitions que font les enfants dans leurs premières années, jusqu'à se retrouver tout à fait en bas âge. Aux tout premiers jours de la vie. Elle va faire le « voyage à l'envers ». Redevenir un *infans*. Un *infans*, c'est celui qui ne peut pas encore parler...

— C'est pire que la mort?

— Ça n'est pas la mort... On continue à vivre. L'être est là.

– Quel être? Si vous saviez comment était Maman, avant...

– Je sais, j'ai vu ses films.

Un silence.

– Vous pouvez, si vous le désirez, la mettre dans une maison spécialisée... J'en connais une ou deux, ici. C'est très cher, mais elle sera bien. Pas malheureuse. Angoissée, mais nous avons l'habitude, et le personnel y veille. Ce qu'il faut à ces personnes-là, c'est un rite quotidien qui ne change jamais, les mêmes visages autour d'elles... Je vous répète : comme pour les nourrissons.

– Mais que se passe-t-il là, dans sa tête? s'écria soudain Violaine en tapant sur son propre crâne.

– Nous commençons tout juste à le découvrir, dit le Professeur. C'est un manque d'acétilcholine.

– Qu'est-ce que c'est que ça?

– Une substance chimique produite par certaines glandes nerveuses... C'est un neurotransmetteur, grâce à l'acétilcholine les « messages » passent le long des nerfs et sont transmis aux cellules cérébrales, aux neurones... Quand la substance n'est pas produite, le message ne passe plus... Peu à peu, c'est le « plat » complet.

– Mais c'est dû à quoi? Un virus, un choc, un traumatisme, trop de fatigue? Maman a tant travaillé, ces dernières années...

– Ce sont les questions que nous nous posons. Quand nous le saurons, nous aurons fait un grand pas dans la connaissance de ce qui est, pour l'instant, le plus grand des mystères, cet organe inconnu : le cerveau humain. Faut-il d'ailleurs l'appeler un organe?

– On ne peut pas faire des piqûres?

– De quoi?

– D'acétilcholine.

Le Professeur secoua la tête.

– Inutile. Les neurones ne l'absorbent plus.

– Et vos laboratoires, à quoi servent-ils?

– Cette maladie n'est pas diagnostiquée depuis très longtemps. De plus, elle atteignait jusqu'à présent assez peu de gens, car elle touche surtout les personnes âgées, quoique pas seulement... Aujourd'hui, avec le recul de la limite d'âge, on en voit de plus en plus... Avant, on appelait ça sénilité précoce ou ramollissement du cerveau, et tout était dit. Les familles qui avaient ces vieillards « gâteux » en charge en connaissaient tout le poids. Quand elles décidaient de s'en désintéresser – et qui aurait pu les en blâmer? – les malades disparaissaient très vite, et tout le monde parlait de « soulagement »...

– Et maintenant?

– Maintenant, dit le Professeur en la regardant droit dans les yeux, à vous de juger!

– Que pouvez-vous pour moi?

– Vous informer. Partager.

– C'est déjà ça...

– Mais c'est aussi vous qui m'apportez des informations. C'est vous qui êtes « au front », si je puis dire... Moi, je me contente de collationner ce qu'on me dit. D'en tirer des « lois générales » sur l'évolution de la maladie. Selon les âges, les cas, les milieux, cela peut d'ailleurs beaucoup varier...

– Dans quel sens?

– Les malades abandonnés à eux-mêmes « plongent » plus vite. Je ne suis pas loin de penser que certains meurent de désespoir. En revanche, ceux qui sont entretenus, aimés, peuvent survivre, je vous l'ai dit, très longtemps... Si vous en avez le courage...

– Ça n'est pas du courage, Professeur. J'aime ma mère, c'est tout.

Le Professeur se tut un instant, puis, d'une voix très basse :
– Sait-elle encore que vous êtes sa fille ?
– Non, dit calmement Violaine. Mais qu'est-ce que ça fait, puisque moi, je sais qu'elle est ma mère ?
Et elle ajouta :
– C'est moi qui ai besoin d'elle.
Le Professeur se leva.
L'entretien était terminé.
Dans le hall, Hedwina, très gaie, tenait d'une main la main de Mme Roselyne, et de l'autre jouait avec ses longues boucles d'oreilles en pierres de couleur.
– Voyez comme elle est belle, dit Violaine.
– Et gentille ! ajouta Roselyne.
C'était un mot qu'Hedwina reconnaissait aussitôt.
– Comme c'est gentil, dit-elle.
Et elle ouvrit les bras en direction de Violaine et du Professeur.
Violaine se dirigea aussitôt vers elle pour l'embrasser.
Mais le Professeur demeura sur le pas de sa porte, l'air soucieux.
Loin de le réjouir, ce tableau de famille le tourmentait. C'est dur, pour un médecin, d'être le témoin impuissant d'une dégradation.
Il fallait qu'il accélère cette campagne en faveur de la recherche. Et où en étaient les greffes du cerveau sur les rats ? Il allait se renseigner cet après-midi même. Agir. Dessage avait besoin d'agir.
Les deux femmes parties, son assistante lui tendit la boîte de chocolats qu'elle s'apprêtait à refermer. Il refusa d'un « non » sec, claqua la porte de son bureau.

Au bas de l'immeuble, Justin attendait dans sa voiture. Hedwina accepta joyeusement de s'asseoir devant, à côté de lui.

– Alors ? demanda Justin dès qu'ils eurent démarré.

– Je vous dirai plus tard, répondit Violaine.

Puis elle réfléchit.

Après tout, sa mère avait le droit de savoir.

Elle mit la main sur son épaule et rapprocha tendrement son visage du sien.

– Ça n'est pas drôle. Maman a des problèmes avec son cerveau. Elle ne peut pas faire ni dire tout ce qu'elle veut. Non, ça n'est pas drôle du tout... Mais elle se porte très bien, et nous l'aimons tous infiniment.

– Oui, dit Justin, j'aime beaucoup Mme Vallas.

Hedwina se tut, mais baissa un peu la tête comme si elle avait honte et mal de ne pas être à même de mieux leur répondre. A croire qu'elle avait compris...

– Cela ne doit pas nous empêcher de faire un bon déjeuner, dit Justin d'une voix gaie. J'ai retenu une table dans un excellent restaurant.

Hedwina releva la tête. Là, c'était sûr, elle avait saisi !

– Et Charline ? demanda Violaine.

– Votre tante est prévenue, elle nous attend là-bas.

Tout était prévu.

Mais si Justin s'occupait d'elles avec autant de tact et de délicatesse, partageant leurs joies en plus de leurs angoisses, n'était-ce pas parce que lui aussi en avait besoin pour lui-même ?

Violaine eut envie de le vérifier.

– Merci, dit-elle à Justin.

Il se retourna d'un coup de reins et la fixa d'un air outragé :

– Pourquoi merci ?
Elle avait vu juste.
– Pour rien. Attention, regardez devant vous !
– Vous aussi, grommela Justin.
Et il accéléra.

CHAPITRE XVII

– Il va bien falloir que nous rentrions à Paris...
– Votre appartement vous appartient-il?

Violaine se trouva prise au dépourvu. Elle s'attendait à ce que Justin Savigneur déplorât leur départ, ou, au contraire, qu'il l'approuvât comme tantôt Charline : « C'est une bonne décision que tu prends là! Vous serez mieux à Paris. Au moins, là-bas, tu auras l'aide de Marilou... » Et Justin qui lui demandait seulement si l'appartement était bien à elles!

– Il appartient à Maman, dit Violaine, croyant couper court.

– A-t-elle de quoi vivre?

Tous deux déambulaient dans le jardin de l'ancien casino de Lausanne, qui se continue en terrasse jusqu'au lac. Un lieu si à l'écart du monde qu'en se retournant vers le bâtiment rococo, Violaine s'attendit à en voir sortir des femmes en robes de dentelle blanche, une ombrelle à la main, abritant leur visage sous des chapeaux empanachés.

Mais non, ici aussi, le jean triomphait. Et la solitude. Comme dans toutes les villes modernes, les gens dans la rue ne se parlaient pas. Se regardaient à peine. S'évitaient.

Violaine songea à l'incident survenu l'avant-veille. Charline et elle avaient décidé d'emmener Hedwina – laquelle, depuis quelques jours, paraissait bien, mieux en tout cas – voir un film. Elle aimait tant le spectacle! Devant le cinéma, les trois femmes faisaient la queue lorsqu'il commença à pleuvoir. Aucune n'avait de parapluie, et rien n'est désagréable comme de rester planté sous une averse. Violaine était sur le point de demander à Charline d'aller s'abriter avec Hedwina sous une porte cochère quand elle lut dans le regard de sa tante qu'il se passait quelque chose! Elle se retourna : très élégante sous sa toque et dans son trois-quarts de ragondin, Hedwina s'était approchée de sa voisine, une dame également fort bien mise, laquelle tenait un parapluie ouvert. Avec son sourire d'enfant, celui qui, à l'écran, faisait se pâmer ses admirateurs, la Star n'avait pas hésité à s'introduire sous le parapluie, et, d'un geste câlin, elle se serrait contre l'inconnue dont elle avait pris le bras. Après avoir sursauté, poussé une exclamation, la dame regardait maintenant autour d'elle d'un air affolé, en quête d'un secours contre l'intruse. Hedwina paraissait pourtant bien inoffensive, si amicale et souriante! Mais, n'est-ce pas, cette dame ne la connaissait pas. (Et ne l'avait pas reconnue.) D'un même bond, d'un même cri, Violaine et Charline furent sur elle :

– Maman!
– Léontine!

Léontine, c'était le véritable nom d'Hedwina : Léontine Piquet.

– Veuillez nous excuser, madame, dit Violaine en saisissant sa mère par le bras pour tenter de la ramener... eh bien, sous la pluie!

Mais Hedwina n'avait nulle envie de se mouiller – c'est trop bête, n'est-ce pas, quand on peut l'éviter! – et elle s'accrochait au bras de la dame au parapluie, laquelle s'affolait de plus en plus...

Heureusement, la queue se mit en branle. Hedwina lâcha d'elle-même, Violaine et Charline se confondirent en sourires et en excuses.

En même temps, la haine bouillait dans le cœur de Violaine : « Quelle chipie, celle-là! Qu'est-ce que ça pouvait lui faire de partager son parapluie avec Maman? »

... Serait-on plus partageur à Paris?

Après la sortie du film et les premiers moments de triomphe, les appels de félicitations avaient peu à peu cessé, et un grand silence s'était abattu. On parlait d'une « crise » dans les milieux du spectacle, spécialement dans le cinéma, et tout le monde était très occupé à monter ses coups.

Or, Hedwina, désormais, était hors du coup.

D'autant que Violaine avait refusé de laisser venir les journalistes, et découragé la télévision qui voulait filmer la sublime interprète du *Dernier Amour de Margot Béranger* dans sa retraite du bord du lac.

Quels beaux plans en perspective!

« Non, avait dit Violaine, Maman se repose... D'ailleurs, elle ne tournera plus. Elle a décidé de prendre sa retraite. »

Ça lui avait échappé!

Une fois la nouvelle diffusée, commentée, on avait cessé de les importuner.

Et, hors les soins à donner à sa mère, Violaine se sentait désœuvrée dans ce grand palace au service impeccable. A Paris, au moins, elle aurait à faire, ne fût-ce qu'aider Marilou.

Reprendrait-elle des études? Même si le confort d'Hedwina passait avant tout, l'hôtel avait coûté cher.

Horriblement.

Et la question de Justin Savigneur la brûla.

— Maman a gagné beaucoup d'argent, mais...
— Oui?

— Eh bien, elle en a dépensé beaucoup. On accuse les stars et les vedettes de gaspiller... C'est qu'elles ont un train de vie à soutenir. Plus on est connu, plus on est contraint de se protéger... On ne peut pas vivre comme tout le monde !

— Ce qui signifie ?

— Je n'ai pas fait les comptes...

En fait, il n'y aurait bientôt plus d'argent, Violaine ne l'ignorait pas... Et Justin semblait le savoir aussi. Par quel moyen ? Puisqu'il posait des questions indiscrètes, le moment était venu d'en faire autant à son égard :

— Justin, que faites-vous dans la vie ?

— Je vous remercie...

— De quoi ?

— De ne pas m'avoir posé la question jusqu'ici...

— La réponse est si difficile à donner ?

— Au début, ça m'était impossible... Ma femme est morte.

C'était donc ça, son secret ?

— Je crois que je l'ai tuée...

Violaine sentit ses jambes se dérober sous elle.

Voilà, il faisait beau. Le lac, au loin, brillait d'éclats vifs, comme un grand poisson qui se retourne. Et, à nouveau, elle se retrouvait au bord du gouffre.

Qui était cet homme qu'elle fréquentait quotidiennement depuis deux mois ? Que se passait-il dans sa tête ? Mais savait-elle mieux ce qui se passait dans la tête d'Hedwina ? ou dans celle d'Edouard ?

Violaine eut envie de hurler d'angoisse.

Elle était seule.

Complètement seule, parmi... parmi quoi ? Des fous ? Des étrangers, en tout cas. Chacun enfermé dans son propre univers. La communication ? Un leurre...

Justin ne remarqua pas son « passage à vide ». Ou fallait-il dire son épouvante ? Un sentiment d'horreur semblable à celui qu'elle avait éprouvé quand Hedwina, après son accident vasculaire, avait eu sa première crise d'épilepsie.

On s'imagine en présence de quelqu'un d'humanisé, on se retrouve face à une bête.

Son compagnon continuait à parler :

– Elle est morte sur l'instant. Rupture d'anévrisme. Je ne savais pas qu'elle était si fragile. Elle me l'avait caché. Elle en avait honte... Peut-être parce qu'elle m'aimait.

Justin s'était arrêté sous un arbre centenaire. Un érable dont le tronc noueux, les racines griffues semblaient, d'une main géante, tenter d'agripper la terre.

L'homme aussi paraissait chercher à s'enfoncer dans le sol pour y trouver une sécurité.

– Si souvent je lui avais dit que je n'aimais que les gens en bonne santé... J'affirmais même que ça n'existait pas, la maladie, qu'il n'y a que des gens qui s'écoutent... Elle me répondait : « Bien sûr, toi, tu es un roc!... » J'avais fait du catch, du rugby... Je continuais l'entraînement... J'emmenais Evelyne avec moi faire des virées à bicyclette, en canoë... Et voilà !

– Ça n'est pas ça qui l'a tuée ! dit Violaine. Une rupture d'anévrisme survient sans raison.

– Ce qui l'a tuée, c'est de ne pas s'être ménagée, de ne pas s'être soignée...

– Vous n'y êtes pour rien !

– Si. Quand je voyais traîner des pilules, je les jetais à la poubelle ! J'ai tellement horreur de la maladie... La maladie me dégoûte ! Je crois aussi qu'elle me fait peur.

Toujours au milieu de l'allée, Justin leva les yeux sur la jeune femme, si fraîche dans sa robe de jersey blanc à boutons dorés. Une angoisse se lisait dans son regard fixe, une supplication. Il posait une question dont, manifestement, il redoutait la réponse : « Suis-je un monstre ? »

Violaine le revit, si plein de sollicitude avec Hedwina. Plus que ça : si proche. Etait-ce sa façon de faire pénitence ? Avait-il cherché à se déculpabiliser ainsi de la mort de sa femme ? C'est plus facile, parfois, de s'occuper de quelqu'un d'étranger.

– Moi aussi, Justin, la maladie me terrorise...

Les yeux de l'homme s'accrochèrent aux siens.

Violaine poursuivit d'une voix plus intérieure, comme si elle se parlait à elle-même :

– J'ai tellement peur de la mort ! Chaque fois que je pousse la porte de la chambre de Maman et que je la trouve immobile, je regarde tout de suite si la couverture bouge à hauteur de sa poitrine... Je dois parfois attendre une demi-seconde, elle respire si lentement... Je ne recommence à souffler qu'en même temps qu'elle... Alors seulement je peux m'avancer et lui dire bonjour. Même si elle n'ouvre pas les yeux et n'a pas l'air de m'entendre, je sais qu'elle est vivante.

Justin restait suspendu à ses paroles.

Elle se força à proférer les derniers mots :

– Il n'y a rien dont j'aie plus peur que de parler à une morte...

Elle insista : « A un cadavre ! »

Justin parut s'affaisser, puis il poussa un énorme soupir, et sourit. Un sourire qui lui donna l'air gamin, tout à coup.

... Lorsqu'il s'était approché de sa femme, ce jour-là, Evelyne lisait devant une fenêtre. Il lui avait caressé les cheveux et proposé de faire l'amour. C'est lorsqu'il s'était penché pour caresser ses avant-bras, immobiles sur les accoudoirs, qu'il avait senti le froid. Un froid qui s'était glissé en lui comme si on le lui avait injecté dans les

veines! Depuis, il n'arrivait plus à s'en débarrasser.
 Mais peut-être était-ce là une réaction normale.
 Puisque Violaine était comme lui.
 Puisqu'elle avait peur.
 Peur de la mort tapie chez les autres.

CHAPITRE XVIII

Violaine sentit son cœur se serrer quand elle découvrit puis perdit de vue le jet d'eau du lac de Genève, à la fois si fier et si frêle, par le hublot de l'avion qui virait sur l'aile pour se diriger vers le nord.

Après tout, elle avait été heureuse à Lausanne. Hedwina aussi. Rien d'épouvantable ne leur était arrivé, bien au contraire, elles avaient vécu au cœur d'une paix ouatée, entourées de sollicitude et même d'une sorte de tendresse diffuse.

Violaine revit Mme Marthe au moment des adieux, embrassant si tendrement Hedwina sur les deux joues :

– On va bien se porter, on va faire un beau voyage, et puis on reviendra nous voir l'année prochaine...

Sensible à l'élan affectueux de la femme de charge, même si elle n'en comprenait pas tout à fait le sens, Hedwina avait saisi la main de Marthe et l'avait embrassée.

– Voyez comme on est gentille! s'était exclamée Marthe, les larmes aux yeux.

De plus en plus, Hedwina avait des gestes et des réactions d'enfant. Au lieu de s'en offusquer, l'entourage s'attendrissait comme s'il était doux de découvrir une petite fille chez une adulte.

Mme Roselyne aussi, lorsqu'elles étaient allées consulter une dernière fois le Professeur, la veille du départ, avait échangé des caresses avec Hedwina, en plus du chocolat.

Est-ce parce que ces femmes étaient flattées de se retrouver dans l'intimité de la Star, en quelque sorte à égalité avec elle? Il n'y avait plus de différence sociale, désormais, entre Hedwina et qui que ce fût... Elle était être à être avec autrui. Pourtant, ceux qu'elle rencontrait, même s'ils avaient à lui administrer les soins intimes que nécessitait son état, ne la dominaient pas pour autant.

C'était étrange : l'être d'Hedwina était si fort qu'elle continuait, du fond de son impuissance, à s'imposer.

C'est Justin Savigneur qui, sans le montrer, avait été le plus affecté par leur départ. Il avait exigé de les accompagner jusqu'à Cointrin, l'aéroport de Genève, dans sa propre voiture. Lorsqu'il avait sorti leurs valises du coffre, Violaine y avait aperçu la sienne.

– Vous partez?
– Je rentre chez moi... Je crois qu'il est temps.
– Où est-ce, chez vous?
– A Annecy.
– Ça n'est pas bien loin.
– En kilomètres, non... Mais ça me paraissait à des années-lumière depuis que...
– Ça s'est passé quand?
– Il y a trois mois...

Peu avant qu'elles arrivent à Lausanne où Justin se trouvait déjà.

Après leurs confidences sous l'érable, Violaine ne lui avait pas posé de questions. Son attitude, pourtant, était restée la même : amicale et distante, plus allègre dès qu'il apercevait Hedwina, laquelle lui sautait littéralement au cou pour réclamer tout de suite une petite « fête » : une glace, une promenade à son bras sur la terrasse, ou alors une partie de billard.

Hedwina était demeurée très habile au billard russe, qu'elle affectionnait. Il y en avait un dans l'hôtel. Elle gagnait très souvent, sans que Justin s'y employât. Les réflexes d'Hedwina étaient toujours excellents. Du moins dans un périmètre réduit, et s'il n'y avait pas à anticiper.

De même qu'elle oubliait à mesure, elle n'arrivait pas à prévoir. C'est pourquoi elle n'aurait pu conduire, même si elle en manifestait parfois le désir en cherchant à s'introduire à la place du conducteur. Le fait est qu'une fois sortie de sa chambre, elle ne savait plus où elle était et n'aurait pas retrouvé seule le chemin de la salle à manger.

Certains jours.

A d'autres, si on n'y prenait garde, elle filait par la porte tournante, sautait dans un taxi et donnait au chauffeur son adresse parisienne. Ce qui laissait le pauvre homme perplexe.

Hedwina, voyant qu'il hésitait à démarrer, s'énervait :

– Vite, à la maison !

Une fois, elle voulut aller aux studios de Billancourt.

– Ce sera cher ! avait dit l'homme. C'est loin...

– Mon réalisateur m'attend. Il paiera !

Il se trouve que le chauffeur la crut, car il avait reconnu la Star. Violaine était arrivée juste à temps...

– Vous viendrez me voir à Paris, nous jouerons au billard ! avait jeté Hedwina en quittant Justin à la porte d'embarquement.

– Oui, Hedwina, je vous le promets.

Il s'était tourné vers Violaine :

– Qu'allez-vous faire, maintenant ?

- Et vous ?
- Je vais reprendre mon travail...
- C'est quoi, votre travail ?
- Mon usine.

Violaine n'insista pas. D'autant que Charline s'approchait, roucoulante et froufroutante sous son chapeau de tweed orné d'une plume de coq.

- Monsieur Savigneur, je ne sais comment vous remercier ! Cet embarquement me faisait tellement peur, avec notre grande malade...
- Hedwina est en pleine forme, ce matin, vous n'avez aucun souci à vous faire ! Est-ce qu'on vous attend à Orly ?
- Oui, le chauffeur, dit Violaine.

Elle pensa qu'il allait falloir licencier Serge. Elles n'avaient plus de quoi le payer.

Le brave homme devait le savoir, car, dès leur arrivée, c'est lui qui prit les devants :

- J'ai trouvé une nouvelle place, Mademoiselle, dit-il à Violaine dès qu'il les eut installées dans la Mercedes gris perle d'Hedwina. Mais ne vous en faites pas, quand vous aurez besoin de moi, je serai toujours disponible. Il suffit que vous m'appeliez quelques heures à l'avance, ou la veille.

Bilbao faisait des bonds de fou, escaladant le dossier des sièges pour passer de l'une à l'autre. Elles lui avaient manqué, c'était sûr ! Ce qui frappa Violaine, c'est que le petit chien n'avait pas l'air de trouver quoi que ce fût d'anormal à Hedwina. Au contraire, il n'avait jamais été aussi confiant avec elle, et c'est sur ses genoux qu'il décida de se coucher en rond, une fois calmé.

Lorsqu'elles furent rentrées dans l'appartement, avec l'aide de Marilou qui avait préparé le lit, garni de beaux draps de soie de chez Porthault, elles couchèrent aussitôt Hedwina qui se laissa faire sans résistance. Le voyage l'avait épuisée. Le bruit du moteur, et sans doute aussi les changements de pression, avaient affecté son cerveau. Elle paraissait absente, comme dormant debout. Dès qu'elle eut la tête sur l'oreiller, elle ferma les yeux et s'assoupit. Bilbao en fit autant, lové contre elle.

– Alors ? demanda Marilou quand elles se retrouvèrent à la cuisine devant une tasse de café.

Charline, qui avait des idées très précises sur l'ordre dans lequel devaient se faire les choses, était en train de ranger ses quelques affaires dans l'armoire de la chambre d'ami. Violaine savait qu'elle ne les rejoindrait qu'après s'être également lavé les mains, coiffée, changée peut-être.

Depuis qu'Hedwina ne pouvait plus s'occuper d'elle-même, sa tante était encore plus soigneuse et minutieuse dans les attentions prodiguées à sa propre personne. Comme si elle avait craint d'être atteinte par la même maladie, s'était d'abord dit Violaine. Puis elle avait pensé que Charline prenait inconsciemment sa revanche sur sa célèbre sœur. Longtemps elle avait été la « bonne à rien ». Maintenant, c'était Hedwina qui n'était bonne à rien.

Violaine, irritée, avait eu envie de lui dire : « Qu'est-ce que ça peut faire, l'ordre, la propreté, les horaires ?... Quelle importance ? »

Et puis elle avait dû reconnaître que ça en avait.

Si un minimum de « vie régulière » n'était pas maintenu autour d'Hedwina, la Star aurait plongé. Dans la saleté, l'incurie. La faim, même. Tant elle était devenue incapable de subvenir seule à aucun de ses besoins, même les plus essentiels...

Heureusement qu'il y avait des personnes comme Charline et Marilou pour entretenir autour d'elle un cadre et un ordre de vie.

Violaine en eut une bouffée de reconnaissance.

– Merci.
– De quoi ? dit Marilou, sur ses gardes.

— D'avoir tout préparé pour notre retour.
— Et alors, c'est normal...
— Pas tant que ça, dit Violaine.
— Comment va-t-elle ?
— Bien un jour, mal le lendemain. Ou même une heure après. En fait, chaque fois qu'elle s'endort, je ne sais jamais comment elle va se réveiller... Si elle se réveille...
— Tu crains que...
— Je ne crains pas pour sa vie, non. Mais, quelquefois, elle dort près de quarante-huit heures d'affilée... On dirait qu'elle est partie ailleurs, dans un autre monde... Quand je la force à se réveiller pour la faire manger, elle me donne des coups...
— Des coups ?
— Oui, de pied, de poing...
— Mon Dieu !
— On s'habitue, tu verras.

Charline entra dans la cuisine. Elle s'était effectivement pomponnée et Violaine ne savait si elle lui en voulait de se montrer si coquette, ou si elle lui en était reconnaissante.

— Bon, il va peut-être falloir prendre une décision...
— Quelle décision ?
— Eh bien, pour savoir où tu vas placer ta mère !
— Ma mère est bien chez elle. Où veux-tu que je la place ?
— Tu ne vas quand même pas la garder à la maison dans cet état !
— Je ne comprends pas ce que tu veux dire. Quel état ?
— Enfin, Violaine...

Charline prit Marilou à témoin.

— Cela va faire des mois que cette petite ne quitte pas le chevet de sa mère... C'est admirable, mais il va tout de même falloir qu'elle se remette à vivre normalement! C'est de son âge. Il faut qu'elle sorte, fasse des rencontres... Surtout que le docteur n'a pas été encourageant...

– Qu'entends-tu par là? demanda Violaine, soudain raidie.

– Il a dit que cela pouvait durer des années.

– Je trouve ça très encourageant, justement, répondit sèchement Violaine.

En même temps, elle était au bord des larmes.

Sa tante parlait raison.

Violaine le savait. Mais elle n'en avait rien à faire, de la raison... Edouard aussi lui avait parlé raison... La raison, c'est ce qui fait souffrir, c'est ce qui sépare, tranche, tue... Hedwina, elle, n'était pas dans la raison. Violaine eut envie de courir à son chevet, de l'embrasser, la serrer dans ses bras, la remercier d'être « comme ça ».

C'était tellement bon de sortir de la « raison », si nécessaire! Elle comprenait brusquement l'élan de Marthe, de Roselyne, de tous les autres, les gens simples, vers Hedwina. Echapper à la loi, à la dure loi sociale, à la loi des chiffres, à la cruauté du monde envers les faibles, les démunis, les « non-producteurs », comme les appellent les statistiques.

– De toute façon, cet appartement vous coûte beaucoup trop cher, d'après ce que j'en sais. Vous n'allez pas pouvoir y rester, puisque ta mère est incapable de travailler et qu'elle n'a pas eu la sagesse d'en acheter un moins luxueux quand elle en était encore capable.

La raison, encore! C'est vrai qu'Hedwina en avait manqué, qu'elle avait suivi son art, l'inspiration...

– Je te conseille de te mettre en quête d'un bon établissement pour ta mère. Dès que je serai rentrée, je chercherai dans ma région, c'est moins cher qu'à Paris. Et toi, tu te prendras un studio, en attendant de te marier...

Violaine refoula ses sanglots.

Marilou leur avait tourné le dos et prétendait laver un brin de vaisselle. En fait, Violaine le devinait à l'arrondi de son dos, Marilou pleurait dans son évier.

— Non, dit fermement la jeune femme. Nous allons rester là, Marilou s'occupera de Maman. Et moi je vais travailler...

— Travailler, toi? Mais qu'est-ce que tu peux faire?

— Tu n'es peut-être pas au courant, tante Charline, mais j'ai un diplôme d'électronique. L'un des plus cotés qui soient. Et une maîtrise d'informatique.

— J'en connais des tas, moi, des personnes de ton âge avec des diplômes d'ingénieur et de tout ce qu'on veut, qui sont au chômage!

— Pas dans l'intelligence artificielle...

— Qu'est-ce que c'est que ça?

— Ce que je sais faire.

Maintenant, Violaine était réellement en colère.

Marilou se retourna, un sourire en biais sous ses larmes.

Au fond, Marilou n'aimait pas Charline.

C'était visible.

CHAPITRE XIX

En rédigeant son annonce de demande d'emploi, Violaine songeait à Edouard. La lirait-il ? « *Jeune femme, vingt-quatre ans, maîtrise d'informatique, propose services à toute société désirant s'informatiser. Ecrire V. Flenning.* »

Edouard était une des rares personnes à savoir que V. Flenning était le nom de la fille unique d'Hedwina Vallas. Et il avait l'habitude de parcourir les annonces professionnelles. Comme toutes les multinationales, sa société recherchait sans cesse des recrues de haut niveau. « De futurs patrons », disait Edouard, ajoutant à quel point l'espèce se faisait rare. Même motivés par le besoin de gagner leur vie ou par la rage de réussir, les jeunes, dans l'ensemble, manquent de flamme. D'ambition vraie.

– Mais, puisque tu dis qu'ils veulent réussir ?
– A obtenir le salaire le plus élevé sur le marché, oui... Mais ça n'est pas faire une œuvre.
– Après tout, la plupart ne sont pas des artistes !

Edouard avait souri, et Violaine l'avait aimé pour ce sourire.

– Toute entreprise humaine est une œuvre. Qu'elle soit politique, industrielle, économique, sportive... Si les hommes qui s'y consacrent n'y mettent pas l'entier de leurs forces, leur intelligence, leur sexualité et aussi leur âme, alors elle végète. Et eux également.

– Les industriels ont donc une âme ?

– Jusqu'à présent, tous les grands créateurs d'entreprise en avaient une...

– Et leurs descendants ? avait-elle demandé en se rapprochant tendrement de lui.

Assis de part et d'autre d'un guéridon, ils prenaient le petit déjeuner dans leur chambre d'hôtel.

– Je l'espère, avait répondu Edouard en la débarrassant de la tasse de café qu'elle tenait à la main pour l'entraîner vers le lit.

Et s'il proposait de l'engager ? La pensée la traversa tandis qu'elle relisait son annonce, parue dans un grand journal économique. L'hypothèse était plausible... Le désirait-elle ? Sa main se crispa sur le journal : dans ce cas, elle refuserait. Elle ne serait pas son employée. Elle ne se servirait pas de ce prétexte pour renouer avec lui. Elle avait été sa fiancée, presque sa femme, il s'était marié avec une autre, elle ne serait pas sa maîtresse.

Non, pas de *back-street*.

Machinalement, elle parcourut les cours de la Bourse, mais c'est un autre texte qui l'envahissait : « *Pourquoi fais-tu semblant d'avoir des préjugés ? Tu sais pourtant que l'amour est plus fort que tout...* »

C'était la voix d'Hedwina qui prononçait les mots, sa voix de théâtre, de cinéma. Cette voix célèbre qui savait entraîner les êtres sur le chemin de la passion pour s'y brûler, y renaître. Peut-être les deux.

Violaine secoua la tête, cherchant à chasser l'hallucination, à reprendre pied dans le réel. Mais elle dut se l'avouer : Edouard lui manquait d'une façon lancinante. Même quand elle était totalement absorbée par les soins donnés à sa mère – dans l'angoisse de la voir disparaître, ou alors souffrir, déchoir –, elle était avec Edouard.

En l'espace d'une semaine, le journal lui transmit trente-deux réponses que Violaine éplucha consciencieusement. Une dizaine de propositions pouvaient seules convenir et la jeune femme suggéra aux employeurs éventuels d'aller les voir sur place.

Dès la première entrevue, elle avait compris : les entrepreneurs français, face à l'informatique, jouaient encore la valse-hésitation. Fallait-il? Ne fallait-il pas? C'était à elle de les convaincre, et elle mit très vite son « baratin » au point.

Elle commençait par leur exposer toutes les difficultés de l'informatisation. Comme ses interlocuteurs les avaient en tête, sa franchise les mettait d'emblée en confiance. Puis ils demandaient à réfléchir : on lui écrirait.

En développant à nouveau son argumentation devant son cinquième ou sixième interlocuteur, Violaine s'aperçut qu'elle avait à l'esprit l'image du tissu nerveux, avec ses neurones, ses synapses, ses neuro-transmetteurs, les chaînes de connexion se multipliant à mesure que le champ du savoir et de l'expérience s'étend, et puis le « message » qui passe d'une zone à l'autre...

Ou qui ne passe pas.

... Plus.

Comme dans le cerveau d'Hedwina.

Violaine ferma les poings pour lutter contre un ennemi invisible. Brusquement, elle avait envie de partir, de courir au chevet d'Hedwina, de profiter encore et encore de sa présence.

Henri Firminy allait-il se décider?

C'était un homme dans la soixantaine, actif, le regard bleu et vif, malicieux par instants, riche propriétaire de trois épiceries de luxe à Paris.

Il avait débuté comme commis dans une petite boutique du quartier des Halles. A force d'entendre discuter les mandataires à leur travail ou dans les cafés – c'était avant Rungis –, le jeune homme, avec les capacités d'assimilation propres à son âge, était vite devenu expert dans le métier. Il n'avait pas trente ans qu'il réalisait son rêve : ouvrir sa propre boutique.

En quelques années, à l'affût des goûts de sa clientèle et des marchés à conclure aux meilleurs cours, il avait si bien fait prospérer son magasin qu'il l'avait transformé en établissement de luxe. Grâce à ce succès, il avait même essaimé dans Paris avec une deuxième boutique dans le VIIe, et une troisième à Auteuil.

Le nom de Firminy s'était acquis une réputation de qualité, et aussi de précision, de rapidité et de souplesse dans le service. Henri Firminy tenait à ce qu'on attendît le moins possible dans ses boutiques. A moins que le client, devenu un ami, ne prolongeât de son plein gré sa visite.

Cette qualité du service, à la fois moderne et personnalisé, demandait beaucoup de présence, ainsi qu'une grande attention dans le choix et la supervision du personnel. Sans compter qu'Henri Firminy, malgré son âge, continuait à acheter lui-même thés, cafés, fruits, légumes de luxe et bien d'autres denrées qu'il allait tester, humer, déguster chez les grossistes. Parfois à l'étranger.

Sa femme, une ancienne coiffeuse, avait pour charge de s'occuper de la maison qu'il lui avait fallu installer plusieurs fois, car, au fil de l'ascension de la société, la famille avait changé d'habitat pour se fixer finalement dans un duplex avec terrasse, non loin de leur boutique du VIIe arrondissement. Geneviève Firminy s'était également consacrée à l'éducation des enfants, en particulier de celle de Hubert, l'héritier présomptif.

Par chance, Hubert ne s'était pas rebellé à l'idée de prendre la succession de son père, et à trente-cinq ans, il connaissait fort bien le métier. Peut-être avait-il moins d'allant et d'enthousiasme que son père, mais c'était probablement dû à l'enfance différente qu'ils avaient connue.

L'ancien commis avait gardé en mémoire le désordre profus des boutiques de son apprentissage où les denrées étaient entassées dans la cave ou étalées à même le plancher, parfois le trottoir. Aujourd'hui, lorsqu'il pénétrait dans ses luxueux magasins, entièrement glaces et chrome, où beaucoup de produits étaient présentés sous vitrines ou dans des corbeilles d'osier enrubannées, Henri Firminy en était le premier épaté.

Cet étonnement chaque jour renouvelé lui conservait un air de jeunesse qui manquait à Hubert. Lui, on l'avait élevé dans l'amour du travail, mais aussi comme un gosse de riches aux désirs immédiatement satisfaits. N'avoir rien à désirer, ou pas assez longtemps, rend maussade.

Violaine, à travers les propos francs et imagés d'Henri Firminy, comprit vite la situation, c'est-à-dire les rapports du père et du fils. Et même la raison pour laquelle Firminy père l'avait convoquée : c'était lui, dans la famille, qui demeurait le « moteur », l'esprit fouineur, curieux, moderne. Même s'il s'en défendait dans un mouvement de modestie qui ressemblait à de la coquetterie, mais qui était, en fait, sa façon d'obliger son interlocuteur à lui en dire plus.

Il avait reçu Violaine dans les bureaux qu'il s'était aménagés au-dessus de sa boutique, celle des Halles, sa préférée, dans le cher vieux quartier, aujourd'hui détruit, qu'il continuait de percevoir sous le nouveau comme un navire englouti.

Fréquentant les deux, trois bistrots qui n'avaient pas encore disparu, caressant de l'œil les vestiges

161

de la grande Halle, la fontaine des Innocents, quelques maisons épargnées, parfois même un bout de trottoir, il cultivait sa nostalgie... C'était là tout ce qui restait de son enfance. En même temps, demeurer en contact avec son passé, ne fût-ce qu'en imagination, le conservait en forme. C'est pourquoi, en dépit des protestations de son fils, et aussi de ses jeunes vendeurs, dans son magasin des Halles il continuait à vendre des maquereaux en caque, à brûler lui-même le café et à mettre à l'étalage quelques produits peu demandés, comme le savon de Marseille, dont l'arôme lui servait de petite madeleine de Proust! Régénérant sa mémoire.

Sacrifice au passé qui, paradoxalement, lui donnait le goût de l'avenir.

– Moi, vous savez, les machines...

Violaine avait éclaté de rire. En visitant avec lui la boutique avant de monter à l'étage de son bureau, elle l'avait vu caresser discrètement au passage un sac de jute, croquer un grain de café, flairer une pomme.

– Mais les machines ne vous remplaceront pas. Là-dessus, vous pouvez être tranquille!

– Je voulais vous demander, c'est que j'ai entendu dire...

Le bouche à oreille, le plus puissant des médias!

– Il paraît que les petites choses, là, avec des écrans, cela peut faire gagner beaucoup de temps...

– Non, dit nettement Violaine.

– Ah? fit Henri Firminy, médusé.

– A vous dire vrai, c'est plutôt le contraire.

Le vieux patron ouvrit grand les yeux. Les jeunes! On ne sait jamais ce qu'ils vont vous sortir...

Violaine, en quelques mots simples, lui exposa

les faits : l'informatique pouvait prendre totalement et très efficacement en charge la gestion, c'est-à-dire la comptabilité, éventuellement le fichier clientèle et fournisseurs. Autrement dit, si M. Henri Firminy le désirait, il pourrait, tous les mois, tous les quinze jours, et même tous les jours, si ça l'amusait, faire le bilan de la situation de son entreprise.

– Je le fais une fois par an...
– Je parie que vous avez alors des surprises ?
– Je dois dire...
– Une fois informatisé, vous n'en aurez plus... C'est pourquoi vous ne gagnerez pas vraiment de temps, car vous aurez sans cesse envie de vous « ajuster » aux informations que vous donnera l'ordinateur...
– M'ajuster ?
– Pour acheter plus de ceci, ou moins de cela... Réduire certains frais, en augmenter d'autres. Vous serez comme ces commandants de bord qui, grâce aux satellites et à l'électronique, reçoivent une infinité de renseignements météo, ce qui les oblige à modifier leur cap sans arrêt au lieu de se contenter, comme ils l'ont fait pendant des millénaires, de lever la tête pour voir d'où viennent les nuages, et faire le gros dos en attendant la suite...
– En somme, l'informatique permet de prévoir...
– Et aussi de raffiner.
– Comment ça ?
– Vous pourrez mettre tous vos clients sur fichier...
– Comme la police !
– Vous le faites déjà, monsieur Firminy... Vous avez repéré qui aime les fraises, qui ne les supporte pas, qui attend le beaujolais nouveau, ou le caviar d'Iran... Seulement, vous ne pouvez pas vous

163

souvenir exactement de quelle dame préfère le chocolat à la menthe, noir ou au lait... Vous avez trop de clients, désormais, pour les avoir tous en tête !

– C'est vrai !

– Tandis que je peux vous fabriquer un programme qui, au moment de l'arrivée des abricots frais, ou de nouveaux petits gâteaux anglais, vous permette de sortir immédiatement la liste des personnes que cela intéresse, avec leur adresse... Vous n'aurez plus qu'à leur envoyer un mot personnalisé : « Votre douceur favorite vous attend chez Firminy ! » Vous voyez pourquoi ça ne vous fait pas gagner de temps...

– Mais quel luxe ! dit Henri Firminy qui avait toujours eu le sens de l'amélioration du service. Ce sera cher ?

– Oui, dit fermement Violaine, laquelle s'était chapitrée elle-même sur les tarifs à pratiquer.

Elle avait tant vu sa mère, au moment des contrats, tenir bon sur un cachet, même si elle mourait d'envie de faire un film, disant : « Plus on me paiera cher, plus on dépensera d'argent pour le décor, la publicité, et mieux le film se vendra et rapportera à tout le monde. C'est pourquoi il ne faut jamais rien faire au rabais ! Y compris vis-à-vis des autres : mes partenaires sont payés en fonction de moi ; si je baisse mes prix, les leurs seront automatiquement réduits... »

Hedwina avait raison, car l'argument décida Firminy :

– J'appelle Hubert...

Trente-cinq ans, habillé par un excellent tailleur – sans doute Firminy junior, tout en sachant qu'il devait tout à l'épicerie, désirait-il faire oublier en ville les sacs de jute où avait pris naissance sa fortune –, Hubert était un garçon séduisant. Célibataire, car il jugeait n'avoir pas épuisé les plaisirs nocturnes que procure Paris à qui en a les moyens et pas trop de besoins en sommeil.

Amateur de jolies femmes, il remarqua immédiatement la beauté de Violaine. Vêtue d'un tailleur gris, en chaussures plates, le visage nu, la jeune femme tentait pourtant de ne pas la mettre en évidence. Ce qui fait que ce trait de sa personne avait échappé à Firminy père pour qui une jolie femme était obligatoirement une personne maquillée, parfumée, exhibant fourrures et bijoux, en somme en représentation, comme il en voyait quotidiennement quelques spécimens parmi ses clientes.

– Je te présente Mlle Violaine Flenning, ingénieur en informatique, qui va s'occuper de nous, dit Firminy. Mademoiselle, voici mon fils, mon bras droit.

– S'occuper de nous, pour quoi faire ? dit Hubert avec un sourire ambigu qui n'était peut-être pas du meilleur goût.

– Pour nous informatiser ! dit triomphalement Firminy.

– Je suis sûre que Mademoiselle a tous les talents, mais je n'en vois pas la nécessité.

– Moi non plus ! dit Firminy. Enfin, je ne la voyais pas il y a une heure, mais maintenant, je sais...

Et il se lança dans la répétition de l'exposé de Violaine, ce qui permit à la jeune femme de mesurer la capacité d'assimilation du vieil épicier.

Il avait compris, et il envisageait même déjà des utilisations supplémentaires de l'équipement :

– On pourra aussi mettre les employés en fiches. Comme ça, tous les mois, on verra qui a le mieux vendu quoi, donc quelle est la spécialité de chacun, et à quel rayon l'affecter...

– Je n'ai pas besoin d'une machine pour savoir

que Ginette est excellente aux fruits, nulle aux vins, et qu'André, c'est le contraire, dit assez dédaigneusement Hubert.

Il ajouta d'un ton insolent, et parce qu'il en avait le droit en tant qu'employeur associé :

– Quel âge avez-vous, mademoiselle ?

Violaine eut envie de répondre que l'âge ne faisait rien à l'affaire, mais elle avait besoin de travail, et les trois entreprises qu'elle avait précédemment vues ne s'étaient pas décidées.

– Vingt-quatre ans.

– Ah ! dit Hubert, comme s'il avait marqué un point.

Peut-être parce qu'elle était irritée, la jeune femme riposta avec ironie :

– Je sais bien, ça n'est pas si jeune ! Et ce que j'ai appris à l'université est déjà démodé... Cela va si vite, dans ce domaine... Mais je me recycle sans arrêt, je lis beaucoup de revues, surtout les revues américaines, et je reste en contact avec des laboratoires de recherche à Paris, où je compte des amis de collège.

Elle pensa à Prince, son ami noir, et elle se dit que si ces deux-là avaient su que la pointe de l'informatique, à Paris même, avait la couleur de l'ébène, ils en auraient fait une figure ! Car elle n'imaginait pas les Firminy, aussi sympathiques fussent-ils, votant à gauche...

Le silence qui suivit était délectable. Violaine crut entendre son « Mac », à la maison, faire ce petit son qui ressemble à un *gloup*, lorsqu'il est au travail, en train de mémoriser ou de rechercher une information.

Les cerveaux des deux Firminy faisaient *gloup* de conserve...

– Quand commencez-vous, mademoiselle, et que vous faut-il ? demanda Henri Firminy qui s'était ressaisi le premier.

— Demain, si vous voulez, dit Violaine. Je vous poserai d'abord quelques questions pour décider de vos premiers besoins. Et aussi de qui aura un ordinateur sur son bureau : à mon avis, le comptable, la secrétaire, et vous, bien sûr!

— Moi? dit Firminy, inquiet et en même temps tout affriolé.

— Monsieur aussi, s'il le désire, dit Violaine en s'adressant à Hubert.

— Certainement pas, dit l'héritier en se levant pour manifester sa totale désapprobation. Moi, taper sur un clavier, jamais! Je laisse ce soin à ma secrétaire!

Il éprouvait une inexplicable répugnance à l'idée de se faire « chapeauter » par une si jeune femme, jolie de surcroît! Son père devenait-il fou? Le démon de midi, sans doute. Il en parlerait à sa mère.

Mais Henri Firminy avait l'habitude de prendre ses décisions vite et seul, comme lorsqu'il était à une « bourse » de denrées alimentaires où il s'agit de signaler qu'on achète plus vite que ses concurrents. Et Violaine sortit de chez lui, son contrat d'engagement en poche, accompagné d'un premier chèque. Une avance. L'argent allait servir à payer les charges et le retard d'impôts. Et aussi Marilou...

Quand Violaine pénétra dans l'appartement, elle tenait en main le beau papier à en-tête de la société Firminy, l'engageant par contrat à informatiser l'entreprise. Elle venait de poster le chèque à la banque.

— Où est Maman?

— Dans le salon, dit Marilou. Elle s'est levée, elle a voulu monter sur le balcon, elle a même fait quelques pas sur la terrasse... Puis elle m'a dit qu'elle avait froid et elle s'est installée sur sa chaise longue.

Violaine courut vers sa mère qui lui tendit les bras.

– Comme je suis contente!

Elle l'accueillait souvent par ces quelques mots qui contenaient à ce moment-là tout l'amour du monde.

– Maman, j'ai trouvé du travail!

Violaine posa le contrat sur le ventre d'Hedwina.

– C'est grâce à toi, Maman, tu comprends... C'est toi qui m'as fait faire des études... Maintenant, je vais pouvoir t'entretenir à mon tour! On va continuer à habiter ici... Tu vas rester chez toi!

Hedwina avait ramassé le papier qu'elle s'appliquait machinalement à plisser en accordéon. Geste bien connu des neurologues, tant ils ont l'occasion de le repérer chez leurs malades...

Explication? Aucune. On peut se dire que l'influx nerveux, n'arrivant plus à passer, se « met en boucle ». Alors le malade refait indéfiniment le même geste, comme un disque cassé répète le même air quand l'aiguille patine dans le même sillon. Curieusement, il y a toujours quelqu'un pour se lever très vite et arrêter l'appareil... comme si quelque chose en lui avait pris peur! Son cerveau, probablement.

Quand Marilou entra dans la pièce pour apporter le thé, les toasts et la confiture, Violaine pleurait, le nez dans la couverture de mohair mauve et rose posée sur les genoux de sa mère, tandis qu'Hedwina lui caressait les cheveux d'un geste doux, lent, répétitif.

– Qu'est-ce qui t'arrive? demanda Marilou avant de poser le plateau sur la table basse.

— Rien, dit Violaine en se mouchant. Je suis heureuse.

— Toi non plus, tu n'es pas bien, dit Marilou en faisant tourner son index sur sa tempe.

Elles rirent.

« Si les gens nous voyaient – pensa Violaine en versant le thé, tandis que Marilou empêchait Hedwina de saisir tous les gâteaux secs à deux mains –, ils ne comprendraient pas qu'on puisse rire dans une situation aussi tragique... Mais on rit, justement, parce que c'est fou ce qui nous arrive. Fou! »

Mâchant ses gâteaux, Hedwina riait aussi de les voir rire.

Violaine s'aperçut que ses yeux s'étaient mis à diverger.

CHAPITRE XX

– Bonjour, Violaine! Je suis à Paris... Est-ce que je peux passer vous voir? Je vous apporte quelque chose.

Entendre la voix de Justin lui fit plaisir. Est-ce parce que son ton volontairement calme, son débit assez lent rappelaient à Violaine les moments passés au bord du lac de Genève? Hedwina, à l'époque, était tellement mieux qu'aujourd'hui...

– Bien sûr!

Il sortit de l'ascenseur, les bras chargés d'un carton relativement lourd.

– C'est un magnétoscope, dit-il.

Justin posa le paquet dans l'entrée et se rendit auprès d'Hedwina.

– Bonjour, Hedwina.

L'actrice ne tourna pas la tête vers lui, mais, du doigt, indiqua l'écran du téléviseur où galopait un cow-boy. C'était le comportement d'un enfant qui, sans dire bonjour, invite le nouvel arrivant à entrer dans son jeu. S'il lui est sympathique.

Et puis Hedwina ne supportait plus d'être dérangée. Les gens « normaux » non plus n'aiment pas ça, mais ils font l'effort de s'arracher à leurs activités – fût-ce en pestant – pour aller accueillir quelqu'un, répondre au téléphone ou empêcher le lait de déborder.

Hedwina, elle, ne se contraignait plus à rien. En fait, l'eût-on laissé faire qu'elle serait passée de plaisir en plaisir. Quand il n'y en avait pas en vue, elle préférait dormir, refusant même d'ouvrir les yeux.

– Vous avez mangé?
– Je prendrais bien un petit coup de vin, dit Justin.
– Venez à la cuisine, on sera mieux pour parler.

Sur l'écran, le western se déchaînait.
– On revient tout de suite, Maman...
– Joli! dit Hedwina, pointant le doigt vers la chevauchée.

Elle aurait voulu les retenir, dans sa peur de rester seule.

– Ne vous en faites pas, on laisse la porte ouverte, dit Justin en lui mettant la main sur l'épaule.

Hedwina se mit à rire : il l'avait rassurée.

Marilou ne connaissait pas Justin. Elle lui trouva le regard drôlement vif, pour un homme de son âge et de sa corpulence. Il lui rappelait les paysans de son village du Cantal, qu'on croit lourds et qui sont capables, à l'occasion, de bondir comme des lapins. Sur leur fusil, pour commencer.

Elle aussi était vive. En un tournemain, elle fit sauter une omelette, déboucha du vin de Bordeaux, coupa le pain, installa deux couverts.

– Asseyez-vous, madame, dit Justin quand il vit qu'elle demeurait debout, une fois l'omelette servie.

– J'ai mangé, dit Marilou.

Justin alla droit au placard à vaisselle, en tira lui-même une assiette, un verre, des couverts, qu'il installa.

– Une omelette pareille, ça ne se refuse pas... Vous m'en direz des nouvelles!

Comme si c'était lui le cuisinier!

Marilou se mit à rire.

Cet homme-là savait s'exprimer presque sans mots. Etait-ce à cause de ça qu'il s'entendait si bien avec Hedwina, laquelle entrait de plus en plus dans le mutisme? L'aphasie, comme disaient les médecins.

— Ça a l'air d'aller, vous trois! remarqua Justin en versant le vin.

— Oui, dit Violaine.

Et elle ajouta, comme un enfant fier d'épater un adulte :

— Je gagne de l'argent.

— C'est bien, dit Justin.

Il n'eut pas à demander comment ni où, Violaine entreprit de tout raconter : l'annonce, les réponses, les Firminy et les commandes de programmations en perspective... Henri Firminy, ravi d'être devenu « moderne », parlait de Violaine à tous ses clients. Parmi eux, il y avait des chefs d'entreprises, petites et moyennes, qui songeaient aussi à sauter le pas, mais n'osaient pas.

— Ces gens-là son contactés par des sociétés qui aident les entreprises à s'informatiser... Mais ils préfèrent quelqu'un qui leur est recommandé par une connaissance.

Justin médita un peu.

— Vous voulez que je vous dise pourquoi?

— Oui.

— Ils craignent d'être ridicules...

— Comment ça?

— En ne comprenant pas ce que leur racontent les techniciens... Tandis qu'avec vous, une jeune femme qui venez de la part d'une personne comme votre M. Firminy, dont ils savent qu'ils ont à peu près le même quotient intellectuel, sinon la même culture, ils se disent : « S'il peut, je peux... »

— Vous devez avoir raison.

— Il n'y a pas que ça...
— C'est que je suis moins chère?
— Cela joue aussi, mais à peine... L'informatique, c'est avant tout une histoire d'amour!
— D'amour? dit Violaine qui n'y avait jamais pensé.
— Comme toutes les initiations... Où apprenez-vous le mieux à lire et à écrire? Sur les genoux de votre grand-mère... Et à danser? Dans les bras d'un petit ami... Et à faire l'amour?

Violaine but une grande goulée de bordeaux, car elle s'était mise à rougir et elle espérait faire passer son émotion sur le compte de l'alcool.

— Tout de même, l'amour et l'informatique... quel rapport?
— Celui d'être des langages et s'initier à un langage, ça passe toujours par l'affectif. Il ne serait pas un peu amoureux de vous, votre M. Firminy?
— Eh bien...

L'idée lui en était venue, mais elle l'avait repoussée comme immodeste.

— Ne vous en faites pas, dit Justin en riant. Les psychanalystes appellent ça le transfert... Ça aide à progresser, puis ça passe...

Marilou avait ouvert une boîte de pêches en compote, puis commencé à faire la vaisselle.

— Venez, mesdames, dit Justin en posant une main sur l'épaule de chacune, je vais vous montrer mon gadget.
— A quoi ça sert, ce truc-là? demanda Marilou pour indiquer qu'elle s'intéressait.

Cet homme lui était sympathique, comme s'il était de sa famille. Ça n'est pas le mot « simple » qu'elle aurait employé pour le définir si elle avait dû faire son portrait, mais, au contraire, le mot « compliqué ». Car rien n'est plus compliqué ni plus délicat, côté cœur, que les gens de la terre.

173

– Ça sert à voir des films.
– Mais ils en donnent plein à la télé!
– Pas ceux qu'on veut, quand on veut...

Sans transition, Justin mit l'appareil en marche et le générique d'un ancien film d'Hedwina défila sur l'écran.

Violaine sentit monter l'angoisse.

– Est-ce que vous ne croyez pas que Maman...

Justin la rassura.

– Je suis sûr qu'Hedwina va beaucoup aimer voir un film! N'est-ce pas, Hedwina?

La Star avait les yeux fixés sur l'écran. Quand son visage apparut en très gros plan, jeune et resplendissant, Violaine vit sa mère fermer les yeux. Pour mieux écouter sa propre voix.

Tard dans la nuit, une fois Hedwina couchée et Marilou dans sa chambre, Justin et Violaine restèrent dans le salon à bavarder.

– C'est comment, Annecy?
– Une petite ville ouverte sur un lac et bordée par la montagne... Les jours de beau temps, on aperçoit le mont Blanc... Je suis né là.
– Vous profitez du lac?
– Je m'y suis beaucoup baigné, quand j'étais môme... Depuis la mort d'Evelyne, je me contente de le regarder par la fenêtre de mon bureau...
– Et la montagne?
– J'y ai fait du ski...
– Vous parlez comme si tout pour vous était du passé?
– Je n'aime pas la nostalgie...
– Et alors?
– Partout où je pourrais aller, je la retrouverais... Alors, je reste à mon bureau. Je ne rentre à la maison que pour dormir.

Violaine aussi évitait certains lieux, et même des rues et des quartiers entiers. Ceux où elle avait été si heureuse avec Edouard. Tout rappel du passé –

quand son goût de vivre se réveillait – la rejetait trop vers le gouffre.

Tous deux se turent. Le pire, avec le désespoir, c'est qu'on n'a plus envie d'en sortir, dès qu'on y a fait son « trou ».

– Je l'ai trouvée bien, dit finalement Justin.

– Oui, dit Violaine, elle n'est pas malheureuse. Mais je n'aurais jamais osé lui remontrer ses films...

– Pourquoi ?

– Le passé me fait souffrir... Je pensais qu'elle aussi...

– Il n'y a pas de passé pour Hedwina...

– Que voulez-vous dire ?

– Tout est du présent... Le film l'a amusée, elle a aimé la musique, les jolies couleurs, les toilettes... Elle n'est pas mentalement équipée pour se dire : « C'est moi qui ai tourné ça, autrefois, et je n'en suis plus capable... »

Violaine laissa s'installer le silence, puis elle reprit à voix basse :

– Il y a des moments où j'aimerais être comme elle.

Justin posa la main sur la sienne à travers le canapé.

Un grand bruit leur parvint de la chambre d'Hedwina. D'un même élan, ils se précipitèrent. Elle n'était pas dans son lit. A tout hasard, Violaine ouvrit la porte de la salle de bains.

Hedwina, qui était probablement sortie pour se rendre aux toilettes, ou même se promener comme il lui arrivait si souvent la nuit, n'avait pas su retrouver son lit... Alors, renversant le tabouret, elle avait grimpé dans la baignoire, dans laquelle elle s'était recroquevillée. Comme pour y dormir.

En fait, elle avait l'air de reposer dans un sarcophage. Un cercueil blanc.

– Maman, que fais-tu là ? dit Violaine.

Et, dans l'angoisse de ce que lui évoquait sa mère – la mort –, elle la tira violemment par le bras pour qu'elle sortît vite de là.

Hedwina se mit à crier, elle ressentait vivement toute agressivité et jusqu'au moindre geste d'impatience.

– Enfin, tu ne vas pas passer ta nuit dans ta baignoire, rentre dans ton lit! Tu n'es pas bien, là! s'écria Violaine que les hurlements de sa mère – c'en était devenu – achevaient de déstabiliser.

Justin la repoussa doucement et s'assit près d'Hedwina sur le bord de sa baignoire.

– Alors, comme ça, vous voulez prendre un bain de minuit?

Hedwina, sans doute étonnée de le voir là, et aussi parce qu'elle aimait beaucoup les hommes, dont la présence la rassurait, arrêta de crier et se mit à rire. Du petit rire un peu gêné qui lui venait quand elle aurait voulu parler et qu'elle ne trouvait pas les mots. Aucun mot.

– Nous allons prendre une bonne tasse de lait, tous les deux.

– Lait! dit Hedwina, soudain alléchée et tendant la main.

Justin la prit.

– On sera mieux là-bas, vous venez?

Hedwina accepta de se lever.

Tandis qu'elle enjambait la baignoire pour suivre Justin, Violaine s'aperçut qu'elle avait trempé sa chemise de nuit, une fois de plus. Mais elle ne dit rien. Peut-être Justin ne s'en apercevrait-il pas?

Il s'en était aperçu, car il dit :

– On va mettre une bonne serviette-éponge dans le lit, vous serez mieux pour vous recoucher.

Une fois Hedwina réinstallée, Violaine alla faire chauffer du lait. Quand elle revint avec un plateau et trois tasses, Justin et Hedwina « bavardaient ». L'homme parlait de sa maison et de ses deux chats. Bilbao semblait écouter lui aussi, peut-être connaissait-il le mot *chat*.

Ils burent leur lait. Violaine s'assit sur le lit de sa mère et tint sa main jusqu'à ce qu'elle s'endormît.

Une fois dans l'entrée, elle dit à Justin :
– Elle vit de plus en plus la nuit... Marilou et moi nous relayons pour la surveiller.

Justin sourit.
– C'est bien... Vous, vous pouvez vous occuper d'elle.
– Oui, dit Violaine. Heureusement...

Elle avait compris ce qu'il voulait dire : « Moi je n'ai pas pu m'occuper de ma femme... Je ne lui ai même pas dit adieu... »

Violaine l'embrassa sur la joue.

Il répondit très vivement, en l'embrassant par deux fois. Avec un soupir qui ressemblait à un petit cri.

Puis il partit sans dire quand il reviendrait.

Lui non plus ne faisait plus de projets.

Elle retourna dans la chambre d'Hedwina dont la porte restait toujours ouverte, ce qui permettait d'entendre quand elle se levait et se déplaçait durant la nuit.

Charline lui avait écrit : « *Maintenant que tu gagnes de l'argent, tu devrais prendre une garde. Cela te permettra de mieux dormir!* »

Ce que Charline ne comprenait pas, c'est que ces moments où elle pouvait s'occuper d'Hedwina, hors du temps, et même hors de leur lien de mère et fille, puisque Hedwina n'en avait plus conscience, étaient des moments d'une grande douceur.

D'amour absolu.

CHAPITRE XXI

— Mais enfin, Violaine, réfléchis! Tu dois accepter! Une petite heure, une demi-heure à peine, qu'est-ce que c'est? Je vous accompagnerai et nous la ramènerons tout de suite après. Puisqu'elle va au restaurant, elle peut bien se rendre à l'Elysée!

— Eric, tu ne peux quand même pas comparer l'Elysée à un restaurant! Et puis, Hedwina n'est pas toujours contrôlable... Elle peut saisir la main du Président... et l'embrasser!

— Et alors, il sera content!

— Oui, mais s'il y a des photographes, la télévision? Ce sera affreusement gênant!

— Violaine, je sais, c'est ta mère. Mais elle ne t'appartient pas pour autant, elle appartient au cinéma, à l'histoire du cinéma, et, en lui remettant la Légion d'honneur, c'est le cinéma qu'on honore. Nous en avons bien besoin en ce moment, notre industrie est dans une telle crise!

Assis devant le feu de cheminée que Marilou avait allumé pour lutter contre l'humidité de ce temps de novembre, Eric Restoff tentait depuis une heure de convaincre Violaine.

Puisque le ministre de la Culture souhaitait décerner la Légion d'honneur à Hedwina, et puisque le président de la République désirait la lui remettre en personne, il fallait y aller.

– Tout le monde sera prévenu.
– Mais de quoi?
– Qu'Hedwina est un peu absente... Personne ne lui posera de questions ni ne s'approchera d'elle. Nous y veillerons.

Comme si elle avait deviné qu'on parlait d'elle, Hedwina poussa doucement la porte du salon. Elle était dans sa douillette robe de chambre en laine beige, bordée de peluche. Très souvent, quand elle ne voulait pas l'ennuyer avec une mise en plis, Marilou réunissait ses lourds cheveux en queue de cheval. Le visage d'Hedwina, de plus en plus lisse et serein, n'en paraissait que plus beau, ainsi dépouillé.

En apercevant Eric, elle se mit à rire. Lorsque la Star remettait quelqu'un – à l'aide de son cerveau droit – mais qu'elle ne trouvait pas son nom – c'est le cerveau gauche, celui du centre du langage, qui devait être le plus atteint –, Hedwina riait.

« Cela m'arrive aussi, s'était dit Violaine pour dédramatiser, lorsque je reconnais quelqu'un mais que son nom m'échappe : je me mets à rire! »

Eric se leva pour l'embrasser.

– Bonjour, ma chère Hedwina!

Un instant, la pensée le traversa : tourner un ultime film avec elle! Mais l'actrice était devenue incapable de répéter un texte, même court. Et puis, elle pouvait mourir au beau milieu du tournage, un accident vasculaire... Aucune compagnie d'assurances n'accepterait désormais de la prendre en charge. Elle était hors vie... Du moins ce qu'on appelle la vie, dans nos sociétés.

– Hedwina, le président de la République veut vous remettre lui-même la Légion d'honneur, vous allez venir...

Hedwina louchait sur les verres, les bouteilles,

les amandes grillées et les petits biscuits que Marilou avait disposés sur la table basse à l'intention d'Eric Restoff.

– Il y aura un bon goûter, ajouta Eric, ayant surpris la direction de son regard.

C'est aussi l'argument qu'utilisèrent Marilou et Violaine pour la faire se lever et accepter de se parer cet après-midi-là.

Elles lui avaient passé son tailleur rose pâle, égayé d'une blouse coq de roche dont le ton chaud jouait harmonieusement avec la couleur de ses cheveux, et, parmi ses nombreux chapeaux, Violaine avait choisi une toque de renard noir. Maquillée, les ongles faits – depuis qu'elle ne se servait plus de ses mains, ou à peine, ses ongles étaient superbes, toujours intacts –, elle était si belle que Violaine sentit battre son cœur.

– Pourvu qu'elle ne s'oublie pas, dit Marilou, ramenant les choses à leur niveau. Je lui ai bien mis des couches, mais ça tient mal, ces trucs-là, ça glisse...

– Tant pis, dit Violaine. Ils sont prévenus : ils la veulent, ils l'auront.

Depuis qu'elle avait accepté, au nom de sa mère, de se rendre à la cérémonie de remise de décoration, Violaine avait changé d'état d'esprit.

« Tant pis » signifiait pour elle : il est temps qu'on sache ce qu'il en est vraiment ! Temps qu'on admette que de plus en plus de gens, à mesure que notre société vieillit, sont handicapés du cerveau. Les handicapés moteurs commencent à avoir droit de cité, mais pas encore ceux de l'intelligence. Il est temps ! Puisqu'ils vivent, puisqu'ils existent, puisqu'ils font partie de nous et puisque leur présence, tenue cachée, accable en secret les familles...

Malgré elle, Violaine imaginait la tête des Winquaire lorsqu'ils verraient dans la presse la photo d'Hedwina, intronisée par le Président dans l'ordre de la Légion d'honneur !

L'homme fut charmant.

Avec Hedwina, bien sûr, qu'il prit lui-même par la main pour la conduire au fauteuil qu'on lui avait réservé non loin des portes-fenêtres donnant sur le jardin, mais aussi avec Violaine.

– Je trouve votre mère très en forme...

– Oui, monsieur le Président, répondit Violaine, elle mange bien, elle dort bien et elle est heureuse d'être là.

Le président scruta le visage de la jeune femme comme s'il pensait que cette déclaration relevait de la déférence. Puis il jeta un regard sur Hedwina : elle rayonnait. Et il comprit. La Star qui, toute sa vie, avait vécu dans le spectacle, sur la scène, sous les projecteurs, aimait la grandeur des lieux, les lumières, le décorum.

Quelque chose en elle, excité, satisfait, se « réveillait ».

Que pensait-elle exactement ?

Lorsque le Président épingla la décoration sur sa poitrine, Hedwina dit « Merci », puis, une fois aidée à se rasseoir, elle bomba son torse sur lequel se détachait la croix suspendue au ruban rouge, tandis que plusieurs orateurs prononçaient les discours évocateurs de sa grande carrière.

– Ouf ! dit Violaine à Marilou lorsqu'elles eurent repris pied dans l'appartement, escortées par Eric Restoff.

– Eh bien, voilà, ma grande, mission accomplie ! Tu n'es pas contente ?

– Si, dit Violaine. Tu as raison. Mais ç'aurait pu très mal se passer.

– Je vais te dire : quand les choses ont lieu au plus haut échelon, c'est comme lorsqu'elles ont lieu au plus bas... Rien de ce qui arrive ne peut être choquant ni scandaleux, car il y a tout le monde qu'il faut pour *éponger*.

– C'est le cas de le dire! murmura Marilou qui avait commencé à déshabiller Hedwina et la trouva mouillée.

– C'est seulement les gens du milieu, les snobs, les bourgeois qui ont peur de l'image qu'ils donnent, poursuivit Eric. Ceux-là ne sont pas sûrs d'eux. Mais quand vous êtes au plus bas, vous ne pouvez plus descendre, et ça vous est bien égal; et quand vous êtes au plus haut, c'est pareil, parce que c'est vous qui faites la loi! Du moins la loi protocolaire... Rappelle-toi comment ça se passait à la cour des anciens rois; si un prince oubliait sa perruque ou ne boutonnait pas ses manchettes, le lendemain, tout le monde en faisait autant!

– Tu crois que tout le monde, désormais, va perdre la mémoire! dit Violaine. Ce serait peut-être un bien...

– En tout cas, à partir d'aujourd'hui, ce ne sera plus aussi honteux d'avoir un gâteux dans sa famille. Combien paries-tu?

Eric avait raison : dès le lendemain, les lettres de félicitations affluèrent, les coups de téléphone. On se proposait d'inviter Hedwina, ou de venir la voir...

Violaine autorisa quelques visites : celles de réalisateurs qui l'avaient fait tourner et aimée, ou alors de petites gens du cinéma, maquilleurs, éclairagistes, habilleuses, cameramen à qui, prétendaient-ils, elle manquait.

L'état de la Star ne sembla pas les étonner; manifestement, ils s'attendaient à la trouver ainsi. D'autant que pas mal d'entre eux – ils osaient maintenant le révéler – avaient connu chez eux un cas semblable, ou en avaient un actuellement. Et ils trouvaient tout de suite le ton et le langage :

« Comment allez-vous, madame Vallas ? Quelle joie de vous voir... » Ils paraissaient sincèrement heureux, et Hedwina était sensible à ce climat de chaleur et d'affection autour d'elle. Elle rosissait, réclamait un peu de champagne ou de porto à partager avec ses visiteurs... Ce retour à la vie en société lui faisait du bien.

Mais cela s'arrêta, car les gens ont leurs obligations quotidiennes, souvent lourdes. De plus, une deuxième ou une troisième visite n'aurait fait que répéter la première, en moins bien, peut-être.

Violaine le constatait chaque jour : le plus affreux, avec Hedwina, c'était la répétition. Il ne se passait jamais rien de nouveau, du moins de son fait à elle. Rien ne bougeait, sinon pour empirer, et lorsque survenait un changement, c'était forcément une dégradation. Quelque chose se détériorait. Parfois du jour au lendemain...

Justin revint les voir. Il leur apportait de nouvelles cassettes des films d'Hedwina. Mais la Star s'endormit dès le générique, comme si rien ne l'intéressait plus de ce qui se passait sur le petit écran.

Violaine venait d'ailleurs de remarquer que le périmètre à l'intérieur duquel sa mère était consciente de ce qui se passait s'était brusquement rétréci. Le son l'atteignait encore, mais plus l'image.

– Ce qu'il y a de terrible, dit Violaine à Justin, lorsqu'on soigne une personne dans l'état de Maman, c'est qu'on se donne encore plus de mal qu'avec un enfant – car elle est plus lourde, plus encombrante – pour la nourrir, la changer, la baigner, la distraire... Or, au lieu de progresser, elle ne fait que décliner. C'est cruel pour les soignants que de s'occuper de quelqu'un dont l'état, loin de s'améliorer, va de mal en pis...

Justin ne répondit pas.

– On finit par s'en vouloir à soi-même quand on n'obtient jamais aucun progrès! Voir que ça dégringole sans arrêt, malgré toute la peine qu'on prend, c'est désespérant... Pauvre Marilou!

– Pauvre Violaine..., ajouta doucement Justin.

Il y eut un instant de silence.

– En fait, quand je dis « Maman » et qu'elle est là pour me répondre « Oui », je mesure tout à fait ma chance. Pourtant, c'est vrai que c'est dur... Et cela m'aide que quelqu'un le sache.

Il fallait lui rendre la pareille :

– Et vous? Comment vous sentez-vous?

Justin leva sur Violaine un regard d'enfant étonné.

– Je n'en ai pas la moindre idée...

Ils se mirent à rire.

La grande douleur a ceci de particulier qu'elle vous fait perdre vos repères dans le temps et l'espace. Ce qu'on appelle devenir fou. Fou de douleur.

Et c'était l'idée de cette « folie », invisible à la plupart des autres, qui les faisait rire.

Du haut de la cheminée, la photo d'Hedwina, prise à l'Elysée dans son beau tailleur, avec sa toque de renard noir et le geste si élégant de sa main sur l'accoudoir du fauteuil, les considérait gravement.

– Parfois je me dis que la vie est un rêve...

– On peut s'imaginer que la vie est un rêve, dit Violaine, sauf lorsque la douleur vous réveille...

Puis elle se tut et pensa que, pour elle, la souffrance avait la forme de l'absence. Celle d'Hedwina, mais aussi celle d'Edouard, plus totale encore puisqu'elle ne le voyait même plus. Or l'amour se repaît jour après jour d'un visage, même s'il doit changer sous nos yeux...

Mais ne plus le voir! Ne plus savoir ce que devient quelqu'un!

Elle ferma les yeux : Edouard lui apparut tel qu'il était quand ils avaient vécu ensemble, gai, élégant, si amoureux. L'était-il de sa femme actuelle ? Violaine revit son air mauvais quand ils s'étaient dit adieu, et elle souhaita qu'il l'eût gardé face à l'autre.

Justin songeait aussi à son amour perdu. L'âtre lui rappelait sa dernière soirée avec Evelyne, devant leur cheminée. Etait-ce un pressentiment ? Ce soir-là, eux qui ne quittaient presque jamais Annecy, où ils se sentaient bien, avaient fait des projets de voyage. Sans se douter que, le lendemain après-midi, vers les trois heures, Evelyne allait s'en aller toute seule et pour toujours. « Nous ne nous sommes même pas dit au revoir », se répéta Justin pour la millième fois.

Il soupira, ce qui entraîna chez Violaine un soupir identique, comme en écho.

Leur peine était différente, mais, du fait qu'ils étaient ensemble, sans qu'ils en fussent conscients, elle était un peu diminuée pour chacun.

CHAPITRE XXII

Quand Hubert passait devant le bureau de son père, il en sortait une sorte de pépiement d'oiseau, entrecoupé d'éclats de rire. Cette fois, le jeune homme ouvrit brusquement la porte, pour voir « ce qui se passait ». La tête blonde et la tête aux cheveux blancs, rapprochées l'une de l'autre, considéraient avec passion le petit rectangle lumineux... La bizarre petite lucarne !

— Viens voir ! s'écria Firminy. Je dessine...
— Eh bien, moi, je vais m'occuper des stocks et des commandes pour Noël ! grogna Hubert.
— Les stocks de Noël, mais les voici !

La main sur le petit boîtier, qu'il appelait la « souris » avec le sourire d'un enfant à qui l'on vient d'offrir une peluche, Henri envoya quelques *clic clic*, puis commença d'énoncer tout haut, à mesure qu'elle se déroulait sous ses yeux, la liste des produits commandés pour Noël, avec la quantité prévue, ce qui était livré, déjà vendu, et ce qui restait en stock.

— Tu vois, ajouta-t-il, triomphant, tout est sous contrôle... Ce soir, je vérifierai les ventes et aussi les livraisons de la journée, et je ferai le bilan quotidien... Allez, Violaine, reprenons, je suis en train de comprendre quelque chose...

Hubert se sentit éjecté, exactement comme une disquette sur un *clic* de la fameuse souris.

Et le tête-à-tête reprit!

Personne ne lui ferait croire que ça n'était pas sexuel, cette affaire-là, et que son père n'était pas en train de se faire posséder – et lui, son fils, avec! – par une nouvelle forme de captation d'héritage. Il fallait qu'il en parle à son banquier.

Mais lorsque Hubert Firminy débarqua à son agence bancaire, le directeur avait sur son bureau le même petit appareil!... « Tous sous influence », se dit Firminy junior, furieux, et il décida d'agir seul.

Il allait inviter Violaine à dîner dans le plus luxueux « chinois » de la capitale. Là, au moins, pas d'ordinateur; les Orientaux font tout à la main, en particulier couper les légumes en tout petits morceaux, car ce peuple raffiné le sait : une machine ne respecte pas la fibre du navet ou de la carotte. Par ailleurs, l'éclairage presque nul – pas besoin de couper sa viande (c'est fait), ni de prêter attention aux os ou aux arêtes (il n'y en a plus) – favorise le tête-à-tête.

Hubert, cheveu blond élégamment éclairci aux tempes, regard bleu pâle et teint hâlé d'un homme qui pratique les sports à longueur d'année, avait choisi de s'habiller de façon sévère : costume bleu marine, chemise blanche, chaussures noires. Seule sa cravate apportait une note de fantaisie.

Les femmes, se dit-il, sont sensibles à l'uniforme du pouvoir, qui les rassure. Cela signifie argent, fourrures, bijoux, belles voitures... C'est d'ailleurs dans la CX garnie de cuir noir qu'il alla chercher Violaine chez elle. La radio-cassette dispensait une musique de Vangelis. Hubert trouvait relaxante cette évocation bien tempérée des grands espaces où vivent les animaux sauvages.

Violaine, étonnée du subit revirement de Firminy fils à son endroit, s'était fait belle, mais sans provocation. Elle portait un tailleur de velours violine sous lequel un haut de satin noir strassé, emprunté à sa mère, apportait une note plus habillée.

Les armoires d'Hedwina regorgeaient de toilettes somptueuses, griffées par les plus grands couturiers, et qui ne servaient plus à personne. Au début, Violaine n'avait pas osé y toucher. De même qu'elle ne portait jamais ses bijoux, à l'abri à la banque. C'était Pinchon, le notaire, qui lui avait suggéré de les transférer dans un coffre à son nom, tant que sa mère pouvait encore l'accompagner et signer.

– En cas de malheur, il vaut mieux qu'ils soient déjà à vous, sinon vous allez payer des droits de succession d'autant plus injustes qu'à l'heure actuelle, c'est vous qui entretenez votre Maman.

– Mais si je meurs avant Maman ?

– Violaine, ne soyez pas stupide !

– Je roule en voiture, je peux aussi me faire écraser dans la rue...

Pour la déculpabiliser – car c'était de cela qu'il s'agissait – Pinchon accepta de discuter :

– Si vous mouriez avant Hedwina, elle hériterait de vous, ne vous en faites pas... Mais il faudrait alors la placer dans une maison adaptée à son état.

– Justement, où trouver l'argent ? Vous savez bien que Maman n'en a plus, nous vivons de mon travail...

– Très bien, Violaine... Je vais vous faire ouvrir un compte-épargne et vous y verserez tous les mois ce que vous jugerez bon d'y mettre. Ainsi, s'il vous arrive quelque chose, Hedwina aura de quoi survivre.

– Entendu, avait dit Violaine.

Dès lors, en dehors des charges, des impôts et du

salaire de Marilou, Violaine ne dépensait presque plus rien : tout allait sur le « compte survie », tel qu'elle le nommait pour elle-même.

L'avantage, c'est que la jeune femme osa porter désormais les vêtements de sa mère et, à l'occasion, ses bijoux.

Un petit boléro de vison gris complétait sa tenue, et elle avait sorti les boucles d'oreilles en rubis. C'était suffisant pour qu'elle fût d'une élégance rare.

L'élégance, qui est une attitude intérieure, ennoblit les vêtements les plus simples tout comme ceux des grands couturiers que certaines femmes, manquant d'âme, réussissent le tour de force de vulgariser. Vison y compris.

Hubert fut terriblement sensible à ce que Violaine, à l'inverse, dégageait de classe et de raffinement. Une fois dans la voiture, le « jus » de son parfum acheva de le griser.

Il en oublia son projet : sonder les noirs desseins de la jeune femme, et il n'eut plus qu'une ambition, se faire bien voir.

Après le premier verre de saké, c'était devenu une terrible envie de coucher avec elle. Il s'avoua qu'il l'avait désirée depuis le premier jour : c'était lui, maintenant, qui avait envie de la « posséder » !

Il savait qu'elle avait été plaquée par Edouard de Winquaire –, raison, entre autres, pour laquelle elle travaillait. Laisser travailler une femme comme elle, pensa Firminy, c'était du gâchis. Elle était faite pour les week-ends à Deauville, les soirées chez Castel, la *season* à Londres, Noël à Megève, les safaris en Afrique, enfin cette vie balisée dont le *jet-set* traçait et renouvelait constamment le schéma.

Le « programme », comme aurait dit la jeune femme.

– Vous savez que vous m'épatez ?
– Moi ?
– Vous avez à la fois les jambes...

Il les avait lorgnées, gainées de noir fin, lorsqu'elle était montée en voiture.

– ... et la tête !
– En somme, la carrosserie et le moteur ! dit Violaine. Dans les voitures vous trouvez ça normal, pourquoi pas chez les femmes ?

Dès le début, la jeune femme avait senti qu'elle allait s'ennuyer en compagnie de cet homme qui, sans le savoir, était infiniment plus conformiste que son père, mais qu'il fallait « tenir » si elle voulait conserver sa place chez les Firminy.

Car elle ne pourrait pas s'imposer indéfiniment auprès du père si le fils était déterminé à la virer.

– L'ennui, c'est que vous ne savez pas vous servir de votre tête...
– Vous croyez ?
– Vous jouez à des jeux d'enfants... La vie, vous savez, offre des perspectives d'aventures et de réussites infiniment plus riches que de rester devant un petit écran. Quand on a quelque chose là..., dit-il en appuyant l'index sur le front blanc et lisse de Violaine.

Elle détesta l'image, et aussi le contact.

« Là », c'était le lieu où Hedwina souffrait. Et avant de se dire qu'il pouvait s'y trouver « quelque chose », il fallait peut-être d'abord qu'il y eût « quelqu'un », dans la boîte crânienne !

Plusieurs maîtres d'hôtel, silencieux et stylés comme on ne sait l'être que chez les Orientaux, capables de faire du service d'autrui une fonction qui ennoblit, apportèrent simultanément une série de petits plats, accompagnés de diverses sauces.

Hubert s'octroya aussitôt le rôle de guide gastronomique, remplissant d'autorité l'assiette de Violaine et l'obligeant à déguster les mets dans l'ordre qu'il avait décrété. Ce rituel, qui se voulait attentif et plein de sollicitude, suffit à Violaine pour parfaire l'idée qu'elle se faisait de Hubert : un homme si peu sûr de lui qu'il ne se permettait aucune liberté et, du coup, la refusait à son entourage.

Une graine de tyran, qui allait vite devenir un tyran à part entière. Il ne ferait pas bon vivre près de lui! D'autant qu'il devait juger parfaite, au-dessus de toute critique, l'attitude qu'il montrait à son égard, surveillant chacune des bouchées qu'elle absorbait, déposant de la sauce piquante dans son assiette alors qu'elle venait d'en refuser, recommandant de l'alcool de riz quand elle lui disait avoir assez bu... Il pensait se comporter en hôte soucieux de son invitée, et même lui faire la cour... Alors qu'il la malmenait.

– Vous, je vous vois en jaune! Avec la teinte de vos cheveux, ce sera beaucoup mieux. D'ailleurs, vous devriez éclaircir quelques mèches, là et là...

Il ne la touchait pas et, pourtant, à la fin du dîner, Violaine bouillait d'avoir été « maniée » de partout. En fait, son compagnon l'avait tripotée avec des mots, ce qui est parfois pire qu'avec des gestes.

Dans son excitation et son besoin de la conquérir, il s'était permis de juger de tout ce qui faisait sa vie présente. Cela allait de ses horaires de travail, trop lourds à son avis, à la façon dont elle « fatiguait » son père, en passant par le fait qu'il n'aimait pas le quartier où elle vivait, et qu'étant donné sa « petite mine », elle se devait de prendre des vacances. Et, pour commencer, l'accompagner, le week-end suivant, à l'hôtel Normandy, à Deauville. Il l'obligerait à marcher sur la plage.

Pire que tout, Hubert était un homme qui écoutait si peu les autres qu'il était incapable de prendre « non » pour « non ».

Sans doute était-ce ainsi qu'il finissait par avoir les femmes à l'usure, prenant son propre entêtement pour de la virilité. Beaucoup d'hommes sont ainsi, incapables, fût-ce au fil des échecs, de se voir jamais tels qu'ils sont : c'est le reste du monde qui a tort de ne pas les apprécier !

Et Violaine avait beau lui répéter qu'elle n'était pas libre ce week-end-là, ni aucun autre, Hubert, une fois la voiture arrêtée, tendit le bras devant elle pour maintenir fermée la portière qu'elle cherchait à ouvrir, et l'empêcher de sortir.

Il ne la lâcherait pas, lui dit-il, qu'elle ne lui eût donné une date pour partir en week-end. Il y allait de son bien, de sa santé, et il entendait y veiller.

Il se trouvait grandiose !

Face à un acharnement qui frisait la grossièreté, Violaine ne trouva qu'une issue : elle l'invita à monter. Elle allait lui montrer Hedwina, et peut-être, devant les faits, comprendrait-il enfin pourquoi elle n'était pas libre.

Hubert fut enchanté de la proposition. L'invitation à monter était nette et il ne s'était pas imaginé que la jeune femme céderait si vite et si tôt. Le week-end serait peut-être inutile : que de temps et d'efforts économisés ! Violaine se révélait plus intelligente qu'il n'avait pensé, c'est-à-dire plus sensible à son propre intérêt.

Au bas de l'escalier, il tenta de l'embrasser, mais la jeune femme se déroba en souriant. « Elle a raison, se dit Hubert, ce sera meilleur là-haut, dans l'intimité... »

Violaine posa rapidement son boléro de fourrure et son sac sur la table de l'entrée et se dirigea vers la chambre d'Hedwina.

– Attendez-moi là, je vais voir ma mère.

Elle éprouvait chaque fois une légère appréhension lorsqu'elle rentrait après plusieurs heures d'absence, surtout la nuit, quand Marilou reposait.

Une veilleuse était allumée en permanence pour le cas – fréquent – où Hedwina se lèverait, afin qu'elle ne se heurtât pas aux meubles, car elle ne savait plus trouver les commutateurs.

Elle était là, debout dans sa chemise de nuit dont elle relevait le bord à deux mains, immobile au centre de la pièce.

– C'est moi, Maman, je suis rentrée! dit aussitôt Violaine pour ne pas la surprendre. Je suis avec un ami.

Et elle alluma.

Hedwina avait l'air d'une petite fille coupable, et quand elle vit sa fille, elle alla en hâte se fourrer dans son lit. Alors Violaine découvrit, derrière elle, en plein milieu de la moquette, un superbe étron!

C'était la première fois qu'Hedwina s'oubliait de cette façon-là. Son incontinence s'était limitée à l'urine. En cas de plus gros besoin, elle savait fort bien, jusque-là, aller aux W.-C. Mais sans doute les avait-elle vainement cherchés.

Violaine n'eut pas le temps de réagir qu'elle entendit un « Oh! » d'horreur dans son dos.

Hubert l'avait suivie sans y avoir été invité et venait de découvrir l'« objet ».

– Ce sont des choses qui arrivent, dit tranquillement Violaine.

Elle se rendit dans la salle de bains, saisit plusieurs feuilles de papier torchon et s'accroupit pour ramasser la crotte qu'elle jeta dans la cuvette des cabinets, dont elle fit fonctionner la chasse.

Hubert avait quitté la pièce. Quand elle le rejoignit au salon, il était en train de se servir un whisky.

– Je sais pourquoi elle a fait ça, lui dit-il, le

visage sévère et fermé. Pour vous punir d'être sortie sans elle !

– Me punir ? Vous rêvez !

– Pas du tout ! Ma chienne faisait des choses pareilles, au début, quand je la laissais trop longtemps seule, et je peux vous dire que je l'ai sérieusement corrigée ! Depuis, ça n'arrive plus. Vous devriez la battre. Ça lui passerait aussi !

Violaine resta figée. Un tourbillon de haine, de violence, de mépris s'était emparé d'elle. Elle avait envie de saisir la petite statuette en bronze qu'aimait tant Hedwina, et de l'assener sur le crâne de l'homme dont elle n'avait jamais tant vu qu'il était en passe de devenir chauve.

Mais elle contrôla cette fureur animale. Elle se le devait, comme elle le devait à sa mère. Elle se contenta d'une seule parole :

– Pauvre chienne, je la plains !

Puis la jeune femme se dirigea vers l'entrée, saisit l'imperméable de Hubert Firminy qu'elle revint lui déposer sur le bras, en même temps qu'elle lui ôtait avec fermeté le verre qu'il avait en main, et le poussa vers la sortie.

– Maman désire rester seule avec moi, dit-elle, nous ne nous sommes pas assez vues aujourd'hui, et j'ai beaucoup de choses à lui raconter.

– Mais...

Elle comprit qu'il avait envie de répliquer : « Comment pouvez-vous préférer la compagnie de ce déchet à la mienne ? »

Mais il n'osa pas.

Il avait raison.

Cette fois, Violaine ne se serait plus contrôlée, et il avait dû le lire dans son regard.

Rien ne dépasse en violence une femelle en furie, quelque chose en lui le savait depuis son enfance et ses premières confrontations avec sa mère et sa bonne. Par esprit de revanche sur un mari trop dominateur, il arrive que les « nourrices » donnent aux petits garçons dont elles ont la garde – ces mâles en miniature qu'elles peuvent encore terroriser – la peur définitive de la femme, et c'est bien dommage. Chacun y perdra dans l'avenir.

Hubert ne se faisait pas ces réflexions; mais une chose était sûre : c'était sa chienne qui allait prendre. La pauvre bête faisait partie de la race trop aimante qui préfère la mort à la vie sans maître.

Ce n'était plus le cas de Violaine.

A peine Hubert parti, elle se précipita dans la chambre d'Hedwina, la saisit à bras-le-corps et la serra contre elle.

– Ma chérie, ma chérie...
– Maman, Maman..., murmura Hedwina que le bercement devait ramener à sa petite enfance.

Elle souriait, heureuse, apaisée.

Elles burent le lait chaud que leur fit chauffer Violaine. Elles regardèrent la télévision où, à cette heure-là, dominait la violence. Qu'importait : un bonheur subtil, inexplicable, régnait dans la pièce et, peu à peu, la main dans la main de sa fille, Hedwina s'endormit.

Quand Violaine regagna sa propre chambre et commença à se déshabiller, elle revit la tête qu'avait faite Hubert en apercevant ce qu'Hedwina venait de déposer sur le tapis, et elle fut prise d'une crise de fou rire.

On aurait dit qu'Hedwina avait deviné que cet homme était un chieur qui avait fait chier sa fille toute la soirée, et elle le lui avait exprimé, à sa manière!

CHAPITRE XXIII

Le gazon du petit square était poudré « à frimas » par la première gelée blanche. Dans une heure, ce léger sucrage aurait disparu, la ville reprendrait le dessus sur la campagne. « Rien ne fait plus peur aux citadins que la nature incontrôlée », se dit Violaine en ouvrant les rideaux de la chambre.

Elle revint près du lit d'Hedwina. Dormait-elle ou faisait-elle semblant ? Chez elle aussi, la nature reprenait peu à peu le dessus. Ou fallait-il dire l'animalité ? Depuis qu'elle maîtrisait de moins en moins ses sphincters, Hedwina ne réprimait plus ses autres besoins. Ainsi, lorsqu'elle voyait arriver le plateau de ses repas, comme un bébé qui hurle d'impatience à la vue de son biberon, elle criait et même trépignait pour manger sur-le-champ.

L'asseoir convenablement dans son lit, lui passer une serviette autour du cou avant de la satisfaire, exigeait une lutte. Depuis quelques jours, il n'était même plus question d'installer le plateau sur ses genoux, car elle plongeait aussitôt des deux mains dans les plats.

Mais, dès qu'elle commençait à être un peu rassasiée, le regard qu'elle jetait sur sa « nourrisseuse » – Violaine ou Marilou – exprimait sa reconnaissance et son affection. Il lui arrivait même de glousser joyeusement, ou alors de prendre la main qui lui tendait un verre, pour l'embrasser.

« Les bébés aussi font ça », se dit Violaine, assise sur le bord du lit où Hedwina gardait les yeux fermés. Stratégie pour s'assurer leur nourriture, ou entrée en relation avec autrui? Hélas, chez Hedwina, le film se déroulait à l'envers : chaque jour, elle sortait un peu plus du langage humain...

– Maman!

Pas de réaction.

Peut-être ne savait-elle plus qui désignait le vocable « Maman », puisqu'il lui arrivait d'appeler ainsi toute personne qui lui apportait à manger?

– Hedwina...

Toujours rien. Violaine se rappela alors qu'« Hedwina » était un pseudonyme; en fait, sa mère s'appelait Léontine, prénom dérivé de celui de son père, Léon Piquet, et qu'elle avait abandonné dès le début de sa carrière.

– Léontine, Léontine...

C'était drôle, il lui semblait qu'elle s'adressait à une autre.

Mais Hedwina resta tout aussi insensible.

Alors Violaine se dit qu'il lui fallait remonter jusqu'à l'époque où sa mère n'était encore qu'un tout petit bébé :

– Titine..., souffla-t-elle.

Hedwina ouvrit les yeux et sourit aux anges comme si elle prenait conscience du monde pour la première fois. Violaine se mit à pleurer et s'en voulut de son chagrin : il lui était donné de revivre les premiers instants de la vie de sa mère, cela n'aurait pas dû la rendre aussi triste...

Mais c'était un enfant qu'elle aurait désiré, un enfant avec l'homme qu'elle aimait, et non pas cette mère-enfant monstrueuse dont le corps était adulte et l'esprit embryonnaire.

– Qu'est-ce que tu as encore à te faire du mal?

dit Marilou en apportant le lait chaud, les tartines beurrées, la confiture, le jus d'orange pressée et tout ce qui constituait le premier repas d'Hedwina.

– Rien..., dit Violaine en s'essuyant les yeux. Je pensais, c'est tout...

– Elle, au moins, ne pense pas! grommela Marilou.

Violaine sourit. Comme tous les gens simples, Marilou était en prise directe avec les événements, qu'elle jugeait et analysait dans un raccourci souvent saisissant. Quel était cet homme d'Etat, songea Violaine, qui demandait toujours l'avis de sa bonne, une personne droit venue de sa campagne, avant de prendre toute décision politique d'importance?

– Marilou, je serai absente toute la journée, je vais aux Laboratoires d'informatique de Palaiseau.

– C'est comme tu veux, ma grande. T'en fais pas, on sera très bien, toutes les deux...

– Tu m'attendras pour lui faire prendre son bain, c'est trop lourd pour toi toute seule.

– Ça dépend comment on est lunée, dit Marilou tout en installant Hedwina sur son oreiller et en tapant sur la main qui s'était dirigée droit vers le beurre. Il y a des jours où Madame entre d'elle-même dans sa baignoire, et d'autres où elle pousse des cris d'égorgée rien qu'à voir le gant de toilette! Hein, ma toute belle? Mais soyez donc pas si pressée, la voilà, votre tartine... Quel appétit!

– Le médecin dit que tant qu'elle a envie de manger, tout va bien...

– Ça, elle avait déjà bon appétit autrefois, mais maintenant, on dirait qu'il n'y a plus que ça qui compte...

Comme pour la contredire, Hedwina tendit son bras libre vers Violaine, qui lui saisit la main. On aurait dit qu'elle avait entendu ce qu'avait dit sa fille, et qu'elle cherchait à la retenir.

– Ne t'inquiète pas, Maman, je serai là ce soir pour regarder la télévision avec toi... Je vais seulement voir Prince. Tu te souviens de Prince, qui avait passé des vacances avec nous et Marilou dans le Midi ? Il travaille maintenant à Palaiseau, et je vais lui rendre visite...

– Prince, répéta Hedwina qui faisait parfois de l'écholalie, reprenant le dernier mot d'une phrase prononcée devant elle pour peu qu'il lui plût. Prince... Prince...

– Ah ! vous allez voir votre nègre ! dit Marilou dont le racisme était pur comme le diamant. Et comment va-t-il, ce petit gars ? Dites-y que je l'embrasse et que s'il vient me voir, il me prévienne pour que j'aie le temps de lui confectionner son dessert favori...

– Qu'est-ce que c'était déjà ? dit Violaine qui se souvenait de la complicité de Prince et de Marilou pendant ces quinze merveilleux jours dans la villa louée près du Rayol, mais qui en avait oublié les détails.

– Eh bien, le nègre en chemise, c'est même moi qui le lui ai fait connaître ! C'est pas dans votre Amérique qu'on mange des raffinements pareils !

C'était à Pittsburgh, sur le campus de l'université Carnegie-Mellon, la plus informatisée des Etats-Unis, que Violaine avait fait la connaissance de David Prince – à cause de son allure, tout le monde là-bas l'appelait « *The Prince* » –, un étudiant venu d'Haïti, avec lequel elle s'était longtemps disputé la première place... Compétition amicale qui les avait liés, et Prince, voyageant en Europe, un été, avait séjourné avec elle dans cette villa de vacances où Hedwina, qui tournait dans les parages, n'avait pu passer qu'un week-end.

Ensuite, Violaine était revenue définitivement en

France et, confrontée aux événements des deux dernières années – ses fiançailles, puis la maladie d'Hedwina –, elle n'avait plus songé à David, jusqu'à ce qu'il eût resurgi, huit jours auparavant, au bout du fil.

– *Prince, where are you?* s'était-elle enquis.

C'est dans un français impeccable qu'il lui avait répondu :

– A ta porte, ou presque. A Palaiseau...
– Mais que fais-tu là ?
– Je cherche...
– Quoi ? Un appartement ?
– Non, le laboratoire s'en est occupé pour moi... Je cherche le moyen d'apprendre à parler...
– Tu parles admirablement !
– Pour un type à peine descendu de son arbre, je ne me débrouille pas trop mal, paraît-il ! C'est justement pourquoi on m'a chargé d'apprendre à parler à Etienne.
– Qui est Etienne ?
– C'est ce que je lui demande tous les jours. Seulement, à part quelques *bip*, Etienne se refuse encore à toute déclaration sur son identité. Viens me voir, je te ferai faire sa connaissance ! Ça le décidera peut-être à prendre la parole...
– Ce que je suis heureuse de te savoir là ! lui dit Violaine.

En plus d'une intelligence exceptionnelle, Prince avait un cœur. Et du caractère.

« Et quelle allure souveraine ! » se dit Violaine en le voyant se diriger vers elle d'un pas à la fois rapide et nonchalant, à travers la cour séparant le parking de l'entrée du bâtiment.

Il avait dû guetter son arrivée par les fenêtres.

Après une brève embrassade – Prince n'était pas très démonstratif –, il l'entraîna à grands pas vers l'intérieur. Violaine connaissait cette répugnance qu'ont les chercheurs en informatique à s'éloigner trop longtemps de leur ordinateur. Surtout quand il est de la taille d'Etienne, lequel s'étendait en demi-cercle au centre de la vaste pièce. Partout des lumières s'allumant alternativement, des roues tournant à des allures différentes, des sons rythmés indiquaient qu'Etienne était au travail.

Tout en continuant à parler avec Violaine, David Prince s'était aussitôt approché de la machine pour y jeter un regard et lire des résultats qui s'affichaient sans arrêt sur l'écran du terminal. « Comme moi, se dit Violaine, quand j'ai laissé Maman seule un instant. Dès mon retour, je commence par étudier son visage, la position de son corps, afin de savoir où elle en est... »

C'était aussi une façon de faire savoir à sa mère qu'elle était de retour, et sans doute Prince agissait-il de même avec Etienne, car il effleura la console à plusieurs endroits, puis finit par s'appuyer, mine de rien, contre l'un de ses battants.

– J'ai eu quelque mal à te trouver, tu n'es pas dans l'annuaire !

– C'est que j'habite chez ma mère...

– Une grande fille comme toi !

– Ecoute, Prince, Maman est malade...

– Qu'est-ce qu'elle a ?

– Elle perd la mémoire, et aussi la parole...

– Ah !

Prince se tut.

Violaine savait qu'il avait compris.

Il lui offrit du café dans un gobelet en carton.

– Tu travailles seul ? demanda Violaine en s'approchant d'Etienne, dont elle commença malgré elle à étudier l'« organisme ».

– Ici, oui, mais je suis en liaison avec une équipe de Pittsburgh.

Etienne était un superordinateur, Violaine s'en était rendu compte dès le premier regard, mais il comportait des éléments qu'elle ne connaissait pas.

201

Trois ans déjà qu'elle avait quitté Carnegie-Mellon, pendant lesquels l'informatique avait fait des progrès gigantesques, plusieurs révolutions, même, comme celle consistant à « distribuer la mémoire » tout au long des circuits au lieu de la stocker dans un seul « magasin ». Désormais, son propre savoir était totalement dépassé, même s'il suffisait amplement pour équiper les entreprises.

Et elle souffrait de ne plus être en contact permanent avec les machines qui lui auraient permis de progresser.

Déjà, la proximité d'Etienne s'était mise à exciter son propre cerveau, comme si, en dehors même de sa conscience, il avait senti qu'il se passait là quelque chose qui le concernait.

Finalement, Violaine n'y tint plus, et – interrompant Prince qui, sans doute par courtoisie, la mettait au courant de la façon dont, après Carnegie-Mellon et un bref passage à Princeton, il s'était retrouvé à Palaiseau sur invitation spéciale du gouvernement, pour y pousser ses recherches –, elle s'approcha d'Etienne.

– Explique-moi !

Prince n'attendait que ça. Le visage illuminé, il entreprit de recycler Violaine. Au début, la jeune femme se contenta d'écouter l'exposé de son ami, mais, rapidement, les questions affluèrent : Comment avait-on fait pour passer outre à certaines difficultés jusqu'ici insolubles ? Le parallélisme des unités, il y a moins de deux ans, n'en était encore qu'à la conception...

Prince partit de son grand rire et, en quelques formules, la mit au fait des toutes récentes découvertes. L'étonnant, en informatique, c'est que l'application technologique suit immédiatement la trouvaille, fût-elle celle d'un chercheur isolé... Il y a du bricolage là-dedans : quelqu'un a l'idée de raccorder un petit élément à un autre, juste « pour voir », et parfois la route qui s'ouvre ainsi est royale.

Après, on n'a pas le temps d'attendre, ni même intérêt... Car si quelqu'un a une idée, il peut être sûr que quelqu'un d'autre est en train d'avoir à peu près la même au même instant, fût-ce à l'autre bout du monde. Autant s'avertir mutuellement pour assembler au plus vite les éléments qui formeront les nouveaux réseaux de la communication universelle.

– Mais que fait Etienne, en ce moment ? dit Violaine qui se prenait déjà d'affection pour la grosse machine au travail.

« Les aimera-t-on autant, se demandait-elle, quand ils seront devenus plus petits ? Il y a quelque chose dans le gigantisme, qu'il soit humain, animal ou mécanique, qui attire la tendresse... Peut-être parce que nos parents étaient tellement plus grands que nous quand nous étions bébés... »

– Il apprend à parler...

– Mais les ordinateurs parlent déjà...

– Bien sûr ! Ta voiture t'adresse la parole pour te dire qu'elle va manquer d'essence ou que tu as oublié de desserrer le frein à main, mais cette voix artificielle n'est qu'un banal algorithme... Non, là, avec Etienne et quelques-uns de ses frères répandus de par le monde, nous tentons de leur inculquer le langage comme l'apprend un bébé.

– Tu veux dire : *Maman, Baba, Papa...* ?

– Exactement. Il y a là un mystère... Comment passe-t-on du redoublement de deux syllabes – *Mama*, dans la plupart des langues et des civilisations – au verbe, à la syntaxe et aux groupements grammaticaux...

– Quel intérêt y a-t-il à le savoir ?

– Si nous parvenons à reproduire les faisceaux qui permettent l'apprentissage au cerveau humain, nous ferons un énorme pas en avant pour ce qui concerne le « cerveau » des ordinateurs... Nous le bâtirons sur le même modèle, et Dieu seul sait ce qu'il ne sera pas capable de nous faire découvrir sur... eh bien, sur tout!

Prince sourit et se lança dans un de ces délires imaginatifs propres aux informaticiens qui se paient une « récré » :

— La formation du monde, le cosmos, les civilisations, l'A.D.N., comment se programment et se déprogramment nos cellules, ce qui aboutit au cancer, au Sida, à tant de fléaux... A la guerre, aussi, cette psychose collective...

— Si je comprends bien, continua Violaine, tu vois déjà Etienne faisant régner la paix dans le monde! On lui décernera le prix Nobel... et à toi avec!

— Pourquoi pas? dit Prince, soudain sérieux.

Violaine se tut.

Au temps où le premier ordinateur s'appelait *Eniac*, tant d'hypothèses avaient été émises, qui paraissaient alors stupéfiantes, voire grotesques. Et qui sont tellement dépassées depuis!

— Ecoute, dit Prince.

Quelques rapides manipulations et une voix qui n'avait rien de mécanique, une voix très humaine, au contraire, se mit à balbutier comme un bébé : « *Ba... Ba... Ma... Ma...* »

L'impressionnant, c'est que les intonations de la voix n'étaient pas enfantines, mais, au contraire, viriles. L'ordinateur s'exprimait comme un homme qui tente de maîtriser une langue étrangère, ce qui donnait le sentiment que derrière l'ignorance, il y avait effectivement un cerveau au travail.

— Dans quelques semaines, nous tenterons une expérience... Pour l'instant, il faut qu'il répète...

— Qu'il répète?

— Oui, comme les tout petits enfants. Nous avons remarqué qu'il doit relire indéfiniment la même chose, puis, sans qu'on comprenne pourquoi, d'un seul coup, il passe à l'étape suivante...

– C'est normal, dit Violaine, c'est la répétition qui apporte la maîtrise...

– Sauf pour le vieux Corneille, dit Prince : « *Et pour leurs coups d'essai veulent des coups de maître...* »

– L'exception confirme la règle!

Ils se turent.

Ce n'était pas la machine qu'ils admiraient. Elle servait seulement à décomposer des activités cérébrales. Ce ralenti leur permettait de toucher du doigt ce qui a lieu tous les jours, partout, et que les gens ne remarquent même plus, bien que cela tienne du miracle : le processus d'humanisation.

– C'est beau, dit Violaine.

Elle consulta sa montre. Dans une salle d'ordinateurs, on perd complètement la notion du temps... Dieu, dit l'Ancien Testament, fit le monde en six jours et six nuits... Chacun de ces jours et chacune de ces nuits dura peut-être des milliards d'années sans que Dieu, absorbé par sa création, ait eu Lui aussi le loisir de s'en apercevoir...

– Je dois rentrer. Maman et Marilou m'attendent.

– Comment va Marilou?

– Elle se prépare à t'accueillir avec...

– ... un nègre en chemise! dit Prince en éclatant de rire. Dis-lui que je viendrai la semaine prochaine. Je vous appelle pour préciser le jour.

Violaine savait que cela représentait un sacrifice, pour Prince, de quitter Etienne, ne fût-ce que quelques heures, mais il y consentirait pour elle.

– Merci, Prince, cela nous fera tellement plaisir... Est-ce que je peux revenir voir Etienne?

– Quand tu veux. J'ai le sentiment que ta présence l'a stimulé; je le trouve très en forme, ce soir.

Ceux qui travaillent quotidiennement sur ce genre de machines savent à quel point elles ont leurs bons et leurs mauvais jours, fluctuations d'humeur qu'ils ne savent à quoi attribuer, sinon à l'influence humaine, qui fait « retour ».

En fait, les ordinateurs renseignent sur l'état d'esprit de leurs utilisateurs, et si Etienne semblait avoir de la sympathie pour elle, c'est que Prince aimait Violaine.

Par la fenêtre de sa loge, le concierge considéra le grand et beau jeune homme noir qui embrassait la jeune femme blonde avant qu'elle ne monte dans sa voiture. C'étaient les « nouveaux savants », ces gens-là...

Il s'en étonnait encore.

CHAPITRE XXIV

Depuis qu'elle avait perdu la parole, Hedwina était encore plus sensible aux couleurs et, dès que Violaine s'approcha d'elle dans sa nouvelle robe violet sombre avec des motifs fuchsia, elle chercha à la toucher et à triturer le tissu. Sa fille la laissa faire et même approuva son élan : « C'est beau, hein, ça te plaît... »

Mais Hedwina lâcha vite prise et parut rentrer en elle-même comme si elle se désintéressait ou qu'une sensation intérieure, un gaz intestinal occupait toute son attention. Sans doute ce qui la faisait se renfermer venait-il de l'étonnement de ne plus posséder les mots pour exprimer son approbation. Où étaient-ils passés ?

Violaine tenta de se mettre à sa place pour mieux la comprendre : là où, normalement, nous nous sentons une espèce de réservoir de vocables auquel nous puisons sciemment, mais parfois à l'aveuglette – d'où les lapsus –, Hedwina ne devait plus rien trouver.

Ça ne « répondait » plus, comme l'on dit d'une pièce mécanique qui a cessé de réagir à la sollicitation.

Le ressentait-elle comme une douleur ? se demanda la jeune femme en étudiant le visage immobile, un peu réprobateur.

Plutôt comme une sorte de déception. La malade espérait rencontrer du « plein », c'est-à-dire une satisfaction, suivie de ce surcroît d'excitation qui entraîne, chez les êtres parlants, une logorrhée toujours plus grande – car plus on a, plus on veut –, et elle ne trouvait rien du tout.

Comme les amputés.

Alors, agacée, furieuse même, elle renonçait.

D'où cet air détaché et hautain qui intriguait tant sa fille.

Cette fois encore, devant le visage impénétrable, elle eut le sentiment que sa mère lui en voulait. Comme si c'était elle, Violaine, qui lui avait fait la mauvaise blague de lui cacher le langage, l'accès au langage !

Elle eut l'envie de s'en expliquer, peut-être pour se faire bien voir de l'aphasique dont elle n'aimait pas perdre la confiance. Elle lui prit la main, qui demeura inerte, et approcha son visage encore plus près du sien.

– Oui, Maman, je sais, c'est très dur de ne pas pouvoir parler. Tu en as envie et tu n'y parviens pas. C'est injuste, ce qui t'arrive... Mais nous nous comprenons, toutes les deux. Et nous nous aimons.

Hedwina ne bougea pas, le regard dans le vide, mais il sembla à Violaine qu'elle avait donné un peu de pression à sa main.

Même privé de parole et dans le coma, on continue à saisir ce que dit l'entourage, ainsi qu'en témoignent parfois ceux qui redeviennent « normaux ». Si c'était le cas d'Hedwina, songea Violaine, elle aurait dû pouvoir communiquer à la façon des muets, par signes. Or, lorsqu'on lui demandait de se lever ou si ce qu'elle mangeait lui plaisait, Hedwina ne réagissait pas.

En revanche, au moment où on s'y attendait le moins, et eût-on le dos tourné, on l'entendait proférer quelques mots parfaitement articulés : « C'est très bon. »

Ce qui provoquait des compliments et des exclamations : « Elle a parlé ! » disait Marilou. « Bravo Maman ! » renchérissait Violaine.

Mais déjà l'instant de grâce était passé, et Hedwina rendue au silence.

Que s'était-il produit dans son cerveau ? Comment une fonction en principe détruite pouvait-elle se réajuster l'espace de quelques secondes ? « Il est plus facile de le comprendre chez un ordinateur, puisque c'est nous qui l'avons construit », se dit mélancoliquement Violaine en caressant les beaux cheveux, désormais blancs et blondis par un récent rinçage.

La sonnette de la porte d'entrée retentit. C'était Prince. Déjà Marilou s'était précipitée et lui faisait fête.

– Alors, mon grand, te revoilà parmi nous !

– Oui, Midame, dit Prince qui faisait exprès, avec Marilou, de parler « petit nègre ». Moi revenu voir si toi toujours faire bonne cuisine cannibale...

Violaine, arrêtée sur le pas de la porte du salon, prenait plaisir à les contempler : tous deux étaient capables de rayonner dans l'instant d'une joie immédiate.

« Celle d'exister, se dit-elle, désormais inhibée chez les civilisés. » Comme si renoncer à la joie était le prix à payer pour être intégré aux sociétés modernes. Seuls les primitifs, les enfants, les jeunes, les marginaux paraissent encore capables de rire ainsi. Et, à l'inverse, de souffrir totalement. Sans doute est-ce ce que tentent de fuir les gens en s'enfermant dans le « système » : la souffrance nue, sans limites. La souffrance de la bête. Surtout lorsqu'elle aime et qu'elle est blessée à l'endroit même de son amour.

Comme il lui arrivait à elle, Violaine.

A cause d'Edouard, et aussi d'Hedwina.

Déjà, Prince l'avait prise dans ses bras et le contact de ce long corps souple et solide lui fit du bien.

– Où est Hedwina ?

– Dans le salon.

Est-ce la couleur de Prince qui lui plut, ou bien le reconnut-elle ? Hedwina émit un petit rire heureux et tendit la main vers lui. Prince, bien sûr, fut parfait. Il n'avait vu Hedwina que deux jours, il y avait maintenant près de cinq ans, mais il avait tout de suite sympathisé avec elle. Sans doute, avec son instinct d'émigré, avait-il perçu que la Star était seule et déjà perdue dans sa société, comme quelqu'un de tombé à l'eau en plein océan et qui voit s'éloigner le navire.

– Alors, Madame la Reine, comment va Sa Majesté ? Très bien, à ce qu'il me semble !

– Ça, dit Marilou, pour être sur le trône, elle y est plus souvent qu'à son tour !

De plus en plus, Hedwina était installée sur sa chaise percée, en particulier au moment des repas qui mettaient en mouvement son système digestif.

Prince rit :

– C'est là où on est le mieux, et j'y passerais bien mes journées, si je pouvais.

– Comment va Etienne ?

– Il régresse... Cela fait deux jours qu'il n'a pas prononcé un seul mot. D'ailleurs, en partant, je lui ai dit que c'était pour ça que je le quittais, parce qu'il faisait le bébé... Je verrai à mon retour si la leçon a porté.

« Il pense déjà à son retour », se dit Violaine.

– Tu viens, on va dîner.

– Ne bougez pas, leur cria Marilou de la cuisine

dont elle avait laissé la porte ouverte. J'apporte tout.

Devinant qu'Hedwina serait heureuse de profiter de l'animation, Marilou avait fait en sorte que le repas pût être servi sur une table roulante et des plateaux.

– Merci, Marilou, on va t'aider à tout transporter.

– Venez vous asseoir avec nous pour dîner, Madame Marilou, ajouta Prince.

– Quand j'aurai fini de préparer mon dessert. Faut que je tiédisse ma sauce...

Elle aussi, à sa façon, avait son « Etienne » : sa cuisine !

« Il n'y a que moi, pensa Violaine, qui n'ai plus rien à quoi je tienne vraiment. »

Quelques instants plus tard, elle se jugea parfaitement injuste. Prince avait débouché le champagne et ils devisaient gaiement tous les deux sous l'œil d'Hedwina, plus vif qu'il n'avait été depuis longtemps.

– Qu'a-t-elle? dit brusquement Prince, comme si la question le travaillait depuis qu'il était en présence d'Hedwina. Attaque?

– Dégénérescence du cerveau...

– Quel traitement?

– Aucun. Des médicaments pour améliorer la circulation, mais ça n'est pas à ce niveau-là que ça se passe... Ce sont les cellules nerveuses qui sont endommagées. La transmission du message ne se fait plus.

Prince réfléchissait. Violaine se souvint qu'il avait eu envie d'être médecin, au début de ses études universitaires. Il lui en avait parlé, à l'époque, puis il avait très vite conclu par la négative et choisi l'informatique. Elle n'avait jamais su ce qui l'avait décidé.

- Pourquoi as-tu renoncé à la médecine, Prince ?

Il haussa les épaules et se leva pour arpenter la pièce.

- Pour ça, dit-il en désignant du menton Hedwina.

- Pour l'impuissance ?

- Pour le pouvoir. C'est la même chose... Beaucoup d'hommes de couleur, en Amérique, ont envie de devenir médecins. Beaucoup de Juifs, aussi, partout où ils se sentent mal intégrés. Etre médecin confère un immense pouvoir sur autrui et tu t'habitues à ce pouvoir, tu en as besoin, tu ne peux plus t'en passer... Ce qui fait que le jour où tu es confronté à l'impuissance, comme dans la maladie de ta mère, eh bien...

- Eh bien ?

- Tu ne l'acceptes pas, et tu fuis ton patient. Tu lui en veux, tu attends sa mort, et elle n'arrive jamais assez vite... Or, plus je regarde Hedwina, plus je trouve qu'elle vit bien.

- Ah ! tu t'en es aperçu ?

- Oui. Elle est dans un autre monde, mais peut-être avons-nous besoin de ces êtres-là pour faire le lien entre nous et l'ailleurs... En Afrique, ceux qu'on nomme les « sorciers » passent parfois le plus clair de leur temps dans cet état-là. Aux autres de pourvoir à leur subsistance, de les entretenir, de s'occuper de leur corps. C'est le prix à payer pour les conserver parmi nous. Eux ont renoncé à leur physique, comme s'ils avaient autre chose à faire de plus important pour la communauté... C'est peut-être à cause de leur activité dans l'au-delà qu'il pleut, par exemple, ou que les malades guérissent :

- Et voilà ! dit Marilou en apportant le somptueux dessert noir et blanc.

— Ah! voilà le blanc mal débarbouillé! dit Prince.

Les deux femmes éclatèrent de rire et Hedwina battit des mains.

— Elle me fait penser à Etienne, dit Prince. Lui aussi a besoin de moi pour exister, mais quand je vois tout le boulot qu'il fait en échange, même en mon absence, ça n'est pas cher payé!

— Seulement, lui, il est productif...

— Qui te dit qu'Hedwina ne l'est pas?

— Et il progresse, dit Violaine en regardant Marilou partager l'entremets bicolore. Maman, elle, ne fait que régresser...

— Mais non, dit Prince, il ne faut pas voir les choses comme ça... Elle s'enfonce toujours plus loin, c'est tout. Comme un périscope qui plongerait dans le cosmos; en même temps, elle ne nous a pas quittés, une partie d'elle-même est toujours là. N'est-ce pas, Hedwina? dit-il en posant la main sur la sienne.

Hedwina, du doigt, lui désigna le nègre en chemise : « Bon », dit-elle.

— Oui, Hedwina, bon, très bon..., dit Prince.

— Elle aurait pu continuer à faire carrière, tout le monde la demandait au cinéma.. Il y a des rôles pour les femmes de son espèce, plus toutes jeunes mais qui sont devenues souveraines...

— Elle fait carrière ailleurs et elle te pousse, tu ne sens pas comme elle te pousse en avant? Tu as de la chance de l'avoir près de toi.

— C'est vrai, Prince, je le pensais, mais je n'osais pas l'exprimer moi-même... Tu comprends, ce serait comme si je voulais tout tourner à mon avantage, même la maladie de ma mère...

— Ça n'est pas forcément un avantage, dit Prince en plongeant sa cuillère dans la masse onctueuse, et il y a beaucoup de gens qui doivent vivre comme un handicap d'avoir une personne « absente » à la maison : cela coûte cher, et adieu loisirs, vacances, yachts, planches à voile, Seychelles, que sais-je...

— Alors ? demanda Marilou en lorgnant son dessert.

Prince fit la moue :
— Il me semble...
— Quoi ? dit Marilou, déjà dans l'angoisse.
— Il me semble que la dernière fois...
— C'était meilleur ?
— ... plus sucré... Ou alors... Etes-vous sûre que vous ne vous êtes pas trompée dans les ingrédients, Madame Marilou ? Je croyais que ça devait avoir le goût de chocolat...
— Et ça ne l'a pas ? dit Marilou qui marchait à fond.
— Ça a plutôt le goût de moutarde, n'est-ce pas bizarre ?
— Mon Dieu ! dit Marilou, s'emparant de la cuillère du plat pour la porter aussitôt à sa bouche. Sale bête !... s'exclama-t-elle, rassurée et même béate, tant le dessert était succulent. Allez donc faire confiance à un nègre ! Méfie-toi de lui, Violaine...

Les deux jeunes gens étaient tordus de rire.
Violaine se reprit :
— Les Seychelles, ça te tente, toi ?
— Je paierais pour ne pas y aller... D'autant que ça ressemble à Haïti...
— Et alors, Haïti ne te manque pas ?
— Je suis comme Hedwina, je vis dans l'ailleurs... La dernière fois que je me suis retrouvé sur une plage, j'ai cru que j'allais avoir des boutons... J'attendais la réponse du gouvernement français : allaient-ils me confier Etienne ? Quand j'ai trouvé le câble qui m'attendait à l'hôtel, j'ai compris que mes rêves les plus délirants se réalisaient.
— Tu sais qu'il y a des gens que l'on soigne pour

une histoire d'amour fou avec leur ordinateur? C'est une maladie mentale cataloguée...

– Et ceux qui se suicident quotidiennement, c'est pour avoir fait l'amour avec qui?

Violaine ne répondit pas. Prince avait raison : l'aventure humaine ne comporte pas de garde-fous assurés.

Elle se souvint d'une phrase que lui avait dite son père avant de les quitter pour toujours : « Dès qu'on fait quelque chose, c'est une bêtise; mais ne rien faire aussi est une bêtise... »

Prince étira ses longues jambes.

– Je sens qu'Etienne commence à s'impatienter, dit-il doucement.

– Seriez-vous reliés par câble?

– Peut-être... Quand reviens-tu le voir?

– Je termine un programme pour une entreprise de confection. Dès que je l'ai mis en place, je fais un saut jusqu'à Palaiseau...

– Violaine, tu devrais faire autre chose que des programmes...

– Quoi?

– De la recherche...

– Mais comment veux-tu? Je suis bloquée ici toute la journée...

– Justement, profites-en.

– Mais je n'ai pas d'ordinateur assez puissant...

– Tu as Hedwina.

– Que veux-tu que je fasse avec Hedwina?

– Ce que tu fais déjà... Tu la regardes vivre, tu t'imprègnes... Je suis sûr, plus tard, que cela pourra te servir.

– Je ne peux pas avoir l'esprit scientifique face à Maman.

– Je ne te disais pas de la prendre pour sujet d'observation, mais, au contraire, de te laisser

guider par elle vers... Comment appelle-t-on ça, déjà?... Eh bien, oui, l'indicible...
– Ça n'est pas ce qu'on nomme aussi la mort?
– Peut-être, dit Prince.

Quand il fut parti et Hedwina couchée, ainsi que Marilou, Violaine réfléchit.

Pourquoi la conversation avec Prince lui laissait-elle un tel sentiment de douceur? Elle ne lui avait pas parlé d'Edouard, pourtant, ni de ce qui la rongeait... Mais peut-être était-ce ce qui faisait de lui un si grand chercheur : non pas, comme on se l'imagine des scientifiques, quelque don particulier pour les mathématiques ou l'abstraction, mais le sens de cette constellation d'unités énigmatiques dont est fait l'être humain. Avec son sixième sens, Prince, mieux que personne jusqu'ici, lui avait redonné espoir.

Un jour, elle le voulait, elle le sentait, elle retrouverait Edouard.

CHAPITRE XXV

Violaine s'obligea à relever la tête de son écran pour marquer une pause nécessaire au repos de ses yeux, et le battement du ressac lui parvint, si alangui qu'elle se demanda s'il n'allait pas renoncer... Mais non, il reprenait, lent, irrégulier, comme la respiration d'Hedwina à certains moments. « Respiration cérébrale », avait dit le médecin quand Violaine s'en était inquiétée.

Elle s'était baignée à cette heure de midi où l'affluence est presque nulle sur la conche, et, pour garder plus longtemps l'impression sauvage, elle ne s'était pas douchée au retour.

A petits coups de langue sur son épaule nue, elle savoura encore le goût du sel. Ses deux longues jambes s'allongeaient hors du short court, de part et d'autre de sa table de travail, face au flamboiement rose et violet des clématites.

Même le cri des oiseaux, dans l'amollissement de cette superbe fin de journée, semblait dire : « Ce qu'il fait beau! »

– Elle ne veut pas! s'exclama soudain la voix de Charline.

Sa silhouette projetait son ombre sur la petite table de bois où était posé l'ordinateur, et Violaine sursauta, arrachée aux délices de ses opérations mentales.

– Quoi ? fit-elle l'effort de demander.

Elle posait la question comme on agite vaguement la main pour chasser une mouche, dans l'espoir de faire disparaître son interruptrice.

Mais Charline considérait ses préoccupations comme plus pressantes que celles de Violaine qui, à son sens, ne faisait que se prélasser sur sa chaise. En outre, elle savait qu'il était inutile d'attendre que sa nièce cessât ce qu'elle appelait travailler : cela n'arrivait jamais !

– Manger, dit-elle.

Plus la réponse était énigmatique, plus Violaine était obligée de refaire surface pour la déchiffrer. C'est ce qu'avait noté Charline, douée d'un sens aigu de l'observation qu'elle n'utilisait que pour manipuler autrui.

– Manger quoi ? répéta Violaine.

Il lui arrivait de faire de l'écholalie, elle aussi, quand elle était ailleurs.

– Enfin, réveille toi ! Depuis ce matin, ta mère refuse tout ce que je lui propose...

Quand Charline disait « ta mère », et non Hedwina, c'était dans l'intention de l'angoisser.

Violaine cliqua aussitôt sur « *Enregistrer* », afin de mettre en mémoire son texte en cours. Le geste était automatique, mais signifiait qu'elle renonçait à poursuivre.

– Est-il bien nécessaire qu'elle mange tant, par cette chaleur ?

– Mais c'est ça qui la tient en vie, c'est toi-même qui me l'as dit... Et puis, elle a peut-être mal quelque part !

Cette fois, Violaine cliqua carrément « *Fermer* », et, d'un tour de molette, assombrit l'écran comme chaque fois qu'elle quittait l'ordinateur.

Elle courut vers sa mère.

Hedwina, allongée sur sa chaise de repos, dans

l'encadrement de la porte donnant vers le jardin, gardait les yeux fermés.

– Maman, Maman, dit Violaine en se penchant sur elle. Ça va?

Près d'elle, son dîner inentamé : poisson bouilli, riz, une tasse de potage de légumes, de la compote et du fromage blanc.

– Quelle imprudence d'emmener en vacances une femme dans son état!... Comment la ramener sur le continent, si elle va plus mal? Qu'allons-nous devenir?

C'était l'antienne.

Violaine prit une petite cuillère de ce qu'il y avait de meilleur, un peu de compote de pêches, et l'approcha du visage de sa mère.

Puis elle lui parla :

– Il fait une journée magnifique, tu entends les oiseaux? Dès que tu auras mangé, tu viendras dans la cour... Jusqu'ici, il faisait trop chaud. Tu n'aimes pas la chaleur, c'est pour cela que tu dors encore, mais tu vas te réveiller...

Hedwina arrondit la bouche sans ouvrir les yeux, et Violaine put y introduire la cuillerée d'aliment qu'elle avait préparée.

C'était de paroles que sa mère avait avant tout besoin, mais Charline n'en tenait jamais compte. Pour cette personne rationnelle, on ne cause pas à ceux qui ne vous répondent pas. Sinon, on a l'air fou, autant que si on s'adressait à un arbre ou à un mur...

Hedwina n'était ni un arbre ni un mur, même si elle n'avait plus l'usage des mots. Et, depuis la visite de Prince, Violaine s'était mise à considérer sa mère comme une personne « au travail » dans un univers invisible aux autres.

« Après tout, se dit-elle en continuant de nourrir Hedwina à la becquée, ce qu'on nomme l'état végétatif est celui dans lequel se trouve la plus grande partie de l'univers... C'est d'ailleurs le creuset de la vie... Le fœtus a une vie végétative, et qu'y a-t-il de plus porteur de vie qu'un fœtus ! »

– C'est bon, hein ! Mais tu as commencé par ton dessert ; maintenant je vais te donner du poisson...

Et de l'amour.

Charline, assise sur le banc de bois, parlait d'autre chose. Lorsque la situation démentait ses prédictions, sa tante changeait aussitôt de conversation.

– Dis donc, ce matin, au marché...
– Quoi ? fit distraitement Violaine...
– Je peux me tromper, remarque...

Sa mère venait de poser sa main sur la sienne, comme pour amener plus vite la cuillère à sa bouche, et Violaine se sentit gratifiée par cette marque d'appétit. En acceptant la nourriture qu'elle lui offrait, sa mère semblait lui dire : « Oui, nous sommes ensemble dans cet instant qui, du seul fait qu'il existe, devient éternel. »

En fait, la pensée venait d'elle. Mais c'était grâce à la présence silencieuse d'Hedwina qu'elle pouvait surgir. Parfois, on a besoin du corps muet d'un autre pour se risquer jusqu'aux tréfonds, là où le temps n'existe plus. Comme après l'amour. Ou pendant l'allaitement.

« D'où cette béatitude des femmes qui ont un enfant au sein, songea Violaine en approchant le jus de fruit de la bouche consentante de sa mère. Ce qu'on partage avec un nouveau-né, c'est le temps aboli. »

Elle faisait voler de la main la tête de quelques roses flétries.

– ... mais, vraiment, il lui ressemblait...
– A qui, tante Charline ?

– Eh bien, à ton Edouard! Edouard de Winquaire, c'est bien ça?

La cuillère demeura en suspens.

– Où as-tu vu Edouard?

– Je viens de te le dire, mais tu es comme ta mère, tu ne m'écoutes pas! (Sous-entendu : tu vois où ça l'a menée!) Eh bien, ce matin, au marché... Il était accompagné d'une très élégante personne. Elle portait un ensemble de soie rose rebrodé, tunique-pantalon, avec des colliers d'ambre et des boucles d'oreilles assorties...

L'assortiment : tout ce que détestait Violaine.

De toute façon, sur cette femme, elle aurait tout haï.

– Ils ne faisaient pas le marché, note bien, ils se promenaient en compagnie d'une petite fille.

Sûre, cette fois, d'être écoutée, Charline distillait.

– Et d'un petit garçon... La petite fille avait des nattes. Et le garçon l'air d'un petit homme, avec son minuscule jean et son chandail de marin. J'oubliais le chien, une sorte de grande chose à franges. Comment on appelle ça, déjà, un lévrier afghan? Il devait avoir chaud, pauvre bête...

Bilbao, lové au creux d'un transat, poussa un soupir à la seule évocation de ces êtres qui n'ont de chien que le nom. Des chiens pour riches, comme ces objets non identifiables présentés dans les magazines et dont la légende vous informe toutefois qu'il s'agit d'une montre ou d'un téléphone. A des prix prohibitifs, des « prix d'ennemi »...

– Je les ai vus remonter dans une voiture du genre à la mode, une BMW, si je ne me trompe... Ils devaient être de passage... Des gens comme ça, je ne les vois pas louant une maison de pêcheurs dans l'île de Ré, et comme il n'y a pratiquement pas d'hôtels... Après tout, ce n'étaient peut-être pas eux.

Mais si!

Charline avait trop justement décrit la panoplie qui convenait à l'« héritière » épousée par Edouard.

Et lui, dans tout ça? Que devenait-il?

C'est sans l'avoir cherché – mais était-ce vrai? – que Violaine réussit à l'apercevoir. Il tentait d'initier une femme qui devait être la sienne, mince, plate et tout à fait réticente, à la planche à voile...

C'était sur la conche où Violaine nageait depuis un moment, à brasses lentes et coulées. Avec ses lunettes de plongée, elle devait être difficile à reconnaître. D'autant qu'elle acheva d'enfouir son corps et la moitié de son visage sous l'eau.

Edouard lui parut nerveux, irritable, légèrement empâté.

Elle y mettait de la mauvaise foi, autrement elle l'aurait trouvé superbe, les cheveux blondis par l'été, l'air détaché et fier de qui règne sur un environnement à ses ordres, développé des épaules, aussi, et la poitrine plus large.

Après avoir observé la façon dont il maintenait la planche pour que la jeune femme pût se hisser dessus – mais sans jamais la toucher, il ne l'encourageait que de la voix –, des idées basses lui traversèrent l'esprit. Il devait en avoir assez d'elle, sur le plan physique : déjà deux enfants en trois ans!

Alors, comment trompait-il sa faim sexuelle? Avec sa secrétaire? Des rencontres de hasard lorsqu'il voyageait pour affaires?

La voile s'éloignait avec sa passagère crispée; il était évident, à sa position, qu'elle avait déjà « lâché » et serait à l'eau sous peu.

Une envie saisit Violaine au ventre : être pour Edouard une femme de rencontre, anonyme et d'autant plus violemment désirée... Elle songea à l'aborder, masquée comme elle l'était, pour tenter de le troubler, lui aussi.

Là-bas, l'esquif venait de sombrer et l'homme partit d'un grand éclat de rire, tête en arrière.

La jeune naufragée s'était mise à regagner la plage à la nage, poussant devant elle son engin, ce qui menaçait d'être long, et Edouard, comme lassé, balaya de l'œil la mer, puis l'horizon. Avait-il envie d'être ailleurs ?

Il sembla à Violaine qu'il soupirait.

En tout cas, il passa les doigts dans ses cheveux bouclés, qu'il portait plus longs – et cela lui allait bien consentit-elle à reconnaître –, puis, deux ou trois fois, gifla la mer du dos de la main.

Violaine frissonna comme si, à travers l'eau, l'homme lui avait envoyé une caresse brutale.

Elle s'obligea à repartir, puis à nager longtemps, dans les vaguelettes, en direction du large et du soleil couchant.

Quand elle reprit pied, le couple avait disparu.

Une fois rentrée, Violaine dissimula la rencontre à sa tante.

C'est en se penchant sur Hedwina, avant que celle-ci ne s'endormît, qu'elle murmura :

– J'ai vu Edouard... Tu sais, je crois qu'il pense encore à nous...

Hedwina ouvrit les yeux et battit des paupières.

Avait-elle compris ?

– Ma petite Maman, reprit Violaine en lui embrassant la main, ne t'en fais pas... Je suis très heureuse avec toi.

Mais elle sentit que ça n'était pas vrai, qu'un désir non satisfait la rongeait.

Après tout, elle était jeune, et quelque chose en elle du besoin millénaire de l'espèce s'impatientait, s'irritait. Subitement, elle en voulut à la « vieille » : elle ne crèverait donc jamais.

Pour rentrer dans sa chambre, Violaine passa par la cour. Des myriades d'étoiles s'agitaient plus qu'à l'ordinaire, pépiantes...

En ce moment, la contemplation de ces corps morts, même splendides, ne lui était d'aucun secours.

La rencontre avec Edouard, en vacances avec sa famille et ne se souciant en apparence de rien d'autre, l'avait déstabilisée.

Pourtant, c'était elle qui avait choisi de dire non à l'existence « normale » qu'il lui proposait. Et quand son fiancé lui avait reproché de se sacrifier à une morte-vivante, Violaine se souvenait encore de la violence avec laquelle elle lui avait crié son indignation :

– C'est pour moi-même que je le fais...

– C'est parce que je ne suis pas malade que je ne compte pas? avait-il murmuré.

Puis il était parti.

Oui, c'était bien dans un élan de tout son être que Violaine était restée avec Hedwina. A lui servir de prothèse.

Mais combien d'orgueil ne se mêlait-il pas à l'amour?

N'avait-elle pas joui de passer pour une sainte auprès de Marilou, des médecins, d'Eric Restoff, de Justin, et même de Charline, la propre sœur d'Hedwina, laquelle n'en aurait pas fait autant et ne s'en cachait pas?

Violaine enfouit sa tête dans le buisson odorant du chèvrefeuille : « J'en ai marre, se dit-elle, j'en ai marre... »

Dans les civilisations primitives, on se débarrasse des vieux avant même qu'ils ne soient devenus séniles. Les animaux aussi abandonnent leurs ancêtres dès que ceux-ci n'ont plus la force de suivre la horde. Dans nos sociétés, se donner tant de mal pour assurer l'entretien de quelqu'un de totalement impotent relève peut-être d'une forme de perversion. Comme les coûteux efforts des équipes médicales au chevet d'un malade ou d'un accidenté dont on sait à coup sûr que le cerveau est désormais hors d'usage.

Au temps où la question ne la touchait qu'en théorie, Violaine avait souvent proclamé : « Moi, si je deviens gâteuse, j'exige qu'on me débranche ! » L'acharnement thérapeutique, quel manque d'élégance !

Elle se rappela en avoir parlé avec Hedwina, à propos d'une comédienne qu'on maintenait artificiellement en survie depuis un terrible accident de voiture : « Tu ne me feras pas ça, tu me le promets ? » lui avait alors demandé sa mère en riant. Elle était si belle, ce jour-là, vêtue d'une robe de jersey beige drapée à la taille, et elle avait ajouté, en rejetant en arrière sa chevelure acajou : « Mais je suis tranquille, tu n'en auras pas la patience... »

Or, voilà maintenant qu'elle s'y dédiait !

« Laissez les morts enterrer les morts » – l'implacable sentence lui revint à l'esprit. La Bible aurait-elle tout prévu ?...

Mais qui étaient les morts ? Et qui sont les vivants ?

CHAPITRE XXVI

Il faisait encore plus chaud que la veille. Peut-être parce que le vent, si fréquent sur l'île, n'avait pas soufflé, ce noroît qui apporte à cette terre de marais, sableuse et maritime, des relents de continent.

Depuis plusieurs jours, c'était l'océan qui avait pris le dessus, et, en se levant dans l'odeur de varech et de ventre humide, Violaine eut le sentiment que l'île entière était un bateau toutes voiles tombées, encalminé.

Vêtue d'un T-shirt long, elle étira les bras en tous sens, comme pour s'adjuger le plus d'espace possible. Sous la plante de ses pieds, le contact des pierres inégales de la cour était un plaisir de plus.

Charline devait être debout depuis longtemps, car elle souffrait d'insomnies dont elle se faisait une gloire, comme d'un refus volontaire de s'abandonner à la paresse. Une bonne odeur de café avait d'ailleurs commencé à se répandre. C'était son fumet qui avait tiré Violaine du sommeil. D'avance, elle se réjouissait de la petite secousse que la caféine procurait à ses neurones, et qui rendait son esprit plus tranchant.

Toutefois, à ces heures, elle manquait d'un interlocuteur valable. Il y avait bien Charline, mais ce que sa tante appelait dialoguer se résumait à commenter les événements journaliers, le plus souvent pour s'en plaindre. Il était rare qu'elle émît une pensée d'ordre général. L'abstraction n'était pas son fort. A croire que son éducation religieuse l'avait écartée à tout jamais de ce libre exercice de l'esprit que les braves sœurs nommaient : « mauvaises pensées ». Une fois enregistrés les dogmes de la foi catholique et inculquées les règles et pratiques d'une vie régulière, un croyant bien avisé s'y tient. Le châtiment – la mort de l'âme – a tôt fait de punir qui les remet en cause.

– Te voilà! Je n'ai pas fermé l'œil... avec ce temps!

– Qu'est-ce qu'il a, le temps? dit Violaine qui avait saisi son bol de café fumant à pleines mains et en humait l'arôme avant d'y tremper les lèvres.

– Il fait aussi chaud la nuit que le jour...

– C'est délicieux, non?

– Bien sûr, toi, tu te baignes... Ça te rafraîchit...

– Accompagne-moi!

– Qui garderait Hedwina?

– Hedwina peut se garder seule; ça lui arrive bien, à Paris.

– Je ne serais pas tranquille! dit Charline qui, en réalité, se refusait à dénuder son anatomie de vieille fille.

Hedwina, elle, conservait un corps somptueux à la peau brillante et satinée. A peine s'était-elle un peu arrondie depuis que manger lui était devenu un plaisir si important et l'une de ses rares façons de communiquer avec autrui.

Une autre était les soins que requérait l'hygiène. La première fois que Charline lui avait dit : « Viens m'aider, elle s'est souillée, il faut la laver », Violaine s'était sentie profondément révulsée.

Avec son tact et sa délicatesse innés, Marilou s'arrangeait discrètement pour lui épargner ce genre de besogne. Ce n'est pas que Violaine rechignât à ce qu'exige l'entretien d'un grand malade incontinent, mais elle était sa fille, et les organes sexuels de sa mère représentaient pour elle quelque chose de plus que pour les autres.

Oui, elle avait été scandalisée au plus profond de sa pudeur.

Est-ce parce que Charline l'était également qu'elle avait tenu à lui en faire partager le spectacle ? Une façon sournoise de lui dire : « Voilà à quoi tu t'exposes en gardant ta mère avec toi, au lieu de la placer dans une maison spécialisée. »

Quoi qu'il en fût, Violaine n'avait pas cru devoir s'y dérober, et, prenant sur elle, la jeune femme s'était forcée à considérer cette vulve, épanouie et béante, de laquelle elle était née.

Ça n'était ni obscène ni répugnant, bien au contraire, et c'était là le pire, car la vue de la chair intime de cet être inconscient, offerte avec passivité au regard, mais aussi au toucher, voire à l'intromission, la troubla.

Il y a quelque chose en nous qui réagit violemment à la vue des organes sexuels d'autrui, quels que soient son âge et son sexe. D'où la pudeur : autodéfense, barrage inconscient contre un désir irraisonné.

Violaine fit soigneusement ce qu'il y avait à faire avec un linge, du papier-torchon ; elle étala même la pommade, comme le lui recommandait Charline, pour soulager les rougeurs.

Ce qui la frappa, c'est qu'Hedwina, dans l'état de non-conscience où elle se trouvait, tirait sur sa chemise comme pour la rabattre. De la pudeur lui était donc restée ! Ce sentiment, qui nous paraît acquis, serait-il à ce point enraciné qu'il subsiste encore alors que tout le reste semble avoir disparu ?

« En fait, se dit Violaine, c'est normal, Maman a perdu tout ce qui est conceptuel et intellectuel, mais pas ce qui est affectif. Elle continue à avoir des désirs, même sexuels, puisqu'elle a faim, mal, peur aussi... »

Elle lui parut plus émouvante d'être restée aussi totalement une femme. Coquette, même, car lorsqu'on la changeait de vêtements, ce qui l'agaçait, pour se faire pardonner de l'avoir manipulée contre son gré, on lui répétait ensuite combien elle était belle dans sa tenue nouvelle. Alors elle souriait, caressant de la main ce qu'elle apercevait de sa robe ou de sa jupe.

– Tu attends ton invité pour quelle heure ?

– Son avion atterrit à La Rochelle et il devrait être à Sablanceaux vers onze heures. Je vais le chercher au bac. On sera de retour pour déjeuner... Ça te va ?

– Ce qui me gêne, c'est ce qu'il va penser d'Hedwina. Elle n'est plus montrable...

– Mais Justin sait très bien ce qu'il en est, rappelle-toi comment il était avec elle à Lausanne ! Mieux que toi et moi... Ils jouaient ensemble au billard.

– Justement, la pauvre a tellement changé, ces derniers temps.

– C'est lui qui a insisté pour venir.

– J'espère que ça n'est pas par curiosité morbide...

– Charline, si Justin vient, c'est parce que ça lui fait plaisir !

– Alors, c'est qu'il est amoureux de toi ! Note bien, ça ne m'étonne pas... On fait la cour à la mère pour obtenir la fille : classique !...

Violaine haussa les épaules. Charline avait le chic pour tout raplatir.

Quand Justin fut assis à côté d'elle, dans la voiture qui les ramenait aux Portes-en-Ré, elle ne put s'empêcher de penser à la remarque de sa tante. Mais l'homme ne semblait même pas conscient qu'elle était une femme, jeune et ravissante. Son sourire, lorsqu'il l'avait aperçue sur le ponton, était celui d'un ami qui retrouve un bon camarade. Et c'est parce qu'elle lui avait tendu la joue qu'il l'avait embrassée; autrement, il lui aurait probablement serré la main.

Violaine nota qu'il avait une petite mine, les traits tirés, amaigris. Sans doute n'avait-il pas pris de vacances.

– C'est la première fois que vous venez ici?

– Non, j'y ai séjourné avec Evelyne. En fait, nous y avons passé un mois entier, après notre mariage, dans un patelin qui s'appelle Saint-Martin. On avait loué un petit bateau, on pêchait.

– Et vous avez eu envie de revenir?

– Pas spécialement. C'est vous que je viens voir. Et Hedwina. Comment va-t-elle?

– Elle décline, mais elle est là.

– Pas trop dur?

– Non. Si... Je ne sais plus...

Elle eut envie de pleurer, soudain, en conduisant. Puis elle lâcha le morceau :

– Il y a quelques jours, j'ai vu Edouard.

– Il est venu vous voir?

– Vraiment pas! C'est le hasard... Il passait, avec sa femme et ses enfants... Je l'ai vu de loin, mais pas lui...

– Vous croyez au hasard, vous? Il est sans doute venu exprès pour vous apercevoir, ce qui a dû arriver à un moment où vous-même ne vous en doutiez pas... C'est comme ça, l'amour.

Justin n'était pas amoureux d'elle, il manifestait bien trop d'indifférence à l'idée qu'elle avait revu Edouard, et que cette rencontre avait pu la remuer. Curieusement, Violaine en ressentit comme une déception.

C'était la faute de sa tante, aussi : Charline, incapable de vivre une romance par elle-même, en imaginait partout... Ça risquait d'être contagieux.

Violaine posa sa main sur le bras de Justin.

— Je suis contente que vous soyez venu !

Après le déjeuner, elle lui proposa une promenade à bicyclette. C'était le moyen de locomotion favori des îliens et certains estivants s'y mettaient. Violaine avait la sienne, et Justin prit un plaisir d'enfant à louer lui aussi un vélo à cadre qu'il enfourcha en connaisseur.

La façon dont il maniait sa machine, comme s'il s'agissait d'un cheval au dressage, révélait l'habitué. Sans prévenir, il poussa même un petit sprint, puis revint, calmé, pédaler tranquillement aux côtés de Violaine, deux doigts sur le guidon.

— J'ai fait de la course, autrefois.

— Où ça ?

— Chez nous, dans le Jura... Il y avait de ces côtes, pas comme ici...

— Ce doit être ce qui vous a donné du souffle, et ce thorax !

— Non, dit-il, c'est le catch. Le rugby aussi.

L'homme parut s'assombrir. Seule son adolescence avait dû être insouciante.

— Je vous emmène dans les marais. C'est devenu une réserve où vivent encore des oiseaux sauvages, dont certains en voie de disparition, des migrateurs...

— Quelle obstination à vivre, chez les bêtes..., dit Justin.

— Pas toujours... Privés de leurs conditions de vie, certains se mettent à mourir très vite. Les éthologues pensent qu'ils se suicident, parfois collectivement.

La piste cyclable stoppait brusquement pour

laisser place à un chemin de sable où des écriteaux recommandaient de ne s'aventurer qu'à pied, en se méfiant des marées.

– Une fois, dit Violaine en riant, je me suis laissé surprendre et je suis revenue presque à la nage... J'étais un peu effrayée, mais c'était beau.

Ce lieu extrême, dont on ne savait s'il appartenait à la mer ou à la terre – cela dépendait des heures, des saisons aussi – vous poignait l'âme, qui que vous fussiez. On cheminait sur des talus qui bordaient d'anciens marais salants. Là poussaient des herbes sauvages dont l'échevèlement et, en même temps, la solidité coupante révélaient l'immersion dans l'onde amère. Mais c'était leur décoloration, sans doute due au sel, qui donnait tant de charme au paysage : la végétation avait renoncé au vert cru pour une teinte délicate, grisée, blanchie, voire légèrement bleutée, comme celle de ces fleurs des marais à la tige dure et sèche, qui ne poussent qu'au bout du monde.

C'était le paradis des oiseaux, seule espèce animale à pouvoir s'accommoder du flot perpétuellement montant et descendant. Les autres, rongeurs, insectes, ou, à l'inverse, coquillages, ne s'y trouvaient pas. Quelques lapins, dont les petites crottes indiquaient le passage, devaient de temps à autre se permettre une rapide incursion, quand la marée était basse.

Justin avançait derrière elle dans le silence.

– Cela ne ressemble à rien d'autre », dit-elle en se retournant.

Ils étaient arrivés à l'extrême pointe que léchait une petite vague, pour l'instant inoffensive, mais qui, avec le jusant, remonterait vite pour tout envahir.

– On est dans la mer, ou presque, et pourtant ça n'a rien à voir avec ce que l'on éprouve sur un bateau...

– C'est vrai, dit Justin, c'est comme si on était...

Il se tut.

Violaine le dévisagea, puis elle acheva la phrase, elle l'avait toujours su mais, jusqu'à ce jour, ne se l'était pas formulé :

– ... entre la vie et la mort.

Justin ne répondit pas. Il fit quelques mètres de plus, vers l'eau.

– Attention, dit Violaine, vous allez vous mouiller les pieds.

Elle-même recula pour aller s'asseoir un peu en retrait, sur un monticule.

Où était la frontière, exactement ? D'autant qu'elle était fluctuante... Une vaguelette, plus forte que la précédente, obligea Justin à bondir en arrière.

Il rit et vint s'asseoir près de Violaine.

– C'est une drôle de sensation de ne voir que de la mer autour de soi et de sentir pourtant le sol ferme sous ses pieds.

– De respirer la mer et de se trouver sur une prairie..., dit-elle en cueillant quelques brins d'herbe qu'elle porta à sa bouche pour s'imprégner de leur saveur saumâtre.

Des oiseaux passèrent très bas, en criant fort. Sentinelles chargées d'avertir de leur présence ? Ou un salut à l'espèce humaine qui s'aventurait jusque-là ?

– Je vous ai menti, dit Justin.

Ce vide, à nouveau en elle, comme lorsqu'il lui avait dit dans le parc : « J'ai tué ma femme. » Qu'allait-il lui révéler cette fois ? Qu'il l'aimait ? Mais pourquoi pensait-elle à ça ? Il ne lui avait rien fait accroire... Ou alors il était marié, il avait des enfants, quoi encore ?

– Evelyne n'est pas morte d'une rupture d'anévrisme... Je... Je l'ai vraiment tuée.

Il n'y avait plus qu'à attendre. Violaine considérait avec une attention minutieuse une fourmi qui escaladait un brin d'herbe : c'est bizarre, elle était persuadée qu'il n'y avait pas d'insectes sur cette langue de terrain vouée à la mer.

– Je l'ai découverte un jour sur son fauteuil, inanimée, et j'ai vraiment cru qu'elle était morte. Elle était froide et je n'ai pas senti son pouls. C'est le médecin des urgences qui m'a dit qu'elle respirait encore, si lentement... Une heure plus tard, elle était en réanimation.

– Qu'avait-elle?

– Hémorragie cérébrale massive.

La mer avait commencé à monter, sans bruit, subrepticement, comme lorsqu'elle est calme.

– Elle a repris connaissance?

– Jamais. Deux jours plus tard, le médecin m'a dit qu'elle avait certainement subi des lésions irréversibles... Mais il était incapable de les évaluer. On le découvrirait au fur et à mesure qu'elle recouvrerait son autonomie... Là, elle était artificiellement maintenue, nourrie par sonde, mais son organisme donnait déjà des signes de rétablissement... Ah! oui, j'oubliais : parce qu'elle allait vivre! Je pouvais être rassuré : le cœur était excellent... Il faut dire qu'elle était jeune : trente ans à peine. Le médecin, en tout cas, avait bon espoir.

L'eau, maintenant, attaquait de plusieurs côtés à la fois.

– ... Pas moi. Je me suis renseigné auprès des infirmières; leur mutisme en disait long. J'ai interrogé un interne, il était jeune, donc plus abrupt, presque heureux de son savoir tout neuf et d'en faire état : « Monsieur Savigneur, vous voulez vraiment la vérité? – Que ferais-je d'un mensonge? » lui ai-je dit. Ça a dû lui plaire. « Elle va rester un légume... Au mieux, elle retrouvera une certaine conscience, elle peut même aller jusqu'à vous reconnaître... Mais ça m'étonnerait qu'elle parle, au-delà de quelques formules mécaniques. C'est le lobe frontal gauche qui a pris! Remarquez, il y a parfois des miracles... Que savons-nous du cerveau? Les travaux sont en cours... » Je l'ai laissé au milieu de ses travaux. Je suis revenu auprès d'Evelyne. C'était vrai qu'il y avait du progrès : elle avait ouvert les yeux. Un regard noir, sombre, sans lumière. Elle qui riait tout le temps...

S'ils ne quittaient pas rapidement l'endroit, se dit Violaine, ils allaient se faire mouiller, c'était sûr, mais comment interrompre cet homme, à ce moment-là? Et c'est peut-être parce qu'il était dans ce lieu improbable, sous la menace de la submersion, qu'il parlait enfin...

— J'ai demandé à passer la nuit là. On me l'a accordé. Les gardes m'ont répété de les appeler à la moindre alerte, ou si j'avais besoin de quelque chose. D'ailleurs, elles passaient toutes les deux heures, j'entendais leur pas dans le couloir. J'ai réfléchi... Vous vous souvenez de l'histoire de la chèvre de Monsieur Seguin?

Violaine hocha la tête, elle avait replié les genoux sous son menton pour ne pas avoir les pieds mouillés, mais elle savait que la mer continuait à progresser dans leur dos; le monticule était déjà devenu une île.

— Au matin, je l'ai débranchée... Quelques minutes. Puis je l'ai rebranchée, mais, bien sûr, c'était trop tard. Elle était morte.

— Ils s'en sont aperçus?

— Je n'en sais rien... Peut-être... Ils n'ont rien dit, en tout cas... Le professeur m'a confié que c'étaient des choses qui pouvaient arriver : une deuxième hémorragie... Est-ce que je désirais une autopsie? J'ai refusé, il a paru soulagé. Quand je suis sorti du bureau, il m'a redit la même chose que l'interne : « Elle n'aurait sans doute jamais recouvré la parole. » Il était bien temps! Mais je suppose que c'était pour me consoler...

— Vous savez que nous allons nous noyer? lui dit doucement Violaine.

Justin parut ne pas l'entendre.

— Je croyais que j'allais me remettre, que j'avais bien fait, que je m'étais montré un homme! Que c'est ça, l'amour : avoir le courage de prendre des risques, d'être féroce, impitoyable, pour empêcher l'autre de souffrir et de mener une vie minable! Une sous-vie!

Il était en colère, maintenant, et d'ailleurs il se leva, les mains dans les poches, considérant l'horizon, l'eau alentour.

— Mais, depuis que j'ai vu Hedwina, que je la vois vivre — parce qu'elle vit —, je me dis qu'en fait, j'ai manqué de courage. C'est moi que j'ai ménagé, pas elle! Après tout, je ne lui ai pas demandé son avis... Elle était peut-être heureuse d'être encore là, de me « sentir », même si elle n'avait pas l'air de me reconnaître. Et je lui ai donné son congé! Vous savez, comme lorsqu'on jette à la porte quelqu'un que l'on a aimé et qui vous lance ce regard de bête trahie, de chien qu'on abandonne sous prétexte qu'on part en vacances ou qu'on se remarie... Moi aussi, je me suis cru parti en vacances, en sortant de l'hôpital, les mains dans les poches, libre, délivré... A ce que je croyais!

— Je sais, dit Violaine.

Et la douleur fut de nouveau si fulgurante, à la pensée d'Edouard la quittant avec ce regard de fou qu'il avait eu ce jour-là, qu'elle se sentit effectivement l'envie de mourir, de se laisser noyer, puisque l'occasion s'en présentait.

Suicide par passivité : c'était simple.

— J'ai été lâche, sans imagination... C'est vous et

Hedwina qui me l'avez fait découvrir... Je suis moins qu'un homme, je suis... Mais, dites donc, l'eau monte !

Ce fut au tour de Violaine de n'avoir pas l'air d'entendre.

– Allez, venez, vite, on rentre...

Il la prit par la main, l'obligea à se lever. Déjà la mer avait rempli les cavités des marais salants ; ne restaient que les talus dont certains, transformés en digues, étaient submergés par des tourbillons d'eau de mer qui formaient cataractes. Ils eurent de l'eau jusqu'aux chevilles, bientôt aux mollets.

– Dites donc, c'est le cataclysme !

Il avait une lueur amusée dans l'œil et Violaine comprit qu'avoir à lutter contre la force des éléments – ce qu'il avait refusé avec Evelyne – lui faisait du bien.

Tout à coup, un véritable bras de mer leur barra le passage. Il ne restait plus qu'à nager. Ils se mirent à l'eau, vite et tout habillés, car il n'y avait plus de temps à perdre. La marée, en se heurtant aux obstacles des remblais, devenait dangereuse, avec des trous, des tourbillons, des vagues entrecroisées.

Mais Violaine, consciente du danger – plusieurs personnes s'étaient noyées ici à la montée des eaux, les gens du pays le savaient et le lui avaient conté –, n'en éprouvait pour autant aucune angoisse. Elle aussi était heureuse d'avoir à se battre, et même à se débattre, contre quelque chose de réel. En utilisant ses muscles, sa force instinctive, et plus seulement sa réflexion.

C'est haletants qu'ils regagnèrent enfin la terre ferme.

– Eh bien, voilà ce qu'on appelle une promenade de santé !

Ils reprirent tous deux leur souffle à plat dos dans l'herbe du remblai qui faisait frontière : la mer, sauf par temps de tempête, ne venait jamais jusque-là.

Justin saisit la main de Violaine. Les oiseaux tournoyaient autour d'eux, appelants. La jeune femme se redressa sur un coude, vit le visage fort et doux de cet homme qui se jugeait coupable de meurtre... A tort, à raison? Elle ne savait pas, mais elle avait envie de lui pardonner, en son nom et en celui de cette femme qu'elle n'avait pas connue.

Elle se pencha sur lui et l'embrassa sur les lèvres. Elles étaient salées, comme les siennes.

Justin l'entoura de ses bras et la fit basculer pour se retrouver sur elle. Il y avait du désir et de la violence dans le baiser qu'il lui rendit. Puis, d'un seul coup, il s'arrêta. Il la maintenait toujours contre lui, mais il avait écarté son visage du sien.

– Je ne peux pas, lui dit-il. Je ne peux plus.

C'est alors qu'elle s'aperçut qu'ils étaient mouillés. Trempés, même. Et qu'elle avait froid.

CHAPITRE XXVII

« Elle va craquer, ça n'est pas possible autrement », se dit Hubert Firminy lorsqu'il se heurta à Violaine qui sortait du bureau de son père.

Depuis leur étrange soirée, si bien commencée et si mal terminée, il n'avait cessé de songer à elle.

A soigner sa mère comme elle le faisait – et quelle mère ! dans quel état ! –, la jeune femme se dévoyait, s'abîmait, perdait son temps. Elle allait s'en apercevoir un jour ou l'autre, il suffisait d'attendre.

Mais la patience n'était pas son fort, et, comme tous les hommes dont le désir manque d'assise, il se croyait viril alors qu'il n'était qu'impulsif.

– Comment allez-vous, depuis l'autre soir ?
– Très bien, merci...

Violaine n'avait pas oublié sa phrase sur le « dressage » d'Hedwina et désirait s'éloigner au plus vite. Du bras, Hubert Firminy lui barra le passage :

– Epousez-moi.
– Pardon ?

Il souriait. Il était assez beau, avec ses dents de jeune loup, les deux canines dépassant légèrement les autres, sa peau de blond, si fine qu'elle plissait au coin des yeux et de la bouche, son corps un peu grêle mais nerveux, rompu aux sports de vitesse, et

Violaine eut un curieux sentiment : elle imagina qu'elle avait un fils de lui, un petit Hubert blond et séducteur qui la regarderait avec ce sourire-là, tout au long de son enfance et de son adolescence, dès qu'il désirerait obtenir quelque chose d'elle. Et qui l'aurait à coup sûr, même si elle ne le voulait pas... Car elle ne résisterait pas à l'enfant. C'était au père qu'il fallait dire non, tout de suite.

– Alors, c'est oui?
– Voyons, Hubert, vous savez bien que...
– ... que vous êtes amoureuse de mon père?
Violaine crut s'en sortir en plaisantant :
– C'est ça!
– Je vous signale qu'il est marié et que ma mère est très jalouse. Moi, en revanche, je suis libre. De plus...

Elle avait l'air d'une biche traquée, adossée au mur du couloir, serrant à deux bras, comme un bouclier, des dossiers contre son cœur, ses grands yeux clairs inquiets et si tendres.

– ... je vous aime, moi!
C'était vrai, dans la minute.
– C'est moi qui ne suis pas libre, dit doucement Violaine.
– Vous aimez quelqu'un?
– Oui, ma mère...
– Raison de plus pour m'épouser, vous aurez tout ce qu'il vous faut pour bien vous occuper d'elle, je vous le promets.

Là aussi, il était sincère : l'autre finirait bien par mourir, question de temps. Ils prendraient un grand appartement et la maman serait reléguée dans un coin, avec autant de gardes qu'il en faudrait.

Soudain, il eut la vision de leur vie commune : ce serait délicieux d'avoir cette femme fière dans son lit, tous les soirs, de la plier à ses caprices et, le jour, de jouer à la belle âme qui a accepté de prendre à sa charge la grande star devenue gâteuse. Gloire et volupté réunies!

Plus il y songeait, plus le projet – auquel il ne pensait pas, cinq minutes auparavant – lui plaisait, et même l'enthousiasmait. Cela lui donna une telle détermination que, sous l'assaut, Violaine eut comme un flottement. Elle aussi se fit une image de leur vie commune : ne plus avoir de problèmes d'argent, c'était quelque chose! Dormir la nuit, au lieu d'avoir à se réveiller toutes les deux ou trois heures...

Et quelle revanche! Oublier Edouard dans les bras d'un homme amoureux (la subite impuissance de Justin, dans les marais, l'avait blessée sans qu'elle se l'avouât), avoir des enfants comme lui, blonds aux yeux bleus. Et puis, elle aimait bien Firminy père, la rassurante odeur de son épicerie... Et elle faillit dire oui, comme une femelle qui plie, elle ne sait pourquoi, au désir mâle, sans doute parce qu'elle est programmée pour, engrammée dans quelque repli de son encéphale. D'où ces inexplicables mariages, suivis d'inexplicables divorces, sous les yeux consternés d'enfants qui, eux, voudraient bien comprendre pourquoi papa et maman, soudain, se conduisent comme des bêtes...

Tout simplement parce qu'ils en sont!

Firminy père ouvrit la porte de son bureau :

– Ah! Violaine, vous êtes encore là! Tant mieux!

Il avait justement une question à lui poser. Puis il prit conscience de la tension du couple, et son regard se fit interrogatif :

– Hubert vous attaque encore sur l'informatique, je parie?

– Je viens de demander Violaine Flenning en mariage, dit Hubert, mi-grave, mi-souriant.

– Ah! dit Firminy dont l'esprit réaliste se mit

aussitôt à faire le tour du problème : avantages, inconvénients, perspectives d'avenir...

C'est ce qui sauva Violaine : le « poids » qu'elle sentit chez le père, et qui manquait si terriblement au fils. Oui, elle avait envie de faire l'amour, oui, elle avait besoin d'être protégée, et aussi qu'on lui fasse la cour, de vivre un roman, une « romance », comme toutes celles qu'avait tournées sa mère quand elle faisait du cinéma, ces belles histoires de cœur et de corps, mais ça n'était pas une raison pour céder à cet homme léger. Trop léger.

Elle aurait plutôt épousé le père, en dépit de son âge!

L'âge, au fond, ne compte pas.

– Hubert est adorable avec moi, dit Violaine qui avait repris ses esprits. Il me trouve trop seule, et il veut me sortir de ma solitude... Mais, entre ma mère et mon travail, je suis extrêmement occupée.

– Qui parle de vous empêcher de travailler?

– Hubert, je...

Dans quoi se retrouvait-elle fourrée? Soudain, elle revit Edouard tel qu'il lui était apparu sur la plage, par cette journée d'août somptueuse et désespérée. Elle l'aimait, il n'y avait pas à sortir de là.

– J'aime quelqu'un, dit-elle faiblement.

– Ne me dites pas que vous êtes encore amoureuse de votre Winquaire! cria Hubert dont la voix monta dans les aigus, ce qui l'efféminna d'assez déplaisante façon.

Violaine serra plus fort ses dossiers. Il sentit qu'elle se refermait, voulut se venger.

– Vous êtes en train de vous dessécher! Le travail sur ordinateur fait vieillir avant l'âge...

Il tourna les talons et disparut. Violaine et le vieux Firminy restèrent face à face.

— Comme fille, lui dit-il doucement, vous m'auriez bien plu...

— Et comme belle-fille? demanda Violaine.

— Vous êtes si forte, Hubert aurait fini... par où il vient de commencer.

— Quoi donc?

— Fuir!

Quand elle se retrouva dans sa voiture, Violaine se dit que Henri Firminy devait avoir raison. Les hommes la fuyaient, tous : Edouard... Justin... Prince aussi, à sa façon. Et maintenant, Hubert... Elle ne regrettait pas de l'avoir repoussé, mais elle se demanda si elle était bien « normale ».

Peut-être couvait-elle une maladie, comme sa mère, même si elle n'en présentait pas les symptômes? Une de ces anomalies qui terrifient les hommes? Cela prend les apparences de ce qu'ils nomment la « force », mais, en fait, c'est une faiblesse : l'incapacité d'accepter autre chose que l'amour absolu.

Celui qu'elle vivait avec Hedwina.

Et qui était en train de faire son malheur.

CHAPITRE XXVIII

Un hurlement aigu et continuel, comme une sirène de bateau, déchira l'air. Violaine et Marilou s'entre-regardèrent, horrifiées, puis se précipitèrent sans un mot dans la chambre d'Hedwina.

D'un coup d'œil angoissé, la jeune femme fit le tour de la pièce sans parvenir à localiser sa mère, laquelle dissimulée par l'amoncellement de la literie en désordre, la tête en bas, les pieds en l'air, gisait dans l'espace pourtant bien étroit séparant son lit du mur. En se retournant, elle avait dû glisser sur le plastique qui protégeait le matelas, et elle était incapable de s'en sortir seule.

– Ça n'est rien, Maman, j'arrive! cria Violaine dès qu'un nouveau hurlement lui eut permis de la repérer.

Violaine commençait toujours par rassurer sa mère avant d'agir. Elle imaginait la terreur qui devait s'emparer de la pauvre femme, dont l'impuissance croissait en même temps que son impossibilité à l'exprimer. Marilou l'aida à extraire Hedwina de son inconfortable position, et à la ramener sur son lit. En la recouchant, Violaine ne put s'empêcher de penser que sa mère, d'une certaine façon, venait de revivre sa naissance.

D'où peut-être ces hurlements inarticulés, semblables à ceux d'un nouveau-né.

A présent, Hedwina lui baisait la main avec un sourire de gratitude, mais aussi de séduction. Sans doute était-ce par instinct de survie que ce qui lui restait de conscience cherchait désespérément à s'attacher ces êtres tout-puissants qu'étaient devenues pour elle sa fille et Marilou.

Depuis qu'Hedwina avait cessé de se repérer dans le temps et l'espace, puis de pouvoir s'exprimer d'une façon articulée, il lui arrivait de passer par des accès de panique. Violaine s'en rendait compte au regard que sa mère posait sur ce qui l'entourait : un regard égaré qui n'avait pas l'air de faire la différence entre les personnes et les choses.

Petit à petit, ses gestes s'étaient ralentis et elle s'était mise à marcher de plus en plus lentement, à pas courts et traînants.

Un matin, plus du tout!

Violaine et Marilou, la tenant chacune sous un bras, ne parvinrent pas à la mettre debout; dès qu'elles la lâchaient, elle s'affaissait.

– Enfin, Maman, fais un effort! avait supplié Violaine. Réveille-toi!

Mais le message-moteur ne passait plus!

Violaine, affolée, téléphona aussitôt à Charles Kramer qui accourut.

– Charles, c'est terrible, elle ne tient plus debout! Pourtant, elle n'a pas de température...

– Je vais demander une analyse de sang, mais, à mon sens, elle n'a rien de particulier... C'est le processus normal.

– Normal?

– La dégénérescence des cellules continue, elle perd ses fonctions les unes après les autres.

– Alors, elle va mourir!

– Faire un pronostic sur sa durée de vie est impossible. D'autant que le cœur est excellent. Hedwina peut devenir centenaire... Ou disparaître d'un seul coup, si elle chope un microbe ou si une petite artère vient à claquer dans son cerveau. Mais elle est plutôt moins en danger que vous et moi. Elle a acquis un rythme végétatif qui la préserve du stress.

L'analyse du sang révéla un excellent taux de cholestérol et de sucre. Quant à la tension, c'était celle d'une jeune fille... Reste qu'Hedwina ne pouvait plus se maintenir seule ni se déplacer.

Charles Kramer, revenu voir les deux femmes – c'étaient elles qui avaient besoin de soins! – leur recommanda l'achat d'un fauteuil roulant dans lequel elles devaient asseoir leur malade plusieurs heures par jour, afin de lutter contre les escarres et les inconvénients de l'alitement perpétuel. En particulier après les repas où il y avait risque de regurgitation et d'étouffement.

En somme, il fallait la traiter comme un bébé!

Toutefois, Hedwina n'était pas un bébé. Violaine eut tôt fait de s'en convaincre : les nourrissons réclament, gémissent; or, désormais, Hedwina ne se plaignait plus de rien.

Avec elle, il fallait deviner!

Plusieurs nuits de suite, se relevant pour aller voir « où elle en était », Violaine l'avait retrouvée accroupie le long du montant de son lit, tirant maladroitement sur les draps et les couvertures pour les amener jusqu'à elle. Elle avait dû glisser et, incapable de se relever, n'avait pas pu se recoucher.

Une fois même, elle la découvrit à quatre pattes, dans une immobilité rigide, comme si son cerveau cherchait vainement les ordres moteurs susceptibles de la sortir de cette posture animale.

C'était affreux.

Une bête non plus n'a pas la parole pour avertir qu'elle souffre, mais elle lèche constamment l'endroit malade, ou alors elle geint et lance à son entourage des regards suppliants. Hedwina se conduisait plutôt comme ces enfants autistes qui, dans leur indifférence à autrui, le sont aussi à ce moyen de communication qu'est leur organisme, et, si l'on n'y prend garde, le laissent pourrir sur pied. Ou comme certains mystiques qui, par grâce d'état, finissent par sentir la rose alors même que leur chair est en décomposition.

Si Hedwina n'embaumait pas toujours – d'où ses bains quotidiens –, elle conservait en général un air de sérénité, presque d'angélisme, qui révélait la paix de l'âme.

Sauf lorsqu'on la contrariait.

Alors son visage se refermait, une barre verticale creusée entre ses sourcils, tandis que son regard évitait systématiquement celui d'autrui. Attitude indéchiffrable pour tout autre que Violaine et Marilou qui avaient développé à son égard une attention exacerbée.

C'était poussé à un tel degré que si elles se trouvaient ensemble dans la cuisine à préparer son potage quotidien ou à mouliner ses aliments, il pouvait arriver à l'une d'entre elles de s'exclamer : « Mais que fait donc Hedwina ! » –, puis de se précipiter dans la chambre, avertie par une vibration de l'atmosphère qu'il s'y passait effectivement quelque chose.

Parfois, l'actrice était tombée de son fauteuil, ou avait disparu sous ses couvertures, au risque de s'étouffer, ou bien elle avait mal digéré et vomi son quatre heures.

Curieusement, Hedwina ne cria plus jamais, comme ce jour où elle était restée coincée entre son lit et le mur. Qu'avait-elle revécu d'essentiel ce jour-là ?

En fait, que vivait-elle ?

Violaine avait lu des livres sur une « sainte » hindoue, une sorte de gourou qu'on appelait Ma et dont tous ceux qui l'avaient vue s'accordaient à dire qu'elle possédait une présence et un regard témoignant d'un autre monde. D'un au-delà que certains nommaient « l'Ultime » et qu'ils n'oubliaient plus, car leur vie s'en était trouvée transformée. Pour l'avoir constaté, ils savaient que les êtres humains ne se laissent pas tous arrêter par la frontière du corps. Certains la franchissent de leur vivant, vont et viennent à travers elle. Une immense paix émane d'eux, comme s'ils ne craignaient plus l'agonie.

Hedwina, elle, n'avait plus la parole pour exprimer son expérience intérieure, et probablement ne s'en souciait-elle pas ; pourtant, elle aussi donnait à pressentir que, pour l'esprit et le cœur, il peut exister une paix souveraine.

Son regard, qui semblait voir non pas en elle-même, mais au loin, au-delà de son vis-à-vis et même des apparences, évoquait pour Violaine un certain déjà-vu. Jusqu'au jour où, se retrouvant par hasard devant un poster représentant une célèbre photo de Baudelaire, elle s'écria : « Mais c'est ça ! »

A l'époque, le poète, sans doute déjà rongé par la drogue et la syphilis, impressionnait lui aussi par ce même regard qui paraît plonger dans l'espace infini. Quoique empreint d'une certaine obscurité, c'est un regard sans souffrance. Ou, plus exactement, indifférent à ce « détail » de la condition humaine... Que peut représenter la douleur, dont nous nous embarrassons quotidiennement, face à cet infini de l'univers dont notre cerveau a pour mission de prendre conscience ?

Pourtant, le cerveau d'Hedwina n'avait plus conscience de rien, ou presque...

Le téléphone sonna.

— Violaine, pardon de te déranger à cette heure-ci...

C'était Prince.

— Ne t'en fais pas, je ne dors pas.

— Tu travailles?

— Pas vraiment, je veille Maman.

— Peut-tu lâcher Hedwina un moment et me rejoindre tout de suite?

— Où ça?

— A Palaiseau... Il se passe quelque chose, et je voudrais que tu sois là...

— J'arrive.

Il y avait une certaine tension dans la voix de Prince, et Violaine le connaissait assez pour savoir qu'il ne l'appelait pas pour rien. Avait-il un problème grave avec Etienne? Besoin de son aide?

Elle le retrouva devant l'ordinateur. Le jeune homme ne s'était pas déplacé pour l'accueillir, et il ne perdit pas de temps à la saluer.

— Il a travaillé toute la nuit à partir d'un nouveau système d'auto-apprentissage...

— Qu'est-ce que c'est que ça?

— Il s'enseigne lui-même à partir de ses propres erreurs... Et c'est prodigieux!

— Mais quoi?

— Eh bien, il s'apprend à parler...

— Il parlait déjà!

— Il prononçait quelques syllabes... mais... c'est très difficile à t'expliquer... J'ai senti qu'il se passait quelque chose, ce matin, quand je suis allé le voir après être rentré dormir quelques heures, et c'est pour ça que je t'ai téléphoné... Et puis, ça ne s'est pas reproduit... Je me suis peut-être trompé... Tiens, assieds-toi.

Violaine prit un siège à côté du sien. Des bruits légers manifestaient qu'Etienne était au travail.

Violaine imaginait les interconnexions qui se formaient, de nouveaux frayages en train de s'établir, comme dans un cerveau humain en apprentissage. Et c'était émouvant, peut-être parce que ça se faisait « tout seul »...

Comme pour l'éclosion d'un œuf, par exemple. On sent que des forces sont à l'œuvre... Mais quelles forces ? Dans quel objectif ? Et ça sert à quoi, que naisse un poussin de plus qui sera plus ou moins vite mangé ? Quel sens a la vie ?

Violaine songea à Hedwina pour qui la vie, en tout cas, n'en avait plus. Et pourtant, qui vivait quand même. Son visage lui avait paru si lisse, la veille : presque celui d'un enfant. Marilou aussi s'en était étonnée : « On dirait une jeune fille ! C'est pas elle qu'a besoin d'un liftingue... »

D'un seul coup, Etienne se remit à émettre des sons : « *Ma... Ma... Ba...* » Un silence, puis la machine reprit : « *Maman, Papa, moi...* »

Prince lança un bref regard à Violaine.

Il était à la fois rayonnant et tendu, presque apeuré.

– Tu ne me croiras peut-être pas, mais ça n'est pas moi qui le lui ai appris... C'est lui-même ! Ils m'avaient prévenu, les types de Baltimore... Ce sont eux qui ont commencé ce genre d'expériences... L'ordinateur à l'apprentissage passe de lui-même par les mêmes stades qu'un bébé humain en train de se mettre à parler... Tu comprends ce que ça signifie ?

– Oui, dit Violaine.

Plus l'architecture des ordinateurs se rapproche de celle du cerveau, plus il s'y passe le même genre de phénomènes, comme la mémoire ou la pensée... Si le cerveau peut apprendre, les machines aussi le peuvent. Tout comme elles peuvent oublier.

Prince prenait des notes; il observait, attendait.

— Et qu'arrive-t-il quand elles oublient? dit Violaine.

— Jusqu'à un certain point, c'est récupérable. Tiens, lis ça.

Il tendit à Violaine une revue dont elle parcourut rapidement un paragraphe.

— Si, par accident, une partie de la mémoire de l'ordinateur est endommagée, commenta Prince, des systèmes prendront momentanément le relais... La catastrophe ne sera pas définitive ni irréparable...

Violaine se mit à pleurer.

Prince se tourna vers elle.

— Que se passe-t-il?

— Vous travaillez sur les machines, vous vous occupez des machines, vous sauvez la mémoire des machines, vous apprenez à parler aux machines, et pendant ce temps-là, Hedwina...

Elle sanglotait, maintenant.

Prince lui entoura les épaules de son bras.

— La biologie aussi progresse, et la médecine, et Etienne va aider à trouver des remèdes...

— Je sais, Prince, mais les machines sont reproductibles. Si Etienne explosait maintenant, on pourrait reconstruire un Etienne bis, ou ter... Autant qu'on en voudra, ça n'est qu'une question d'argent. Tandis qu'Hedwina, elle, est unique. Et elle est perdue à jamais.

— Et moi qui avais préparé le champagne! dit doucement David.

Violaine sourit parmi ses larmes.

— Buvons-le.

— Il est dans mon Frigidaire, chez moi, je vais le chercher.

— Je t'accompagne, dit Violaine.

Ils burent une coupe de champagne à la santé

d'Etienne, puis ils firent l'amour, vite et violemment.

C'est Violaine qui le voulait. Prince, d'une certaine façon, n'y pensait pas. Il aimait Violaine, mais son désir, pour l'instant, était ailleurs.

CHAPITRE XXIX

« Hubert me suivrait-il, par hasard ? » se demanda Violaine lorsqu'elle lut la carte de visite accompagnant la grosse corbeille de fleurs posée sur la table de sa chambre d'hôtel.

Elle se reprocha aussitôt sa pensée : quelle prétention de sa part ! A moins que sa réaction n'eût révélé à quel point elle souhaitait secrètement que quelqu'un – n'importe qui, même celui-là – lui fît la cour ?

Cela faisait sept jours que Violaine résidait à Rome, à la demande de son dernier employeur qui, très satisfait du programme qu'elle avait établi pour sa société, lui avait demandé de le transmettre elle-même à sa filiale italienne.

Quitter Hedwina lui coûtait, et la jeune femme avait commencé par refuser. Mais, devant la somme proposée, Violaine s'était laissé convaincre, songeant à l'intérêt de sa mère : grâce à cet argent, elles allaient pouvoir quitter Paris tout de suite après Noël... A cette époque, certains traversent les océans, changent parfois d'hémisphère. Pour ne pas faire prendre trop de risques à Hedwina, elles n'iraient pas plus loin que la Côte d'Azur, dans une maison louée avec terrasse d'où Hedwina pourrait profiter de la vue, peut-être d'un soleil précoce, en tout cas de l'odeur exquise des premiers mimosas.

Dix jours, c'est vite passé, s'était persuadée Violaine.

Tous les soirs, elle téléphonait à Marilou; le matin aussi.

La séparation avait été dure : elle ne quittait plus sa mère, ne fût-ce que pour la journée, sans se dire : « La reverrai-je ? »

Violaine s'en voulait de cette anxiété morbide, mais c'était plus fort qu'elle. A force de s'occuper aussi attentivement de l'impotente, de se préoccuper de ses moindres besoins, physiques et affectifs, il lui semblait par moments qu'Hedwina était devenue son enfant.

Aucun raisonnement n'y changeait rien.

Lorsqu'elle apercevait un joli vêtement dans une vitrine, une blouse de soie, une écharpe, un châle, elle se disait aussitôt : « Tiens, ça ira bien à Hedwina ! » Ou alors c'était quelque chose à manger, une douceur, des fruits exotiques, une nouvelle sorte de chocolat... Elle n'aurait pas fait la dépense pour elle-même; mais, pour Hedwina, non seulement elle ne résistait pas, mais elle était prise d'une joyeuse excitation qu'elle tentait de communiquer à la vendeuse :

– C'est pour ma mère ! disait-elle sans préciser que sa mère n'avait plus sa conscience.

Celle-ci était-elle sensible à cette moisson quasi quotidienne de présents ? Violaine déposait les paquets sur ses genoux et Hedwina semblait prendre intérêt à voir sauter les ficelles et s'ouvrir les cartons dans un grand bruit de papier déchiré.

Ou n'était-ce qu'une illusion ? Un plaisir que Violaine s'offrait à elle-même pour compenser l'absence de tous les autres ?

Depuis la soirée avec Prince, elle n'était plus ressortie en tête-à-tête avec un homme. Si leur étreinte avait été brève, Violaine y avait pris du plaisir, et même plus que cela : l'éclatement de tout son être dans une violente décharge nerveuse et affective. L'orgasme comme on l'éprouve rarement, et le plus souvent dans des circonstances inopinées.

A dire vrai, elle avait déjà fait l'amour avec Prince, quand ils étudiaient ensemble à l'université de Carnegie-Mellon à Pittsburgh. Toujours à l'improviste, et, à la limite, pour faire comme les autres. La première fois, ç'avait été à la fin d'une *party* où tous s'étaient peu à peu éclipsés deux par deux après que l'une des filles se fut écriée : « *I need sex!* »

C'était situer les choses au niveau où elles avaient lieu, et quand Prince l'avait prise à son tour par la main tout en lui souriant gentiment, Violaine savait dans quel esprit il l'entraînait vers sa voiture où l'espace serait suffisant et l'intimité garantie.

Les jours d'après, ils n'en avaient pas reparlé, trop requis l'un et l'autre par leurs soucis d'ordre intellectuel. Et que se seraient-ils dit ? Une liaison entre eux n'aurait eu aucun sens. Leur vie future, ils le savaient, était ailleurs... Violaine allait retourner en France, près de sa mère, pour y vivre et probablement s'y marier. Prince, lui, cherchait le lieu et la manière pour exercer au mieux son génie de l'informatique. De passion, il n'en avait pas vraiment d'autre.

Et c'en était une grande, et même magistrale, pour un garçon dont les parents avaient eu à subir, dans leur âme et leur chair, la violence du racisme américain, que de s'imposer dans une discipline avec une telle maîtrise.

Peut-être à son insu, et bien qu'il eût l'élégance d'être au-dessus de cela, mettait-il de la coquetterie ou un certain dandysme à « s'envoyer » une ravissante blonde sans y attacher d'importance ? Les revanches ancestrales sont longues à se tarir.

Ils avaient recommencé au cours d'un week-end de pêche au bord d'un lac canadien, et Violaine gardait le souvenir du vent qui secouait les sapins autour d'eux tandis qu'il faisait si bon, si chaud dans la cabane de rondins, sur les peaux de loup, devant le feu. Et encore une fois dans sa chambre, à l'Université. Mais là, d'une façon si banale – comme des étudiants qui n'ont rien de spécial à faire entre deux cours et qui tuent le temps en faisant l'amour presque sans désir – qu'elle s'en voulut d'avoir consenti. Prince et elle valaient mieux que ça.

A Palaiseau, après les premiers balbutiements réussis d'Etienne, ç'avait été une autre affaire.

Un sursaut de tout son être, mis en danger par l'idée de la mort.

Celle qui, jour après jour, rongeait Hedwina en s'attaquant à l'organe noble, la tête. Mais aussi cette autre forme de mort qu'incarne, qu'on le veuille ou non, la « machine parlante ».

Toutes les machines, qu'il s'agisse de voitures, d'avions, de frigidaires, de fusées, d'armes, de scanners, de robots d'un genre ou d'un autre, aussi utiles et stupéfiantes soient-elles, sont des choses mortes.

Et voir parler Etienne, c'était en quelque sorte voir parler et s'ébranler la mort.

Entendre la parole froide que vagissait le super-ordinateur l'avait tout autant pétrifiée que la main glacée de la statue du Commandeur saisissant celle de Don Juan pour l'entraîner dans le royaume funèbre.

C'est pourquoi Violaine s'était jetée dans les bras de Prince. Car c'était bien elle qui avait pris l'initiative. Une fois bue la coupe de champagne, elle avait posé ses deux mains sur les épaules du garçon, dures et musclées sous la chemise de coton, puis respiré à fond cette odeur particulière que dégage la négritude aux narines des blancs, et qui la troublait.

Prince s'était gardé de la repousser, même si cet interlude contrariait son désir de retourner au plus vite auprès de son « nouveau-né »! Il l'avait fait asseoir sur une table, puis, lui écartant les jambes, l'avait prise avec force et tendresse.

Sevrée d'amour physique, Violaine avait cru défaillir au moment le plus aigu de son plaisir et, le corps mou, elle s'était abandonnée contre son compagnon comme une poupée de son, une fleur coupée. C'était bête. C'était bien. C'était nécessaire.

Pourquoi n'avaient-ils pas recommencé?

A cause de la mort.

Elle était là, sournoise et constamment présente. Violaine la portait en elle, par personne interposée, et c'était cette grande figure qui avait fait fuir Edouard, et aussi gelé Justin, l'été précédent. Et qui éloignait Prince, en dépit de la tendresse qu'il lui portait et du véritable désir qu'il avait d'elle.

C'était la mort, devenue sa compagne, qui tenait les hommes à distance d'elle.

Sauf, apparemment, Hubert Firminy...

Violaine fit tourner la carte de visite au bout de ses doigts : cet homme n'avait donc pas compris qu'elle ne voulait pas de lui? Ou était-ce justement pour ça, parce que son refus le rassurait, en quelque sorte, qu'il insistait? Et d'où lui envoyait-il ce bouquet?

Le téléphone sonna.

– Bonjour, mademoiselle Flenning, avez-vous reçu mes fleurs?

C'était tout lui, ça : impétueux et maladroit, lui ôtant la possibilité d'en parler la première!

— Elles sont superbes, dit Violaine qui s'aperçut alors que ce mélange trop brutal de couleurs crues, iris bleus, roses rouges, jonquilles jaune vif et lilas mauves, en fait était hideux, si des fleurs peuvent jamais l'être.

— Voulez-vous dîner avec moi? Je vous invite...
— Mais où êtes-vous?
— Eh bien, à Rome, depuis hier...
— Mais...
— C'est votre gouvernante qui m'a donné votre adresse; je lui ai dit que je vous cherchais pour raison de travail. Ce qui est vrai.
— Vous avez des ennuis avec le programme?
— J'ai des ennuis avec vous... Et c'est sur vous que j'entends travailler... Vous savez que je me suis fait engueuler par mon père!

Il y avait dans son insistance une naïveté qui aurait pu la toucher si elle avait été d'humeur à ça.

— Je viens vous prendre et nous irons dîner chez *Alfredo*.
— Non, Hubert, pas ce soir!
— Pourquoi? Il y a quelqu'un d'autre?

Elle faillit lui dire la vérité : qu'elle était fatiguée, inquiète pour Hedwina que Marilou trouvait très absente depuis qu'elle-même était partie, mangeant à peine, ne souriant plus; mais elle jugea qu'elle ne s'en sortirait pas ainsi.

Et puisqu'il lui fournissait un prétexte, elle en usa :

— Je suis déjà invitée à dîner par le directeur de la société pour laquelle je suis ici.
— Qu'est-ce que c'est que ce type-là? Je me méfie des Italiens... Tous des machos, ils se croient tout permis et...
— Il est marié, dit-elle pour couper court, et il me reçoit chez lui, avec sa femme et ses enfants.

Elle aurait ajouté une grand-mère pour le calmer.

— Bon, alors déjeunons ensemble demain.

— Mais je ne fais pas de pause à cette heure-là...

— Eh bien, vous en ferez une!

Violaine se sentit lasse, et puis Hubert avait à ses yeux un attrait qu'elle ressentit sans prendre la peine de l'analyser : il avait rencontré Hedwina, fût-ce dans de pénibles circonstances, et il savait à quel point elle-même se tourmentait à son sujet, ce qu'ignoraient les gens avec lesquels elle devait travailler.

Elle accepta, puis appela Paris pour avoir des nouvelles.

— Ça va?

— Ça va, répondit Marilou de cette voix sur deux tons qu'on utilise lorsqu'on cherche à nuancer son propos. On a mangé son yaourt aux fruits, et une petite purée de carottes avec du poulet...

— Elle dort bien?

— Çà! En fait, je suis obligée de la réveiller pour la faire manger. Et ça prend beaucoup de temps...

— Je vois, dit Violaine.

Elle se souvenait de certaines séances où sa mère paraissait tellement loin qu'il fallait toute son obstination patiente pour la ramener suffisamment à elle, faire en sorte qu'elle accepte d'ouvrir la bouche et de déglutir ce qu'on lui présentait.

— Si elle continue à s'enfoncer comme ça, avait dit Kramer, on sera obligé de la nourrir par perfusion.

« Non, s'était juré Violaine, jamais! Je la laisserai plutôt mourir. »

Mais le ferait-elle? N'a-t-on pas toujours l'espoir, avec un grand malade, que le mauvais moment n'est que provisoire, qu'une amélioration va suivre, qu'il va ou qu'il peut guérir, en tout cas revenir à lui, c'est-à-dire à nous ? Encore un jour, encore quelques minutes, encore un peu !

« Mon Dieu, conservez-la-moi », se dit Violaine, cherchant à s'endormir toute recroquevillée sur elle-même, dans une chemise de soie achetée à l'intention d'Hedwina, une lingerie trop fragile pour elle, maintenant qu'il fallait laver quotidiennement toutes ses affaires et sa literie à la machine.

Elle plissait les yeux et serrait les poings de plus en plus fort.

Si impuissante...

« Moi aussi, je mourrai un jour, se dit-elle. Pourtant, c'est comme s'il n'y avait que sa mort à elle qui compte... »

Peut-être parce qu'Hedwina était redevenue un être tout à fait innocent, et que c'est la mort de l'innocence qui est intolérable.

CHAPITRE XXX

Hubert finit par décider Violaine, après le déjeuner, à le suivre dans les jardins du Forum, au pied du Capitole. A cette époque de l'année, les touristes sont rares, et ce qu'il reste de ces édifices deux fois millénaires, tronçons de colonnes, champs de pierres, morceaux de mosaïques, débris épars d'une civilisation écroulée, ont le charme infini de ce qui ne sert plus à rien qu'à s'asseoir. Et à rêver !

C'était bien ce qu'avait souhaité Hubert en entraînant Violaine parmi les ruines : la conduire en un lieu écarté où il pourrait enfin la convaincre de céder à l'amour.

Au cours du déjeuner chez *Alfredo* – étape un peu trop obligée de la gastronomie romaine –, pour la première fois depuis qu'il la connaissait, il l'avait sentie proche, sensible à ses propos. Mélancolique aussi.

Comme si elle avait cessé de se défendre contre lui.

La jeune femme était lumineuse dans son tailleur de tweed blanc ouvert sur un simple tee-shirt orné de trois rangs de perles. Celles d'Hedwina, dont la nacre luisante, loin de le combattre, faisait encore mieux ressortir l'incomparable éclat de ses jeunes dents.

Et ce qui avait étonné Hubert, habitué aux filles d'aujourd'hui qui s'exténuent à jouer des rôles de séductrices ou encore de femmes libres, de *career-women* – selon ce que leur dicte la dernière lecture de leur magazine favori –, c'est que Violaine, elle, ne cherchait à paraître ni ceci ni cela.

C'était plus évident encore par comparaison avec les jeunes femmes des tables voisines : « sapées » de la tête aux pieds, ces Italiennes de la nouvelle génération, qui ont appris à éviter *pastaciutta* et pâtisseries, ultra-minces, impeccables des pieds à la tête, les chaussures soignées, clinquantes d'accessoires *design*, avaient l'air de ce qu'on nommait avant-guerre des « mannequins mondains ». Sortes de vitrines de Noël, de feux clignotants destinés à signifier aux hommes : femme en vue! disponibilité assurée!

Hubert raffolait de ce genre de personnes qui envoient des messages codés, lesquels, une fois l'habitude prise de les déchiffrer, se révèlent finalement très banals... Et pour demander toujours la même chose : prenez-moi en charge!

Le nouveau, mais aussi ce qui le déconcertait chez Violaine, c'est que la franchise de la jeune femme, au lieu de la rendre transparente – c'étaient les autres qui l'étaient, sous leur maquillage et leurs masques! –, renforçait encore son mystère.

Il avait tenté de lui prendre la main sur la table, mais elle lui avait à nouveau signifié qu'elle n'était pas « libre ». Toutefois, Hubert avait lu de la détresse dans ses yeux, comme un appel au secours... Et c'est pour tenter d'élucider ces signaux contradictoires qu'il lui avait proposé cette promenade dans Rome, à une heure aussi insolite.

Il faisait doux, en ce début d'après-midi et pour une fin de décembre. Des nuages un peu bas couraient dans le ciel, rappelant à ceux qui n'y songeaient pas que Rome est tout près de la mer. La lumière, d'habitude blanche ou même rosée, paraissait jaune, comme dans certains tableaux de la Renaissance, et les ifs, plantés çà et là parmi les ruines, simulaient de vivantes virgules dans le texte de marbre, sombres emblèmes gémissant au vent de la séparation et de la solitude.

C'est tout au fond du jardin, là où le chemin de terre s'apprête à regrimper à flanc de colline, que Hubert décida Violaine à s'arrêter.

Ils s'assirent sur un énorme bloc de cette pierre que la mémoire des hommes a figée sur place là où elle a chuté pour un temps que nous prenons pour l'éternité.

– Vous n'allez quand même pas demeurer seule toute votre vie!

– Je ne fais plus de plans, Hubert... J'en avais fait, et vous savez ce qu'il en est advenu.

– Eh bien, ne faisons pas de projets. Vivons au jour le jour... J'adore ça, moi, le jour le jour!

Dans la légèreté et même la superficialité de ce garçon, il y avait quelque chose qui plaisait à Violaine. Après tout, elle aussi vivait au jour le jour, avec son fardeau sur le cœur. Ce pouvait être bon, de temps à autre, de « changer d'air » sans que cela tire à conséquence, comme en cet instant...

Hubert passa un bras autour de ses épaules, puis lui saisit le menton pour tourner son visage vers le sien. Il respirait son parfum, ce mélange d'iris et de rose évocateur de jardins au printemps, d'aube fraîche, d'enfance aussi. Il ne regardait pas sa bouche qu'il connaissait déjà si bien pour l'avoir désirée tout à l'heure, à table, avec cette étrange fossette qui se creusait près de la commissure dès qu'elle parlait.

C'était la première fois que Violaine se laissait

aller à fermer les yeux devant lui : preuve de confiance, mais aussi d'attente. Et il allait l'embrasser, doucement d'abord, puis passionnément, quand ils sursautèrent d'un même mouvement. Presque d'un même corps.

Quelqu'un s'approchait, précédé du bruit insolent d'un transistor à plein volume. L'une de ces musiques rock, bizarre cocon sonore dans lequel s'isolent les jeunes d'aujourd'hui dans l'espoir d'y achever (ou de retarder?) une maturation que notre civilisation rend problématique...

Violaine ouvrit les yeux et sourit à Hubert : ainsi en est-il des tête-à-tête dans les parcs publics! A la merci d'un intrus! C'était un jeune homme vêtu de cuir noir qui avançait à vive allure. Dans quelques instants, il serait hors de leur vue et de leur écoute.

Le morceau de musique se termina, car c'était l'heure des informations et le flash débuta en langue italienne. Déjà le son faiblissait, et Violaine et Hubert s'apprêtaient à retrouver leur tranquillité lorsqu'un nom, nettement détaché, parvint aux oreilles de la jeune femme : Hedwina Vallas!

– Maman! dit-elle.

Une tornade lui balaya la tête : ou bien on reprogrammait l'un des films de sa mère, ou alors on se préparait à rendre un hommage à la star, ou plus simplement, pour une raison ou une autre, on évoquait l'un de ses grands rôles... Il était aussi possible qu'elle eût mal entendu, et, en alerte comme elle l'était perpétuellement, peut-être avait-elle confondu une syllabe avec une autre dans cette langue dont les consonances, bien que latines, lui restaient malgré tout étrangères.

Mais la vérité frayait impitoyablement son chemin dans son cœur.

Hedwina était morte!

Sans un regard pour Hubert, Violaine sauta à

terre, courut derrière le jeune homme au blouson qu'elle rattrapa et arrêta par le bras.

— *Per piacere...*

Il lui lança un regard interrogateur.

— *Che vuole...*

— *Hedwina Vallas!*

Du doigt, elle lui indiqua le transistor.

— Que se passe-t-il? Que disent-ils? *Che succede ?...*

Il hésita une seconde puis comprit et, content de lui, éclata d'un grand rire :

— Ah, la Vallas! *È morta...*

Il avait l'air d'un if, lui aussi, tout de noir vêtu parmi les ruines, prêt à continuer son chemin de chansons.

CHAPITRE XXXI

Le message, dont elle savait d'avance le contenu, attendait Violaine à son hôtel, et elle préféra regagner sa chambre avant d'en prendre connaissance. Elle craignait d'éclater en sanglots face au concierge à qui elle avait demandé de lui retenir une place dans le premier avion en partance pour Paris.

Le télégramme était signé Kramer : « Appelle-moi d'urgence. » La jeune femme fut reconnaissante au médecin d'avoir évité l'affreux mot de *mort*. Il y a dans ce vocable, qu'elle venait d'entendre prononcé en italien, quelque chose de froid et de définitif qui spasme le cœur.

« Hedwina, préférait-elle se dire, vient de partir... Hedwina a commencé son voyage vers l'ailleurs... Hedwina s'est envolée... »

Mais Hedwina ne l'avait pas abandonnée, Hedwina ne s'était pas rétrécie aux seules dimensions d'un cadavre qu'évoque l'abominable petit mot de « mort ».

Violaine ne voulait pas l'admettre, parce qu'elle ne pouvait le supporter.

Elle sortit immédiatement son sac et sa valise de la penderie et commença d'y empiler en désordre toutes ses affaires, mélangeant le linge et les papiers. Elle n'y voyait plus rien, tant les larmes coulaient continuellement sur son visage depuis qu'elle s'était retrouvée à l'abri de sa chambre, ayant refermé la porte à clef et même poussé le verrou.

Elle voulait être seule, complètement seule face à la douleur qu'aggravait sa formidable culpabilité de ne pas avoir été présente. N'était-ce pas sa faute si Hedwina avait renoncé à vivre, si sa mère avait rompu avec la minuscule forme de vie, fragile et poétique, qu'elle menait jour après jour entre elle-même et Marilou et dans laquelle la malade avait trouvé une manière d'équilibre, sinon de bonheur ?

Au moment de la quitter, Violaine lui avait longuement et tendrement expliqué que son absence serait de très courte durée. Dès son retour, elles fêteraient Noël, puis partiraient pour le Midi, dans cette maison louée où elles passeraient ensemble, sans se quitter, presque tout leur temps.

Violaine avait prévu un travail de programmation qu'elle pourrait accomplir sur son Macintosh, aux côtés de sa mère. Mais comment Hedwina ressentait-elle l'écoulement du temps, elle qui, oubliant à mesure, vivait à la fois dans l'immédiat et l'éternel ?

S'était-elle crue abandonnée par sa fille ? Ou bien, dans cette folie où se trouve emmuré l'être non parlant, prisonnier d'images et de sentiments d'autant plus puissants qu'il n'a pas ou ne possède plus de mots pour les tenir à distance, avait-elle tenté, en mourant, de rejoindre sa fille ?

Avait-elle « pris la mort » comme on prend un train ou un avion ?

A la pensée que sa mère avait pu employer ses dernières forces vitales – celles de son amour pour sa fille, qu'elle ne parvenait plus à exprimer que par un sourire, un serrement de mains, un prénom murmuré – pour tenter de la retrouver, Violaine se laissa tomber sur le lit, jambes coupées, dans une cataracte de pleurs.

Et lorsqu'elle s'aperçut qu'elle tenait à la main, pour la ranger dans sa trousse de toilette, la brosse dont il lui arrivait de se servir pour coiffer Hedwina, quelques cheveux d'elle y demeurant encore accrochés, c'est tout son corps qui s'affaissa.

Elle glissa au sol pour se retrouver sur la moquette brune et anonyme, un peu salie par endroits, le nez dans le couvre-lit, avec le sentiment qu'elle ne pouvait que demeurer là toujours, incapable de désirer vivre la seconde suivante.

Que ne mourait-elle, elle aussi, tout de suite!

« Maman, viens me chercher », se surprit-elle à murmurer.

Le téléphone sonna.

Et la coïncidence avec sa prière la surprit tellement qu'un instant, ce qui subsistait en elle (comme en tout un chacun, quelle que soit la circonstance) de curiosité et même de crédulité émerveillée devant le fait d'être plongée dans l'aventure de la vie, lui fit croire à un miracle.

Si c'était Hedwina?

En fait, le concierge voulait la prévenir que l'avion sur lequel il lui avait retenu une place partait dans une heure et qu'elle avait tout juste le temps de rejoindre l'aéroport. Partir! Rentrer! La revoir...

L'idée lui rendit quelque force, comme d'avoir parlé à cet homme, entendu une voix humaine. Elle avait toujours le combiné à la main et en profita pour composer rapidement le numéro de Charles Kramer, qu'elle connaissait par cœur.

– C'est moi, Violaine.
– Ma petite fille...
– Que s'est-il passé?
– Rien. Marilou m'a appelé. Elle avait le senti-

ment qu'elle ne parvenait pas à la réveiller. En fait, c'était fini.

– Maman n'a pas eu de crise, elle n'est pas tombée ?

– Non. Rien. Elle avait l'air si paisible... Elle était sur sa chaise longue, dans sa robe de chambre à fleurs, bien coiffée, tu sais, comme elle était toujours...

– Je serai à Paris tout à l'heure... S'il vous plaît, Charles, prévenez Marilou de ma part, je n'ai pas envie de lui parler d'ici!

– Je te comprends. A tout de suite. Veux-tu que j'aille te chercher?

– Non, Charles, merci, vous avez trop à faire, je prendrai un taxi.

Maintenant, elle ne pensait plus qu'à une chose : revoir sa mère, paisible, sur sa chaise longue, ou dans son lit si on l'y avait transportée. Les paroles de Charles lui avaient fourni une image et c'était vers cette image qu'elle se dirigeait comme une somnambule.

Dans le hall, elle retrouva Hubert. Elle l'avait oublié, celui-là! Elle accepta son offre de la conduire jusqu'à l'aéroport; il tentait, le pauvre garçon, de se rendre utile. Il se chargea de payer la note de l'hôtel, proposa de prendre l'avion avec elle, mais Violaine lui demanda de n'en rien faire. Elle avait besoin d'être seule. Toute à ses pensées.

A peine lui avait-elle dit un mot, d'ailleurs, murée dans son silence. Hubert se dit que c'était le choc, le traumatisme, que ça lui passerait. Quand? Eh bien, après l'enterrement... La mort d'Hedwina Vallas allait faire beaucoup de bruit, trop, il y aurait du monde, autant laisser Violaine à cette foule, c'est plus tard qu'elle aurait besoin d'amis, de compagnie, d'amour...

Pour tout dire, la situation l'ennuyait un peu...

Violaine avait troqué son tailleur blanc contre une robe noire, remonté le col de son trench-coat, ôté ses bijoux et, comme elle ne disait plus rien tandis qu'il la conduisait jusqu'à l'aéroport, comme déjà tout à l'heure en revenant du Forum, eh bien, Hubert – disons les choses comme elles sont – ne s'amusait pas.

Il n'avait pas assez d'imagination, ni de cœur, pour se livrer lui aussi, même s'il n'était pas concerné – pourtant, qui ne l'est? –, à la sombre méditation sur la mort dans laquelle s'enfonçait Violaine. Ni pour concevoir cette douleur de l'amputation d'un être aimé qui, d'heure en heure, de minute en minute, se fait plus aiguë, plus lancinante, jusqu'à l'intolérable, l'implosion... Et s'il repassait en lui-même les circonstances dans lesquelles Violaine avait appris la mort de sa mère, c'était seulement pour les déplorer – rendez-vous compte : au moment même où il allait l'embrasser pour la première fois, c'était bien sa veine! –, non pour s'émerveiller de leur romanesque.

Ce à quoi s'employait Violaine à ses côtés.

Elle ne cessait de revoir la silhouette du jeune garçon balançant à bout de bras l'appareil émetteur de la terrible nouvelle. Comme si les dieux antiques – qui devaient continuer à rôder en ce lieu dont personne, depuis des siècles, n'avait osé les déloger – avaient tout spécialement chargé cet inconnu rieur d'être le messager de la mort de la Star.

A l'intention de sa fille, mais également du reste du monde.

Sans doute parce qu'elle s'était mise à trembler elle aussi – d'ailleurs, elle tremblait encore! – sous le coup de la parole fatale : *È morta*, la jeune femme gardait imprimée en elle l'image des touffes d'herbe agitées par la brise le long des pavés du Forum.

Et le vent qui s'était levé, à cet instant précis : n'était-il pas chargé, lui aussi, de porter plus vite, plus fort, jusqu'aux confins, l'annonce de la mort d'Hedwina ?

Inquiète de la voir si pâle, l'hôtesse lui offrit un whisky que Violaine accepta et but sec.

Elle n'en continua pas moins de trembler jusqu'à l'atterrissage, comme aspirée par un cyclone.

CHAPITRE XXXII

Bien que concentrée sur sa douleur, Violaine se laissa éblouir par les lumières de Paris, en cette veille de Noël.

Sapins givrés à tous les carrefours, fontaines publiques déversant leurs flots argentés, scintillement des girandoles, arbres en fête des grandes avenues, qui, dans la nuit de décembre si vite tombée, paraissaient leurs propres et lumineux fantômes. Les façades des magasins de haut luxe se déguisaient, elles aussi, en immenses paquets-cadeaux, croulant sous les ornements d'apparat, boules de verre, guirlandes de gui et de houx, avec, parfois, un large ruban rouge piqué d'un nœud géant, qui paraissait offrir toute la vitrine et même l'immeuble aux passants!

L'année précédente, Violaine avait conduit tout doucement Hedwina à travers Paris, pour lui permettre d'admirer les décorations de Noël. Enfouie dans son vieux manteau de ragondin, qu'elle préféreait désormais à tout autre à cause de la légèreté de la fourrure qui lui brisait moins les épaules, le visage à la hauteur du pare-brise, tant la fatigue la tassait sur elle-même, Hedwina, enchantée, souriait à tout en ouvrant grand les yeux.

Toutefois, il y avait dans son émerveillement quelque chose de différent de celui des enfants, qui, dans une excitation poussée à son comble, se bousculent, crient et trépignent, conscients que cette féerie représente la première vague d'un flot dispendieux de présents... « Ils sont durs à tenir », disent alors les parents, fiers de leur vitalité de jeunes lions flairant déjà le carnage.

Hedwina, désormais, ne désirait plus rien de ce qui se possède et se consomme, aussi jouissait-elle de la géographie des lumières comme elle eût fait des constellations. Dans un émerveillement détaché – prévoyait-elle sa mort prochaine? – qui émouvait d'autant plus Violaine.

« Les enfants malades se comportent ainsi devant les cadeaux, s'était-elle dit, ils admirent sans éprouver de convoitise! » Et elle s'était sentie touchée au cœur par cette joie pure.

C'était bien là qu'elle avait mal, aujourd'hui : en plein cœur.

Toutefois, elle ne s'attendait pas que ses larmes se missent à ruisseler dès le hall et l'ascenseur! Elle venait en pensée de revoir Hedwina, si joyeuse, l'introduisant pour la première fois dans l'immeuble où elle venait d'acheter l'appartement et lui disant : « C'est ici chez nous! Voilà ta chambre... Regarde les arbres! »

Les marronniers, eux, étaient toujours là, grandis, sans souci des peines humaines.

Elle revit aussi toutes ces « dernières fois » : Hedwina mettant des minutes – qui paraissaient des siècles à Violaine, tant elle redoutait les rencontres et les curieux – à franchir les quelques mètres séparant la porte d'entrée de celle de l'ascenseur. Jusqu'aux ultimes sorties, les retours de l'hôpital ou de la clinique, avec Hedwina en chaise médicale. La gaieté et la douceur des brancardiers rendaient moins tragique la déchéance de la Star.

D'autant que la vie était toujours là.

Son sourire, son regard.

« Maman », murmura Violaine tandis qu'elle sonnait à sa porte – leur porte –, n'ayant pas le courage de chercher sa clef pour ouvrir.

C'était la dernière fois, elle le savait, qu'elle se permettait de dire *Maman* avec, encore une demi-seconde, l'espoir fou que quelqu'un allait lui répondre « Oui ».

Marilou vint ouvrir. Elle avait le visage sec, quoique un peu tuméfié, mais, dès qu'elle aperçut Violaine, elle ouvrit grand la bouche et se remit à pleurer, à gros sanglots d'enfant.

Violaine la serra contre elle et elles restèrent ainsi, un moment, dans le silence.

– Viens, finit par articuler Marilou en la prenant par la main.

C'était à la fois ce que Violaine désirait et redoutait le plus au monde. La voir.

Elle le savait bien qu'elle serait belle, mais elle n'imaginait pas que ce serait à ce point-là. Calme, sereine, et même souriante. Dans sa robe de chambre des grands jours, la noire, en satin matelassé doublé de violet. Un bouquet de roses de Noël entre les mains.

– Vois comme elle est belle, la pauvre, dit Marilou comme s'il était nécessaire de le souligner.

En fait, nous n'arrivons pas tout à fait à y croire quand ce que nous haïssons et craignons le plus au monde – un cadavre – se présente comme un objet de beauté.

Ce qui nous rend encore plus cruel d'avoir à nous en séparer pour l'enfouir dans la terre.

– Elle n'a pas souffert ?
– Non.

Mots humbles, toujours les mêmes, de ceux qui transmettent à l'absent ce que furent les derniers instants, les dernières minutes de l'aimé.

– Elle avait bien mangé, terminé jusqu'au bout sa petite compote, je lui avais même donné un chocolat, de la grande boîte que tu as reçue et que tu m'as dit d'entamer...

— Oui, dit Violaine.

Un cadeau d'Henri Firminy, d'après la carte qu'avait à sa demande décachetée Marilou.

— Elle a dit « Bon », et puis je lui ai répété, comme tous les jours, que tu avais téléphoné, que tu pensais à elle, que tu allais bientôt rentrer, et elle a répété « Violaine »... Elle avait compris ! J'étais contente... Et puis elle s'est endormie sur sa chaise, comme elle faisait après les repas, le temps de digérer, avant que je la recouche... Et quand je suis revenue la voir...

Sa voix se cassa et Marilou se remit à pleurer.

Mais Violaine n'avait plus envie de la prendre contre elle, elle tenait la main froide de sa mère et il lui semblait qu'elle pourrait demeurer ainsi jusqu'au bout. De quoi ?

— Tu n'as rien entendu ? demanda-t-elle doucement.

Marilou devina ce qu'elle cherchait à savoir.

— Non, rien, peut-être un soupir... Enfin, avec le recul, je me suis dit que c'était un soupir... Sur l'instant, j'ai cru que c'était le chauffage, un borborygme dans les radiateurs...

Son dernier soupir, non identifié, avait été recueilli quand même, et lui était retransmis. C'était bien.

Violaine s'abandonna contre le lit, posa son front sur la poitrine immobile, qui lui parut dure. Cela n'était plus *un sein*.

Il n'y avait plus de sein maternel pour elle, nulle part en ce monde.

Voilà, elle était seule.

Une grande fatigue s'empara d'elle, comme si elle était parvenue au bout du voyage. Sans compter l'épuisement de cette journée auquel s'ajoutait celui des derniers jours où elle avait lutté contre elle-même, elle se l'avouait maintenant, pour rester à Rome loin d'Hedwina! Par devoir, ce qu'elle avait cru être un devoir : gagner de l'argent.

Ce n'était pas d'argent qu'avait besoin Hedwina.

— Il faut que je vous dise, il est là...

Violaine mit du temps à donner un sens aux parole de Marilou. L'idée qu'il pouvait s'agir des employés des pompes funèbres la révulsa.

— Oh! non, c'est trop tôt, pas maintenant...

— Mais non, c'est pas eux, ils sont déjà passés, ils reviendront demain. C'est votre ami, M. Savigneur...

— Justin..., dit Violaine.

Des images de parcs, de lacs, de repas pris dans la gaieté et l'appétit, lui jaillirent à l'esprit. Son être, immobile et comme figé à jamais, lui parut repartir! Seulement, c'était vers l'arrière, non vers l'avant. C'était bon, le passé, meilleur en tout cas que le présent. Quant à l'avenir, il n'y en avait pas. Le corps glacé de sa mère lui barrait l'avenir.

— Il est au salon, il a dit de ne pas vous occuper de lui, que vous irez le retrouver quand vous voudrez, il n'est pas pressé, il est venu pour être là, c'est tout.

— C'est bien, dit Violaine. Va faire du café, s'il te plaît.

Elle avait envie d'être seule avec Hedwina, afin de lui « parler ». De le tenter, en tout cas, tant qu'elles étaient ensemble dans la même pièce.

Car Hedwina était encore là, elle en était sûre. Personne ne lui aurait ôté de l'idée que l'esprit et l'âme de sa mère étaient là, et la voyaient souffrir.

CHAPITRE XXXIII

Justin et elle avaient refusé toute nourriture, mais pris et repris du café. Marilou en avait refait une pleine cafetière et avait disposé près d'eux une assiette de petits gâteaux secs. Puis elle était partie se coucher, emmenant Bilbao, pauvre bête, pour tenter de se reposer un peu avant l'horrible journée du lendemain où aurait lieu la mise en bière.

Ça n'est pas seulement que l'estomac, le ventre noués, ils n'avaient pas faim, mais ils éprouvaient le besoin instinctif de s'enfoncer dans cet état de légèreté, de spiritualité même, qu'apporte le jeûne, peut-être pour tenter de rejoindre Hedwina. Et aussi, du côté de Violaine, parce qu'Hedwina, qui aimait tant ça, ne mangeait plus, ne mangerait plus.

Devant les gâteaux, la jeune femme s'apercevait que, du vivant sa mère, jamais elle n'avait avalé quoi que ce fût, un yaourt ou une barre de chocolat, sans qu'une part inconsciente d'elle-même ne se dise : « Maman aimerait ça – ou ne l'aimerait pas. »

Est-ce parce qu'Hedwina lui avait donné le sein lorsqu'elle était bébé et qu'il existait entre la mère et la fille ce lien du lait, si animal ? Penser qu'elle devrait désormais « manger seule », sans plus partager cet acte fondamental, lui était douloureux au point de lui couper l'appétit.

Elle avait laissé ouvertes toutes les portes entre le salon et la chambre où la morte gisait sur son lit, et, tout en parlant à Justin, elle demeurait l'oreille tendue, comme si elle risquait d'entendre un bruit, un mouvement, un murmure de ce côté-là.

Pendant qu'elle était seule avec elle, quelque chose d'imperceptible avait chu, l'une des roses de Noël avait dû s'affaisser sur sa tige, et aussitôt Violaine, le cœur battant d'un fol espoir, s'était mise à scruter intensément le visage immobile.

N'y avait-il pas un léger battement du côté des cils? La bouche avait changé d'expression, et les paupières lui paraissaient autrement closes... On a vu des résurrections plus extraordinaires, et la jeune femme s'était mise à épier les traits chéris.

Rien, en apparence, n'en troublait la sérénité. Pourtant, il lui avait fallu poser encore une fois sa tête sur la poitrine glacée, à l'affût d'une palpitation, d'un soupir, d'un faible indice que tout, peut-être, n'était pas fini... Elle était même allée jusqu'à prendre un miroir et l'approcher des narines et de la bouche, redoutant d'être surprise par Marilou.

Elle sut plus tard que la brave femme en avait fait autant de son côté, incrédule elle aussi devant l'irrémédiable. Comme si ce qui caractérise les vivants était leur besoin obstiné non seulement de vivre, mais de voir vivre...

Comment cet homme avait-il pu y renoncer?

– Racontez-moi Evelyne, demanda-t-elle à Justin.

Ils étaient assis de part et d'autre de la table basse, adossés à chacun des deux divans qui se faisaient face. Violaine s'était laissé glisser au sol la première, comme si elle ne supportait plus ce qu'il y avait d'apparat dans la position assise : sa mère, là aussi, ne la connaîtrait plus.

Justin en avait bientôt fait autant. Et ils se regardaient, maintenant, accroupis comme deux enfants, le visage dépassant à peine les tasses à café posées sur la table de verre.

Il devait être trois heures du matin.

– Vous raconter quoi?

– Ce que vous avez ressenti, à l'hôpital, quand vous avez débranché Evelyne.

Elle qui aurait fait n'importe quoi pour conserver Hedwina vivante, ne comprenait pas comment il avait trouvé le courage de « tuer », comme il disait, sa femme.

– Vous savez, j'y avais réfléchi, je m'y étais préparé à l'avance et je pense qu'à ce moment-là, j'étais dans un état second. Je ne me disais qu'une seule chose : « Pourvu qu'ils ne m'en empêchent pas! » Quand quelqu'un se trouve en réanimation, toutes sortes d'écrans sont perpétuellement surveillés, avec des sonneries qui avertissent d'une anomalie... Y a-t-il eu un instant d'inattention de la part du personnel, ou ont-ils fait exprès de me laisser agir, je ne le saurai jamais, et je ne veux surtout pas le savoir... Je me disais aussi qu'ils avaient des moyens puissants de réanimer les gens et qu'ils allaient revenir en trombe et s'acharner sur Evelyne. Je crois que je me serais battu avec eux. J'en sentais le désir furieux dans mes muscles. Après, je me suis dit que j'aurais même été capable de tuer quelqu'un, s'il avait voulu s'interposer pour m'empêcher de tuer ma femme!... Au fond, j'étais fou... et, depuis, je suis resté fou!

– Que voulez-vous dire?

– Pendant les quelques minutes où j'ai procédé à ce qui est un assassinat, tout autant que peut l'être un avortement, même si l'on juge ces actes justifiés dans certains cas, j'ai enregistré toutes sortes de choses qui me sont revenues par la suite... Ce sont ces images-là qui m'ont rendu fou, qui me poursuivent, me persécutent! Parfois, la nuit, je fais des cauchemars : Evelyne m'apparaît avec son visage de morte et elle me parle comme une vivante, elle me fait des reproches, elle me dit qu'elle est demeurée dans les limbes, une sorte de lieu à la frontière de la vie et de la mort, qu'elle s'y sent mal, et que c'est par ma faute.

– Aviez-vous parlé ensemble de cette éventualité?

– Elle était jeune, moi un peu moins qu'elle... Il était inimaginable qu'elle mourût avant moi, d'autant qu'Evelyne n'était pas malade... Croyez-moi, j'ai bien raclé ma mémoire, j'aimerais tant retrouver une petite phrase qui ressemblerait à une autorisation, un pardon préalable... Tout ce qu'elle m'a dit – mais on se dit toujours ça quand on s'aime! – c'est : « Si tu meurs, je me tuerai... Je ne pourrai pas vivre sans toi. »

– Vous croyez qu'elle l'aurait fait?

– Je n'en sais rien. Moi, en tout cas, je vis sans elle! Enfin, j'essaie...

– Non, Justin, vous n'essayez pas.

– Ah?

Il la fixa. Violaine n'avait jamais remarqué la puissance méditative de son regard.

« Au fond, se dit-elle, Justin attend très peu des autres. Peut-être même rien du tout... Il est avec lui-même. »

Elle ne savait pas ce qui la poussait à lui parler ainsi à cette heure de la nuit. Peut-être cette solitude « à trois » dans laquelle ils se trouvaient. Car ils étaient trois, et même quatre, entre Hedwina et Evelyne, toutes deux si proches. L'une sereine, l'autre agitée et quémandeuse.

Tous les morts n'ont pas le même « comportement » ni la même humeur, se dit-elle.

De quel fond surgissait soudain ce savoir sur la mort ?

La jeune femme se replia sur elle-même, les deux bras noués autour de ses genoux. Elle éprouvait un intense sentiment de lucidité.

– Vous n'assumez pas votre acte, Justin.
– Je m'en rends compte.
– Seulement, vous ne savez pas pourquoi.
– Parce que je me sens coupable, tiens !
– Vous ne l'êtes pas de ce que vous croyez.
– Ah ?
– Vous vous croyez coupable d'avoir donné la mort à votre femme qui n'allait plus être qu'un légume, ce qui lui aurait été intolérable tout autant qu'à vous, sinon plus. En fait, ce qui vous rend coupable, c'est que vous y ayez pris plaisir.

Aussitôt la douleur qui dominait son être, celle d'avoir perdu Hedwina, lui devint encore plus consciente.

Si elle n'avait pas été comme appuyée sur cette douleur, jamais elle n'aurait pu exprimer une pareille chose. Mais la douleur, c'était comme le fumier de Job. Elle ne pouvait pas tomber plus bas et ne craignait plus rien : il lui était loisible d'aller jusqu'au bout d'elle-même.

L'homme pâlit ; il tenait sa tasse de café à la main et Violaine pensa : « Il va la lâcher ! »

L'oreille tendue vers la chambre d'Hedwina, elle percevait, dans le silence tendu, le tic-tac de la pendule de l'entrée.

Justin reposa sa tasse.

– C'est vrai, dit-il.
– Cela vous paraissait un devoir horrible qu'en même temps vous ne pouviez pas éviter. Seulement, pendant l'accomplissement de l'acte...

C'est lui qui acheva sa pensée :
– Peut-être est-ce qu'on aime tuer ; sinon, on ne ferait jamais la guerre...

Violaine y avait souvent pensé. Peut-être les mâles, privés de la jouissance de donner la vie, se rattrapent-ils en donnant la mort ? Un plaisir inavouable, violemment refoulé, nié, interdit.

Elle avait vu Bilbao, le petit chien, tuer des rats, dans une excitation joyeuse, une volupté extrême qu'il aurait voulu lui faire partager à elle, son « humaine » – et pas le moindre remords. Une incompréhension totale, au contraire, lorsque Violaine voulait le gronder et lui faire honte de sa chasse, en lui arrachant sa proie inerte.

Là, au contraire, elle avait envie d'aider cet homme à sortir de sa honte.

– Je me sens si coupable, moi aussi !
– Vous ? Mais pourquoi ?
– Je n'étais pas là quand ma mère est morte...
– C'est peut-être mieux, Violaine. A cause de ce que vous venez de me faire comprendre... Pensez-y à votre tour.
– Que voulez-vous dire ?
– Lorsque quelqu'un qui est une part bien-aimée de nous-même nous quitte, nous sommes sur une frontière ténue... A la fois nous avons envie de le suivre, et pour cela de mourir avec lui, et nous luttons de toutes nos forces pour continuer à vivre... C'est comme sur le radeau de la Méduse : nous coupons les mains qui s'accrochent et qui cherchent à nous entraîner vers le fond... J'ai coupé les mains d'Evelyne, et c'est ça qui m'a fait plaisir... Non pas de lui couper les mains, mais d'exercer à ce moment-là ma force de vie. J'étais vivant, moi ! Et même en pleine forme : malin, habile comme je l'avais rarement été... Mon esprit fonctionnant encore plus vite que mon corps, prévoyant tout, calculant tout ! Vainqueur, car je suis parvenu à mon but ! Quelle jouissance d'être vivant, vous avez raison, Violaine... Et c'est cela qui est parfois impardonnable... Leur survivre,

survivre à ceux que nous aimons est impardonnable.

Elle se rappela la scène où sa mère la halait vers elle, comme pour la dévorer. Elle avait fini par la repousser.

Ils se turent.

L'aube blanchissait aux fenêtres.

Cet homme et elle étaient allés aussi loin qu'ils le pouvaient dans un domaine interdit. Oui, d'une certaine façon ils avaient été sacrilèges, se disait Violaine, transie par le froid et l'immobilité, car on ne parle pas ainsi de la vie et de la mort des siens, on n'a pas le droit de soulever le voile.

Sans préavis, la jeune femme se leva pour retourner auprès d'Hedwina.

En pénétrant dans la chambre où les ténèbres lui parurent plus opaques que dans les autres pièces de l'appartement, elle se sentit à nouveau un tout petit enfant et, après une grimace de bébé, elle se remit à pleurer à petits coups, les épaules convulsées, le corps faible.

Perdue.

C'était la première aube où sa mère n'existait plus.

CHAPITRE XXXIV

Agenouillée près du lit, la joue contre le drap, Violaine avait renoncé à détacher du bouquet et à prendre entre les siennes une des belles mains à présent trop rigides.

Justin considéra un instant la gisante, puis il s'approcha de la jeune femme et lui pressa l'épaule pour lui signaler son départ.

Violaine se retourna vers lui dans l'idée de le remercier d'avoir bien voulu veiller avec elle, et elle s'étonna de lui trouver soudain l'air détendu. Rajeuni, même. En dépit de l'ombre de la barbe, il semblait sortir d'une nuit de repos, prêt à affronter avec alacrité le monde extérieur.

Une seconde, Violaine eut envie de le suivre pour se retrouver avec lui dans l'air frais du matin, les narines flattées par l'odeur du premier café, des croissants. Mais sa douleur la rappela à l'ordre, comme si elle l'avait tirée par une corde attachée au lit d'Hedwina, et elle n'eut plus envie de rien d'autre que de rester à son chevet.

— Merci, Justin.

— Je ne serai pas là pour l'enterrement, sauf, bien entendu, si vous avez besoin de moi. Mais j'imagine qu'il y aura foule.

— Ne vous inquiétez pas.

Dès huit heures, ils commencèrent à arriver :

amis proches ou lointains, journalistes, photographes. Violaine, après une brève toilette, s'aperçut qu'il ne suffisait pas de les accueillir, elle devait tenir salon. Marilou s'activa à servir et resservir thé et café, puis, à l'heure du déjeuner, fit porter par un traiteur des sandwichs et des petits fours, vite engloutis.

Les visiteurs s'installaient, discutant entre eux, certains décidés à passer la journée là, puisque la porte était ouverte, épiant les arrivées toujours intéressantes lorsqu'il s'agit de gens du spectacle.

Charline débarqua de Châteauroux, voile de crêpe au vent.

Dès qu'elle l'aperçut, Violaine comprit que sa tante serait « bien ». Les femmes de sa famille savaient faire face dans les grandes occasions.

Hedwina avait été ainsi et quand Violaine perçut le même trait chez Charline, elle se promit qu'elle aussi montrerait cette vertu de veiller aux grandes choses comme aux détails, fût-ce au plus fort de la douleur. De savoir demeurer en soi, fût-ce au milieu de la foule.

Oui, la pensée d'Hedwina ne la quittait pas, et c'était avec les yeux et les oreilles de sa mère qu'elle considérait les attitudes, écoutait les paroles, mesurait les sincérités.

Car s'il y avait des visiteurs profondément touchés, comme Eric Restoff, d'autres, bien sûr, venaient là par curiosité, cherchant à se faire photographier, si cela se trouvait, en compagnie de célébrités.

Les gens s'imaginent toujours que la « famille », pétrifiée dans son deuil et son chagrin, ne s'aperçoit de rien, alors que ceux que la douleur vient d'écorcher vifs sont, au contraire, et bien malgré eux, sensibles au moindre souffle. Que ce soit de compassion ou de désinvolture.

« Comment se fait-il qu'en un moment pareil, je

tienne des comptes! » se reprocha Violaine. Elle venait d'observer qu'une vedette féminine, après un bref regard jeté à la morte, s'était précipitée vers un grand metteur en scène sur le départ. Elle nota aussi que des personnes sur lesquelles elle comptait ne parurent pas. En revanche, une ancienne rivale d'Hedwina, une femme de sa génération, qui continuait une très honnête carrière au théâtre, était bouleversée. C'est du fond du cœur qu'elle répétait « ma petite fille, ma petite fille », ne trouvant rien de plus à exprimer.

Mais qu'y avait-il d'autre à dire et à faire? Sinon passer ainsi le temps, si long et si court à la fois, avant la mise en bière, moment redouté et redoutable.

Quand ce fut l'heure, Violaine, Charline et Marilou exigèrent de demeurer seules avec les employés des pompes funèbres, dont le zèle et le tact comptaient là aussi grandement. Marilou n'avait pas ôté sa chaîne à Hedwina, ni la petite alliance en brillants qu'elle ne quittait jamais, mais Charline prit sur elle de les détacher pour les tendre à Violaine, qui lui en fut reconnaissante.

Elle ne l'aurait pas fait d'elle-même, craignant de commettre l'acte épouvantable de dépouiller une morte, quelqu'un qui ne peut plus protester, mais elle était heureuse de conserver ces minces bijoux. Elle les porterait comme des fétiches et elle appréciait que ce fût Charline, sœur d'Hedwina, qui les lui eût remis.

Que signifie, se demandait-elle – tandis qu'elle se tenait debout, à observer les employés accomplir le plus vite qu'il leur était possible, sans tomber dans l'irrespect, les gestes nécessaires à la fermeture du cercueil –, d'être la fille d'une autre femme? une femme issue d'une femme?

Que signifie d'avoir utilisé ce corps, de l'avoir parasité pour parvenir à naître? Pourquoi s'ensuit-il des liens si serrés qu'on n'arrive jamais à les défaire, même s'ils sont parfois vécus sur le mode de la haine, cet autre versant de l'amour?

Sa mère, en plus d'être sa mère, avait été une petite fille, une amoureuse, une femme qui avait aussi aimé en dehors d'elle, son enfant.

C'était la première fois que Violaine se l'avouait aussi nettement, peut-être parce qu'elle était en plein dans ce douloureux et obligatoire travail de détachement qui s'accélérait depuis qu'elle avait vu les hommes prendre le corps de sa mère comme un objet et le déposer dans une boîte.

C'était fini, le corps de sa mère ne pouvait plus s'interposer entre elle-même et les idées qu'elle pouvait avoir sur cette femme nommée Hedwina Vallas. Violaine ne pourrait plus dissimuler sa mère derrière l'appellation tendre mais réductrice de « Maman », et le destin de la Star commença de lui apparaître dans toute sa grandeur, lui échapper, la dépasser.

Par sa gloire.

Car c'était une rumeur, un frissonnement de gloire qui peu à peu emplissait la maison. Les gens se pressaient de plus en plus nombreux à mesure que la journée avançait, et même s'ils s'adressaient à elle, Violaine savait bien qu'ils étaient là pour Hedwina. Elle-même n'était qu'un substitut. Certes, sa fille, mais elle aurait pu être son assistante ou son imprésario qu'elle aurait été l'objet des mêmes condoléances, prononcées sur le même ton.

Charline en recevait sa part.

Violaine s'aperçut que sa tante en avait le rose aux joues, d'émotion, d'excitation, d'incompréhension aussi. Pour Charline, sa sœur restait une « gâteuse », une impuissante qui ne pouvait plus rien faire par elle-même, et qu'il s'était agi de nourrir et de torcher. Elle en avait oublié qu'Hedwina avait été une star, qu'elle l'était, le serait toujours, car, de nos jours, les stars ne meurent plus. Au contraire, leur disparition les propulse au zénith.

Maintenant que Charline n'avait plus à prendre part aux soins astreignants à donner à sa sœur, elle s'apercevait que la distance entre elles deux ne cessait de s'accroître.

Cet été encore, pendant qu'elle veillait sur elle en compagnie de Violaine, elle pouvait se dire qu'elles étaient revenues au temps de leur enfance, quand elles étaient presque semblables, deux sœurs élevées pareillement – avec, à l'avantage de Charline, cette supériorité qu'elle-même n'était pas sénile! C'était sa sœur qui l'était et qui dépendait d'elle, parfois totalement.

Or, ce temps-là – pour ne pas dire ce « bon temps »! – était fini.

Hedwina ne dépendrait plus de personne, pas plus de Charline que des autres. C'était le public qui à présent s'emparait de la Star et à qui elle allait de plus en plus appartenir.

Peut-être signalerait-on quelque temps encore, dans les articles, les commentaires, qu'elle avait eu une fille, mais le nom de sa sœur, lui, ne serait guère prononcé. On finirait même par l'oublier tout à fait.

Il ne resterait à Charline, de retour à Châteauroux, qu'à exposer dans son salon des photos gigantesques d'Hedwina pour manifester auprès des voisins, des visiteurs, quel lien étroit la reliait à une étoile!

Sinon, elle allait retomber dans l'obscurité.

A cette seule idée, elle se rapprocha de Violaine : il lui restait encore sa nièce. Violaine lui sourit.

Charline, un peu réconfortée, se dit qu'elle avait toutefois un dernier grand moment à vivre : l'enterrement du lendemain. La messe, où elle se tiendrait au premier plan; puis le cimetière où, sous son voile noir, elle recevrait les témoignages de compassion et de regret des grands du cinéma, et même ceux du monde politique.

A ce moment, Violaine lui fit discrètement passer le télégramme adressé « à la famille », que venait de leur adresser le président de la République.

Flattée, épatée, Charline se demanda si, après la cérémonie, elle pourrait suggérer à Violaine de le lui laisser. Cela lui ferait tellement plaisir de le rapporter à Châteauroux, où elle le donnerait à encadrer.

Brièvement effleurée par l'idée qu'il pouvait s'agir là, de sa part, d'un geste dérisoire, elle l'écarta : Hedwina ne lui en aurait pas voulu, si elle l'avait su; tout au plus se serait-elle légèrement moquée d'elle.

Ainsi était Hedwina, indulgente à son égard, tendrement bienveillante, et Charline fondit soudain en larmes au beau milieu du salon. Elle venait de prendre conscience qu'elle avait perdu à jamais cette indulgence, cette tendresse sans limites dont elle bénéficiait du seul fait qu'elle était la sœur d'Hedwina. Son « irremplaçable sœur », comme il arrivait à la Star de dire, pour la taquiner, mais aussi pour lui signifier la place unique qu'elle occupait auprès d'elle. Et Charline se mit à souffrir vraiment, car elle s'aperçut qu'en la personne de sa sœur, la mort venait de la déposséder de quelque chose d'infiniment précieux : d'un amour sans conditions.

Un amour « d'état ».

Violaine, consciente de sa soudaine désolation, vint à elle et entoura de son bras les épaules frêles et pointues de sa tante :

– Va te reposer, tante Charline, la journée a été dure et elle le sera encore plus demain.

Et, pour mieux réconforter la vieille fille qui levait sur elle un regard d'enfant aux paupières flétries :

– J'ai besoin de toi, lui murmura-t-elle.

Charline se retira dans la chambre qui était la sienne lors de ses séjours à Paris. Au lieu de s'étendre – position qui ne lui disait rien qui vaille, d'y avoir trop vu la morte! –, elle demeura longtemps le front appuyé contre la vitre, à considérer les marronniers dépouillés de leurs feuilles où, par cet hiver doux, les oiseaux voletaient en se chamaillant.

Quelque chose de son propre destin lui apparut alors sans qu'elle eût cherché à se le formuler, et remua comme un enfant dans ce sein qui n'en avait jamais porté.

Peut-être avait-elle eu, sans s'en douter et sans l'avoir choisi, une part importante, essentielle même, dans le trajet, la carrière et la gloire d'Hedwina? Peut-être avait-il fallu à l'actrice le sentiment qu'elle possédait une sœur – laquelle vivait paisible en province, dans l'ordre et la méticulosité, préservant les souvenirs de leur enfance et de leurs parents à toutes deux, tout en critiquant et en rejetant ce qui, à ses yeux, n'était pas « normal » – pour oser elle-même, en tant qu'actrice, s'aventurer si loin dans l'incarnation et l'exhibition de sentiments impudiques et extrêmes? Peut-être le génie d'Hedwina s'était-il nourri subtilement, et à l'insu des deux sœurs, de l'existence quiète de Charline? De sa stérilité aussi, de l'étroitesse rassurante de son esprit? Grâce à ces longs pseudopodes jamais coupés, dût-on ne jamais se voir, entre membres d'une même famille...

Oui, elle, Charline, qui, à Châteauroux, nourrissait l'hiver les petits oiseaux – mais sur le balcon arrière de sa maison, pour que nul ne la vît – avait peut-être été la condition de la gloire de sa sœur.

Quand Violaine, vers les deux heures du matin, put enfin se coucher, la porte refermée sur le dernier visiteur, après une brève visite à la chambre de sa mère où l'horrible « boîte » lui parut une pièce de mobilier choquante parmi les objets familiers, une pensée, refoulée jusque-là, lui vint à l'esprit : « Et Edouard, sait-il ? »

Elle s'avoua qu'elle avait attendu toute la journée un signe de lui, une manifestation quelconque, lettre, télégramme, coup de téléphone, envoi de fleurs.

Or, rien n'était venu.

Mais, n'est-ce pas, elle n'était que chagrin et douleur en ce moment, c'est-à-dire bien au-delà de la déception!

Toutefois, la jeune femme n'avait pu s'empêcher de faire la meilleure figure possible devant l'objectif des photographes. Elle était même repartie une ou deux fois dans son cabinet de toilette, se passer un nuage de poudre et lisser ses cheveux, vérifiant au passage l'aspect de son rang de perles sur le haut noir de sa robe. Pour le cas où les photos paraîtraient dans la presse et où Edouard les verrait...

Le deuil sied aux blondes, quand elles savent y veiller.

Le sommeil la saisit d'un coup, un sommeil lourd et traversé de cauchemars qui la firent crier et sursauter.

C'est qu'elle avait commencé à se débattre contre cette part d'elle-même étroitement reliée à Hedwina et qui cherchait maintenant, puisque Hedwina s'y trouvait, à l'entraîner elle aussi dans la mort.

Pour recommencer à vivre – dans un grand deuil, ce n'est jamais joué d'emblée, quoi qu'en pensent les intimes qui veulent se rassurer en disant : « Dans six mois, tout ira bien ! » – Violaine devait transformer l'amour encore vivant qu'elle portait à sa mère en un sentiment d'une autre nature.

Un amour qui a accepté le sacrifice de ne plus serrer quelqu'un dans ses bras, de ne plus dialoguer avec lui, de ne plus partager le quotidien; un amour qui a renoncé à la présence et à la réalité du corps.

Qui est devenu l'amour pour une ombre.

Cela fait tellement mal, au début!

Charline entendit Violaine hurler une ou deux fois au cours de la nuit. Elle se leva. La porte de la chambre de la jeune fille n'était pas fermée : elle se tournait et se retournait dans son lit comme en proie à une forte fièvre. Charline eut envie de s'approcher de sa nièce et de poser la main sur son front, puis elle se dit que, tout compte fait, elle dormait, et que c'était toujours ça de gagné.

Ramener à la conscience quelqu'un qui ne trouvera dans le monde réel que deuil et solitude est inutile.

Charline rentra dans sa chambre en resserrant sur elle le mince peignoir de soie qui avait appartenu à Hedwina et que Violaine avait déposé à son intention sur son lit. En ce qui la concernait, elle, la femme sans mari et sans enfants, elle ne laisserait derrière elle aucun chagrin aussi profond, aucun être si cruellement endeuillé.

C'était déjà ça!

Charline ne le savait pas, mais en assumant aussi fortement son propre destin, elle rejoignait à sa façon Hedwina.

Gloire ou pas gloire, elles étaient bien sœurs.

CHAPITRE XXXV

Après l'enterrement, des vagues de courrier étaient arrivées de tous les pays, et même de tous les continents. Certaines étaient adressées directement à Hedwina : « Je t'aime et je regrette que tu sois morte », lui disait-on. La plupart comportaient une adresse et Violaine avait entrepris d'y répondre. Non par un mot personnel, ce qui risquait d'être interminable, mais en envoyant au correspondant une carte de remerciement sur laquelle avait été reproduite une superbe photo d'Hedwina, du temps de sa splendeur.

— Tu vas te ruiner ! lui avait dit Charles Kramer quand il avait vu le luxe du papier et de l'impression.

— Tant pis, avait répondu Violaine. Il y a des gens qui paient des messes à la mémoire d'un disparu, moi, je réponds à l'amour par de l'amour... Cela leur fait tellement plaisir ! Certains m'ont déjà écrit pour me le dire.

En fait, elle avait du temps pour le courrier, car elle n'arrivait pas à se remettre à travailler ni même à ranger l'appartement. Il était tellement celui de sa mère... Non seulement parce que Hedwina l'avait choisi, voulu, mais chaque pièce, même la chambre de Violaine, portait sa marque.

Une façon bien à elle d'organiser un cadre de vie avec les meubles situés aux bons endroits, près de la cheminée, du téléviseur, des portes-fenêtres. Il n'y avait pas de salle à manger, mais, un peu partout, des tables rondes où l'on pouvait prendre ses repas selon l'humeur, le temps, le nombre des convives.

C'était l'humain, ici – ses goûts, ses envies, ses désirs, ses besoins – qui commandait au cadre, et pas l'apparat. L'harmonie dérivait de ce bien-être, aussitôt ressenti par qui pénétrait dans l'appartement, non du choix judicieux de la décoration au terme de longues méditations sur des rapports de coloris.

Du temps de sa vitalité, Hedwina rentrait parfois à la maison avec un jeté de cachemire, des coussins bariolés, un vase, une statue de bronze, voire, une fois, un bonheur-du-jour qu'elle tenait sous le bras, et lorsque Marilou s'était exclamée : « Mais où va-t-on le mettre, y a plus de place! », elle avait riposté : « Il y a toujours de la place pour ce qu'on aime! »

Et quand Marilou, qui n'appréciait pas trop le changement ni la nouveauté, insistait pour savoir si ce disparate n'allait pas faire capharnaüm – « Vous croyez que ce cachemire va aller avec votre bergère Louis XV? » –, la Star ajoutait invariablement : « Voyons, Marilou, je te l'ai déjà dit, tout ce qui est beau va ensemble! »

Violaine s'en était convaincue : de même qu'un beau vert se soutient très bien d'un beau bleu, ou un fuchsia d'un rouge vif, dans l'habillement comme en peinture, sa mère lui avait démontré que tous les styles se marient, dans un salon, comme ils font bon ménage dans nos cerveaux. Notre culture n'est-elle pas composée de strates de tous les âges? L'important, c'est le rythme, l'harmonie, la musique, en somme! Ainsi ces espaces que savait si bien ménager Hedwina comme une mesure, une respiration entre les choses. Ou encore ces regroupements d'objets qui, tels un trio de croches ou de doubles croches, mettaient soudain de la vitesse dans un arrangement un peu monotone. Tous les vases ensemble, par exemple, et non pas distribués çà et là, ou tous les bronzes animaliers, quelle que fût leur époque, réunis comme un troupeau devant la cheminée.

Subsistaient aussi les objets liés à la maladie, à l'impotence d'Hedwina. Son fauteuil roulant, sa chaise percée, ses châles, ses plateaux, ses robes de chambre, ses pantoufles, ses bas de laine épaisse, car ses jambes inertes se refroidissaient vite, l'appuie-tête pour lui laver les cheveux... Ceux-là, la Star ne les avait pas choisis. Mais ils étaient devenus tellement importants, on les avait si souvent maniés – se mettant presque à leur causer quand on les approchait d'Hedwina, ou quand on voulait l'inciter à s'en servir, ou la prévenir qu'on allait avoir à l'y transporter : « Tiens, voilà ton beau fauteuil roulant, on va t'y asseoir », « C'est ton joli châle, pour que tu n'aies pas froid ! », « Voici le plateau de ton déjeuner ! » – que maintenant ces utilités semblaient à Violaine douées d'une âme.

Quand Marilou avait voulu les faire disparaître, Violaine l'en avait retenue : « Non, pas tout de suite... » Il avait bien fallu qu'elle se sépare du corps. Qu'au moins on lui laissât ce qui avait touché le corps !

Les robes aussi, dont les armoires étaient pleines... Toutes rappelaient une époque : le petit ensemble pied de poule noir et blanc avec lequel elle était apparue une fois à Roissy, pour attendre sa fille, entourée par tant de demandeurs d'autographes qu'elle avait beau ouvrir les bras, c'était toujours un carnet et un crayon qui venait s'interposer entre elle et Violaine! Elles en avaient tant ri, après, dans la voiture! Et la ravissante capeline jaune pâle, légère, dentelée, qu'elle avait mise pour aller à une garden-party officielle et qui avait fait la joie des photographes.

Il aurait fallu un musée, ou plutôt, songea Violaine, pouvoir laisser l'appartement tel quel, n'y plus toucher. Seulement, il fallait bien y vivre, et, à tout prendre, elle aimait continuer à caresser de l'œil, de la main, ces traces de ce qu'avait été l'esprit de sa mère.

Une œuvre subtile, fragile, édifiée au fil des jours, des retours à la maison, du caprice et de l'émotion, qu'un rien pouvait anéantir (en particulier les gestes de Marilou qui, déjà, poussait et repoussait meubles et bibelots là où ils auraient dû se trouver d'après elle), et que Violaine bataillait pour garder vivante, c'est-à-dire intacte, le plus longtemps possible.

Dès le lendemain, Prince était venu la voir.

A l'enterrement, elle ne l'avait d'abord pas aperçu, noyé dans une telle foule. Une masse dense et compacte au cœur de laquelle Charline et elle s'étaient trouvées si compressées, à un moment donné, que leurs yeux, où se lisait un début d'affolement, s'étaient cherchés. Etait-ce elle ou Charline qui avait alors murmuré : « On aurait peut-être dû faire une cérémonie privée... »?

Il était tellement trop tard pour y penser, et en somme si ridicule de l'évoquer, qu'elles étaient parties... eh bien, d'un fou rire!

Violaine s'était retrouvée suffoquant dans son mouchoir, alors qu'elle serrait des mains une par une, mais aussi par deux, une fois même par trois à la fois, et elle n'osait plus se retourner vers sa tante, de peur d'entrer carrément dans l'hystérie.

Hystériques, c'étaient les autres qui l'étaient,

criant, poussant, écrasant, cherchant en fait à se créer des souvenirs.

Au moment de la mise en terre, Violaine ne put se retenir de penser à l'incident grotesque d'un admirateur propulsé par une foule semblable, jusqu'à glisser dans la tombe encore ouverte d'un grand écrivain, il y avait quelques années, sous l'objectif extasié des photographes!

Heureusement, rien de tel ne se produisit, mais, à vrai dire, serrée et même encastrée comme elle l'était dans l'assistance, Violaine s'aperçut qu'elle ne ressentait rien, pas d'émotion. Une seule pensée : « Vite, que ce soit fini! »

C'est au moment où elle cherchait vainement à fendre le flot pour s'en aller, et découvrait qu'elle en était prisonnière, qu'elle avait aperçu Prince. Comprenant la situation, il l'avait aussitôt saisie sous un bras, et Hubert Firminy avait surgi lui aussi pour s'emparer de l'autre. C'est enlevée, presque portée par les deux hommes que Violaine avait regagné la voiture que conduisait le cher Serge, réapparu pour l'occasion, les yeux rouges.

– Et Charline? leur avait demandé Violaine en se retournant vers le bloc de ceux qu'elle ne pouvait appeler autrement que « les spectateurs ».

– Kramer s'en occupe, lui avait dit Prince, ne t'en fais pas, et Marilou la suit.

Une fois à l'abri, et la voiture sortie du cimetière, les trois femmes s'étaient regardées. Que venaient-elles de vivre là? De quoi s'agissait-il au juste? Quelle avait été cette cérémonie barbare où les éclairs de flashes et la voix des curieux dominaient les paroles des prières et de la bénédiction, empêchant tout recueillement?

C'est en remettant les pieds dans l'appartement que Violaine, arrachant son voile noir et son chapeau, s'effondra. Elle courut se réfugier dans la chambre de sa mère, puis, blottie sur son lit, après une longue et douloureuse crise de larmes, elle finit par s'endormir, serrant dans sa main le petit chapelet qu'Hedwina conservait toujours près d'elle et utilisait parfois.

Le téléphone avait sonné à plusieurs reprises et, pour ne pas répondre, craignant que le bruit ne réveillât sa nièce, Charline avait décroché les appareils.

Le lendemain, ce fut une pelletée de journaux que Marilou ramena sans un mot, avec le marché. Chacune les lut à tour de rôle, en silence. Après le déjeuner, Charline déclara qu'elle allait rester entre quatre ou cinq jours, le temps que la « maison », comme elle disait, se remît en marche.

Tous les après-midi, elle disparaissait et Violaine la soupçonnait de se rendre au cimetière, mais elles n'en parlèrent pas. Elle-même n'en éprouvait aucun désir. C'était ici, dans l'appartement, qu'elle sentait le mieux la présence de sa mère, pas là-bas, au froid, parmi les pierres tombales et la foule anonyme.

Prince lui rendit plusieurs fois visite, justement, à l'heure où Charline n'était pas là. Il ne lui parla pas d'Hedwina, mais de ses travaux et d'Etienne qui avait fait d'énormes progrès. Violaine l'écoutait sans curiosité apparente, mais elle aimait. C'était comme s'il lui avait raconté les faits et gestes d'un enfant, et elle avait envie d'entendre parler d'enfants. Le petit Bilbao, roulé en boule sur ses genoux, laissait bien paraître, lui aussi, qu'il « faisait son deuil » et que c'était encore plus dur de ne pas avoir, comme les humains, les mots pour le dire.

Hubert Firminy lui avait téléphoné pour l'inviter à déjeuner, mais elle avait refusé. Elle n'avait pas envie d'avoir à subir des assauts amoureux en ce moment, cela lui paraissait hors de propos, et même dérisoire.

Ce qu'avait parfaitement compris Prince, qui ne l'embrassait pas, ni en arrivant ni en partant. Il ne lui apportait pas de fleurs non plus. Il y en avait eu des tonnes, à l'enterrement, et Violaine avait pris en grippe cette débauche végétale qui n'annonçait qu'une chose : la décomposition.

Enfin, on l'eût dit dans l'attente.

— Elle va se remettre en route, disait Charline à Marilou quand elles se retrouvaient toutes deux à la cuisine, devant une tasse de café.

— C'est sûr, faudrait qu'elle recommence à travailler!

— Mais pourquoi ne s'y met-elle pas?

— Ce sacré boulot qu'elle fait aussi, répliquait Marilou. Vous croyez que c'est humain d'être toujours seule devant un appareil qui parle même pas? C'est pas ça qui vous change les idées... Faut du monde... Madame Hedwina me disait toujours : « Quand je suis fatiguée, Marilou, heureusement qu'il y a l'équipe, ça me soutient! » Elle n'a jamais travaillé seule, cette pauvre chère dame... Elle n'aurait pas pu! La machine, ça tient pas assez chaud au cœur.

Il y avait du vrai dans ce que disait Marilou, Violaine n'avait pas le courage de se plonger dans des opérations mentales solitaires, quelque chose restait trop endolori dans sa pensée, son cerveau. C'est pour cela qu'elle se remit un peu au piano; les notes vibrantes étaient comme un chant, un cri, en tout cas une plainte.

On ne peut pas se plaindre sur un ordinateur, on ne peut qu'être logique.

Avec Hedwina prochaine et lointaine, partie et toujours là, devenue pourriture et en même temps rayonnante, comment aurait-elle pu se sentir logique?

Du fond de sa douleur, le monde rationnel et causal lui apparaissait comme un corset efficace, certes, utile, indispensable, mais infiniment trop étroit pour expliquer tout ce qui se passe dans l'univers, et même dans cette toute petite chose battante : un cœur humain.

Il lui aurait fallu l'amour !

Où donc était passé l'amour ?

CHAPITRE XXXVI

Edouard dormait encore.

Ils avaient débarqué tard la veille, après avoir foncé sur l'autoroute du Sud, presque déserte à ces heures-là, et, aussitôt montés dans leur chambre, s'y étaient enfermés sans vouloir dîner.

Edouard, en fait, l'avait littéralement kidnappée.

Le matin – une intuition? – Violaine s'était rendue chez son coiffeur pour la première fois depuis l'enterrement, afin de s'y faire couper les cheveux et aviver un peu sa blondeur.

Puis elle avait eu envie d'entrer dans une boutique où on ne la connaissait pas – ce qui évitait les bavardages et les condoléances –, pour s'acheter une tenue qu'elle avait remarquée en arrivant, qui n'était pas son genre. Eprouvait-elle le besoin d'un changement?

Un blouson de daim bleu-gris, surpiqué, travaillé en lanières, avec un pantalon en même peau.

Elle était en train de faire des essayages devant sa glace quand le téléphone avait sonné.

Une voix d'homme, douce et énergique à la fois, lui dit seulement : « C'est moi. »

Forgées contre l'angoisse et la douleur, ses défenses se volatilisèrent et elle dut s'asseoir, dans la joie de l'abandon à une volonté étrangère. La volonté d'Edouard.

Car c'était lui.

A nouveau elle se sentait vulnérable, toute exposée à ce qu'il allait lui dire et c'était bon.

Plus rien ne comptait de ce qui s'était passé entre-temps : ni qu'il se fût marié, ni la naissance des enfants. Et, en ce qui concernait la mort d'Hedwina, Violaine n'avait plus qu'un désir : la lui raconter!

Oui, se jeter dans ses bras et tout lui raconter.

Un quart d'heure plus tard, il était là.

Marilou, prévenue, s'était enfermée dans la cuisine.

Violaine, droite devant la porte, avait attendu le coup de sonnette, consciente qu'elle n'avait jamais éprouvé de toute sa vie un tel sentiment d'impatience.

Elle aurait trépigné si elle avait pu! Jusqu'à ce qu'elle l'eût revu, jusqu'à ce qu'elle se fût à nouveau retrouvée dans ses bras, sous son regard, dans sa voix, elle n'avait plus rien à vivre.

Pas même boire un verre d'eau ou allumer une cigarette.

C'était un sentiment si intense qu'il en était effrayant.

Elle se disait seulement : « Heureusement que je suis belle! »

Elle regretta de ne pas s'être aspergée de son eau de toilette ou, mieux encore, de l'un des capiteux parfums d'Hedwina, *Cabochard* ou *La Nuit*, mais ses pieds étaient comme enracinés dans le sol, face à la porte d'entrée qu'elle n'osa tout de même pas ouvrir d'avance, bien qu'elle en mourût d'envie.

Elle s'entendit avoir un petit rire pendant qu'elle le dévisageait... C'est tout, d'ailleurs, ce qu'elle eut le temps d'exprimer, car il l'avait prise dans ses bras et lui murmurait : « Mon amour, mon amour. »

Cela signifiait : « Pardon de ne pas avoir été là », et aussi : « Quel bonheur, c'est toi, c'est moi, c'est nous... »

Violaine s'étonnait de retrouver à ce point sa place contre ce corps d'homme, le front posé entre son cou et son épaule. Edouard avait juste la bonne taille, le bon poids, ses bras l'encerclaient comme il fallait, sa voix berçait convenablement son oreille. Il était « fait » pour elle, il était à elle, il était elle.

Elle n'en avait jamais été aussi sûre.

Il embrassait à petits coups le coin de ses lèvres, sa bouche, ses paupières, l'emplacement derrière ses oreilles (heureusement que ses cheveux étaient lavés du jour !), et le morceau de peau qui apparaissait au-dessus du décolleté.

Puis il baisa à tour de rôle ses deux mains qu'il considéra un instant, étonné peut-être de n'y pas trouver de bague, ni le diamant de leurs fiançailles. Mais les mains de Violaine étaient libres – à lui, donc.

Au bout d'un temps suffisamment long pour qu'ils eussent envie de se parler, une fois l'accord des corps retrouvé, Violaine l'entraîna dans la pièce de séjour où se trouvaient encore le fauteuil roulant d'Hedwina, l'un de ses châles, ses photos, ses nombreux portraits disposés partout, et elle lui dit :

– C'est là qu'elle est morte, dans sa chambre, dans son lit, chez elle !

– Ah, dit Edouard, dont le regard eut très vite fait le tour des lieux.

Plus bas, il ajouta :

– C'est bien. Je suis content pour toi.

Violaine aurait aimé qu'il complète : « Et je suis content pour elle. » Mais Edouard l'aimait, elle, plus qu'il n'avait aimé et ne pouvait aimer Hedwina, c'était normal. Ils avaient beau être si proches, presque un seul être, jamais Edouard n'aurait pu « prendre en charge » sa mère à elle – il l'avait prouvé –, ni ne pourrait même la prendre tout à fait en compte.

Maintenant, elle se disait que ça n'était pas grave. D'ailleurs Hedwina, qui avait beaucoup aimé Edouard, et l'avait un peu réclamé, au début, quand il avait cessé d'apparaître à la maison, lui aurait pardonné.

Lui pardonnait.

– Partons, dit-il. Je suis venu te chercher. Ma voiture est en bas. J'ai retenu une chambre dans un hôtel du Morvan. On y sera en deux heures. Nous n'allons pas rester là!

Un instant plus tard, elle avait réuni ses affaires de toilette, prévenu Marilou et elle s'était installée dans la Porsche dont Edouard lui avait ouvert la portière, comme il le faisait toujours, de ce geste à la fois attentif et léger qui révélait l'habitude constante de la politesse.

Dès qu'il eut démarré, la jeune femme se sentit chez elle.

L'odeur du cuir pleine fleur, mêlé d'un très léger relent de tabac blond et d'une eau de toilette familière, la façon de conduire d'Edouard, souple et rapide, tout lui était familier.

Familial, même.

– Tu m'as atrocement manqué, lui dit-il.
– Tant mieux, Edouard.
– Comment ça, tant mieux? Garce!
– J'ai tellement cru que tu étais heureux sans moi... Et qu'il ne me restait plus qu'à en faire autant, t'oublier!

Il se tourna brusquement vers elle :
– L'as-tu fait?

Il était jaloux! Dans un rapide retour sur elle-même, elle se dit qu'elle n'avait pas grand-chose à lui avouer. A la rigueur Prince, mais c'était presque un frère; les assiduités d'Hubert, auxquelles elle n'avait finalement pas cédé. Quoi d'autre ? La constante présence de Justin, peut-être ? Rien que d'infime. Mais trop, déjà, pour un homme amoureux.

— Pour moi, il n'y a eu qu'Hedwina, rien qu'Hedwina, dit-elle avec prudence.

— Pardonne-moi d'en avoir douté.

Et lui ? Non seulement Edouard s'était marié mais n'avait-il pas eu des aventures nombreuses, romanesques, amusantes ? Violaine connaissait sa capacité de séduire et le plaisir qu'il y prenait.

C'était cela qui la rendait jalouse, plus que son mariage : ses libres ébats de mâle... Mais elle ne tenait pas à le lui faire savoir et elle se rabattit sur ce qui devait paraître, à ses yeux à lui, le principal grief qu'elle pouvait nourrir à son égard.

— C'est par le journal que j'ai appris ton mariage, lui dit-elle. Et aussi la naissance de tes enfants.

L'homme se tassa sur lui-même, l'air sombre.

— Nous en parlerons, lui dit-il.

Il n'ajouta pas : « Je ne pouvais pas faire autrement », et Violaine lui en fut reconnaissante.

Car il pouvait faire autrement, bien entendu, mais il ne l'avait pas voulu. Il avait eu trop peur d'Hedwina, Violaine, désormais, le comprenait, si elle avait du mal à l'admettre.

Voir se dégrader à ce point-là une femme, une femme somptueuse comme l'était encore la Star quand il l'avait connue, avait dû lui être intolérable.

Débandant, en quelque sorte.

D'autant plus qu'elle, Violaine, était sa fille et qu'en couchant avec elle il pouvait s'imaginer,

305

même si cela n'était pas conscient, coucher aussi avec la mère. Violaine, aux yeux d'Edouard, était alors comme imprégnée du « gâtisme » d'Hedwina.

Si souvent Violaine y avait songé, ces années-là, tentant de se mettre dans sa peau à lui, sa peau de mâle –, et Dieu sait combien c'est difficile pour une femme !

Elle se disait qu'il y avait là un mystère qui touchait au plus intime, à la sexualité, à la mort aussi, et que si Edouard s'était enfui, c'était pour échapper à la destruction de lui-même. Un sauve-qui-peut instinctif !

Pouvait-elle vraiment lui en vouloir ?

Elle se souvenait de la façon dont cela s'était passé. Après cette nuit au cours de laquelle Hedwina avait tenté d'entrer dans le lit où elle-même était couchée avec Edouard, il était retourné à Bruxelles et n'était jamais revenu.

Les images surgissaient facilement, maintenant qu'elle était près de lui, les yeux sur l'autoroute, la main gauche sur sa cuisse : il ne lui avait même pas dit « adieu »; il n'avait pas dû en trouver le courage, et c'était somme toute un hommage ! Un signe de passion !

Son angoisse était devenue si grande pour cette mère qui devenait en quelque sorte « folle », – qu'il fallait à certains moments enfermer à clef dans sa chambre ou dans l'appartement, éloigner du gaz, de toutes les possibilités de s'enfuir ou de se faire du mal – que Violaine n'avait pas bougé. Pas protesté. Pas cherché à le raccrocher.

Et puis, très peu de temps après, lui avait-il semblé, la nouvelle dans le journal : Edouard s'était marié.

Passé le premier choc, son cœur s'était refermé, durci, reclos. Elle avait cru qu'elle ne l'aimait plus, ne l'aimerait plus jamais.

D'un seul coup, tout rentrait dans l'ordre et redevenait du présent. Et son amour pour lui, encore plus intense de lui avoir tant manqué.

Violaine posa sa tête sur l'épaule de l'homme qui lui embrassa doucement le front, tout en gardant les yeux fixés sur la route. Elle vérifia le compteur, ils roulaient à 190 km/h. Pourtant, il lui semblait qu'ils se traînaient dans la nuit étoilée. Elle avait tellement envie de se retrouver avec lui dans une chambre bien fermée, tout entiers l'un à l'autre.

L'avait-il entendue penser?

– Je te désire, lui dit-il.

CHAPITRE XXXVII

— Mais je suis déjà venue ici quand j'étais petite ! s'écria Violaine.

Edouard avait garé la Porsche derrière la collégiale, puis l'avait entraînée par la main le long d'une allée pour la conduire directement sur la terrasse d'où l'on dominait la vallée et la campagne environnante, jusqu'aux monts de la Puisaye s'échelonnant à perte de vue.

Il faisait un petit temps sec et gris, tout à fait hivernal, avec cette gelée blanche qui ne fondait pas et ces corneilles croassant en chœur avant de se poser sur les haies ou les buissons alentour, où subsistaient quelques baies.

Lorsque le couple s'immobilisa face au grand panorama que tant de touristes, tant de couples d'amoureux, tant d'âmes à la dérive ou à la recherche d'elles-mêmes étaient venus considérer depuis mille ans que l'abbaye de Vézelay s'impose comme lieu de rassemblement et de pèlerinage, Violaine se félicita d'avoir pris son manteau de queues de renard, si léger et si souple. Ainsi pouvait-elle facilement percevoir le contact du bras d'Edouard autour de ses épaules, bien mieux qu'à travers l'épaisse pelisse de cuir doublée de vison que lui avait laissée Hedwina.

Hedwina, encore elle!

Violaine aurait voulu n'y pas penser pour être tout entière à Edouard, à leur bonheur, à leur passion retrouvée. Or, l'image de sa mère ne cessait de lui revenir à l'esprit sous les prétextes les plus divers.

Il est vrai qu'Hedwina l'avait amenée à Vézelay, autrefois, toute petite, et qu'y pouvait-elle si elle avait d'un seul coup reconnu les lieux, une fois sur la terrasse?

Et comment ne pas se souvenir, dans ce grand froid – et puisqu'elle avait, pour ce qui la concernait, toute sa mémoire... – de leur longue et intense discussion sur l'avantage d'une sorte de fourrure, comparée à une autre? Elles avaient fini par conclure que la fausse fourrure, vers quoi balançait leur cœur, n'était hélas pas en mesure d'égaler la vraie. Le poil naturel, si doux, si soyeux, dégage un irremplaçable magnétisme, comme si sa vertu réchauffante, destinée à protéger l'animal lui-même et éventuellement ses petits, lui survivait.

Même morte, Hedwina ne continuait-elle pas d'une certaine façon à réchauffer aussi sa fille?

– J'ai l'intention de divorcer.

Violaine, le regard perdu dans le gris bleuté des monts qui allait s'effaçant, du plus foncé au plus clair – ce qui, après le blanc cerné de noir au premier plan, donnait le sentiment que plus on s'éloignait du présent, plus on allait vers un paysage de douceur et de tendresse –, ne s'attendait pas à cette déclaration qui la ramena sèchement à la brutalité des faits.

Mais, après tout, la situation matrimoniale d'Edouard était un domaine dans lequel elle n'avait pas à intervenir.

Elle se tut.

– Je ne m'entends plus du tout avec Marie-Constance, poursuivit Edouard, prenant sans doute son silence pour un encouragement. Je ne suis pas heureux avec elle, je ne l'ai jamais été.

Et comme Violaine ne lui répondait toujours pas – et peut-être aurait-elle dû lui mettre la main sur la bouche, mais elle n'y songea pas, pour cette raison bête et terrible (décidément, Hedwina était toujours là!) qu'elle n'avait pas le cœur, après la tragédie qu'elle venait de vivre avec sa mère aphasique, *d'interdire à quelqu'un de parler* –, l'homme continua :

– Elle ne s'intéresse qu'à elle-même, à ses toilettes, à ses sorties. Quand elle me fait le reproche de ne pas être assez là – et c'est vrai que je voyage beaucoup – ça n'est pas parce qu'elle a besoin de moi en tant que personne, mais c'est parce que je lui manque pour tout organiser. Avec son père et ses frères, elle a pris l'habitude qu'il y ait toujours un homme, en fait une sorte de majordome, pour faire les choses à sa place : conduire la voiture au garage lorsqu'elle ne marche plus, prendre les billets s'il s'agit de voyager, téléphoner au dentiste afin d'avoir un rendez-vous pour elle ou les enfants! Enfin, ça n'est pas une femme, c'est une gamine!

Violaine se taisait toujours.

– Elle est incapable de remplir seule une feuille de Sécurité sociale, ne parlons pas d'une déclaration d'impôts... Encore, ce n'est pas bien grave, il y a des secrétaires et des conseillers fiscaux pour s'en occuper, mais elle n'a pas d'idées en propre sur le monde, la vie, les choses... Elle ne réfléchit pas, elle se contente de réagir à son environnement, avide de plaisir, évitant le déplaisir autant qu'elle le peut, d'une façon totalement égoïste...

Le bras d'Edouard, autour de ses épaules, la

serrait toujours très fort contre lui, et elle se sentait bien dans cette étreinte mâle.

— Je me demande ce qu'elle serait devenue s'il lui était arrivé ce qui s'est passé avec ta mère. Elle aurait été incapable de faire face, tandis que toi, tu as été merveilleuse, d'un courage extraordinaire...

C'était lui qui ramenait Hedwina !

— Encore, si elle s'occupait bien des enfants ! Mais elle en est incapable. Heureusement, nous avons une gouvernante, et ma belle-mère vient tous les jours...

Il aurait mieux fait de dire : « sa mère », et non « ma belle-mère ».

— Cela fait longtemps que nous faisons chambre à part, Marie-Constance et moi, poursuivit-il de la voix voilée qui convient aux secrets d'alcôve. Elle a prétendu que je l'empêchais de dormir le matin, car je me lève tôt, moi !

Une nuance de mauve avait envahi le ciel.

— Alors, je me suis installé une chambre près de la bibliothèque, et j'y suis resté.

Entre chien et loup, ça s'appelle.

— J'étais si heureux avec toi, ce matin... J'ai eu le sentiment d'être toujours célibataire et que nous allions enfin nous marier ! Violaine, veux-tu m'épouser ?

Etait-ce la nuit, qui tombe vite en janvier, même si les jours augmentent ? Il lui sembla que le paysage s'était soudain enténébré. D'ailleurs on ne voyait plus l'horizon.

— Et les enfants ? dit-elle.
— Les enfants ?
— Oui, les tiens, que vont-ils devenir ?

Il s'écarta d'elle, fit quelques pas le long de la balustrade, et Violaine se remit machinalement en chemin pour rejoindre la voiture. Edouard la rat-

trapa et marcha à ses côtés, sans lui prendre le bras mais en accordant son pas au sien.
- C'est affreux ce que je vais te dire...
- Quoi?
- Je crois que je ne les aime pas.

CHAPITRE XXXVIII

Le maître d'hôtel et les garçons s'empressèrent de les conduire à l'une des meilleures tables, à l'angle du vitrage.

En fait, l'hôtel où Edouard avait retenu était avant tout un restaurant. Sa salle à manger se déployait sous une verrière monumentale dont la structure métallique rappelait les merveilles des années 30. Quelques chambres seulement étaient tenues à la disposition des clients, permettant à certains de prolonger leur séjour gastronomique.

Etait-ce là qu'Hedwina l'avait emmenée, ou bien avaient-elles logé à Vézelay même ? Violaine ne se souvenait pas de cette verrière, mais d'une sorte de cour d'auberge pavée, avec un escalier en bois conduisant à une galerie extérieure sur laquelle donnait chaque chambre, comme dans les romans de cape et d'épée... Elle revoyait aussi la grosse couette, moelleuse et rebondie, sous laquelle elle avait dormi comme on dort lorsqu'on croit encore sa vie immense. La nuit aussi, et l'amour...

Devançant le geste du maître d'hôtel, Edouard lui tint sa chaise pour qu'elle pût s'y asseoir, à sa droite, et s'enquit de savoir si elle n'avait pas froid contre la grande vitre à travers laquelle on apercevait les massifs du jardin dégarnis par le gel. Mais

Violaine portait son ensemble de daim qui la protégeait contre les courants d'air. De plus, la véranda était soigneusement calfeutrée!

Non, tout allait bien.

Edouard s'assit près d'elle et, reposant sans l'ouvrir la carte que le maître d'hôtel venait cérémonieusement de lui tendre, il lui prit les deux mains, les embrassa l'une après l'autre, puis, sans les lâcher – ce qui obligea Violaine à mettre ses coudes sur la table et à rapprocher son visage du sien –, il lui sourit.

Ils étaient beaux ainsi, elle en avait conscience, et c'était un plaisir : deux êtres qui se donnent en spectacle comme s'ils étaient seuls au monde, et ne craignaient rien d'autrui.

C'était ce qu'elle avait toujours aimé chez Edouard, cette insolence dont il faisait montre vis-à-vis du monde en général, ce dédain même, frisant le défi.

Comme s'il se sentait capable de faire face à tout.

A tout ce qui venait du monde extérieur, oui, mais du dedans?

– Je suis bien avec toi, merveilleusement bien. A nouveau dans ma vraie vie... Et toi?

Elle lui dit que oui, elle aussi.

– Est-ce que tu as faim?

Oui, lui dit-elle, elle avait faim, très faim.

Ils s'étaient levés tard, jouissant de chaque minute d'une intimité que rien ni personne ne pouvait troubler – puisque nul n'avait leur adresse – et de cette absence d'horaire qui leur servait à rattraper le temps. (Car il arrive que le temps perdu se rattrape, contrairement à ce que prétend le dicton.) Puis ils étaient sortis faire un tour sur la terrasse de l'abbaye de Vézelay, juste avant la tombée de la nuit.

Edouard commanda la même chose pour elle et pour lui : langoustines tièdes, fricassée de champignons sauvages, une aile de poularde à la gelée et du champagne rose, pour la beauté du mot.

Tandis qu'on leur apportait quelques friandises salées à déguster avec la première coupe du Roederer que devait suivre un cru de Bourgogne recommandé par le sommelier – une rareté, d'après lui, qui ne se dégustait que sur place –, Edouard revint à ce qui était, pour lui, le vif du sujet.

Non pas Violaine et lui, mais sa situation d'homme marié. Non pas comment il comptait s'en dégager, dans quels délais et comment ils vivraient d'ici là, elle et lui, mais le fait qu'il n'avait pas été heureux en ménage.

En somme, ce qu'*on*, c'est-à-dire elle – son épouse – lui avait fait.

Il y avait aussi ses enfants, Thierry et Fleur, dont il parlait avec détachement :

– C'est un enfant de toi que j'aurais voulu. Que je veux ! dit-il en regardant Violaine droit dans les yeux et en levant son verre de cristal à sa santé.

Fleur, c'est un joli prénom, un peu trop joli peut-être. Qui risque de faire de sa propriétaire une personne un peu en marge, s'interrogeant sur le règne auquel elle appartient : végétal, animal, humain ?

– Comment est Fleur ?

Il parut surpris de son intérêt :

– Une petite fille de deux ans...

– A qui ressemble-t-elle ?

– Eh bien, à moi, je suppose, puisqu'elle est blonde. Son frère tient de sa mère, lui : un brun, toujours un peu grognon... Chaque fois qu'il me voit, c'est pour me réclamer quelque chose, un jouet, un cadeau.

Peut-être l'enfant n'avait-il pas d'autre moyen que la demande pour se manifester à son père.
– Va-t-il à l'école ?
– Je suppose... Ah oui, à la maternelle !
– Qu'est-ce qu'il y fait ?
– Qu'est-ce qu'on fait, maintenant, à la maternelle ? On dessine, je crois... Une fois, il m'a rapporté un barbouillage.

Il ne s'y était pas intéressé.

Elle goûta le vin qu'on venait de leur servir, fruité d'abord, puis long en bouche, plus rauque qu'un bordeaux, avec ce raisin contraint de tirer son suc de la terre plus que du soleil, rare dans la région.

Le sommelier, qui les guettait, s'approcha, sitôt bue la première gorgée.
– Le vin plaît-il ?

Edouard répondit par quelques mots destinés à écarter l'intrus, mais Violaine entreprit au contraire de l'interroger sur le cru, son âge, son évolution. L'homme était heureux de parler de ce qu'il aimait, de l'élevage de ces vins de Bourgogne souvent fragiles, mais généreux dès qu'on sait les manier, les apprécier.

La jeune femme ne se rendait pas compte que si elle prenait plaisir, en cet instant, à écouter l'étranger lui parler de sa passion, c'est qu'Edouard, lui, en manquait.

Du moins lorsqu'il s'agissait de ses enfants et de sa femme. C'était bien là le paradoxe : eût-il dit qu'il avait adoré Marie-Constance et que, s'il ne l'aimait plus désormais, il demeurait violemment attaché aux enfants, et que c'était un drame pour lui d'avoir à s'en séparer, même s'il était déterminé à le faire pour vivre avec elle, Violaine eût été jalouse.

Torturée, même.

Mais elle ne comprenait pas qu'un homme pût demeurer aussi indifférent à la femme dont il avait eu deux enfants – quels que fussent ses torts – et à ces enfants eux-mêmes.

Comme l'avait été son propre père, à bien y penser.

Ce Léonard Flenning, dont sa mère lui parlait avec une expression tendre et amusée : « Que veux-tu, c'était un coureur, mais quel charme! », disait Hedwina chaque fois que Violaine lui demandait quel genre d'homme il avait été, laissant entendre qu'elle l'avait pourtant aimé autant qu'elle le pouvait.

... Jusqu'à ce qu'il n'y ait plus eu personne à aimer. Mais, même alors, une fois l'homme disparu, volatilisé, Hedwina avait continué d'aimer son ombre, son souvenir, la trace qu'il avait laissée en elle, à commencer par l'enfant, Violaine.

Pas pour en souffrir. Hedwina riait, au contraire, lorsqu'elle évoquait leur mariage hâtif, elle enceinte, auquel le « futur » était arrivé en retard, arguant qu'il s'était trompé de mairie. Tandis que l'assistance arborait des airs de consternation, maire en tête, Hedwina était partie d'un grand éclat de rire, à ce qu'elle avait raconté à sa fille, demandant au bel homme à petite moustache s'il n'avait pas failli se tromper également d'épousée, et dire « oui » à une autre!

Léonard, d'après Hedwina, ne s'était pas démonté pour si peu, mais lui avait répondu qu'effectivement, il avait failli se laisser passer le licou et la bague au doigt par une brune piquante, mais qu'au dernier moment il s'était rappelé sa panthère à crinière fauve et qu'il était là, voilà, si elle voulait toujours de lui...

Elle voulait.

Elle avait toujours sa photo à la tête de son lit, et

son image l'avait accompagnée dans l'oubli, la déchéance, la destruction, tout, sauf la désespérance. Hedwina n'avait jamais désespéré, de rien ni de personne.

Comment peut-on désespérer, se demanda Violaine, lorsqu'on est perpétuellement occupée à colmater chaque fuite, chaque manque, chaque faiblesse par un peu plus d'amour?

Qu'est-ce que le désespoir quand chaque blessure, chaque douloureuse expérience devient, avec le temps, et ce lent travail sur soi qui est peut-être une forme du génie, « autre chose »? le support d'un de ces rôles où Hedwina avait su triompher?

Ainsi le personnage sublime de l'un des très grands films de sa maturité, *Stella*, où l'on voit cette femme de quarante ans, si émouvante et, semble-t-il, si supérieure à toutes les autres, dans son tailleur de lin blanc sous lequel elle paraît nue, attendre dans le bar d'un palace l'homme plus jeune qu'elle dont elle est amoureuse, qui est en retard et ne viendra pas. Elle le sait déjà; toutefois, elle n'est pas en train d'en prendre son parti. Son long fume-cigarette à la bouche, d'autres hommes tentant déjà de l'approcher, Stella – et Violaine, qui avait vu le film dix fois, vingt fois, le comprenait seulement à présent – est en train d'accepter la mort, la solitude.

Son destin.

– A quoi penses-tu? lui demanda Edouard, surpris par son silence.

Il était vraiment beau, avec ce reflet d'or d'un projecteur dissimulé dans une jardinière qui mettait comme une auréole autour de ses cheveux. Beau pour elle, et beau pour les autres. Comme l'était Léonard.

Les hommes beaux sont une bénédiction dans la

vie d'une femme, un constant plaisir des yeux et du cœur, une grâce.
 Mais les hommes dont la beauté est intérieure ne sont-ils pas plus désirables encore?
 – ... À ma mère, répondit Violaine.

CHAPITRE XXXIX

A PEINE rentrée dans l'appartement, Violaine décela un certain ahurissement chez Marilou.
– Ça va?
– Moi, oui...
– Qu'est-ce qui ne va pas?
– Rien. Seulement... regarde!

Du bras, elle lui désigna l'invraisemblable quantité de courrier qui s'était accumulé, en moins d'une semaine, sur la grande table du salon.

Sans prendre le temps d'ôter son manteau, Violaine s'approcha de la montagne de papier, lettres, journaux, magazines, qui parlaient de sa mère.

Elle aussi était étonnée.

Non par le volume des hommages si vite rendus à la disparue, mais de sentir sa présence se renforcer au lieu de s'éloigner! L'appartement, qui, du point de vue légal, était désormais le sien, était investi par les admirateurs de la Star comme il ne l'avait jamais été de son vivant, quand on respectait son « refuge ».

– Y a aussi le répondeur!

La cassette d'enregistrement était presque pleine et Violaine mit près d'une demi-heure à écouter les messages.

Un peu partout, dans les salles de cinéma, les maisons de la culture, sur les chaînes de télévision, on allait rediffuser les films d'Hedwina, ce dont on l'informait en tant qu'exécutrice testamentaire. On se proposait également d'organiser des soirées d'hommages auxquelles on l'invitait à participer. Plusieurs éditeurs, ayant conçu des projets de biographie, voulaient signer des contrats. Il y avait aussi des personnages ayant connu Hedwina, qui s'offraient à lui apporter des souvenirs, des objets, hes lettres, et en profiter pour lui parler d'elle. Parmi tout ce « fatras », dont plusieurs coups de téléphone de l'étude de Me Pinchon, et aussi des banques, quelques rares messages personnels.

L'un, très court, de Justin. Mais encore aucun d'Edouard.

Tandis qu'elle attrapait le T.G.V. à Auxerre, son amant était reparti directement pour Bruxelles, tant il se sentait pressé de mettre les choses au point avec Marie-Constance.

Il avait promis de l'appeler dès son arrivée pour la rassurer, par ce temps de brouillard et de verglas.

Le téléphone sonna, c'était David Prince.
– Comment vas-tu?
– Bien!...
Elle avait failli lui dire « très bien », ce qui, dans la circonstance, eût risqué de surprendre le jeune homme.

Prince se proposait de lui rendre visite, mais Violaine préféra passer à Palaiseau, voir où en était Etienne.

En réalité, la jeune femme éprouvait le besoin de sortir de l'appartement.

Marilou était allée répondre à un coup de sonnette.

– C'est des fleurs, lui cria-t-elle de l'entrée. Il en arrive encore pour Madame, j'en ai mis plein dans sa chambre, et aussi dans la vôtre!

Mais, cette fois, c'était pour elle : une superbe

gerbe d'orchidées blanches de chez Lachaume, accompagnées d'un petit mot qu'Edouard avait dû dicter de l'hôtel, par téléphone, avant de prendre la route : « Pour mon amour, que je ne quitte jamais ».

En attendant, il n'était pas là.

Sur la voie expresse qui, du pont de Sèvres, conduit à Palaiseau, Violaine sentit qu'il lui fallait récapituler les derniers événements.

La mort d'Hedwina, la cérémonie de son enterrement, le retour d'Edouard et leur voyage dans le Morvan, tout s'était déroulé à un rythme si accéléré qu'elle n'avait pas eu le temps de reprendre son souffle.

Etait-ce la raison pour laquelle elle se sentait oppressée? Elle aurait eu besoin d'un peu de solitude pour se recentrer. Mais comment l'expliquer à Edouard? Il s'était jeté dans ses bras avec une telle fougue!

Comme un enfant.

Oui, c'était bien une confiance d'enfant qu'il lui avait manifestée.

Toutes sortes d'images lui revinrent à l'esprit. Son expression quand elle lui avait ouvert la porte, le premier soir! Il avait l'air si inquiet, les mâchoires serrées, l'air dur, qu'elle s'était demandée s'il ne s'était pas cru obligé de venir la voir, contre son cœur, pour lui présenter ses condoléances.

En fait, devait-il lui avouer ensuite, il était épouvanté à l'idée qu'elle aurait pu le repousser. D'où sa contraction. Quand il avait compris qu'elle acceptait de le suivre, il s'était relâché, détendu, au point qu'il en avait changé d'odeur! Oui, *d'odeur*! Violaine s'en était aperçue dans la voiture.

Edouard sentait à nouveau bon, un parfum viril perceptible sous son eau de toilette, et c'est là qu'elle avait recommencé à avoir envie de lui, comme autrefois.

Non. Autrement...

Quand ils se livraient à l'amour à l'hôtel Château-Frontenac, ils s'accouplaient comme de jeunes animaux qui font des galipettes. Joyeux de la souplesse jumelle de leurs corps de sportifs, amusés de si bien s'accorder.

Elle allait dire : « sans plus ».

Et c'est vrai qu'il y avait eu dans leurs retrouvailles, à l'hôtel près de Vézelay, plus d'avidité, en tout cas de sa part à elle. Peut-être parce qu'elle n'avait fait que très peu l'amour, depuis leur séparation, ou alors à cause de ce qu'elle venait de vivre.

C'est avec gloutonnerie qu'elle s'était jetée dans leur étreinte, le mordant au hasard, comme font les nouveau-nés qui tètent.

Il avait d'abord crié « aïe! », surpris, puis, comme elle demeurait sérieuse, douloureuse même, gémissant par à-coups, il s'y était mis lui aussi, à la violence.

Elle se souvenait de leurs cheveux mouillés et de leurs corps englués quand il avait dit : « Tu sais, je n'ai jamais connu ça! »

Et elle s'était sentie fière, car elle savait bien que c'était elle qui les avait entraînés aussi loin, plus loin qu'ils n'étaient encore allés ensemble. Puis Edouard, soudain soupçonneux, lui avait lancé :

– Avec qui as-tu appris à faire l'amour comme ça?

Violaine préféra attaquer à la base sa jalousie naissante :

– Dis donc, et toi, tu ne te défends pas trop mal!

Mais le jeune homme avait raison; quelque chose en elle avait changé.

Prince n'hésita pas, cette fois, à la serrer contre lui avec tendresse :

– Tu sais que tu as bonne mine!

– J'ai bien dormi, lui dit-elle. Avec Hedwina, on dormait par tranches, Marilou et moi.

Devant Prince, elle n'était pas gênée d'évoquer Hedwina, car le garçon ne s'en offusquait pas. Il n'avait jamais eu peur de la malade, lui, ni de sa maladie.

En fait, les problèmes d'Hedwina lui apparaissaient ni plus ni moins comme ces *bugs*, ces défaillances dans l'ordinateur que constatent les informaticiens et qu'ils mettent toute leur astuce et leur vélocité intellectuelle à réparer ou prévenir.

Bugs, lui avait rappelé Prince, signifie en anglais *cafards*. Dans les tout premiers ordinateurs, de très réels cafards, attirés par la chaleur que dégageaient les machines, avaient la néfaste habitude de s'introduire dans leurs éléments, ce qui aboutissait à d'infimes courts-circuits difficiles à déceler quand la bête grillait.

Hedwina, aux yeux de Prince, avait eu des *bugs* dans la tête, d'une nature que les médecins n'avaient pas encore l'art d'éliminer. Mais ils y arriveraient... Grâce aux progrès d'Etienne, entre autres !

Le superordinateur sembla ronronner de plaisir quand Prince entreprit de montrer à Violaine les progrès qu'il avait accomplis « tout seul ». Il avait en effet incorporé toutes sortes de règles grammaticales, ce qui se manifestait par ses « erreurs » : lorsqu'il entreprenait de conjuguer des verbes irréguliers comme des réguliers, c'était bien la preuve qu'il avait compris la loi à laquelle les premiers font exception, commettant la même faute que les bébés quand eux aussi commencent à parler.

L'important, ça n'était pas l'erreur, mais l'apprentissage de la loi qu'Etienne avait fait « tout seul ».

Leurs cheveux, leurs mains étaient mêlés dans l'obscurité du laboratoire où le ronflement familier du refroidisseur accompagnait leur conversation.

Soudain, Violaine imagina Edouard en train de

les entendre parler : il n'aurait rien compris à leurs échanges, pratiquement « codés », ni au plaisir profond qu'elle y prenait.

Pour la première fois depuis la mort d'Hedwina, elle sentit que sa cage thoracique se desserrait, et qu'elle avait envie de se remettre à travailler.

Comme Prince.

Avec Prince.

Ou sans lui.

– Si on prenait une bière? dit-il en s'étirant jusqu'à ce que sa peau noire apparût entre son tee-shirt et son jean.

Mais ce n'est pas pour sa peau que Violaine se laissa aller contre lui, une fois dans sa chambre, leurs canettes de bière ouvertes; c'est parce qu'elle se sentait bien.

Elle avait failli oublier que ça existait, la légèreté du corps et de l'esprit. Non pas l'inconséquence, mais l'allégresse, celle de se sentir sur le bon chemin, tournant le dos à l'angoisse.

Ou du moins la tenant sous contrôle.

D'autant que faire l'amour avec Prince ne changeait rien entre eux, mais lui permettait à elle, Violaine, de faire le point sur quelque chose d'essentiel : elle n'avait pas envie d'être la femme d'Edouard.

Voilà.

CHAPITRE XL

Violaine reposa le volume de poésie sur le siège droit de la voiture. Lorsqu'elle devait ralentir ou s'arrêter à un feu rouge, elle le rouvrait pour y piquer au hasard quelques vers qu'elle s'employait, les yeux à nouveau posés sur la route, à mémoriser.

Mais elle en connaissait la plupart par cœur.

C'est en traversant Clermont-Ferrand que la jeune femme avait acheté cette anthologie dont, sur une idée de l'éditeur, le choix de vers avait été fait par le grand public.

Heureux qui, comme Ulysse, a fait un beau voyage
Ou comme celui-là qui conquit la toison,
Et puis est retourné, plein d'usage et raison,
Vivre entre ses parents le reste de son âge!

Hedwina avait su par cœur une grande partie de ce trésor lyrique (dont nous « trimbalons » tous des bribes depuis l'enfance et l'adolescence). L'actrice pouvait également réciter des scènes entières de Racine, Corneille, Marivaux, Molière et même Sacha Guitry... Elle avait pris l'habitude de les déclamer lorsqu'elle roulait avec sa fille à travers la campagne.

Mots superbes et familiers, jaillis de tout autres

sources que celles d'aujourd'hui, et pourtant indémodables :

... Ah cruel, tu m'as trop entendue.
Je t'en ai dit assez pour te tirer d'erreur.
Hé bien! connais donc Phèdre et toute sa fureur.
J'aime. Ne pense pas qu'au moment que je t'aime,
Innocente à mes yeux je m'approuve moi-même,
Ni que du fol amour qui trouble ma raison
Ma lâche complaisance ait nourri le poison.
Objet infortuné des vengeances célestes,
Je m'abhorre encore plus que tu ne me détestes...

Violaine, en les prononçant à son tour, entendait la voix de sa mère, chaleureuse et vibrante, et elle s'émouvait de constater à quel point la poésie française correspond dans son chant et ses rythmes – pied après pied, hexamètre après hexamètre – au paysage de l'Hexagone, terme de géomètre auquel elle préférait, pour son compte, la vieille appellation de France.

Cette « matrice » unique au monde, faite tout autant de folie que de raison, qui avait façonné son cœur...

C'est sans hâte, soutenue par l'allant d'une langue si justement nommée, en ce qui la concernait, langue *maternelle*, que Violaine avait entrepris, tournant après tournant, cette traversée du Massif central par ce petit temps sec et vif de fin d'hiver.

Elle venait de Saint-Gignoux, le hameau du Cantal dont était originaire Marilou, laquelle venait d'hériter la petite maison de sa vieille tante. Jamais Marilou n'aurait pensé que la nonagénaire, parmi sa tripotée de nièces et de neveux, lui aurait accordé la préférence, et, devant son désarroi, Violaine lui avait dit : « Allons-y! »

Les deux femmes venaient d'y passer près d'un

mois en tête-à-tête, encerclées par la neige, avec pour tout chauffage, en sus d'un poêle à bois, l'âtre noirci où, dans le chaudron suspendu à un crochet de fonte, mijotaient potées et ragoûts.

La chaleur gagnait les chambres à travers le plancher mal joint.

Pourtant, elles n'avaient pas eu froid.

Violaine, qui avait emporté son Macinstosh, travaillait presque continûment, apaisée, lorsqu'elle lâchait des yeux son écran, de considérer sur sa gauche, par la fenêtre à petits carreaux, le paysage de collines étincelant sous son épaisse couche de neige.

Seule la trace d'un renard ou celles en double V des pattes d'oiseaux se voyaient sur la neige que ne défloraient ni marcheurs ni skieurs.

C'était encore le bout du monde, ici, sans télévision ni téléphone, et s'il n'y avait eu l'électricité, on se serait cru au Moyen Age.

La plupart des nouvelles se transmettaient par le bouche à oreille. Marilou passait de longues heures chez l'un ou l'autre des voisins à se faire raconter les derniers événements, et parfois ceux du temps passé. Bilbao, après les affres du dépaysement, avait pris goût à la fraîcheur de la neige dans laquelle il adorait batifoler, mais aussi aux chemins odorants qu'y creusait le purin échauffé par sa fermentation.

Chaque matin, le petit animal s'aventurait de maison en maison, faire son tour. Son allure fiérote et son collier rouge valaient à Bilbao, vite surnommé « Bibi » par le voisinage, sucreries et chouchoutages, mais aussi quelques inimitiés du côté des chiens de ferme, heureusement trop peureux pour l'attaquer.

Cette hibernation au sein de la blancheur, encore accentuée les jours où la neige tombait à gros flocons, donnait à Violaine le sentiment d'une régénérescence dont elle avait grand besoin.

Ici, hormis le facteur – et encore, pas tous les jours –, rien ne risquait de venir la troubler dans le lent et nécessaire retour sur elle-même qu'elle avait entrepris aussitôt après avoir signifié à Edouard qu'elle ne l'épouserait pas.

Ce qui l'avait étonnée – mais soulagée –, c'est que le jeune homme n'avait pas réagi.

A force d'y réfléchir, que ce soit au coin de la cheminée, en épluchant et grattant les châtaignes près de Marilou occupée à tricoter, ou lorsqu'elle se promenait sur la route, quand le chasse-neige était parvenu à la dégager, en compagnie d'un Bilbao frétillant, Violaine se disait qu'elle était peut-être allée au-devant du désir d'Edouard.

Ils avaient été heureux ensemble, dans l'hôtel du Morvan. Mais, pendant ces quelques jours, peut-être avaient-ils vécu tout ce qu'il leur restait à vivre l'un avec l'autre ?

Quand elle était rentrée de sa nuit passée avec Prince, Marilou – sans lui poser de questions – l'avait prévenue qu'Edouard venait juste d'appeler et qu'il comptait lui retéléphoner en fin de matinée.

Ç'avait peut-être été les heures les plus dures.

Violaine s'était représentée mariée et vivant avec Edouard. Rien de ce qui était vanté comme le plus désirable de ce que nos sociétés peuvent offrir à leurs privilégiés ne leur aurait manqué : les belles maisons entretenues par un personnel de choix, les voitures puissantes et variées, le confort et l'agrément que peut apporter la meilleure technologie, mais aussi le sport ou le farniente au bout du monde, la navigation sur de somptueux bâtiments, la fréquentation d'autres personnes qui ont également « tout », et celle des gens au pouvoir.

Le pouvoir que confèrent l'argent et les affaires,

mais aussi les arts. Car si Edouard continuait à développer sa fortune comme il avait commencé à le faire, elle pourrait même se payer le plaisir raffiné de devenir « mécène ».

Sans compter tout ce qu'elle aurait à offrir à ses futurs enfants, les meilleures études, les plus belles relations...Tout lui était présenté comme sur un plateau, en fait dans ce qui serait sa corbeille de noces.

Violaine ressortit le diamant de ses fiançailles du tiroir où elle le laissait en permanence depuis qu'elle ne voyait plus Edouard, et, l'ayant passé à son doigt, le fit tourner comme une petite boule de cristal.

Carrosses, toilettes, tout défilait à travers les facettes du gros brillant, et jusqu'au visage de ce beau garçon blond, si élégant dans ses costumes stricts et ses pardessus noirs à revers de satin, tout autant qu'il savait l'être en blouson de cuir fauve et chandail de cachemire ouvrant sur une chemise à rayures accordée au bleu de ses yeux.

Le bleu de ses yeux, comme il allait lui manquer !

Un élan la jeta en avant : après tout, elle pouvait la supporter, cette vie, par amour !

Elle se mit à rire : *supporter*, venait-elle de penser !

Posséder ce qui était l'objectif et l'ambition de millions de gens, elle appelait ça *supporter* !

Hedwina et elle ne parlaient pas souvent de la vie quand elles étaient ensemble. Il faut dire qu'elles n'en avaient pas eu tellement l'occasion. Lorsqu'elles se voyaient – entre deux films, deux avions –, il y avait les urgences du quotidien, et le souci de profiter à plein des moments qu'elles pouvaient s'octroyer l'une à l'autre.

Mais quelle passion !

C'était cela qui émanait avant tout d'Hedwina : la passion de vivre. Violaine ne se souvenait pas d'avoir jamais vu sa mère autrement que dans l'appétit, celui de l'instant ou de ce qui allait venir, de ce qu'elle allait faire, lire, voir, tourner, jouer, l'appétit de qui elle allait rencontrer ou de ceux qu'elle venait de découvrir.

Violaine était tellement habituée à la passion de sa mère qu'elle la prenait pour normale, comme allant de soi.

Maintenant qu'elle pouvait l'évoquer sans trop de douleur, la blessure des premiers jours moins à vif, la peine devenue plus douce, elle revoyait le visage d'Hedwina déjà atteinte par la maladie, illuminé de joie par la contemplation d'un beau spectacle : un ballet, un paysage, les lumières de la ville, un voilier sur la mer, mais aussi, vers la fin, une chose infime, une fleur, un fruit.

Sans compter sa fille dont l'apparition suffisait, alors qu'elle ne parlait plus, à faire briller ses yeux, tout comme la présence de ceux qu'elle aimait et avait aimés jusqu'au bout.

Qui Hedwina n'aimait-elle pas ? se demanda Violaine.

Jamais sa mère ne se répandait en grandes déclarations sur les uns ou les autres, de même qu'elle ne se préoccupait pas d'établir une hiérarchie dans ses affections, si fluctuantes chez la plupart et qu'ils ne cessent de réviser au gré des péripéties !

Hedwina, elle, aimait les gens sans questions, pour ce qu'ils étaient, des êtres vivants, et elle se montrait incroyablement « pardonneuse ».

La mémoire qui lui flanchait déjà, peut-être ?

En tout cas, lorsqu'elle parlait de son ex-mari, le père de Violaine, c'était sans un reproche, en riant chaque fois aux éclats.

Tandis qu'Edouard...

Soudain, Violaine comprit ce qui lui avait déplu pendant leur séjour dans le Morvan et sans qu'elle se le fût avoué dans l'instant, tant cela paraissait idiot : c'était la façon dont Edouard lui avait parlé de Marie-Constance, de Thierry et de Fleur. N'avait-il pas été jusqu'à dire qu'il *ne les aimait pas*? Bien sûr, elle ne l'avait pas pris au mot; Edouard cherchait à lui exprimer le plus fortement possible qu'il avait toujours le cœur libre. C'était un hommage, une façon de la courtiser – mais qui avait raté son but.

Violaine se souvint de son parrain, un vieil ami de sa mère, qui lui répétait juste avant sa mort, alors qu'elle-même n'était encore qu'une enfant – et on eût dit, vu son insistance, que c'était un legs qu'il voulait lui faire : « Quand tu rencontreras un homme, fais-le parler sur la femme ou les femmes qui t'ont précédée dans sa vie. Tu sauras exactement comment il va se conduire avec toi. Bien sûr, il te dira : " Avec toi, ça n'est pas pareil! " Mais c'est toujours pareil. Les hommes se comportent de façon identique avec toutes les femmes de leur vie. Crois-moi! »

Le parrain était mort, mais sa parole lui survivait.

Au fond, Edouard manquait de cœur. Il en avait manqué avec elle, comme avec Hedwina, et les avait lâchées au moment où commençait l'épreuve...

Qu'avait-il dit d'elles deux à Marie-Constance lorsqu'il l'avait rencontrée? Qu'elles étaient deux folles vivant une passion absolument névrotique? Que ses fiançailles avec la jeune fille avaient été une erreur de jeunesse? Qu'il ne l'aimait pas pour de bon?

C'était Marie-Constance qui, à présent, devenait

son erreur. Comme si ce que l'on fait par amour, même si l'amour ne dure pas, pouvait être une erreur !

Le téléphone sonna.

C'était lui.

Le cœur battant, Violaine ouvrait déjà la bouche pour lui sortir ce qu'elle avait préparé à son intention : qu'elle désirait encore réfléchir, ce qui était un affront après ce qu'ils venaient de vivre, et valait un congé, mais Edouard ne lui laissa pas le temps de parler :

– C'est toi, enfin ! Ecoute, les choses ne se sont pas passées comme prévu...

– Ah ?

– Marie-Constance est malade. Je n'ai pas pu lui parler.

Le soulagement, l'ahurissement, se disputèrent le cœur de Violaine. Ainsi, l'homme soi-disant fou d'amour avait lui aussi déjà renoncé à leurs projets ! Elle n'eut plus qu'à écouter Edouard, embarrassé, se lancer dans une longue explication, assortie d'une foule de détails fournis dans le désordre, puis repris et autrement réorganisés, sur la façon dont, rentrant chez lui, il y avait trouvé le drame et la confusion.

Toutefois, dès qu'elle eut saisi le motif de son appel, et toute à la stupéfaction d'avoir été précédée – comme elle eût aimé pouvoir raconter la scène à Hedwina ! ce qu'elles auraient ri ! –, Violaine avait finalement prêté si peu d'attention au détail de ses excuses et à l'exposition des faits qu'une fois raccroché, elle ne se rappelait pas si Marie-Constance était tombée dans l'escalier ou en descendant de voiture, s'était tordu le pied, cassé un bras, ou si elle avait eu un malaise cardiaque, et si c'était là le résultat ou bien la cause de ses maux actuels !

Toujours est-il qu'elle était à l'hôpital.

Et les enfants à l'abandon.

Car la belle-famille, pour comble, se révélait injoignable, en croisière autour du monde !

Ce qui fait qu'Edouard se retrouvait papa-poule et, n'est-ce pas, ça n'était pas le moment de faire sa valise. Violaine le comprendrait et l'approuverait !

Eh bien, oui, Violaine partageait parfaitement son souci familial et se sentait en total accord avec lui : qu'il s'occupe de ses enfants !

Et même qu'il continue, lui écrivit-elle aussitôt après avoir raccroché, dans une longue et tendre lettre où elle lui déclarait qu'elle avait soudain pris conscience, grâce à son coup de téléphone, qu'un homme de sa stature ne pouvait déserter sa famille dans un moment aussi difficile – ni d'ailleurs jamais.

Violaine et lui se devaient de se sacrifier.

Bien sûr, vu l'état de douleur où elle se trouvait depuis la mort d'Hedwina, ça lui serait plus facile à elle, à qui il ne restait qu'à se retirer à la campagne pour pleurer les deux plus grands amours de sa vie, et c'était lui, lui avant tout, Edouard, qu'elle plaignait tout autant qu'elle l'admirait.

Violaine se relut sans grand plaisir, car elle trouvait ce ton un peu cynique et ses arguments un peu gros. Mais, en la circonstance, et même excessive, sa lettre devait marcher !

Elle marcha, car Edouard ne lui retéléphona pas, du moins au cours des quelques jours qui précédèrent son départ avec Marilou pour le Cantal.

Où personne n'avait leur adresse.

Au fond d'elle-même, Violaine regrettait Edouard. Mais regretter un amour ne veut pas dire qu'on veuille le recommencer.

En fait, ce qu'on regrette la plupart du temps, c'est moins une personne que ce qu'on a vécu avec elle, cette part de soi désormais abolie et qui ne reviendra jamais.

C'est ça, la vie : une saison de feuilles.

CHAPITRE XLI

Lorsqu'elle aperçut l'écriteau indiquant « *Annecy* », il était cinq heures du soir et Violaine se demanda si, à cette heure-là, elle n'allait pas trouver fermée la petite usine de machines-outils de Justin.

D'autant qu'elle ne connaissait pas la ville et risquait de mettre un certain temps pour s'y orienter. Continuant au hasard, elle se retrouva devant le lac auquel tous les chemins conduisaient comme s'ils en subissaient eux aussi l'attraction magique.

La jeune femme descendit de voiture pour contempler l'eau calme, d'un gris acier ce soir-là, dans laquelle se reflétaient les hauteurs environnantes. Puis elle s'approcha d'un plan détaillé de la ville.

La rue Chaumontel était moins difficile à trouver qu'elle ne l'avait craint, et il était cinq heures et demie quand elle stoppa sa voiture devant la grille cadenassée de l'établissement. Les ouvriers avaient débauché, mais une petite porte de côté demeurait ouverte.

C'est en appelant la gardienne de son immeuble, à Paris, pour savoir si tout allait bien, que Violaine avait appris le passage de Justin, venu s'enquérir de son adresse. Elle ne lui avait pas été communiquée, car Violaine avait laissé pour consigne de ne la donner à personne. Toutefois, il avait laissé son nom et un numéro de téléphone à Annecy.

De la cabine téléphonique du petit bourg où elle s'était rendue pour appeler Paris, Violaine avait composé le numéro. Tandis qu'elle attendait au bout du fil qu'une secrétaire eût trouvé Justin et le lui eût passé, son regard errait sur les talus alentour où la neige commençait à fondre. Elle ne lui avait pas reparlé depuis leur nuit de veille auprès d'Hedwina. Puis il y avait eu l'enterrement, le retour d'Edouard, la flambée de leurs retrouvailles, enfin la rupture.

Soudain elle aperçut, encore timide, le jaune des premières jonquilles! Le printemps était-il plus avancé en plaine?

Sa voix la fit sursauter. Justin était content de l'entendre, lui dit-il, et il s'enquit du lieu d'où elle l'appelait et de la façon dont elle passait son temps. Quand il sut où se trouvait son refuge, il s'en réjouit: il connaissait le Cantal, lui dit-il, dont il appréciait la vigueur secrète, il avait déjà traversé Aurillac, mais pas Saint-Gignoux, et il lui demanda des précisions.

Violaine lui décrivit la rusticité et le charme de la petite maison en bordure du village, et s'entendit ajouter:

– Venez nous voir!

– Ça me tente, mais je ne peux pas maintenant, répondit Justin. Je suis en train de prendre livraison d'une nouvelle machine. Ça sera une aide formidable, mais elle n'est pas tout à fait au point... Venez, vous!

– Moi?

– Oui. Le Cantal est un peu loin d'Annecy, mais ça vous fera voir du pays... Et je vous ferai visiter mon usine. On pourra aussi aller déjeuner à Genève, il y a une exposition Bonnard en ce moment.

Bonnard, Genève, Annecy... Les mots s'égrenaient dans sa tête comme... eh bien, oui, comme au temps où elle était enfant et qu'Hedwina l'appelait dans sa pension, et, pour lui donner du courage, lui racontait tout ce qu'elles allaient faire ensemble dès qu'elles se retrouveraient!

Justin était lui aussi un « moteur ».

Etait-ce parce qu'il lui rappelait Hedwina, dans sa façon d'aborder la vie, qu'elle s'entendit répondre :

– Eh bien, oui, pourquoi pas?

– Arrivez quand vous voulez, je suis à l'usine toute la journée, vous êtes sûre de m'y trouver.

Puis il lui avait donné l'adresse de l'établissement, et il avait raccroché...

Trois jours plus tard, après avoir étudié la carte, Violaine s'était mise en route, laissant Bilbao à Marilou qui devait fermer la petite maison, puis rentrer à Paris.

– Prends ton temps, ma grande, distrais-toi! Y a rien tant qui t'attend à Paris!

C'est que Violaine avait profité de leurs longues veillées devant la cheminée pour raconter à Marilou ce qui s'était passé entre elle et Edouard.

Elle ne comptait pas sur Marilou, demeurée célibataire après la mort prématurée du garçon de son village qu'elle devait épouser, pour lui apporter quelque lueur sur la fin de sa liaison. Elle fut d'autant plus surprise de découvrir que Marilou avait une opinion :

– C'était pas un garçon pour toi! Vous aviez pas les mêmes goûts!

– Pourquoi dis-tu ça?

– T'as été élevée comme une demoiselle, t'as fait des études à renverser les garçons... Malgré ça, t'es comme ta mère...

– Ce qui veut dire?

– T'es qu'une saltimbanque... Comme ta mère...

Il y avait eu un silence, seulement troublé par le cliquetis des aiguilles à tricoter et un long soupir de Bilbao qui, tout compte fait, se disait qu'il préférait être chien de ferme plutôt que chien de moquette...

A sa manière, Marilou venait de faire un compliment à Violaine. La chère femme savait approximativement ce que représentait Edouard en francs lourds et en surface mondaine, Hedwina le lui avait suffisamment répété tant elle se réjouissait de voir sa fille à l'abri, pour l'avenir. Et même mondainement promue par rapport à elle, une artiste.

Marilou, à l'époque, n'avait rien répliqué. Mais elle avait dû réfléchir, observer. Ça n'est pas avec Edouard qu'il y aurait eu des dîners-télé autour du fauteuil roulant d'Hedwina, dans le fou rire et l'émotion !

D'ailleurs, à cette époque, Edouard les avait lâchées. Il avait eu peur. C'était compréhensible. Excusable. Tout le monde n'a pas une vocation d'infirmier. N'empêche que c'était mauvais signe.

Non pas pour les « coups durs » : il y a toujours des personnes sur qui se reposer, à commencer par les professionnels, en cas de véritable catastrophe, quand il faut des gens solides, de bonne étoffe, sûrs, forts, ayant le sens des choses de la vie. Non, c'est pour le quotidien.

Edouard, pensait sans doute Marilou, ne devait pas faire le poids pour illuminer les jours. Surtout après Hedwina ! Le temps passant, il risquait même de se révéler particulièrement figé, et, pour tout dire, « chiant ».

Violaine ne se rappelait pas l'avoir vu dans la cuisine, farfouillant dans le Frigidaire et demandant à Marilou s'il lui restait un fond de café qu'il aurait bu avec elle. Non, Monsieur se faisait servir au salon, sur un plateau.

On pouvait compter sur Marilou pour s'en être fait la réflexion!

– En quoi suis-je une saltimbanque, Marilou?

– Parce que tu ne fais que ce que t'aimes, tiens!

Même quand Violaine travaillait comme une forcenée pour réussir un examen, mettre au point un programme ou en apprendre un, elle ne faisait que ce qu'elle aimait. Marilou disait vrai.

C'était ça, l'héritage d'Hedwina. Et c'était un grand, un somptueux, un formidable héritage!

Dur à vivre, car il faut du courage et un entêtement féroce pour s'en tenir à son désir et l'imposer autour de soi. Souvent, on avait fait reproche à Hedwina, quand elle avait une idée dans la tête, d'être incapable d'en démordre! Même infirme, handicapée, impotente, elle avait goûté, savouré sa vie jusqu'au bout. Chaque goutte de bonheur, elle avait su la prendre, la distiller, et, tant qu'elle avait encore parlé un peu, elle n'avait cessé d'en remercier sa fille, et, à travers elle, le monde entier.

Merci d'être là!

Si on ne se sent pas dans l'enchantement de se retrouver avec ceux qu'on aime dans le miracle de la vie, eh bien, c'est qu'on n'aime pas!

Violaine s'était levée du banc de bois pour aller planter deux gros baisers sur les joues de Marilou.

– Qu'est-ce que j'ai encore dit?

– Je te fais remarquer que toi aussi, tu es une saltimbanque!

– Le contraire m'aurait étonnée! Tu sais ce qu'on dit, par chez nous? Tel valet, tel maître...

– Tu n'es pas un valet, tu es ma seconde mère, et une grande dame.

— La grande dame va aller faire sa soupe, en attendant.
— Il n'y a que les reines pour faire la soupe comme tu la fais, Marilou! Tu m'apprendras?
— Quand tu seras mariée.
— Tu veux que je me marie?
— Je veux des petits enfants, ce serait trop dommage de perdre la recette...
— Quelle recette?
— Celle de la fabrication des bons et beaux enfants qu'avaient ta mère et ta grand-mère!

Violaine avait ri. Elles avaient admirablement dîné, ce soir-là, de quelques œufs frais pondus, malgré le froid, par les poules de la voisine, de soupe aux légumes accompagnée d'un bon pain de seigle conservé frais dans le torchon blanc. Ajouté à cela, un morceau de fromage du Cantal, ce régal, et, pour dessert, l'assemblage de noisettes, raisins secs et amandes qu'on nomme un *mendiant*.

Elles n'avaient rien de mendiantes, elles étaient des reines qui vivent comme elles l'entendent! s'était dit Violaine en débarrassant la table et en ramassant les miettes pour les poser sur le rebord de la fenêtre à l'intention des oiseaux.

Le lendemain, Violaine était partie pour Annecy.

CHAPITRE XLII

Dès qu'elle pénétra dans l'atelier où plusieurs hommes, ce soir-là, étaient restés au travail, dans l'immobilité et le silence, Violaine reconnut Justin, assis aux commandes de la nouvelle machine. Il leva les yeux vers elle et, de la main, lui fit signe d'approcher. Violaine vint se placer derrière lui et regarda les écrans.

Elle ne connaissait pas ce genre de programmes, mais, au bout de quelques instants, elle commença à s'y repérer. C'est un plaisir très particulier, voisin peut-être de celui que l'on peut éprouver au cours d'une partie d'échecs, que d'entrer muettement en travail mental avec quelqu'un. Mais, aux échecs, il y a lutte. Quand on fait équipe sur un même programme, c'est au contraire un travail d'entraide : dès que l'un fait un pas en avant, il invite l'autre à le rejoindre.

Il est vrai que c'est aussi pour lui faire constater l'exploit accompli. Il y a donc toujours compétition!

Là, l'équipe butait sur un problème : l'un des bras-robots de la nouvelle machine n'accomplissait pas la tâche demandée dans le temps voulu. En fait, plus on intensifiait la vitesse de mise en mouvement du bras, plus l'ensemble de l'opération se révélait longue, la vitesse de freinage augmentant en proportion.

– Il faut peut-être rester à vitesse moyenne, dit soudain Violaine qui se souvenait d'avoir vu un cas semblable en simulation.

Justin, aux commandes, réfléchit un instant, puis tenta ce que la jeune femme suggérait. Et cela marcha! Le bras, amené à moins grande vitesse, mettait aussi moins de temps à se ralentir, si bien que la durée totale de l'opération était raccourcie. Justin, triomphant, lui serra le poignet. Elle ne se souvenait pas d'avoir été aussi heureuse depuis des années.

C'était bête. Cela ne s'expliquait pas. La modification avait été décidée entre eux deux, à l'insu des autres. En bout de chaîne, l'ingénieur constata simplement que, désormais, les temps tombaient juste, comme si le réglage s'était fait tout seul. Quelque chose, pensa-t-il, avait dû s'« enclencher ».

– On va pouvoir aller dîner, dit Justin.

Il se leva de sa chaise et s'étira comme un chat.

Violaine vit ses muscles saillir sous sa chemise. Il était légèrement enveloppé, ce qui fait qu'elle ne s'était pas rendu compte à quel point il était costaud.

Les hommes se regroupèrent autour de lui. En quelques mots brefs, Justin fit le point de ce qui restait à accomplir. Il répondit aux objections, tint compte d'une remarque.

Violaine, un peu à l'écart, écoutait.

Elle ne saisissait pas le sens de tous les propos, mais prenait plaisir à la façon dont ils étaient exprimés. Une commune détermination circulait entre ces hommes d'origines et de cultures différentes : ingénieurs et ouvriers, patron et employés, français et immigrés. « Un rassemblement de destins... » Les mots lui vinrent sans qu'elle comprît ce qui les lui avait suggérés.

Peut-être le sentiment qu'il y avait entre ces hommes plus que la pure nécessité de gagner leur vie ? Ils cherchaient à dompter quelque chose fait d'esprit et de matière. Comme aux tout premiers temps de la découverte du feu, chacun apportant ce qu'il avait à donner.

Elle aimait que Justin eût ce rôle d'organisateur de forces viriles, comme si elle s'en trouvait assurée dans sa propre féminité.

Edouard dirigeait lui aussi un groupement d'hommes, et bien plus considérable que celui-ci. Mais ce qu'Edouard lui donnait à percevoir quand il lui parlait de son travail, c'était la nécessité de « tenir » directeurs et employés, lesquels cherchaient avant tout à s'arroger une plus grande quantité de pouvoir ou d'avantages au détriment des autres.

Justin retira sa veste du dossier de sa chaise, la plia et la posa sur son avant-bras.

– Allons-y.

Elle l'aurait suivi au bout du monde.

Ils se retrouvèrent dans un petit restaurant du bord du lac, à Talloires.

– Alors, dit Justin après qu'ils eurent commandé et qu'on leur eut servi le vin, un petit rosé de la région. Que me racontez-vous ?

Il ne lui avait pas demandé « Comment ça va ? », ni « Où en êtes-vous ? ». Il la laissait libre de ses propos. Ainsi pouvait-elle, si elle le désirait, lui parler uniquement de Saint-Gignoux et de ses habitants, ou du dernier livre qu'elle avait lu...

Ou de lui. Ce qu'elle tenta, par une question sur le robot et ce qu'il en attendait exactement. Mais Justin ne se laissa pas prendre au piège. En deux phrases, il situa le problème de l'introduction de l'informatique dans ses ateliers : c'était un instrument qui allait leur permettre de libérer des esprits pour qu'ils pussent s'employer à autre chose. Il n'en attendait aucun miracle. Le vrai problème demeurait celui des hommes entre eux. Et avec eux-mêmes. Il ajouta aussitôt :

— Pour moi, je vais mieux. Grâce à vous !

— Pourquoi, grâce à moi ? dit Violaine qui avait bien une idée sur ce qu'il voulait dire, mais qui avait envie de l'entendre exprimer.

— Depuis que vous m'avez aidé à comprendre pourquoi je me sentais tellement coupable de la mort d'Evelyne...

— Vous ne l'êtes plus ?

— Bien sûr que si ! Seulement, je vis avec. J'ai compris que c'était une illusion de chercher à ne pas être coupable, ce qui fait qu'on est totalement accablé quand on n'y parvient pas ! Vivre, ça consiste aussi à se faire du mal les uns aux autres, surtout quand on s'aime... Impossible de l'éviter... Déjà, l'enfant qui naît torture sa mère, et ça n'est qu'un début de ce qu'il va lui faire éprouver par la suite... C'est là qu'est l'erreur !

— Où ça ?

— Vouloir à tout prix échapper à la douleur... Le christianisme n'a pas rejeté la douleur. Au contraire, il en a fait le centre de tout. C'est par la douleur qu'on gagne le Paradis. Bien sûr, au nom de la souffrance, l'Eglise rejette l'euthanasie, l'avortement, le divorce, tout ce qui est censé permettre d'améliorer ou de libérer l'existence... Est-ce pour protester contre cet archaïsme que nous sommes tombés dans l'excès inverse, que nous ne voulons plus souffrir du tout, que nous refusons la douleur ?

— Il y a peut-être une autre raison, dit songeusement Violaine.

— Laquelle ?

— Les machines... Elles ne souffrent pas, elles, et

pourtant elles sont performantes... Tellement productives et belles qu'on aimerait les prendre pour modèles! Les hommes voudraient être aussi « bien » que les machines...

– Beaux comme des camions?

– Peut-être... C'est moche, la douleur! Abaissant. Si la jeunesse se drogue, c'est aussi pour tenter d'y échapper... Même si ça se termine dans l'horreur qu'on cherchait à fuir!

– C'est vrai que c'est abaissant, la douleur... Mais peut-être est-il possible de...

– ... la partager?

– ... la traverser, dit Justin.

Edouard n'avait pas cherché à traverser la douleur, mais à l'éviter. Il était revenu quand il avait cru tout danger écarté. Croyant s'être préservé, il était encore plus vulnérable qu'avant, derrière ce qu'il prenait pour une barrière de sécurité : argent, luxe, attributs du pouvoir. Ne l'avait-il pas prouvé en se refusant à dire à Marie-Constance qu'il voulait la quitter, sous prétexte de ne pas la faire souffrir? C'était lui, en fait, qu'il avait cherché à épargner.

Sans doute allait-il le payer, si ce n'avait déjà commencé...

Il est préférable de vivre à cru sur le monde, se dit Violaine, si l'on veut demeurer vivant. Mais on ne peut pas être tout le temps un héros. Elle aussi, il lui arrivait de fuir... Pourtant, si elle gardait le goût de faire face, c'est qu'Hedwina le lui avait inculqué en en faisant elle-même preuve, sans se poser de questions. Parce qu'elle aimait vivre et qu'aimer vivre, c'est prendre la douleur comme elle vient, quand elle vient.

Elle ouvrit la bouche pour faire part à Justin de ses réflexions. Cela exigeait de le mettre au courant de ce qui s'était passé entre elle et son ex-fiancé. Mais comment le prendrait-il ? Aurait-il la même réaction approbatrice que Marilou ?

Violaine eut le sentiment que le récit de son escapade dans le Morvan risquait de ne pas lui faire tellement plaisir, même si Justin n'éprouvait à son égard que de l'affection.

Elle préféra lever son verre.

– A la santé de votre usine, Justin !

– Mais non, Violaine, à la vôtre, et à la mienne !

CHAPITRE XLIII

Quand Justin arrêta la voiture devant un hôtel un peu isolé qui avait les apparences d'un vaste chalet de bois, Violaine ne comprit pas.

– Ça n'est pas un palace, ici, mais vous y serez bien. Le matin, vous prendrez votre petit déjeuner devant le lac, peut-être même sur le balcon, s'il fait assez chaud.

C'est alors qu'elle découvrit qu'elle s'était imaginé qu'il l'inviterait à coucher chez lui. Peut-être même avec lui. Violaine se sentit si déçue, vexée même, comme une femelle dédaignée par le mâle, qu'elle n'eut plus qu'une idée : surtout, que son compagnon ne s'aperçût de rien !

Justin sortit son léger bagage du coffre de la voiture où il l'avait déposé quand ils avaient quitté l'usine, laissant la sienne dans la cour. Après l'avoir accompagnée jusqu'au bureau d'accueil de l'hôtel, il lui souhaita une excellente nuit de repos :

– Je viendrai vous chercher demain matin, ajouta-t-il, et nous irons voir l'exposition Bonnard, à Genève, comme je vous l'avais promis.

– Entendu, dit Violaine en se dépêchant de l'embrasser sur les deux joues.

Elle resta longtemps, le front appuyé contre la vitre de sa fenêtre dont le balcon dominait en effet le lac, tentant de mettre de l'ordre dans ses sentiments. Ou plutôt dans ses désirs.

Pourquoi, subitement, avait-elle eu envie de coucher avec cet homme ? Parce qu'il ne voulait pas d'elle et la traitait comme une jeune sœur ?

Violaine se souvint de leur promenade dans les marais de l'île de Ré, des baisers qu'il lui avait donnés, puis du fiasco. Elle n'y avait plus repensé, par égard pour lui, peut-être aussi pour elle, et là, d'un seul coup, le souvenir de son corps contre le sien la ravageait...

Justin l'aimait bien, mais c'était peut-être d'Hedwina qu'il était amoureux, du souvenir d'Hedwina.

Ou d'Evelyne, sa femme inoubliée ?

C'était bien beau de parler de « traverser la douleur » devant du vin rosé et un homme aux épaules rassurantes, mais lorsqu'on se retrouve au pied du mur, on fait moins la fière !

Tandis qu'ils escaladaient les marches du Musée Rath, Violaine se dit qu'elle se souviendrait toute sa vie de cette visite dont chaque instant, elle ne savait pourquoi, s'imprimait en elle.

La rétrospective réunissait des toiles rares, en particulier les plus belles de la célèbre série des baignoires. Il y avait aussi l'amandier, le dernier tableau brossé par le peintre, la veille de sa mort. Avec cette triomphale éclosion de fleurs blanches, le vieil homme semblait annoncer l'explosion de son être...

— J'aime Bonnard parce que...

Violaine regarda Justin, qui s'était tourné vers elle, l'air grave, comme s'il attendait une révélation. Elle se mit à rire.

— J'aime Bonnard ! acheva-t-elle.

Ceux qui vécurent des millénaires avant nous avaient-ils l'intuition qu'en dessinant un petit cheval ou un mammouth sur le mur de leur caverne, ils expédiaient un message de courage et de réconfort à des milliards d'inconnus à naître ? Peut-être pas, se dit Violaine. Mais ils l'avaient quand même fait.

En pleine guerre de 40, Bonnard s'était obstiné à peindre le bonheur d'être deux dans une minuscule villa donnant sur la mer, avec les ronds du soleil qui pénétraient dans la salle de bain où une belle femme un peu folle, la sienne, frottait, après le bain, sa peau ruisselante et lumineuse avec une serviette-éponge.

La vie se continuait.

CHAPITRE XLIV

Sous prétexte de prendre le petit chien dans ses bras, Violaine s'agenouilla et deux grosses larmes roulèrent sur le tapis.

Marilou surgit dans l'encadrement du couloir.

– Te voilà de retour! Ça faisait vide, ici! T'es-tu bien amusée, au moins?

Violaine, retour d'Annecy, voulut dire oui, mais n'y parvint pas.

Eclatant en sanglots, elle se jeta dans les bras de Marilou qui, ignorant sa désillusion, se méprit :

– Je sais, dit-elle en la berçant, ça fait drôle de se retrouver ici sans elle. Moi aussi, j'ai pleuré un coup quand je suis rentrée, l'autre jour. Avec ses affaires dans les placards et ses photos partout, je te jure, je me suis crue comme hallucinée. Allez, viens, je t'ai fait des œufs à la neige.

C'était bon d'être traitée comme un bébé!

Violaine s'installa à la table de la cuisine. Tandis que Marilou remplissait son assiette, elle songea que Justin lui avait demandé de lui téléphoner pour l'avertir de son arrivée. Pure politesse, sans doute.

Elle s'en dispenserait! Elle n'éprouvait aucune envie d'entendre à nouveau cette voix distante qu'il avait prise pour lui indiquer la route, au moment du départ.

Il était penché à la portière et elle avait aimé son allure, avec sa veste jetée sur une épaule, la cravate un peu dénouée, cet air mâle et enfantin à la fois qu'ont les hommes vraiment virils.

Il semblait si seul. Content de l'être, sans doute.

Non, elle ne l'appellerait pas !

Sous prétexte de se reposer du voyage, elle se leva et s'en fut vers sa chambre.

En passant devant celle de sa mère, elle entra. Tout était en place : le couvre-lit tiré sur les oreillers au carré; les objets de toilette alignés sur la coiffeuse et par ordre de grandeur : la brosse à cheveux, les flacons, les boîtes de poudre ou de fards, la collection se terminant par le rouge à lèvres si définitivement inutile.

Les médicaments, eux aussi, étaient rangés par taille, et les cadres dans un parallélisme parfait sur le rebord de la cheminée.

Marilou était passée par là et avait fait son ménage, comme à l'accoutumée ! Mais, du vivant d'Hedwina, le rangement ne durait pas cinq minutes, tout valsait et se déplaçait d'une façon qui n'était qu'à elle. Car si l'ordre est un masque, le désordre est un aveu. Celui d'Hedwina, poétique, féminin, ingénu, la révélait tout entière. Un gant de daim rose traînait entre un bouquet de violettes et un bracelet de brillants. L'autre, jeté au sol, couvrait à demi une sandale dorée. Les invitations s'éparpillaient au coin des glaces, abandonnées parmi les cendriers, sur les coupes de Lalique, voisinant avec les contraventions, le courrier, les épingles à cheveux, un animal en peluche, un volume de la Pléiade, une brassée de magazines, les appareils de télécommande, des trousseaux de clefs et le dernier roman à la mode.

L'une des activités quotidiennes des membres de la maisonnée consistait d'ailleurs à rechercher ce qu'Hedwina venait d'égarer, et qui se retrouverait forcément, mais quand ? et où ? Inévitables parties de cache-tampon, entrecoupées d'énervements, de fous rires, de « qu'ai-je bien pu en faire ? », « mais je l'avais encore tout à l'heure », « ne cherchez plus, je le tiens ! ».

Maintenant, Hedwina ne dérangerait plus jamais rien.

Il n'y aurait plus à chercher derrière elle.

Quand s'était jouée la dernière partie ? Lorsqu'elle avait dit, sans qu'on sût à ce moment-là que c'était la dernière fois : « Où est ma bague ? », « J'ai égaré mon foulard ! », « As-tu vu mon sac ? ».

Cette petite monnaie du grand bonheur quotidien de vivre ensemble, dont nous ne tenons pourtant pas les comptes, puisqu'on ne s'en rappelle ni les dates ni les détails.

Pourtant, c'est de son absence que l'on souffre éperdument.

Et le meilleur de la vie commune n'est-il pas dans ces frottements, ces agacements réciproques, ces « tu m'as pris ma place », « pousse-toi, tu me déranges », « prête-moi ça », « qu'as-tu fait de mes affaires » ?

Violaine retrouverait-elle jamais ce bonheur du coude à coude, de la vie commune sans questions, tel qu'elle l'avait connu avec sa mère ? L'intimité de la filiation inoubliable, irremplaçable. D'ailleurs, si la Bible ordonne : « Tu quitteras tes père et mère », c'est que c'est impossible ! Si ça allait de soi, le Grand Livre se serait-il donné la peine de nous le commander ?

La jeune femme caressa les objets comme si, dans un au-delà quelconque, ces petits amalgames de matière inerte communiquaient encore avec ce qui demeurait d'Hedwina, et pouvaient lui transmettre son message de tendresse. Soudain, elle se souvint d'une scène qu'elle avait refoulée dans les oubliettes de sa mémoire, tant, sur l'instant, elle lui avait paru incompréhensible et l'avait effrayée. Une scène de dévoration au cours de laquelle Hedwina, qui ne pouvait plus parler, avait tenté de l'absorber, de se fondre en elle – au fond, disons le mot comme il lui était venu à ce moment-là : de coucher avec elle ! En tout cas, de l'attirer dans son lit.

Violaine revenait d'une absence un peu prolongée et Hedwina, lui avait dit Marilou, se reposait. En fait, elle dormait si profondément qu'elle paraissait ne plus respirer, et Violaine, prise d'angoisse, avait approché son visage tout près du sien pour vérifier ce qu'il en était. Hedwina avait alors ouvert les yeux, et, dans un gémissement qui ressemblait à un jappement, lui avait agrippé la main.

Jusqu'au bout, la malade avait conservé une force physique incroyable dont elle ne faisait généralement usage que pour refuser un traitement qui lui déplaisait – par exemple, prendre son bain, ou changer de chemise.

Là, une fois la main de sa fille happée entre les deux siennes, non seulement elle ne la lâcha plus, mais elle entreprit de la tirer, la haler vers elle. Au début, Violaine se laissa faire, pensant qu'il s'agissait d'obtenir un baiser – qu'elle lui appliqua d'ailleurs chaleureusement sur le front. Mais cela n'était pas suffisant !

Geignant, appelant, ahanant, Hedwina continuait, les yeux grands ouverts, la bouche aussi, à la tirer, l'attirer vers elle, comme si elle désirait un embrassement total.

C'est alors que Violaine avait été saisie de panique.

Gênée par la tentative érotique – il n'y avait pas d'autre mot –, elle s'était d'abord félicitée qu'il n'y eût pas de témoin. Mais, devant cette insistance à la prendre en elle, qui se muait bientôt en détermination absolue de la part de celle qu'une partie d'elle-même se mettait à traiter de folle, Violaine aurait désespérément voulu maintenant avoir de l'aide, quelqu'un pour la sortir de là. Ne fût-ce que pour ramener dans la pièce ce qui était en train d'en disparaître : la raison.

Car il n'y avait plus de raison, soudain, là, entre ces deux femmes. D'ailleurs, sa mère n'était plus sa mère, ni quelqu'un qui l'aimait : elle était devenue une puissance dévoratrice, féroce et même inhumaine, qui voulait l'englober, la phagocyter, l'entraîner avec elle... Mais où ? Au cœur de son néant ? A l'intérieur de sa propre chair ? La faire basculer en sa compagnie dans la mort ? Consciente qu'elle allait mourir, ne voulant pas mourir sans elle ?

Ne voulant pas mourir, quoi !

Et Violaine s'avoua que si elle avait si longtemps refusé de repenser à cette scène atroce, qui n'avait pris fin qu'avec l'irruption de Marilou, au moment où elle-même allait se mettre à hurler, c'est qu'alors elle avait eu le sentiment qu'Hedwina savait qu'elle allait mourir, et ne le voulait pas ! Non pour ne pas la quitter, elle, Violaine, mais parce qu'elle était dans la terreur, la peur abjecte du corps qui ne veut pas disparaître, sachant qu'il n'existe aucune survie pour les corps, même si on peut en rêver, en imaginer une pour l'esprit.

Pour la première fois de sa vie, Violaine avait éprouvé le sentiment du néant.

Du néant de l'amour, aussi, car, à ce moment-là, Hedwina ne l'aimait pas : elle la voulait, c'était tout. Et elle la voulait pour lui prendre sa substance, sa vie, sa jeunesse. Comme un vampire. Comme si souvent les vieux qui se gorgent à gogo de la vie des jeunes et des enfants, prêts à les égorger pour boire un peu de leur sang neuf pourvu que ce sang puisse leur donner quelques minutes supplémentaires de survie. Les agonisants aussi, parfois, qui s'accrochent à leur « sauveteur », quitte à le faire couler avec eux, manifestent cette frénésie. Ou bien jettent à leur médecin un regard de haine : c'est qu'il va survivre, lui!

Ça n'est pas de l'égoïsme, c'est la vie à l'œuvre dans ce qu'elle a de plus instinctif, de plus « physique », de plus puissant aussi. Une force aveugle, en action depuis des milliards d'années, dans une indifférence à tout ce qui n'est pas elle, et qui fait sa grandeur.

La vie à nu. La vie femelle.

Car c'était la femelle que Violaine avait rencontrée chez sa mère, et c'était horrible. Insoutenable. Sa mère la désirant du plus violent des désirs qui soit, le désir premier, non humanisé. Celui que les enfants ne supportent pas de découvrir chez leurs parents, même lorsqu'il ne s'adresse pas à eux, et qui les rend fous quand ils en sont l'objet.

Pourtant, n'est-ce pas de ce désir-là qu'ils sont nés?

Et Violaine, dans un hoquet de désespoir, ouvrit tout grand le lit d'un geste du bras, arracha les couvertures et se coucha dessus, tout habillée. A la place de sa mère. Au lieu imaginaire du corps de sa mère avec lequel, cette fois, elle fusionna.

Pourquoi s'était-elle refusée à son désir, ce jour-là? Ce désir hors du temps qui voulait à la fois la remettre au monde, elle, Violaine, et se remettre au monde, elle-même, Hedwina, à travers sa fille?

Oui, elle le comprenait enfin : Hedwina, ce jour-là, voulait renaître. Mais Violaine était trop jeune, trop innocente, et elle avait fui, terrifiée, ce qu'il y avait de grandiose dans ce mouvement d'absorption d'un autre être, un être aimé, venu du fond de l'inconscience.

Qu'est donc l'amour ?

Violaine, à présent, se plaignait de n'être pas aimée. Or, quand l'amour gigantesque, effroyable, c'est-à-dire tel qu'il est en réalité, s'était dressé devant elle, la voilà qui s'était enfuie, hurlant au secours !

Au fond, elle n'était qu'une petite fille, étroite, mesquine, incapable de passion, de don de soi. Si elle se retrouvait toute seule, c'était bien fait pour elle !

La jeune femme se mit alors à sangloter, un coin du dessus-de-lit de satin blanc enfoncé dans sa bouche de peur que Marilou ne l'entendît.

Mais c'était sans importance, car Marilou, comme tout à l'heure, se serait méprise sur les causes de son chagrin et les aurait trouvées « normales ». Violaine, se serait-elle dit, pleurait sa mère.

C'était vrai, aussi.

CHAPITRE XLV

Les organisateurs en avaient conscience : ç'allait être très douloureux, pour Violaine, d'assister à la cérémonie, mais ce serait tellement plus fort et plus émouvant, pour les millions de téléspectateurs et pour les gens présents dans la salle, toute la profession ou à peu près, s'ils pouvaient se tourner vers quelqu'un après la projection.

Applaudir la fille de la Star.

Oui, il fallait que Violaine fût présente.

Elle le devait à la mémoire de sa mère.

Ainsi qu'à ses admirateurs dont le nombre, à travers le monde, ne cessait de croître.

Et puis, avait ajouté le réalisateur, on ne pouvait négliger le fait que cela représenterait de substantiels bénéfices, car Violaine, en tant qu'héritière, touchait des droits sur la diffusion des films où sa mère avait travaillé en participation. Sans compter les albums de photos, les biographies en préparation !

Plus Hedwina se vendrait, plus Violaine deviendrait riche.

Il ne fallait pas l'oublier.

« C'est bizarre, s'était dit Violaine, comme l'argent et le cœur, de nos jours, sont indissolublement liés ! De quoi nous parle-t-on au nom des différentes causes humanitaires ? D'argent. Et pour rendre un hommage posthume à ma mère au cours de cette cérémonie télévisée de remise des Césars, le mot qu'ils ont encore à la bouche pour me convaincre : l'argent ! Comme si personne n'avait rien d'autre à donner, de nos jours ! »

Ce n'est pas l'argent qui la décida, mais l'impression qu'elle préférerait être dans la salle, parmi les autres, plutôt que toute seule face à son écran de télévision.

Plusieurs maisons de couture, sans qu'elle eût à le quémander, proposèrent de lui prêter une robe pour la soirée.

Violaine choisit la maison dont elle connaissait bien la directrice, Madame Suzanne, une femme à la fois simple et de grande classe, comme il arrive dans la couture. Non seulement Madame Suzanne serait de bon conseil, mais elle lui raconterait des anecdotes lui confirmant, s'il en était besoin, qu'avant d'avoir été une actrice, Hedwina avait été une femme. Infiniment soucieuse de son apparence et de sa toilette.

– Imaginez-vous, Mademoiselle, que Mme Vallas me répétait : « Vous entendez, Suzanne, ça m'est bien égal qu'une robe soit belle ! Ce que je veux, c'est qu'elle fasse quelque chose pour moi, et non que je fasse, moi, quelque chose pour elle ! Votre deux-pièces rouge et or tue mon visage, tandis que la petite chose là-bas, en taffetas noir, vous avez beau me dire qu'elle est banale, moi je me trouve sublime là-dedans. » Et elle avait raison ! Mme Vallas avait un grand sens de l'élégance.

– Maman avait aussi le sens du spectacle, dit Violaine.

Car la mode, c'est avant tout du spectacle. Violaine le savait.

Elle hésita entre un tailleur du soir pailleté, qui lui donnait l'air fatal d'une vamp des années 30, et une robe drapée dont le ton de vert était à l'unisson de celui de ses yeux.

Tout à coup, elle songea à Justin. Peut-être serait-il devant son poste, ce soir-là, et dans quelle tenue la trouverait-il plus belle ? En blanc, bien sûr : les hommes aiment les femmes en blanc ! Leur vieille nostalgie de la virginité et du mariage...

– Vous n'avez rien de blanc, Madame Suzanne ?

La directrice hésita.

– Peut-être que si, un modèle que Monsieur Jacques n'a pas voulu terminer, il dit que la coupe lui rappelle trop un mouvement de l'année dernière... Mais, s'il vous plaît, on le finira sur vous.

Une fois terminé, l'effet du fourreau de satin, aux manches très ajustées, le décolleté en pointe prolongé presque jusqu'à la taille, se révéla en effet sublime, tout le monde en convint. C'était exactement ce que Violaine souhaitait : à la fois lilial et provocant. La jeune femme se dit qu'elle le porterait sans un bijou, hormis les très longues boucles d'oreilles en perles fines d'Hedwina, rendues célèbres par *Le Dernier Amour*.

Justin ne savait pas trop ce qui l'avait conduit à s'asseoir devant son poste, ce soir-là, avec un sandwich au jambon, un pot de cornichons, un autre de moutarde, et deux canettes de bière.

Les singeries des gens du cinéma, il les avait d'habitude en horreur. Ces aperçus complices sur les coulisses du Septième Art lui donnaient le sentiment de perdre son temps. Il voulait bien voir des films, autrement dit des œuvres achevées, non participer à une distribution de prix avec des individus par ailleurs de valeur, fort intelligents le reste du temps, qui se mettaient à remercier Papa, Maman, la bonne d'une façon infantile, leur encombrant morceau de ferraille fourré sous le bras, pour finir par déclarer qu'ils feraient encore mieux la prochaine fois, et bonsoir à grand-mère si elle est devant son poste!...

Ce soir, c'était lui, grand-mère!

Mais il voulait voir l'hommage à Hedwina.

Il ne fut pas déçu. L'un des meilleurs monteurs du cinéma s'était mis au travail pour dénicher et coller bout à bout les moments-chocs de la carrière de la Star. Quelques-unes des scènes passées à la légende à cause de leur intensité, parfois d'une réplique, d'une toilette, et aussi les derniers plans, presque immobiles, du *Dernier Amour de Margot Béranger*, sans compter des extraits de films de jeunesse...

Violaine s'aperçut qu'elle avait oublié à quel point sa mère, lorsqu'elle avait son âge, pouvait être radieuse.

Si confiante dans la vie.

Cela lui faisait drôle de se dire que cette personne encore plus jeune qu'elle, et qu'elle aurait aimé avoir pour amie, était sa mère.

Avait été sa mère.

Et cela lui donnait le vertige d'être là, perdue dans la foule avide, tandis que sa mère, l'image de sa mère, était en train de passer au rang de mythe.

Bien plus que de son vivant.

Cela voulait-il dire qu'elle allait cesser de lui appartenir?

Violaine ne sut plus, soudain, ce qu'elle faisait là. Elle aurait aimé avoir quelqu'un de sûr auprès d'elle pour lui tenir la main. Ou alors que la projection durât toujours, avec ces musiques dont elle connaissait certaines par cœur, et qui, telles des berceuses, l'incitaient à s'endormir à jamais dans la semi-obscurité de la grande salle, parmi tous ces gens subjugués, retenant leur souffle.

La lumière revint à l'improviste, et, après un instant de surprise, quelques soupirs de regret, les applaudissements éclatèrent.

Le présentateur remercia les techniciens qui avaient si bien travaillé, puis il se fit l'interprète du chagrin de la profession après la disparition prématurée de la grande star – « au terme d'une longue maladie », conclut-il discrètement – avant de révéler la présence de Violaine dans la salle.

A nouveau les applaudissements se déchaînèrent, et l'on exigea, comme les organisateurs l'avaient prévu, sa présence sur scène.

Justin, tenant sa canette de bière d'une main, son sandwich de l'autre, demeurait immobile devant son écran. Lui aussi avait été captivé par la brève succession des visages d'Hedwina, de sa prime jeunesse à son âge mûr. Toute la vie d'une femme passée en accéléré, c'est si long et si court! Et au moment où l'on croit que cela va commencer pour de bon, c'est fini...

Et comme la mère ressemblait à la fille! Dans sa façon de fixer un interlocuteur, de baisser puis de relever vivement les paupières, par exemple. Mais, chez Hedwina, le mouvement était joué, fût-ce divinement, tandis que chez Violaine, il était naturel. Et donc plus émouvant. Du moins pour lui.

Car Justin, contrairement à d'autres, aimait être l'unique spectateur des émotions qui passent sur un visage.

Soudain, la caméra fut sur celui de Violaine que l'opérateur était allé chercher parmi la foule – vedettes, metteurs en scène, stars de tous âges et de toutes dimensions – et qui emplit le petit écran. Violaine ne se savait pas filmée à ce moment-là, et elle avait véritablement l'air d'une biche effarouchée dans cette robe blanche qui la mettait à part, tel un écrin.

Poussée par des voisins souriants – où donc était

Edouard ? Justin n'arrivait pas à le repérer –, Violaine se leva, mince et flexible. Elle sortit de son rang, des gens la saluant au passage, et remonta l'allée jusqu'à la scène où le présentateur l'accueillit en lui tendant la main.

Sa fraîcheur rappelait délicieusement les premières images d'Hedwina à ses débuts, et la salle éclata de nouveau en applaudissements.

Violaine joignit les mains et inclina la tête dans un remerciement silencieux.

Elle pensait si fort à Hedwina que les autres, du moins individuellement, ne comptaient pas. Il n'y avait autour d'elle que cette gloire qu'Hedwina avait tant aimée et qui, à ce moment-là, se concentrait sur elle, Violaine, comme le rayonnement d'une lampe aux dimensions du monde.

C'était donc ça, la gloire : une légère et vaste caresse qui vous flatte jusqu'à satiété ?

Est-ce que cela suffit à remplacer l'amour unique ?

Quand elle releva la tête, la caméra s'empara de son visage à peine maquillé, de ses courts cheveux blonds coiffés en vagues nettes. Les pendentifs en perles brillaient sous les projecteurs, mais moins que ses yeux où scintillaient des larmes.

Violaine retourna s'asseoir à sa place et Justin, attentif, eut le temps de bien se convaincre qu'elle n'était pas accompagnée.

CHAPITRE XLVI

C'est sous le nom de Léontine Piquet qu'Hedwina reposait dans le caveau de famille de Châteauroux. Cela ne déroutait pas ses admirateurs, et, ce matin-là, plusieurs bouquets de roses et trois corbeilles d'hortensias, fraîchement déposés sur sa tombe, témoignaient qu'il s'agissait d'un jour spécial.

Un an déjà!

La veille, en ce premier anniversaire de la mort de sa mère, Violaine avait débarqué chez Charline. La tante et la nièce avaient passé leur soirée à évoquer la disparue en compulsant de vieilles photos.

Hedwina – Titine, à l'époque! –, encore toute petite et parfois grimaçante, à cause de la manie des photographes amateurs de placer leurs sujets face au soleil, prenait déjà des attitudes qui révélaient sa grâce, son besoin d'être admirée comme une créature légèrement au-dessus non pas des autres (elle tenait souvent ses compagnes par la taille ou par le cou), mais de la réalité.

Et, devant les minuscules clichés, si révélateurs d'un précoce génie, le cœur de Violaine se serrait comme chaque fois qu'elle réalisait à quel point la personne de sa mère débordait leur relation. Cet amour mère-fille qu'elle avait cru si exclusif!

Charline, elle, se souvenait de leurs disputes et de ce qu'on nommait en famille « le caractère d'Hedwina », c'est-à-dire sa propension à n'en faire qu'à sa tête et à rire de ce qui n'amusait pas les autres.

– Ça, elle l'a conservé jusqu'à la fin! Je t'ai raconté notre chute, à l'île de Ré...

Cet après-midi-là, Hedwina bien installée sur sa chaise longue dans la cour-jardin, Violaine était partie se baigner. Mais le vent s'était levé et Charline avait entrepris de déplacer sa sœur, ce qu'elle ne faisait jamais seule.

Laquelle des deux se prit le pied et avait entraîné l'autre? Les deux femmes chutèrent lourdement. Par miracle, rien de cassé. Charline s'en tira avec un hématome à la hanche. Restait à se sortir de là!

– J'ai mis plusieurs minutes à me relever, et pour commencer à quatre pattes! racontait Charline. Que faisait ta mère? Eh bien, elle se tordait de rire! Il y avait longtemps que je ne l'avais pas entendue rigoler comme ça! J'imagine qu'elle a dû être contente de me voir à bas, tout comme elle!

Pas seulement, se disait Violaine : mais constater que des créatures humaines, dont l'une était la Star, et dont l'autre s'enorgueillissait de sa normalité, n'étaient en fait que de pauvres choses soumises à la pesanteur, à la démantibulation, et incapables de se relever une fois à terre, c'était cela le fond de son grand rire!

... Tôt le lendemain, les deux femmes, toutes de noir vêtues, assistèrent à la messe commémorative qu'elles avaient discrètement commandée. Elles étaient seules ou presque, dans une des ailes de l'église, en compagnie de quelques « habituées ». Des femmes âgées ou récemment frappées par le malheur.

Après quoi, dans l'antique petite 4 CV que

conduisait toujours Charline, elles se rendirent au cimetière.

Justin les y attendait.

En fait, il se tenait à distance, dissimulé par les tombeaux, et c'est au moment où les deux femmes se dirigèrent vers la sortie qu'il les rejoignit pour marcher près d'elles.

Une fois franchie la grille du « jardin de pierres », il proposa de les emmener déjeuner, comme il le faisait autrefois à Lausanne, ce qui ravissait tant Hedwina.

Mais Charline, contrairement à sa sœur, détestait l'imprévu.

– Allez-y tous les deux, j'ai un reste de blanquette à la maison. Et des rangements à faire.

Charline reprit sa 4 CV pétaradante, tandis que Violaine montait dans la voiture de Justin.

La surprise de sa présence atténuait un peu la douleur du moment. En même temps, Violaine avait tellement pensé – ou plus exactement rêvé – à lui qu'elle ne savait quoi dire, craignant de se trahir.

C'est Justin qui reprit le premier la parole :
– C'est que je n'étais pas là, l'année dernière.

Sans doute croyait-il nécessaire de justifier sa venue.

Puis il pria Violaine de choisir un restaurant, car il ne connaissait pas la région.

Elle songea tout de suite à un établissement situé un peu hors de la ville, *Le Moulin Vert*, où Hedwina les emmenait en famille quand les grands-parents vivaient encore.

Tandis qu'ils roulaient sur la petite départementale, Violaine bavardait nerveusement, racontant des anecdotes sur son enfance et sa mère. Elle s'en rendait compte, ça tournait à l'obsession, mais qu'y pouvait-elle si chaque instant de sa vie passée portait la trace d'Hedwina ?

Du coin de l'œil, elle observa Justin.

Il conduisait tranquillement. Attentif à ce paysage qu'il ne connaissait pas, il détournait parfois la tête pour mieux considérer une ferme à demi cachée par un bosquet, ou un troupeau de vaches blanches tachées de roux.

— Je suis une femme chargée, dit-elle.

Justin laissa passer quelques secondes avant de réagir :

— Comme un pistolet ?

Ils étaient arrivés devant le restaurant à devanture vert pomme, et Justin gara la voiture sous les arbres en quinconce de la petite place gazonnée, sans doute un ancien champ de foire.

Violaine se mit à rire.

— C'est à peu près ça ! Je veux dire que j'ai toujours Hedwina en moi, et que je l'aurai jusqu'à la fin... Ses gestes, son sourire... L'amour qui jaillissait d'elle...

— Moi aussi, je suis chargé, dit Justin. J'ai toujours Evelyne en moi.

— Je comprends, dit Violaine.

Il avait déjà une femme dans le cœur. Ce qui devait l'attirer auprès de Violaine, c'était ce qu'ils avaient en commun : un deuil terrible dont, l'un comme l'autre, ils ne parvenaient pas à sortir. Justin aimait revivre sa souffrance en sa compagnie. Rien de plus.

— Allons déjeuner, dit Violaine.

Elle avait envie et besoin d'un verre de cognac, ce qui ne paraîtrait pas anormal après l'émotion de la visite au cimetière.

Justin ne bougea pas.

En ce milieu d'hiver, un petit soleil vif faisait briller les bourgeons duveteux. « Tous les ans, la nature fait son deuil de l'année passée... Tous les ans, éclate une nouvelle saison de feuilles... », pensa Violaine.

367

Elle ne bougeait pas, elle non plus.

Elle se trouvait bien près de cet homme dont la capacité d'immobilité la rassurait. La jeune femme se laissa descendre en elle-même, comme elle le faisait naguère auprès d'Hedwina. Surtout à l'époque où sa mère ne parlait plus, déjà en allée et en même temps si proche, comme si elle s'exprimait par sa respiration, le rythme de son souffle...

Hedwina, encore elle!

Sous son calme, Justin cachait une aptitude à démarrer au quart de tour dans des directions imprévisibles :

– Qu'avez-vous fait d'Edouard?

– Edouard!

Elle faillit dire « Qui ça? », tant elle se sentait loin d'Edouard, aujourd'hui.

– Oui, votre fiancé...

– Mais il n'est plus mon fiancé... Il est marié. Il a deux enfants.

– On m'a dit qu'il divorçait et que vous alliez l'épouser.

Ainsi, il était au courant!

– Qui vous a dit ça?

– Charline.

– Mais quand?

– Quelques jours après l'enterrement. Je lui ai téléphoné pour savoir comment s'était passée la cérémonie. Je n'arrivais pas à vous joindre, vous étiez « en déplacement », m'avait dit Marilou. J'ai demandé à Charline de quelle façon vous supportiez le choc et je l'ai sentie toute heureuse de pouvoir m'annoncer – sans doute pour me rassurer – que vous étiez partie en voyage en compagnie d'Edouard, avec qui vous vous étiez réconciliée... Marilou venait juste de le lui apprendre. Le reste, je l'ai supposé. Je me suis dit qu'il vous fallait du temps, du silence, de la discrétion, avant de rendre les faits publics... Etant donné qui vous êtes et qui est Edouard de Winquaire...

— Les garces, elles ne m'ont rien dit!

— Que vouliez-vous qu'elles vous disent? Elles vous aiment et elles étaient soulagées à l'idée que vous repreniez votre vie. Je pense que Charline n'a pas eu le sentiment de commettre une indiscrétion : vous et moi sommes de vieux amis, à ses yeux... D'ailleurs, j'ai gardé la nouvelle pour moi. Je ne vous en ai même pas parlé, puisque vous ne me disiez rien.

Sa froideur, son éloignement à Annecy, c'était donc ça? Il la croyait à nouveau engagée vis-à-vis d'Edouard?

— Il n'y avait rien à dire... Edouard et moi nous sommes vite rendu compte que nous n'étions pas faits l'un pour l'autre. Vous comprenez, lui aussi est « chargé », avec une femme et des enfants... Et, surtout, je me suis aperçue qu'il ne prenait pas la vie comme moi!

— Comment prenez-vous la vie, Violaine?

— Si un jour je dois aimer quelqu'un...

— Dites...

— Je ne chercherai pas à me fondre en lui. Bien au contraire..., je serai heureuse qu'il ait son destin, et aussi ses passions. J'ai bien les miennes. Mon travail. Mon trajet aussi. Ma mère était seule devant la mort, même si elle communiquait très fort avec moi. On est toujours seul face à sa mort, et pas seulement à la dernière minute, depuis toujours, depuis qu'on est né. C'est Hedwina qui me l'a appris. Et je l'ai vue le vivre.

C'était drôle : elle ne savait pas qu'elle pensait ça avant de l'avoir exprimé. Il avait fallu que Justin fût là pour qu'elle y arrivât. En même temps, elle n'avait jamais ressenti — admis? — à quel point elle était seule. Hedwina s'éloignait, occupée à poursuivre ailleurs son chemin désincarné.

Violaine se retrouvait sur le sien.

Elle avait peur, et pourtant ça n'était pas douloureux ni angoissant. C'était... Jamais elle n'aurait imaginé ça : c'était excitant! L'aventure... Elle entrait enfin dans son aventure à elle toute seule!

Justin remit la voiture en marche.

– Où allons-nous?

– Chez Charline. Pour lui dire au revoir et y prendre votre sac de voyage. Ça vous va?

– Ça me va, dit Violaine.

Ils n'allaient pas déjeuner, mais elle n'avait plus faim, du moins de cette faim-là. Pas plus qu'elle n'avait envie d'un « remontant », ni de poser de questions.

– Je vous ramène à Annecy. Chez moi. Nous nous arrêterons peut-être en route.

Au moment où elle croyait qu'elle était en train de fermer une porte et de se rendre inaccessible, elle en avait ouvert une, sur Justin!

C'était si surprenant qu'elle n'arrivait pas à y croire. Elle poussa un long soupir, de soulagement, et aussi pour reprendre son souffle.

Elle risquait d'en avoir besoin.

CHAPITRE XLVII

Quand il avait pris la route en pleine nuit, Justin le savait déjà : ce n'était pas pour Hedwina qu'il entreprenait le trajet depuis Annecy, en ce jour de janvier, c'était pour Violaine.

Arrivé à Châteauroux, il s'était demandé s'il irait la rejoindre à l'église où les deux femmes allaient probablement se recueillir. Mais la ville était grande et les églises nombreuses, aussi avait-il préféré se rendre au cimetière où, avec l'aide du gardien, il avait trouvé facilement la tombe de Léontine Piquet, dite Hedwina Vallas.

Justin n'avait pas mangé depuis la veille, juste bu un rapide café à un comptoir, et il se sentait léger lorsqu'il s'assit sur un caveau, non loin de la tombe neuve.

Il lui était arrivé de passer des journées entières près de celle d'Evelyne, à considérer le grain du granit, à y passer la main, à s'allonger dessus, parfois, et à songer à l'existence.

Il n'avait pas de répulsion pour la poussière, il se disait simplement que cela ne devait pas s'arrêter là. Quelque chose était en marche du côté de l'humanité, et même de la vie. Un phénomène étrange et mystérieux qui dépassait l'entendement, ce qui n'empêchait pas chacun d'y contribuer, dans la joie ou la douleur, le bien ou le mal, que sa vie fût longue ou terriblement brève.

Ce quelque chose relevait de ce que nous nommons, faute de mieux, le « spirituel ». Un invisible réseau se tissait entre les hommes, comme entre toutes les forces à l'œuvre sur la planète et dans l'univers.

« Comme si un grand cerveau était en train de se constituer tout seul ! » se dit-il.

Quatorze milliards d'années que cela avait commencé, et il en faudrait peut-être beaucoup plus pour que cela devînt clair. Mais il pensait déjà autrement que ses ancêtres ou que le premier anthropoïde, il se sentait plus consciemment relié à l'univers, ne fût-ce que par la conquête de l'espace et celle des mécanismes internes du corps, voire du cerveau lui-même.

Déjà le microscope électronique avait révélé en images ce qu'il faut de connexions nerveuses pour aboutir à une seule pensée, une seule petite perception... Qui pouvait dire qu'à l'échelle de la planète, d'autres milliards de connexions n'étaient pas en train de s'établir une à une, seconde après seconde, comme si la Terre entière... eh bien, oui, s'apprêtait à devenir elle-même un immense encéphale ?

N'était-ce pas le but plus ou moins conscient que poursuivaient les idéologies, les religions, mais aussi les politiques humanitaires, tout cet œcuménisme en marche depuis les premiers conquérants ?

Il eut soudain la vision de la Terre devenue autonome, autoguidée, prenant un jour le chemin des écoliers, sortant du système solaire... Et vogue la galère !

À travers les étoiles, les galaxies, la « boule » ayant perdu la boule ! Devenue à elle seule un immense vaisseau spatial, en fait, dégagée du

« père », de la vieille attraction solaire. Des hommes dont on ne pouvait même pas entrevoir les pensées partiraient alors pour une aventure qui, à ce moment-là, ne leur paraîtrait pas plus risquée qu'autrefois la découverte des Amériques, la conquête de l'Ouest ou, plus récemment, l'alunissage... Tout ce qui nous mène devait être déjà en germe chez le premier d'entre nous, avec le respect, la crainte et le refus de la mort...

C'est alors qu'il avait aperçu Violaine, si droite et si blonde dans sa petite redingote noire, tenant par le bras Charline, élégante dans une fourrure qui avait dû appartenir à Hedwina.

Il y avait une connivence entre la tante et la nièce, non parce qu'elles étaient de la même famille, mais parce qu'elles avaient accepté leur lien. On sentait que ce qui frappait l'une ne pouvait que frapper l'autre, et qu'au lieu de se chipoter, se jalouser, se critiquer, se battre, comme on fait généralement dans les familles où tout demeure si archaïque et destructeur, elles s'épaulaient.

Et c'était une image émouvante, comme chaque fois que des êtres incarnent avec décision ce passage du flambeau d'une génération à l'autre, chacun tenant compte du trajet, parfois erroné et douloureux, de ceux qui l'ont précédé, quitte à repartir dans l'autre sens! « Comme les mots d'une même phrase, se dit Justin, qui bien souvent se complètent en se contredisant. »

Il vit les deux femmes s'incliner devant la tombe d'Hedwina où Violaine déposa le petit bouquet de roses qu'elle tenait à la main. Charline s'activa à redresser la branche d'un lilas et à arranger les gerbes laissées par des admirateurs anonymes.

Après un temps de silence et de prière, les deux femmes se mirent à parler ensemble à voix chuchotée. Soudain, Justin entendit le rire de Violaine. C'était doux, comme le chant d'un oiseau après la nuit et l'ondée, l'un de ces bouvreuils nombreux et légers qui voletaient dans les arbres du cimetière, telles des âmes.

Non, Violaine n'avait pas renoué avec Edouard.

En fait, Justin en était convaincu depuis la retransmission télévisée de la remise des Césars. Quand il avait vu apparaître en gros plan son petit visage si pâle et si blanc qui semblait dire : « Aimez-moi! », il avait failli sauter dans sa voiture comme si c'était à lui personnellement que le message s'était adressé.

Et sans ce problème non réglé à l'usine, il l'aurait fait.

Déjà, il n'avait pas cru Charline lorsqu'elle lui avait annoncé que les jeunes gens se considéraient à nouveau comme fiancés. Aurait-il, sinon, demandé à Violaine de venir à Annecy?

Quand il l'avait aperçue devant la porte de l'atelier, toute droite, dans son imper dont elle avait relevé le col comme pour se protéger du reste du monde, il avait deviné à quel point la jeune femme était seule.

Pourquoi ne lui avait-il pas parlé le soir même?

Ce qui l'en avait détourné, c'était cet effarement, dans son regard, quand il avait arrêté la voiture devant l'hôtel du Lac. Comme si elle s'était imaginée qu'il allait lui dire : « Je monte avec vous. »

En somme, ce qui l'avait retenu, c'était la pudeur, ce vieux réflexe de défense destiné à nous protéger contre la force irraisonnée, parfois irraisonnable, du désir.

Car il la désirait, et cela ne datait pas de ce jour-là.

Dès le premier instant, quand elle lui était apparue dans son jogging blanc, dévalant à petites foulées les allées du parc, à la recherche de sa mère en fugue.

Et si Justin s'interrogeait – ce qu'il se sentait libre de faire, maintenant qu'il avait osé le pas décisif –, il découvrait qu'il l'avait désirée avant même de savoir qu'elle existait.

En regardant Hedwina!

Cette femme mûre, si belle, déjà enfoncée dans l'absence et qui lui était apparue, au détour d'une allée, par ce bel après-midi d'automne, tellement désemparée dans sa robe de chambre de laine beige, cachait une autre femme, c'était évident.

Celle qu'elle avait été du temps de sa jeunesse et qui demeurait dans toutes les mémoires, sinon dans la sienne propre – mais une autre femme encore...

Et dès que cette autre femme, plus grande, plus élancée, plus claire, plus jeune, plus « fatale » aussi – du moins pour lui, Justin – était apparue, il avait su qu'il l'aimerait.

Mais il n'était pas dégagé d'Evelyne. Il en était même malade. N'aurait-il pas dû tout faire pour la garder en vie? Ne s'était-il pas « trompé », par orgueil ou – ce qui était pire pour sa conscience – dans le désir secret de se débarrasser d'un poids, camouflé en acte d'abnégation?

Il avait failli se dénoncer lui-même afin d'être légalement condamné et de purger sa peine, comme on dit, c'est-à-dire se délivrer de ce fardeau de culpabilité par instants insoutenable.

C'était la présence d'Hedwina qui l'avait retenu. Parce qu'il avait pu s'occuper d'Hedwina, lui donner ce qu'il n'avait su ou voulu donner à Evelyne, il s'était senti pardonné.

Et tandis qu'il lui tenait compagnie et entrait dans son monde à la fois immense et étréci, il était tombé amoureux de Violaine.

Ils avaient vécu dans une telle intimité, ne s'occupant que du temps qu'il ferait, de ce qu'on allait manger, du programme de la journée, des projets en cours, de la trame infime du quotidien, laquelle dépendait heure après heure de la santé et de l'état variables d'Hedwina. Sans compter l'angoisse...

Ils avaient eu peur ensemble quand Hedwina, qui paraissait dormir sur sa chaise longue, ne reprenait pas, semblait-il, son souffle.

Inquiets chacun de leur côté, honteux de l'être, se relâchant ensemble dès que la poitrine d'Hedwina recommençait à se soulever.

Ces secondes d'épouvante et de soulagement, inaperçues des autres, les avaient liés dans leur cœur. Peut-être aussi dans leur corps. Même s'ils ne s'étaient rien dit et si, sur l'instant, ni l'un ni l'autre ne se l'était avoué.

Justin s'en était rendu compte dès son retour à Annecy où la maison lui avait paru vide, soudain, non pas d'Evelyne, mais de Violaine.

Et il avait commencé, malgré lui, à rêver à comment ce serait si elle était là, légère et blonde.

Mais était-ce une vie possible pour elle, habituée à la brillance, aux mondanités de sa mère? Justin s'était trouvé de peu d'intérêt, tout à coup, avec ses soucis d'usine, de production, de rendement.

Puis il s'était rappelé comme ils s'étaient bien entendus, à Lausanne, au-delà du désir que lui en tout cas éprouvait.

Il revoyait aussi la nuit de veille à Paris, avec le corps d'Hedwina reposant dans la chambre à côté. Il se rappellerait toujours l'immensité des yeux de Violaine, de l'autre côté de la table basse, qui semblaient vouloir percer l'obscurité, les ténèbres, pour continuer d'apercevoir sa mère en chemin vers l'autre monde et l'accompagner par la pensée aussi loin, aussi longtemps qu'elle le pourrait!

Il avait eu envie de prendre dans ses bras la

petite silhouette noire aux yeux de voyante, et puis il avait eu peur de lui faire du mal, c'est-à-dire de l'arrêter et qu'elle vînt à tomber comme lorsqu'on réveille un somnambule sur le bord d'un toit.

Il était reparti le cœur plein d'elle et de ce qu'ils s'étaient dit. De ces paroles si fraîches qu'elle avait trouvées pour l'aider à se sortir encore un peu plus de la mort d'Evelyne.

C'était la seule façon d'alléger sa culpabilité : la reprendre à son compte au lieu de dire « ça n'est pas ma faute »!

Mais si, c'était sa faute! C'est toujours notre faute, ou plutôt notre droit et notre désir, si nous sommes là, vivants, parmi les autres, et si cela n'est jamais impunément.

Mais eux non plus ne sont pas sans faute à notre égard, et c'est peut-être cela, la fraternité, l'amour, cette interaction que nous avons les uns sur les autres. Qui est la raison pour laquelle, parfois, quelqu'un naît. Ou parfois meurt.

Justin eut envie de poser sa main sur le genou de Violaine, qu'il apercevait près du sien, sous la jupe de tweed un peu remontée. Elle avait tout juste pris le temps d'ôter sa robe noire et de la remplacer par un tailleur de lainage clair.

Tandis qu'elle empaquetait ses quelques affaires, Charline avait offert à Justin une tasse de café qu'elle venait de passer et – miracle! – ne lui avait rien demandé.

– Tante Charline, je pars avec Justin, avait seulement dit Violaine.

Et la vieille demoiselle, après un regard qui les avait englobés tous deux – qu'avait-elle vu, pressenti, compris, du fond de sa virginité? – avait répondu : « Bon. »

Mais Justin ne posa pas sa main sur le genou proche du sien, il ne voulait rien déflorer, ni précipiter. Il voulait encore éprouver, dans sa

377

gorge, dans tout son corps, le battement violent du désir.

Ce désir pour rien, depuis la mort d'Evelyne, qui, peu à peu, se ramassait, se condensait pour devenir à nouveau le désir d'un autre être et d'un seul.

CHAPITRE XLVIII

Il était cinq heures de l'après-midi et il faisait plein jour quand Justin ferma les volets de la chambre. Il connaissait cet hôtel dans les vignes, au pied de la colline de Sancerre, pour être passé devant quand il avait remonté la Loire en touriste, jusqu'à sa source.

Un souhait de gamin qu'il avait eu envie de se passer, avant de rejoindre Annecy, après une visite au Pyla. En traversant ce pays où la vigne se fait noueuse et rude, soumise à des hivers plus austères que dans le Bordelais, il s'était dit qu'il aimerait séjourner parmi ces pampres qui ont la beauté presque « parlante » de tout ce qui est amoureusement cultivé.

Là, tiens, dans cette ancienne ferme transformée en auberge!

Violaine lui avait souri, comme pour l'encourager et lui confirmer son accord, lorsqu'il avait parqué la voiture sous la charmille. On leur avait tout de suite donné la plus belle chambre, celle dont le balcon ouvrait sur la plaine avec ses pieds de vigne courant à l'infini.

La nature plus la main de l'homme – et si c'était ça, la tendresse?

Déjà, dans l'escalier, puis en pénétrant dans la chambre et en se dirigeant vers la fenêtre pour monter sur le balcon, Violaine avait le sentiment qu'elle attendait ce moment depuis toujours. Et, en même temps, qu'il n'avait rien d'exceptionnel.

C'est normal d'arriver à ce qu'on désire et de rencontrer quelqu'un qui a fait le même trajet. N'est-ce pas promis à tous ceux qui viennent au monde, s'ils ne gâchent pas leur chance ? A moins qu'ils ne préfèrent s'unir à quelque chose d'idéal : la gloire, par exemple, ou l'art, comme sa mère.

Ou Dieu.

Mais elle, Violaine, ne désirait qu'un compagnon.

Tout en ne se disant pas, comme avec Edouard : « C'est pour toujours ! »

Une fois son léger bagage déposé dans la chambre – lui n'en avait pas – et la porte refermée, Justin était venu s'accouder près d'elle, sur le balcon.

Il ne la touchait pas. Il ne disait rien. Dans la voiture non plus, il ne lui avait pas fait de déclaration, il ne lui avait pas murmuré : « Je te veux. » Il n'avait pas eu de ces gestes enfantins et sentimentaux qu'ont les amoureux. Il ne lui avait même pas pris la main ni touché le genou.

Jamais, pourtant, elle ne s'était sentie autant désirée.

Cela durerait-il, cette fois ?

Soudain, elle s'aperçut que la question n'avait pas de sens, ou plutôt que l' « après » ne l'intéressait plus. Ce qui comptait, c'était ce qu'ils allaient vivre ensemble dans les minutes et les heures suivantes. Après quoi, changés l'un par l'autre, ils ne seraient plus les mêmes. Alors, à quoi bon faire des projets ?

Peut-être vivraient-ils ensemble jusqu'à la fin de leur vie ? Peut-être pas. Mais rien ni personne ne leur reprendrait ces instants qui leur appartenaient déjà.

Car il y a des moments où ça n'est plus le temps qui a le pouvoir, mais les hommes.

Violaine se détourna pour lui sourire. Elle le désirait si fort, elle aussi, qu'il lui sembla qu'elle respirait son odeur, non pas celle de son eau de toilette, mais celle de son corps et de sa sueur qu'elle avait déjà perçue quand ils se rapprochaient l'un de l'autre pour soulever Hedwina.

Elle revoyait sa main, sa main d'homme posée sur celle de sa mère, pour l'apaiser.

A l'époque, Violaine était si préoccupée qu'elle en restait là, à le constater. Mais quelque chose en elle avait dû l'enregistrer, son ventre commencé de remuer.

Avant son cœur? Eh bien, oui, pourquoi pas?

– Tu as le même regard…, dit Justin.

C'étaient les premiers mots, la tutoyant, qu'il prononçait depuis qu'ils étaient là.

– Quel regard?

– Celui que tu avais, dans le parc de Lausanne, quand tu m'as découvert sur ce banc près de ta mère.

– Qu'est-ce qu'il avait, mon regard?

Elle aimait qu'ils eussent déjà un passé où prenait naissance leur couple et dans lequel ils pouvaient puiser comme à une source.

Une mémoire.

– Il était fou d'angoisse. Et puis, tu m'as vu et tu es devenue incroyablement paisible… Et aussi terriblement curieuse…

– Curieuse?

– De ce que j'allais bien pouvoir faire… Te faire…

Violaine rougit et retourna vers l'intérieur de la chambre. Justin la laissa se déshabiller seule, ce qui ajouta à son trouble.

Le bonheur était peut-être possible, après tout.

IMPRIMÉ EN FRANCE PAR BRODARD ET TAUPIN
Usine de La Flèche (Sarthe).
LIBRAIRIE GÉNÉRALE FRANÇAISE - 6, rue Pierre-Sarrazin - 75006 Paris.
ISBN : 2 - 253 - 05093 - 8

30/6663/6